The Reincarnated Assassin
Is a Swordmaster

환생한 암살자는
검술 천재

TITAN

V

The Reincarnated Assassin
Is a Swordmaster

환생한 암살자는 검술 천재

글개미 장편소설

TITAN

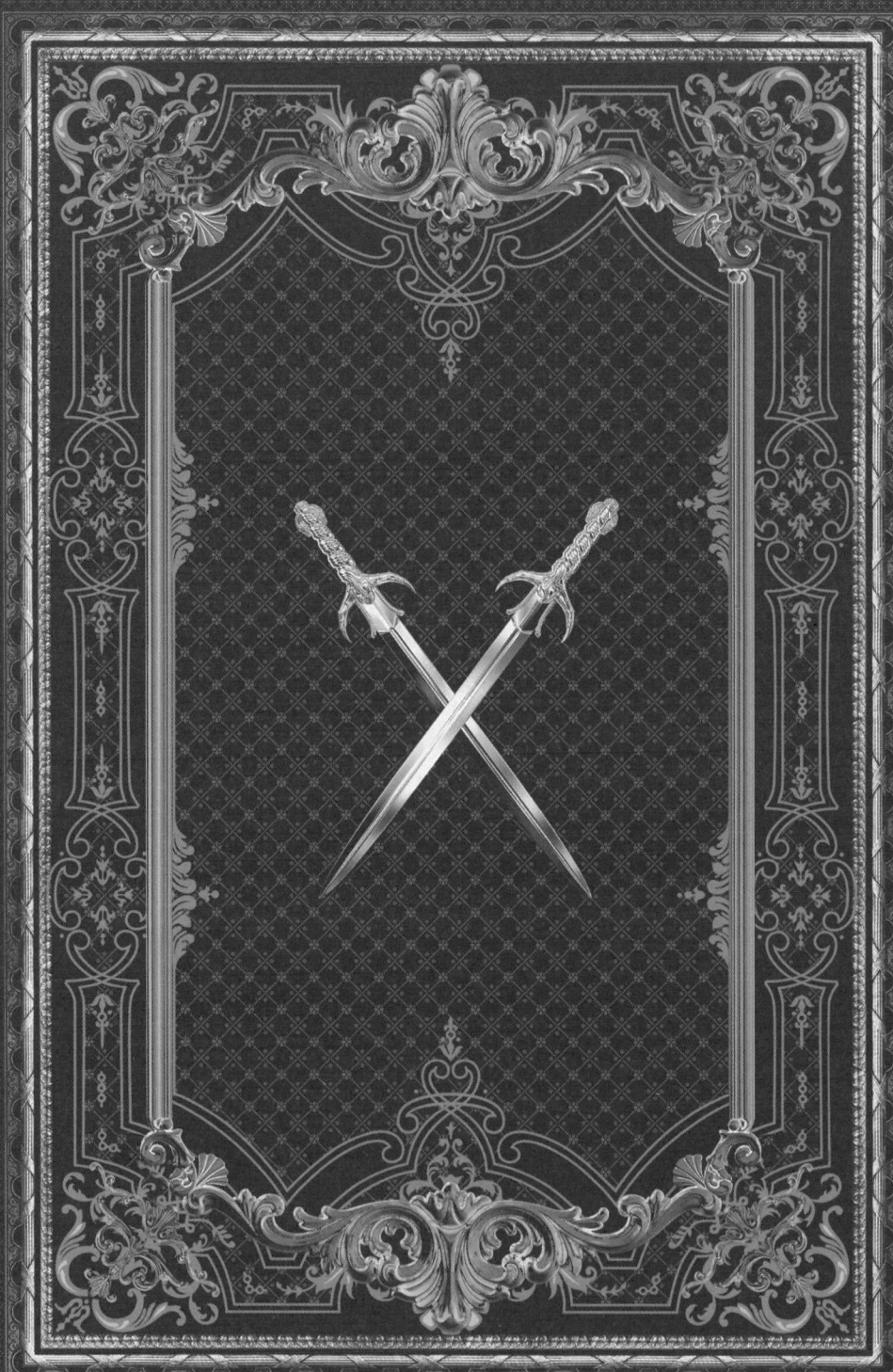

CONTENTS

13장 ······ 007

14장 ······ 133

15장 ······ 283

외전 ······ 443

환생한 암살자는
검술 천재

제125화

　라온이 진각을 밟았다. 발목에서부터 끌어 올린 정심한 기운을 손아귀에 휘감아 검을 밀어붙였다.
　쿠과과광!
　아이스 트롤 워리어는 그 거대한 육체와 몽둥이가 무색하게도 얇은 검에 밀려 벽에 처박혔다.
　"크아아아아!"
　분노한 아이스 트롤 워리어가 괴성을 지르며 뻘건 투기가 어린 몽둥이를 휘둘렀다. 공기가 찢어지는 듯한 파공음과 함께 막대한 풍압이 얼굴을 스쳤다.
　피부가 찢어져 나갈 것만 같았지만 바람을 가르고 앞으로 나아갔다. 만화공을 전력으로 운용하여 투기가 실린 몽둥이를 정면에서 후려쳤다.
　콰아아앙!

오러가 휘감긴 검과 투기가 녹아내린 몽둥이가 맞부딪치며 발생한 파동에 주변의 눈과 얼음이 모조리 쓸려 나갔다.

"키아아아!"

아이스 트롤 워리어의 몸은 생각 이상으로 튼튼했다. 막대한 충격파를 맨몸으로 견디며 몽둥이를 내리쩍었다.

'재생 능력은 확실히 미쳤군.'

충격파로 인해 찢어진 육체가 벌써 재생을 시작한다. 근력과 민첩성만이 아니라, 재생력도 일반적인 아이스 트롤과 비교할 수 없을 정도로 강했다.

"흐읍!"

라온이 무릎을 굽혔다. 폭포수처럼 떨어져 내리는 붉은 투기를 향해 검을 그어 올렸다.

아이스 트롤 워리어의 투기는 막강했지만, 만화공의 불길은 그 투기조차 녹여 버릴 정도의 화력을 가지고 있었다.

콰아아아!

강철조차 지져 버릴 듯한 붉은 불길이 해일처럼 쏟아지는 투기를 가르고 올라간다. 흡사 계곡을 거슬러 올라가는 연어처럼.

"끄륵!"

갈라지는 투기를 본 아이스 트롤 워리어가 신음을 흘렸다. 얕잡아 보던 누런 눈동자에 당황이 어렸다.

'바로 끝내 주지.'

시간을 끌 필요는 없었다. 투기에 이어 목까지 베어 버리려고 할 때였다.

코아아아!

우측에서 날아온 냉기의 덩어리가 검의 궤도를 틀어 버렸다.

"찌어어어억!"

칼날은 아이스 트롤 워리어의 목이 아니라, 가슴을 갈랐다. 놈은 갈비뼈가 드러날 정도로 큰 상처를 입고도 펄쩍 뛰어서 뒤로 물러섰다.

라온이 눈매를 좁히며 고개를 들었다. 언덕 위에 있는 아이스 트롤 샤먼이 지팡이를 흔들고 있었다. 조금 전 놈이 날렸던 서리의 방울이 검을 비틀어 낸 것이다.

"저런 치사한 자식! 일대일 대결을 왜 방해해!"

도리안이 아이스 트롤 샤먼을 향해 삿대질하며 발을 굴렀다. 물론 직접 나서 주지는 않았다.

"샤먼은 내가 처리하겠다!"

설격대주 에드퀼이 재빠르게 몸을 돌렸다.

"트롤 워리어를 죽일 때까지 못 잡으면 샤먼도 내가 죽인다."

"그럴 일은 없어!"

에드퀼은 인상을 찡그리고 언덕을 도로 올라갔다. 그 뒤를 설격대가 부리나케 쫓았다.

"끄르륵!"

상처 입은 짐승이 으르렁거리는 듯한 울음에 앞을 보았다. 어느새 상처를 회복한 아이스 트롤 워리어가 몽둥이를 들어 올리고 있었다.

"미안하지만, 싸움은 끝이다."

라온이 검을 내리며 차게 웃었다. 불의 고리와 광아검을 운용하면서 아이스 트롤 워리어의 움직임을 모두 파악했다. 남은 건 일검에 숨통을 가르는 것뿐이다.

"크아아아!"

아이스 트롤 워리어가 땅을 부수며 쇄도해 왔다. 시야 전체가 놈으로 가득 찬 상황에서 라온이 검을 고쳐 잡았다. 뒤로 물러서지 않고, 앞으로 뛰어들었다.

만화공 십화.

해빙염.

은빛 칼날 위로 봄이 찾아온 듯 빨간 꽃이 피어난다. 태양을 닮은 꽃잎이 차디찬 겨울의 끝을 고하듯 사위로 퍼져 나갔다.

쩌어어억!

춤을 추던 적화가 가라앉고, 얼어붙은 땅이 녹아내린다. 그 위로 아이스 트롤 워리어의 목과 몽둥이가 떨어져 내렸다.

"후우우우…."

라온이 검을 내리고 지친 숨을 뱉어 냈다. 만화공의 검술은 확실히 강하고 화려하지만 오러와 정신력의 소모가 심했다. 잠시 정신이 멍해질 정도였다.

다만 아이스 트롤 워리어를 일격에 베어 버린 위력과 예리함은 만족스러웠다.

숨을 고르며 언덕 위를 보았다. 트롤 샤먼이 트롤을 부리고, 주술을 뿌리며 설격대와 싸우고 있었다.

'아직 안 끝났군.'

라온이 꺼져 가는 칼날의 불길에 오러라는 장작을 넣으며 검을 세웠다.

'그러면 저건 내 거지.'

투기를 쓸 정도로 강한 몬스터를 쓰러뜨리면 능력치와 격이 오른다. 저런 맛 좋은 음식을 남에게, 그것도 저런 놈들에게 넘길 이유가 없었다.

언덕을 오르려고 할 때 따가운 시선이 느껴졌다. 뒤를 돌아보니, 테리안과 용병, 정찰병까지 이곳에 있는 모두가 혼이 빠져나간 듯한 표정으로 자신을 보고 있었다.

 아이스 트롤 샤먼까지 잡으면 저들이 어떤 표정을 지을지 궁금해졌다.

 -그리드도 아니고, 욕심 한번 많구나.

 '네 먹성만 하겠어?'

 -끄응, 본왕은 많이 먹는 게 아니라, 맛있는 음식을 좋아할 뿐이니라. 본왕이 마계에 있을 때도 직접 주방에 들어가 요리를 하는….

 '지금은 바쁘니까. 나중에.'

 -들어!

 제발 들어 달라고 외치는 라스를 무시하고 언덕을 올라갔다. 걸음마다 기척을 죽이고, 존재감을 지웠다.

 "쳐!"

 "샤먼부터 노려!"

 "이런 시발! 뭔 놈의 눈보라가 이렇게 불어!"

 "빨리 때려잡고 대주를 도와!"

 설격대는 아이스 트롤 샤먼이 만들어 낸 눈 폭풍 속에서 아이스 트롤들과 접전을 벌이고 있었다.

 "흐아압!"

에드퀼은 대주답게 홀로 중앙을 파고들어 샤먼을 향해 검을 날렸다.

쩌어엉!

트롤 샤먼을 향해 검을 내리쳤지만, 중간에 벽이 있는 것처럼 막혔다. 샤먼이 만들어 낸 방어 주술이었다.

"흐아압!"

강렬한 오러를 두른 칼날을 끊임없이 휘둘렀지만, 주술의 막은 쉽사리 깨지지 않았다.

기끄르카르티!

트롤 샤먼이 괴이한 주문을 외우자, 허공을 흩날리던 눈 줄기가 더욱 거세졌다. 바로 앞도 보이지 않을 정도였다.

"이 정도로는 날 막을 수 없다!"

에드퀼이 이를 악물고 검을 내리쳤다. 하얀 폭풍이 갈라지고, 샤먼의 모습이 드러났다.

'무조건. 무조건 잡아야 해!'

샤먼을 홀로 잡는 공을 세운다면 저 망할 꼬마 놈과의 내기를 취소할 수 있을지도 모른다.

버러지 같은 정찰병들의 짐 따위를 들 수는 없다. 어떻게 해서든 이 괴물들을 잡고 내기를 무효로 해야 한다.

"이야아아!"

땅을 박차고 샤먼을 향해 검기를 내뿜었다. 주술의 벽이 곧 무너질 것처럼 격하게 흔들렸다.

'얼마 안 남았어!'

더 많은 기운을 끌어 올려 단번에 끝을 내려 할 때였다.

퍼어억!

샤먼의 몸이 크게 출렁이더니, 놈의 심장이 있는 왼쪽 가슴에서 붉은 기류가 피어 나왔다.

"이, 이게 뭐…."

무슨 상황인지 몰라 멈춰 섰을 때 콰앙 소리와 함께 트롤 샤먼의 상체가 갈기갈기 터져 나갔다.

후우욱!

흩날리는 붉은 연기 뒤에서 가장 꼴 보기 싫었던 금발의 꼬마가 사이한 기운을 뿌리는 단검을 꼬나 쥐고 있었다.

"네, 네놈!"

에드퀼이 턱을 떨며 손가락을 들어 올렸다.

"왜 여기에 있는 거냐!"

"말했잖아. 내가 트롤 워리어를 잡을 때까지 샤먼을 못 죽이면 이놈도 내가 끝낸다고."

"닥쳐라! 뒤에서 기습이나 한 주제에! 네놈이 오지 않았어도 나 혼자 끝낼 수 있었다!"

"주세고 뭐고. 이 시체나 챙겨."

라온이 코웃음을 치며 샤먼의 시체를 가리켰다. 욕을 박아 주고 싶을 정도로 얄미운 표정이었다.

"지금부터 니희들은 우리 경찰대의 짐꾼이니까."

꿀꺽.

검은 로브의 사내는 계곡에 쌓인 아이스 트롤의 시체들을 보고 마른침을 삼켰다.

'이, 이게 어떻게 된 일이야.'

예상했던 장면은 이딴 게 아니다.

아이스 트롤을 몰아붙이던 하분 성의 병력들이 기습적으로 뛰어든 아이스 트롤 워리어와 샤먼에게 밀려서 반 이상 죽고, 나머지는 죽을힘을 다해서 도망치는 그림이 나왔어야 했다.

위험한 몬스터들의 등장에 사령관 밀랜드가 병력을 이끌고 나오는 것까지가 자신의 계획이었는데 전부 어긋나 버렸다.

그것도 단 한 놈 때문에.

뿌득.

검은 로브의 사내가 이를 바득 깨물었다. 그의 시선이 언덕 위에 있는 금발의 검사에게 향했다.

아이스 트롤 워리어의 기습을 알아차린 것도 저놈이고, 트롤 워리어의 목을 벤 것도 저놈이며, 주술을 준비하던 트롤 샤먼도 저놈에게 심장이 터져 죽었다.

강함을 떠나, 저 어린놈은 어떻게 해야 생명의 선을 끊을 수 있는지 정확하게 알고 있었다.

검은 로브의 사내가 손에 쥔 가면을 만지작거렸다. 아이스 트롤을 형상화한 듯 푸른색이었고, 귀는 길었으며 이마에 주름이 자글자글했다.

"후우욱!"

어떻게 할까.

고민이 된다. 지금이라도 저들을 죽여야 하는 건지 아니면 새로운 계획을 만들어야 하는 건지.

'다만 그 모든 걸 떠나서…'

저놈. 워리어와 샤먼을 홀로 죽인 저 어린놈에게서 손등의 털이 곤두설 정도로 불길한 기파가 느껴졌다. 이 가면을 통해 이어받은 위험 감지 능력이 발동된 것이다.

"위험한 놈이라는 뜻이로군."

어떻게 보면 하분 성주보다도 더.

검은 로브의 사내가 뒤를 돌았다. 그는 산 위로 올라가며 주먹을 말아 쥐었다.

"결국 그걸 꺼내야 하는 건가."

라온이 마지막 남은 트롤을 베었을 때 그의 눈앞으로 메시지가 떠올랐다.

민첩성 능력치가 1포인트 상승합니다.
기력 능력치가 1포인트 상승합니다.

라온이 메시지를 보고 만족스러운 미소를 지었다. 아이스 트롤 워리어와 샤먼을 잡은 대가가 능력치로 돌아왔다.

'이것만이 아니지.'

홀로 투기를 사용하는 몬스터를 죽인 것으로 영혼의 격도 상승했을 것이다. 샤먼은 혼자 잡은 게 아니지만, 결국 끝은 자신이 냈으니 문제는 없었다.

'싸울 때마다 성장하다니, 정말이지 사기 능력이라니까.'

-본왕이 만든 시스템이니, 당연한 일이니라.

그 대단한 능력을 빼앗긴 마왕이 잘난 척을 하는 모습에 웃음이 나왔지만, 참았다.

"라온!"

라딘과 정찰병들이 입술을 떨며 달려왔다.

"너 이 자식 진짜 뭐 하는 놈이야!"

"아이스 트롤 워리어를 일검에 벨 줄은 진짜 상상도 못 했다!"

"거기다 샤먼도 죽였잖아! 이 녀석은 진짜야! 진짜 물건이라고!"

정찰병들은 자신의 주변으로 몰려들어 탄성을 터트렸다.

"크흠!"

라딘의 헛기침에 모두의 시선이 돌아갔다.

"이것들아. 그렇게 난리를 치기 전에 할 말이 있잖냐."

"아, 뭐."

"그렇죠."

정찰병들이 웃음을 뚝 그치고 허리를 폈다. 그대로 동시에 고개를 숙였다.

"구해 줘서 고맙다!"

"덕분에 살았어!"

"호위 역할을 한 것뿐이니, 이러실 필요 없습니다."

라온이 손을 저었다. 겸손이 아니다. 임무를 받았으면 그에 합당한 실적을 내는 건 당연한 일. 이런 인사를 받을 필요는 없었다.

"아니야. 솔직히 말해서 그 몽둥이가 떨어져 내릴 때 아 좆됐네. 나 뒤지는구나, 라고 생각했어."

"맞아. 아무 생각도 안 들었지."

"난 주마등까지 봤다."

정찰병들이 공감한 듯 고개를 끄덕이며 헛웃음을 흘렸다.

"네가 앞으로 나와 아이스 트롤 워리어의 몽둥이를 막아 주었을 때 온몸에 소름이 돋았다. 정찰병으로 십 년 넘게 살고 있지만, 그런 경험은 처음이었어."

라딘의 눈가에는 눈물이 마른 자국이 보였다. 지금은 웃고 있지만, 정말 죽음을 각오했던 모양이다.

"너는 네 역할을 한 게 다가 아니라, 우리 전부를 살린 거다. 고맙다는 말로는 표현이 부족할 정도야."

"맞는 말이다."

낮게 울리는 목소리에 고개를 돌렸다. 이곳에 온 이후 처음으로 미소를 짓는 테리안이 있었다.

"자신의 역할에서 도망치는 사람은 셀 수 없이 많다. 임무 때문이든, 사람을 살리기 위해서든 홀로 그 몽둥이 앞에 선 건 감히 할 수 없는 일이야."

테리안이 머리를 꾸벅이며 웃음에 생기를 더했다.

"우리 병사들을 살려 줘서 고맙다."

"…예."

라온이 느릿하게 고개를 끄덕였다.

'뭔가 가슴이 간지럽네.'

전생에서 암살이나 싸움이 끝나면 도망치기 바빴다. 인사 따위는 없었고 바로 다음 임무를 준비했기 때문에 싸움 이후 이런 식으로 감사의 인사를 받는 건 어색했다.

다만 싫지는 않았다. 부드럽고 따스한 천으로 심장을 어루만지는 것처럼 기분이 좋아졌다.

"뛰어난 검술과 강력한 오러에 알맞은 타이밍이 섞이니, 그 위력이 상상을 뛰어넘는군요."

울브스 용병단장 베토가 손뼉을 치며 다가왔다.

"가진 무력 이상의 힘을 발휘하다니, 여러모로 범상치 않은 분이시네요."

그의 눈빛은 마음에 드는 상품을 본 사람처럼 반짝였다.

"캐 보고 싶긴 한데, 덕분에 저희 애들이 하나도 죽지 않아서 양심상 여기서 멈추는 게 맞겠죠? 안 그러냐?"

그는 어깨를 으쓱이고 빙긋 웃었다.

"아. 당연하지! 뒤를 안 캐는 건 용병들의 불문율인데!"

"근데 검귀라는 별명 진짜 잘 지었다! 아주 검이 미쳐 날뛰어!"

"난 저렇게 신명나게 칼을 휘두르는 녀석은 처음 봤다."

"아니, 트롤 워리어를 힘으로 밀어 버리는 건 뭐냐고. 무슨 오우거야?"

"뭘 먹어야 저 나이에 저렇게 강해지는 거지?"

용병들은 조금의 사심도 없이 대단하다고 말하며 엄지손가락을 치켜올렸다. 강함과 싸움을 숭상하는 무인다운 모습이었다.

"흠."

라온은 정찰대와 용병들의 환호를 들으며 시체처럼 서 있는 설격대에게 다가갔다.

"끄윽…."

턱을 부르르 떠는 에드퀼의 앞에 서서 들고 있던 배낭을 내려놓았다.

"말했지. 내 물건은 네가 들어야 한다고. 들어."

"네, 네놈 진심이냐?"

에드퀼이 금방이라도 검을 뽑을 것처럼 손을 까딱였다.

"약속했잖아. 여기 있는 모두가 들었는데, 그냥 넘어가려고?"

"고작 정찰병들 때문에 나와 적이 되겠다고?"

그는 진짜 짐을 넘길 줄은 몰랐는지 찢어질 것처럼 눈을 부릅떴다.

"마, 맞아! 우리가 그렇게 심하게 대한 것도 아니잖아!"

"짐을 좀 넘기고, 식사 준비만 시켰을 뿐이라고!"

"가, 가끔 좀 놀리거나 건드리긴 했지만, 다 장난이었어!"

설격대도 사과는커녕 이렇게까지 할 일이 아니라고 주절거렸다.

'예상대로네. 이놈들은 이 정도로 안 돼.'

'장난이었다.' '그리 심하지 않았다.'는 말은 이들의 주둥이에서 나와서는 안 될 말이었다. 생각했던 대로 이놈들은 생각 자체가 글러 먹었다.

"하긴, 뭐 나도 함께 싸운 동료에게 심한 짓을 하고 싶진 않거든."

라온이 속내를 감추고 고개를 끄덕였다.

"하지만 이미 진행된 내기를 되돌릴 수도 없는 노릇이지. 그래서 방법이 하나 있는데…."

"그, 그게 뭐냐."

에드퀼과 설격대의 눈이 반짝거렸다. 이 상황을 벗어날 수 있다면 무엇이든 받아들일 표정이었다.

-쯧, 전 재산을 잃고, 빨가벗은 채 쫓겨날 놈의 눈이로다.

라스가 에드퀼의 눈을 보고 가볍게 혀를 찼다.

"내기 위에 다른 내기를 얹는 거지. 네가 이기면 짐꾼이 되는 걸 지워 주고, 내가 이기면 새로운 대가를 추가하는 거야."

라온이 빙긋 웃었다. 그의 눈동자가 밤을 집어삼킨 듯 탁하게 가라앉았다.

"어떻게 할래?"

제126화

"무슨 내기지?"

에드퀼이 눈썹을 치켜올렸다. 짐꾼 노릇을 벗어날 수 있다고 생각했는지 표정에 조급함이 그대로 드러났다.

"내기는 당연히 이거지."

라온이 검집을 툭 두드렸다.

"대련인가?"

"그래. 어차피 섬으로 사는 인생. 대화도, 내기도 이기면 충분하잖아?"

"어린놈답게 세상을 너무 쉽게 생각하는군."

에드퀼의 입매가 비에 젖은 나뭇가지처럼 휘어졌다.

"나를 저깟 몬스터나, 용병 따위와 같다고 생각하는 거냐!"

"그렇게 자신 있으면 내기를 받아들이면 돼."

"……."

그는 바로 대답하지 않고, 입술을 질겅 씹으며 뜸을 들였다.

"조건이 있다."

"조건? 네가 그런 조건을 걸 처지가 아닐 텐데?"

시작부터 내리누르는 말. 라온은 지금 우위에 선 사람이 누구인지 정확하게 알고 있었다.

"개인의 무력만으로 승부를 보자."

"그게 무슨 말이지?"

"특별한 무구의 힘이 아니라, 너와 내가 가진 검술과 오러만으로 싸우자는 뜻이다."

"흐음…."

라온이 허리 뒤편에 찬 진혼검을 슬쩍 보며 눈매를 좁혔다.

'제대로 걸렸군.'

일부러 진혼검으로 아이스 트롤 샤먼을 잡는 모습을 보여 준 보람이 있다.

예상했던 대로 에드퀼은 제가 자신의 힘이 아니라, 진혼검의 특별함으로 샤먼을 일격에 죽였다고 생각하는 것 같았다.

"그렇게 하지."

라온은 번지려는 미소를 감춘 채 덤덤하게 고개를 끄덕였다.

"그럼 네가 새로 추가할 대가는 뭐냐."

"간단해. 너희가 정찰병이 되는 거다."

"어? 뭐?"

"검사 때려치우고 말단 정찰병이 되어 보라고. 한 3개월 정도만."

에드퀼과 설격대처럼 자기중심적이고, 거만한 놈들은 다른 사람의 입장이 되어 봐야 정신을 차리는 법이다. 하분 성에서 쫓아내더라도 놈들이 어떤 짓을 했는지 는 알려 주고 내쫓고 싶었다.

"너 정말 제정신이냐?"

에드퀼이 라딘과 정찰병들을 향해 삿대질하며 소리를 질렀다.

"오러도 쓰지 못하는 떨거지들이다! 대체 왜 저런 놈들을 신경 쓰는 거냐! 거기 다 사령관님이 이딴 조건을 허락하실 리가 없다!"

"끄으…."

"으윽…."

정찰병들은 분한 듯 입술을 깨물었지만, 에드퀼이 뿜어내는 살벌한 기세에 입을 열지 못했다.

"그런가."

라온의 눈빛이 북해의 빙하보다도 차갑게 얼어붙었다.

"너란 놈은…."

"에드퀼."

라온이 속에서 끌어 올린 말을 뱉으려고 할 때 테리안이 다가왔다.

"적당히 할 줄 알았는데, 정도를 모르는군."

그는 썩은 나무껍질처럼 인상을 구기고, 에드퀼 앞에 섰다.

"부, 부사령관님."

"너희가 같이 싸운 전우를 버러지나, 떨거지라고 생각할 줄은 상상도 못 했다."

"아니, 그게 아니라…."

"입 닥쳐라. 에드퀼. 당장 네놈의 목을 베고 싶은 걸 참고 있으니까."

테리안은 에드퀼을 물러서게 한 뒤 뒤를 돌아 라온을 보았다.

"허가한다. 내가 너희 둘의 대결의 공증인이 되겠다."

"부, 부사령관님!"

"약한 건 상관없다. 강하게 만들면 되니까. 하지만 등을 맡겨야 할 동료를 그런 식으로 생각하는 쓰레기를 그냥 놔둘 생각은 없다."

"저희 모두가 정찰병이 된다면 하분 성에도 여러 문제가 생길 겁니다! 성이 무너질 수도 있다구요!"

"너희 따위가 없어서 무너질 성이면 진즉에 무너졌다. 너 자신을 너무 과신하지 마라. 에드퀼."

"으윽…."

에드퀼이 입술을 바르르 떨었다.

"다만 너희 둘의 대결 때문에 여기에 있는 모두를 위험에 처하게 할 수는 없다."

테리안이 눈매를 좁히며 산 아래를 가리켰다.

"대련은 안전한 곳에 도착한 뒤에 시작하겠다."

하분 성 병력들은 전리품이라고 할 수 있는 아이스 트롤 워리어와 샤먼의 머리를 챙겨서 스터린산을 벗어났다.

라온과 에드퀼은 안전한 지역에 도착하자마자, 약속이라도 한 듯 짐을 내려놓고 각자 몸을 풀었다.

정찰대와 설격대 역시 두 사람이 대련할 수 있게 주변을 정리했다. 그렇게 임시로 대련장이 만들어졌고, 라온과 에드퀼이 마주 섰다.

"이게 마지막 기회다."

에드퀼이 허리춤의 검을 뽑으며 이를 드러냈다.

"지금 물러선다면 나도 그만둘 생각이 있다."

"그 말을 한다는 것 자체가 불안하다는 거지."

"이 자식!"

"물러서라. 대련을 시작하기 전에 다시 한번 확인하겠다."

둘 사이에 선 테리안이 먼저 라온에게 고개를 돌렸다.

"네가 승리하면 설격대 전체는 3개월 동안 정찰병 신입이 된다. 맞나?"

"그것도 있고, 북해를 확인하고 복귀할 때까지 정찰병의 짐과 잡일을 모두 떠맡아야 합니다."

"좋아. 그럼 에드퀼."

테리안의 시선이 이번엔 에드퀼을 향했다.

"예."

"네가 이긴다면 이전에 걸었던 대가인 짐꾼의 역할이 사라진다. 맞나?"

"맞지만, 제가 너무 불리합니다."

"뭐?"

"하나 더 걸게 해 주십시오!"

"뭘 원하는데?"

라온이 턱을 모로 틀며 미소를 지었다.

"그 단검. 내가 이긴다면 그 단검을 내게 넘겨라."

진혼검을 주시하는 에드퀼의 시선이 탐욕으로 물들어 있었다. 이 와중에도 물건에 욕심을 내다니, 지독하다면 지독한 인간이었다.

"좋다."

진혼검이 울었지만, 검집을 쓰다듬어 안심시켰다.

'안심해. 지고 싶어도 질 수 없으니까.'

트롤과 싸우는 모습을 통해 에드퀼이 사용하는 검술의 흐름을 파악해 두었다. 강한 건 확실하지만 진다는 생각은 들지 않았다.

-내기의 상품으로 걸리다니, 미물 따위에게 딱 맞는 일이니라.

라스는 진혼검을 놀리며 낄낄 웃었지만, 본인의 꽃팔찌는 아무런 관심조차 받지 못한다는 걸 모르고 있었다.

"난 말이다. 한 번도 본래의 힘을 내어 본 적이 없어."

에드퀼의 어깨 위로 붉은 기운이 줄기줄기 타올랐다. 제힘을 써 본 적이 없다는 게 정말인지 트롤을 상대할 때보다 훨씬 강한 기운이 이글거리며 치솟았다.

"하, 자랑이다."

라온이 한심하다는 듯 혀를 찼다.

"죽이는 건 금지다. 그럼 대련 시작!"

테리안이 대련의 시작을 알리며 뒤로 물러섰다.

"크아아아아!"

에드퀼이 트롤과 비슷할 정도의 괴성을 지르며 달려들었다. 막대한 오러를 담은 검을 그대로 내리쳐 왔다.

콰앙!

정확하게 막았는데도 검날이 휘청였다. 얍실한 성격과는 달리 제대로 갈고닦은 강검이었다.

"아무것도 못 하고 바닥을 기게 해 주마!"

놈은 잡은 승기를 놓치지 않겠다는 듯 강렬한 압박을 쏟아내며 검을 휘둘렀다. 지독할 정도의 풍압과 충격파에 방한복과 갑옷이 찢겨 나갈 정도였다.

"정찰병을 구해? 정찰병이 되라고? 저런 재능 없는 놈들은 어딜 가든 널려 있다. 저것들이 뭐라고 그렇게 신경을 쓰는 거냐!"

에드퀼의 검날에 어린 기운이 점점 더 짙어진다. 검기의 가닥이 모여 굵은 선을 이루었다. 검기의 상위 경지, 검사였다.

쾅! 콰앙!

검과 검이 맞부딪칠 때마다 충격이 뼛속까지 전해져 온다. 위력적인 검격이었지만, 그걸 막는 라온의 눈동자는 점점 더 차분하게 가라앉았다.

"난 하분 성으로 오면서 두 가지를 기대했다."

라온이 쏟아지는 검격을 견디며 입매를 비틀었다.

"첫 번째는 지독한 전장을 겪으며 더 강해질 수 있으리라는 믿음이었고, 두 번째는 신뢰였다."

"신뢰?"

신뢰리는 단어에 대련을 지켜보고 있던 모두의 눈동자에 작은 빛이 어렸다.

"외부의 강한 적에게 맞서기 위해서 내부의 인간들이 신뢰와 믿음으로 똘똘 뭉치는 모습을 기대했다."

그건 내가 겪어 본 적 없는 것이니까. 5 연무장이 더 많은 시간이 지나면 두달한 것 같은 미래를 그리며 이곳에 왔다.

"하지만 아니었어. 너희는 지위를 따지고, 힘을 논하고, 격을 나눴다. 임시로 와 있는 용병들조차도 사람 그 자체를 보았지만, 너희는 전우를 하인으로 여겼다."

라온의 검이 짐승의 울부짖음 같은 검명을 터트렸다.

"아까 왜 정찰병에게 신경을 쓰냐고 물어봤지? 난 정찰병을 위하는 게 아니라, 사람들을 생각했을 뿐이다."

광아검의 목줄이 풀리고, 흉악한 기세가 공간을 뒤덮었다.

"내 기대를 무너뜨린 대가는 클 거야."

"대가는 지랄!"

에드퀼이 이를 바득 갈았다. 뭔 미친놈이 하나 붙어서 이런 고생을 하는지 모르겠다. 다만 이미 시작된 싸움. 무조건 이겨야 한다.

'꺾을 수 있어!'

예상했던 대로 요기를 흘리는 단검을 내려놓자, 라온의 무력은 확연하게 줄어들었다.

평생을 익혀 온 카토르 검술이라면 저 단단한 방어를 뚫고 놈을 무릎 꿇릴 수 있다.

"크아아압!"

에드퀼이 카토르 검술의 후반부 다섯 초식을 연거푸 펼쳐 냈다. 은빛 칼날이 찬 공기를 찢어발기며 라온을 몰아쳤다.

쾅! 콰앙!

라온은 막강한 검격을 받으면서도 앞으로 다가왔다. 방어가 아니라, 공격을 하려는 듯 검을 고쳐 잡았다.

"이제 내 차례다."

라온의 검이 거칠게 솟구치며 놈의 눈이 드러났다. 하늘에 뜬 달처럼 붉은 눈. 조금의 흔들림도 없는 그 섬뜩한 빛에 소름이 돋아 올랐다.

"이익!"

에드퀼이 꽉 말아 쥔 검을 사선으로 내리쳤다. 상대의 검을 부수는 힘이 담긴 여섯 번째 초식이었다.

쿠구구구!

칼날에 담긴 무시무시한 힘이 공간을 집어삼키려고 할 때 라온의 손목이 회전했다. 놈의 검이 빛살처럼 번뜩이며 자신의 검면을 후려쳤다.

쩌어엉!

검날이 휘어질 것처럼 출렁이며 에드퀼이 우측으로 밀려 나갔다. 전력을 담았던 오러는 어느새 사라져 버렸다.

"끄윽, 네놈! 방금 뭘!"

에드퀼의 수염이 피르르 떨렸디.

"궤적을 비트는 강검."

라온은 차가운 눈빛으로 자신을 굽어보았다.

"네 검술은 전부 파악했다."

"지랄!"

에드퀼이 악을 지르며 돌진했다. 연속으로 이어지는 카토르 검술 7번, 8번, 9번 초식을 숨조차 쉬지 않고 내뻗었다.

공기가 진동할 정도의 검격으로 라온의 목을 노릴 때 라온의 손이 거칠게 질주했다.

쩌어엉!

톱니처럼 회전하던 검격이 또 한 번 튕겨 나갔다.

"어, 어떻게…."

에드퀼이 마른침을 삼켰다. 자신의 오러가 더 강했고, 더 빨랐는데 밀렸다는 게 믿기질 않았다.

"말이 안 돼! 말이 안 된다고!"

발을 구르고 라온의 우측으로 짓쳐 들었다. 가슴을 노리며 아래에서 위로 검을 올려 그었다. 가장 쾌속한 10번 초식이었다.

하지만 이번에도 검격은 라온의 몸에 닿기도 전에 꺾여 나갔다. 그리고.

뻐어억!

공이 터지는 듯한 소리와 함께 허리에서 아찔한 통증이 일었다.

"끄어어억!"

에드퀼이 옆구리를 부여잡고 휘청거리며 물러섰다.

"뭐, 뭐야!"

"내 차례라고 했잖아."

라온이 엷게 웃으며 검을 휘돌렸다.

"지금부터 잘 막아 봐."

놈이 땅을 박차고 늑대처럼 뛰어 들어왔다.

"으합!"

정면으로 다가오는 라온을 향해 카토르 검술 11번 초식을 내리찍었다. 바위조차 가루로 만드는 강검이 대기를 휩쓸었다.

쩌엉!

놈은 처음 보는 검식 앞에서도 당황하지 않고 나아갔다. 틀조차 없이 날것처럼 휘두른 검에 자신의 검이 사정없이 밀려 나갔다.

쩡! 쩌정!

놈은 잡은 기회를 놓치지 않고, 야수처럼 사나운 검격을 쏘아 냈다. 장대비처럼 쏟아지는 붉은 오러에 숨을 쉴 수가 없었다.

"크읍!"

이를 악물고 온 힘을 다해 버티려고 했지만, 놈의 검격은 약한 곳만을 노려 왔다. 귀신같은 놈이었다.

쩌어엉!

결국 칼이 밀려 나갔고, 라온이 다가와 복부에 주먹을 내질렀다.

뻐어억!

에드퀼의 몸이 직각으로 꺾였다. 그의 눈동자가 튀어나올 것처럼 커졌다.

"끄으윽!"

"아직 안 끝났어."

라온이 아직 자세를 잡지 않은 에드퀼을 향해 검격을 날렸다.

"흐읍!"

에드퀼이 다급하게 물러서며 방어 자세를 취했지만, 라온이 건은 어설픈 방어로 막을 수 있는 것이 아니었다.

쾅! 콰앙! 콰아앙!

종잇장처럼 휘날린 에드퀼이 바닥을 뒹굴었다.

"네, 네가 정… 헉!"

간신히 일어섰지만, 조금 전보다 더 과격해진 검술이 쇄도해 왔다. 홀로 모래 폭풍에 갇힌 기분이었다.

"끄아아악!"

에드퀼의 입에서 참고 참던 비명이 터져 나왔다.

'이 자식 진짜 뭐야!'

검술을 파악했다는 게 정말이었는지 카토르 검술의 모든 초식이 파훼 되었다. 악몽을 꾸는 것 같았다.

티익!

잠깐 생각에 빠진 순간 검이 비틀어졌고, 그 틈을 라온의 검이 뱀처럼 파고들어 왔다.

빠아악!

왼쪽 허벅지에서 정신이 나갈 듯한 고통이 찾아왔다. 뼈가 부러지지도 않은 것 같은데 어떻게 이런 통증이 나는 건지 이해가 되지 않았다.

"아어억…."

에드퀼이 움직여지지 않는 다리를 끌며 물러섰다. 하지만 라온은 놓아줄 생각이 없는지 그림자처럼 따라붙어 검을 찍어 내렸다.

쩌어억!

놈과 검이 마주칠 때마다 심장이 꽉 조여든다. 고통 이상의 공포에 이빨이 덜덜 떨렸다. 그만두고 싶었지만, 걸린 것과 보는 사람이 너무 많았다.

"으아아아아!"

에드퀼이 오러를 폭발시키고, 검을 양손으로 잡았다. 가진 모든 기운을 끌어 올려 하늘을 찌른 검을 내리그었다. 카토르 검술의 마지막 초식 달 부수기였다.

우우웅!

라온의 칼날 위로 붉은 선이 그려진다. 실타래처럼 어지럽게 꼬여 가던 선이 일순간에 펼쳐지며 노을과 같은 적색 빛을 뿜어냈다.

쩌저적!

그 강렬한 빛과 마주한 순간 달 부수기가 가라앉고, 검날이 깨져 나갔다.

"끄윽!"

손아귀가 찢어지며 날아간 검이 얼어붙은 땅에 처박혔다.

"아…."

에드퀼이 턱을 떨며 앞을 보았다. 처음과 조금도 달라지지 않은 라온이 그 자리에 서 있었다.

"내, 내가 졌… 흡!"

패배를 말하려고 할 때 라온이 입을 막았다.

"남이 속으로 무슨 생각을 하든 알 방법이 없지. 하지만…."

그는 한 걸음 더 다가오며 서늘하게 웃었다.

"그 말을 입에서 꺼낸 순간부터는 책임을 져야 해. 목숨을 걸고 함께 싸운 동료를 무시하는 발언을 하는 건 신입인 내가 봐도 아니었다."

"잠깐! 내가 졌… 커헉!"

라온이 말아 쥔 주먹으로 에드퀼의 얼굴을 후려쳤다.

돌멩이가 깨지는 듯한 소리와 함께 에드퀼의 이빨이 옥수수처럼 튀어나왔다. 그는 풀린 눈으로 멍하니 고개를 돌리다가 뒤로 넘어갔다.

라온은 시린 빛을 발하는 검을 들고 설격대 앞으로 갔다.

"혹시라도 불만이 있다면 받아 주마. 지금 나오도록."

어깨 위로 얼음이 지나가는 듯한 오싹한 말에 설격대는 몸을 떨었다.

그들의 시선은 입에서 피를 줄줄 흘리는 에드퀼에게 고정되었고, 당연히 나서는 사람은 아무도 없었다.

-본왕이 보았던 미래와 같도다.

라스는 정신을 놓은 에드퀼을 보고 피식 웃었다.

라온이 에드퀼을 깨웠다. 그는 금세 정신을 차렸지만, 고통과 공포에 짓눌려 자신이 있는 곳을 쳐다보지도 못했다.

광아검으로 강검을 깨부수고, 만화공의 검술로 칼과 오러를 베어 버린 것에 큰 충격을 받은 것 같았다.

"사령관님."

덜덜 떠는 에드퀼을 뒤로한 채 테리안에게 다가갔다.

"아, 그래."

이렇게 일방적으로 이길 줄은 몰랐는지 고개를 돌리는 테리안의 눈동자도 심하게 흔들리고 있었다.

"정말 괜찮으시겠습니까?"

"내기는 내기. 당연히 지켜야지. 저런 식으로 내부 분위기를 망치는 자들이 있으면 군기만 가라앉는 법이야. 설격대가 정찰병을 한다고 하분 성이 망할 것도 아니니, 걱정하지 말게."

"알겠습니다."

"들어라."

테리안이 임시 연무장 위로 올라가 모두의 시선을 모았다.

"대련은 라온의 승리로 끝났다. 약속대로 지금부터 설격대를 정찰대 신병의 위치로 강등한다. 모두 동의한 사항이니 불만은 없겠지?"

설격대는 불만이 많아 보였지만, 라온이 눈을 부라리자 찔끔하며 모두 고개를 돌렸다.

"아, 그럼 저희 후배네요! 맞죠?"

도리안이 히죽 웃으며 일어섰다. 우울함에 덮인 듯한 설격대에게 다가가 배 주머니에서 저들이 넘겼던 짐과 정찰병들의 짐을 모두 꺼내 내밀었다.

"앞으로 너희들이 들어야 할 짐이다. 후배들."

"으으…."

"젠장!"

설격대는 앞에 쌓인 짐을 보고 이를 바득 갈았다.

"아, 하나 더."

도리안은 키득거리며 배 주머니에서 길쭉한 통나무 4개를 꺼냈다.

"이, 이게 뭐야?"

"통나무?"

"토, 통나무가 왜 저기서 나와?"

설격대만이 아니라, 이곳에 있는 모두가 통나무를 보고 눈을 부릅떴다.

"통나무 정도는 뗏목이나, 집짓기 용으로 누구나 들고 다니는 거잖아요."

도리안이 어깨를 으쓱였다.

'아니. 안 들고 다녀.'

라온은 자신도 모르게 고개를 저었다.

"자, 어쨌든."

도리안의 눈동자가 드물게도 차갑게 가라앉았다.

"후배들 잘 들고 와. 내 나무에 기스 나면 죽을 각오하고."

녀석은 설격대가 정찰병들에게 했던 말을 그대로 돌려주고, 상쾌한 표정으로 돌아왔다.

"아, 시원하다!"

"좋아 보이네."

"좋긴요. 이것도 참은 거예요. 원래 바위를 꺼내려고 했으니까요."

도리안은 '내가 봤다'라고 중얼거리며 콧방귀를 끼었다.

'바위가 있어?'

-바위도 있어?

제127화

"자, 이게 뭐라고?"
도리안이 바닥에 찍힌 사람 팔뚝만 한 발자국을 가리켰다.
"오, 오크."
"오크 발자국…."
설격대 검사들이 똥 씹은 표정으로 입을 뗐다.
"오오오크? 오오오오오크?"
"끄윽, 오크입니다!"
"그렇지."
그는 존댓말을 듣고 나서야 고개를 끄덕였다.
"얘들아. 그림 이긴 뭐야."
이번에는 나무에 새겨진 손톱자국을 가리켰다.

"이, 이건 베어울…."

"모르지? 이건 베어울프가 영역 표시를 한 흔적이야. 어? 이런 걸 다 알고 있어야 훌륭한 정찰병이 될 수 있다고!"

도리안은 정답을 말하려던 설격대 검사들의 입을 막고, 강의하듯 떠들어 댔다. 얼마 전에 배웠던 정보들을 그대로 써먹고 있었다.

"끄윽…."

"으익!"

"제, 젠…."

설격대 검사들은 하늘을 올려다보거나, 주먹을 말아 쥐거나, 입술을 씹으면서 분노를 참고 있었다. 재미있는 건 그중에는 시체처럼 얼굴이 창백한 설격대주 에드퀼도 끼어 있다는 점이었다.

그들은 뒤에서 지켜보고 있는 라온의 시선을 느끼고, 어깨를 바르르 떨었다.

"살다 살다 저런 꼴을 보게 될 줄은 몰랐군."

테리안은 통나무를 든 채 도리안을 졸졸 따라다니는 설격대를 보고 헛웃음을 흘렸다.

"혹시 문제가 된다면 사령관님께는 제가 말씀드리겠습니다."

라온이 테리안에게 미안하다고 하며 고개를 숙였다.

"아니야. 자네 말대로 전우를 짐꾼 취급하는 건 있을 수 없는 일이지. 저 녀석들도 알아야 해. 정찰병이 얼마나 고생하는지. 3개월 정도면 저놈들도 그걸 배울 수 있을 테니, 오히려 좋은 생각이었다고 칭찬을 하고 싶군."

테리안은 진심이라는 듯 손을 보이며 빙긋 웃었다.

"다만 한 가지 묻고 싶은 게 있는데."

"말씀하십시오."

"자네. 그 단검으로 덫을 만든 건가?"

그의 눈빛이 허리에 찬 진혼검으로 향했다. 저렇게 물어보는 것 자체가 상황을 알고 있다는 뜻이었다.

"그렇습니다."

이미 알고 있는 걸 숨길 필요는 없다. 천천히 고개를 끄덕여 주었다.

"하."

테리안이 고개를 절레절레 저으며 헛웃음을 흘렸다.

'내가 잘못 보지 않았군.'

예상했던 대로 라온의 강한 무력은 빙산의 일각일 뿐이었다. 이 어린 검사는 더 많은 것을 가지고 있었다.

"자네는 크게 될 인간이야."

"저도 동감합니다."

울브스 용병단장 베토가 옆으로 와서 털썩 주저앉았다.

"제가 이렇게 보여도 나름 나이가 있거든요."

그는 젊어 보이는 얼굴을 가리키며 빙긋 웃었다.

"대륙 전역을 돌아다니면서 많은 사람을 만났지만, 라온 님 같은 사람은 처음입니다. 뭐랄까? 무력이 강하고, 생각도 싶은네, 감징은 옅다고 헤야 하나?"

"옅다?"

"아, 칭찬입니다. 순수한 면이 있다는 거니까."

"…그렇군요."

라온이 고개를 끄덕였다. 경험이 많은 사람들이라 그런지 자신을 제대로 보고 있었다.

'감춰야 하나? 아니야.'

너무 드러냈나 생각했지만, 그건 또 아니다. 암살자가 아닌, 검사 라온으로 살겠다고 마음먹었으니, 이 정도는 드러내도 상관없었다.

"앞으로도 잘 부탁하네. 자네의 도움을 받을 일이 많을 것 같아."

"저도 잘 부탁드립니다."

테리안이 손을 내밀었다. 라온이 그 손을 마주 잡았다.

"하하, 저도 좀."

두 사람의 손 위로 베토의 길쭉한 손이 올라왔다.

"나중에 기회가 되면 저희 용병단에도 들러 주세요."

아직 신뢰할 수는 없지만, 일단은 이쪽에 호감을 보이는 것 같았다. 손님으로든 혹은 영입 대상으로든.

"벌써 영업인가?"

"이런 인재는 보자마자 점을 찍어 놔야 하거든요. 솔직히 바로 끌어들이고 싶지만, 그건 무리일 거 같고. 나름 전우이니, 생판 남보다는 낫겠죠."

"나 참."

베토가 씩 웃었고, 테리안이 비슷한 미소를 그렸다.

"뭐? 트로오오올?"

라온은 도리안의 호통 소리에 고개를 돌렸다.

"이건 카리 산양의 발자국이잖아! 이것도 몰라? 너희 진짜 안 되겠다. 통나무 하나 추가!"

녀석은 콧등을 좁히며 배 주머니를 만지작거렸다.

-정도를 모르는 놈이로다. 본왕의 1호 부하다운 놈이야.

라스가 감탄하며 고개를 끄덕였다.

'정말이지 어딜 가든 평범한 놈이 없어.'

라온은 정말 통나무 하나를 더 꺼내는 도리안을 보며 한숨을 내쉬었다.

"우와아아아!"

하분 성 정문을 넘어서자마자 귀가 따가울 정도의 함성이 폭발했다. 대로를 둘러싼 병사들과 주민들의 목소리였다.

"전원 무사 귀환이래!"

"하분 성 역사상 처음 아니야?"

"이번 출정대는 전부 실력이 출중했나 보네!"

주민들은 개선장군처럼 들어오는 병사들을 보며 다시 한번 탄성을 터트렸다.

"아이스 트롤 워리어와 샤먼이다!"

"후우, 오렌민에 봬도 그네. 진짜 괴물이라니까."

"근데 저걸 한 명이 다 잡았다며?"

"나도 들었어. 그 울브스하고 대련했던 어린 검사가 둘 모두를 잡았다고."

"지기 있다! 특별한 기세도 없는데, 어떻게 그리 강하지?"

"소문이 과장된 거 아니야?"

소식을 전하기 위해 하루 먼저 들어간 정찰대 때문에 병사들과 주민들의 시선은 전부 라온에게 쏠렸다.

감탄, 탐색, 경외 혹은 의심의 눈으로 그의 전신을 훑어 내렸다.

라온은 이젠 어느 정도 익숙해진 시선을 담담하게 받으며 중앙으로 걸어갔다.

"이제 정말 성에서 모르는 사람이 없겠네요."

도리안이 옆으로 다가와서 히죽 웃었다. 설격대를 괴롭히며 스트레스를 많이 풀었는지 씻지도 않은 녀석의 얼굴에 광채가 흘렀다.

"즐겁나 보네."

"즐겁죠! 후배가 바로 들어왔는데! 원래 단체 생활에서는 밑에 후배가 몇 명이나 있느냐에 따라 생활이 달라지거든요. 전 지금 천국입니다. 천국!"

싸움도 끝났고, 잡일 시킬 녀석들도 많다 보니 도리안의 걸음은 날개를 단 듯 가벼웠다.

퍼레이드 하듯이 아이스 트롤 워리어와 샤먼의 머리를 앞세우고 지휘부에 도착했을 때 밀랜드의 부관 찰스가 나와 고개를 숙였다.

"사령관님이 바로 올라오라고 하십니다."

그는 자신과 테리안, 에드퀼 그리고 라딘까지 모두를 불렀다.

"전 버려진 건가요?"

"아, 그…."

"농담입니다. 농담!"

베토는 어깨를 으쓱이고서 술이나 마셔야겠다고 주점을 향해 걸어갔다. 용병들은 오히려 좋아하며 그 뒤를 쫓았다.

"따라오시죠."

라온은 찰스의 뒤를 따라 사령관실로 올라갔다. 오래된 나무의 향이 흐르는 흑색 문을 지나 안으로 들어가자 사령관 밀랜드가 인상을 팍 찡그리고 있었다.

사망자 없이 엘리트 몬스터를 잡고 왔는데도, 밀랜드가 저런 표정을 짓는 이유는 뻔했다. 예상대로 그는 살벌한 시선으로 설격대주 에드퀼을 노려보았다.

"에드퀼."

"예…."

"내가 널 너무 편하게 대해 주었나 보군."

밀랜드가 고개를 들어 올리자, 공기가 따갑게 느껴질 정도의 압박이 피어났다.

"끄흡!"

그의 기세를 정면에서 받는 에드퀼은 숨을 쉬지 못하고 가슴을 움켜쥐었다.

"매번 회의 때마다 정찰병들을 잘 챙겨 주라고 그렇게 말했는데. 그 모든 회의에 참여한 네가 이런 식으로 날 엿 먹여?"

사령관답지 않은 상스러운 말이었지만, 그에게 묘하게 잘 어울렸다.

"죄, 죄송합니다! 한 번만 용서해 주십시오!"

에드퀼이 무릎을 꿇고, 바닥에 머리를 박았다.

"용서?"

"예! 한 번만 봐주신다면 다시는 이런 일이 없도록…."

"용서 좋지. 다만 대가는 치르고."

조금 누그러진 듯한 밀랜드의 목소리에 에드퀼이 고개를 들었다. 다만 기대를 담은 그의 눈동자는 순식간에 사그라들었다.

"부사령관의 공중하에 치러진 내기이니, 나도 함부로 그 약속을 깰 수는 없디. 그리고 난 그 방법이 꽤 괜찮아 보여. 정찰병이 어떻게 생활하고, 일하는지를 알면 너희들도 정신을 차릴 수 있겠지."

"사, 사령관님…."

"오늘부터 너희는 정찰병 소속이다. 약속은 3개월이었지만, 난 그걸로 끝낼 생각이 없다. 3개월 후 너희들의 태도를 보고, 이 징계를 풀어 줄지 말지를 결정하겠다. 그만 가 보도록."

"아, 알겠습니다."

에드퀼은 혼이 반쯤 빠져나간 표정으로 걸어 나갔다. 죽은 자의 숲에 나오는 좀비 같았다.

"라딘."

"예."

"나를 그렇게 못 믿는 게냐."

"아닙니다!"

"그런데 왜 잡일을 떠맡는 걸 말하지 않았지?"

밀랜드의 분위기는 여전히 사나웠다. 제대로 대답하지 않으면 라딘도 징계를 받을 것 같았다.

"임무나, 토벌에 나갈 때 검사들과 부딪치는 건 병사들입니다. 전 괜찮지만, 제 아래 있는 녀석들에게 보복이 들어올까 봐 두려웠습니다. 오러 사용자의 공격에 맞으면 저희는 한참 앓아누워야 하니까요."

라딘의 목소리가 잘게 떨렸다. 부하들을 생각한 마음이 진짜인 듯 그의 얼굴이 상기되어 있었다.

"멍청한 녀석."

밀랜드가 혀를 쯧쯧 찼다.

"내가 이곳을 운영하며 그런 일을 한두 번 겪었을 것 같으냐. 몰래 와서 말해 주었다면 다 해결할 수 있었다!"

"어떻게 말입니까?"

"저 녀석과 같다."

그가 손가락을 들어 라온을 가리켰다.

"패서 안 되는 일은 없어. 만약에 주먹으로 일이 해결 안 된다면 그건 덜 팬 거다."

"예에?"

"아, 아버지?"

테리안과 라딘이 눈을 휘둥그레 떴다.

"어쨌든 네 녀석도 징계다. 내일부터 일주일간 근신이야."

"내일부터요? 오늘은….."

"사상자 없이 아이스 트롤 워리어와 샤먼을 잡고 돌아왔는데, 바로 징계를 줄 수는 없지. 오늘은 먹고, 놀아라."

"아, 감사합니다."

라딘은 웃지도, 울지도 못하는 어색한 표정으로 고개를 숙이고 사령관실을 나섰다.

마지막으로 밀랜드의 시선이 라온을 향했다.

"수고했다. 그리고 고맙다."

언제 인상을 찡그리고 있었냐는 듯 밀랜드가 부드럽게 미소 지었다.

솔직히 어울리지는 않았다. 단단한 차돌이 웃는 느낌이지만, 그가 부하를 아끼는 따스함은 그대로 전해졌다.

"한 명의 사망자도 없이 모두가 돌아온 건 기적 같은 일이다. 정말 고생했어."

"아닙니다."

"이곳에 와서 1년을 버티는 게 네 졸업 시험이라고 했었나?"

"예."

"이번 일은 토씨 하나 빼놓지 않고 전부 지그하르트에 전해 주마. 보수도 확실하게 챙겨 놓을 테니, 나중에 찾아가도록."

"감사합니다."

라온이 작게 고개를 끄덕이자, 밀랜드의 미소가 진해졌다.

"이럴 때는 어린애 같군."

그는 끌끌 웃고서 손을 저었다.

"돌아가라. 너도 오늘을 즐겨야지. 늦게 갔다간 자리 없을 거다."

"예."

라온이 고개를 숙이고 돌아가자, 밀랜드는 멍하니 서 있는 테리안을 손으로 불렀다.

"어땠느냐?"

"예?"

"저 아이의 진면목을 보고 싶다고 하지 않았느냐. 어떤 녀석이지?"

"볼 수 없는 아이였습니다."

"볼 수 없다?"

"제가 감히 판단할 녀석이 아니었습니다. 아직 두드려야 할 쇳덩이일 줄 알았는데, 이미 완성을 향해 달려가는 칼날이었습니다."

"후후, 내가 말했잖느냐. 저 녀석은 다르다고."

밀랜드는 그럴 줄 알았다는 듯 고개를 끄덕였다.

"성격도 선합니다. 먼저 건드리지 않는다면 힘을 드러내지도 않더군요. 지그하르트에 어울리지 않으면서도, 신기하게 잘 어울립니다."

"라온에게 선을 댈 수 있다면 대어 놓아라."

"예?"

"언젠가 지그하르트의 가주가 될 수도 있는 아이니까."

"그, 그 정도입니까?"

"저 녀석…."

밀랜드가 창으로 라온을 내려다보며 가는 미소를 지었다.

"같은 나이의 북패왕보다도 강하다. 나도 처음 보는 괴물이야."

모두 주점에 갔다는 이야기를 듣고, 라온도 바로 서리의 가지로 향했다. 문을 열자마자, 왁자지껄한 소리와 술 냄새가 진동했다.

"라온 님! 여기요!"

얼굴이 빨개진 도리안이 손을 마구 흔들었다.

"어? 주인공이다!"

"우리 정찰대의 자랑!"

"라온! 라온! 라온!"

정찰대 사람들은 맥주잔으로 테이블을 치며 자신의 이름을 외쳤다.

"우와아아아!"

"검귀! 검귀!"

"우리도 있다고!"

용병들도 같은 행동을 취하며 환호를 터트렸다.

라온은 피식 웃으며 도리안의 옆에 앉았다. 북해를 타고 돌아오는 동안 저들과 나름 친분을 쌓았기 때문에 자신의 이름을 외치는 게 그리 싫지 않았다.

"오늘은 내가 쏜다! 유아야! 있는 술이랑 음식 다 가져와!"

"뭔 소리야! 내가 낼 거야!"

"아니, 우리 3번 정찰대가 지른다!"

이젠 정찰대와 용병들이 서로 돈을 내겠다고 싸우기 시작했다. 한 명도 죽지 않고 돌아온 것에 모두 흥이 돋은 것이다.

"에헴!"

주문한 음식과 술을 서빙한 유아가 주점 가운데에 서서 귀엽게 헛기침했다.

"출정대 모두가 무사히 돌아오셨으니, 제가 오랜만에 한 곡 불러 볼게요!"

유아는 작은 손을 들어 올리며 활짝 웃었다.

"오오오오!"

"정말?"

"이거 얼마 만에 듣는 유아 노래야!"

"검귀 때문에 이런 기회를 다 얻네!"

주점에 있던 사람들 모두가 몸을 돌려서 유아를 바라보았다. 단순한 아부 같지 않았다.

"자, 그럼."

유아는 양 갈래 머리를 파닥이며 눈을 감았다.

"푸른 파도가 쓸어내리는 얼음 숲의…"

양손을 꼭 모은 채 노래를 시작하자, 순간 주점이 고요해졌다.

"밤을 노니는 요정은 낮을 그리워하고…"

뭐라고 해야 할까. 가슴이 울린다.

잘하는 정도가 아니라, 재능 자체의 격이 달랐다. 전생과 현생을 포함해서 이 정도로 노래를 잘하는 아이는 처음 보았다.

기교가 좋다든가, 음색이 맑다든가 하는 문제가 아니다. 목소리로 사람의 감정을 어루만져 주는 기분이었다.

-확실히 잘하는군. 특별한 재능이 있느니라.

'파인애플 줬다고 좋게 보는 거야?'

-본왕은 재능을 보는 데에 있어서 냉정하다. 저건 이미 마법과 비슷한 단계다. 가슴이 울렁이지 않았더냐?

동의하며 고개를 끄덕였다.

-저 아이에게 노래를 시킨다면 분명 크게 될 것이니라. 이곳에서 음식을 나르기엔 아까운 아이야. 본왕의 직속 가수이자 셰프로 임명….

'또 시작이네.'

라온은 라스의 주절거림을 무시하고 유아의 목소리에 집중했다. 녀석의 말대로 그녀의 노래에는 특별한 무언가가 있는 것 같았다.

"…그렇게 떠오르는 해를 마주해 본다!"

"우와아아아아!"

"유아! 유아!"

유아의 노래가 끝나자마자, 환호로 주점이 들썩였다. 용병과 정찰병들은 너 때문에 유아의 노래를 들었다고 감동하며 자신의 어깨를 두드려 주었다.

주점 안에서는 작은 축제가 열렸고, 병사들과 용병들은 뒤섞여서 웃고 떠들며 출정에서 있었던 기억을 풀어냈다.

'그래. 이거였어.'

목숨을 걸고 싸우고, 그를 바탕으로 동료애가 생기는 이 모습이 하분 성에 오며 기대했던 장면이다. 조금 거칠지만, 따스한 감정이 심장을 두드렸다.

'아직도 세상엔 배울 게 많아.'

라온은 즐거워하는 모두를 보며 옅게 웃었다.

지그하르트 별관이 내려다보이는 북망산 중턱의 나무 위.

작은 새나 앉을 법한 얇은 나뭇가지 위에 글렌 지그하르트가 서 있었다.

그의 붉은 시선에 별관 앞에 놓아둔 고급 소고기를 살피는 실비아가 잡혔다.

"쩝, 직접 주면 더 좋아할 텐데."

바로 아래 나뭇가지에 걸터앉아 있는 리메르가 입맛을 다셨다.

"난 저 아이가 소고기를 좋아하는 줄 몰랐다."

글렌은 문을 닫고 들어가는 실비아를 끝까지 눈에 담으며 입을 뗐다.

"무얼 좋아하는지, 무얼 싫어하는지도 모른다. 아비가 아니라, 그저 방관자였으니까."

"……."

"그런 방관자에겐 저 아이 옆에 다가갈 자격이 없다."

"가주님이 원해서 그렇게 된 건 아니지 않습니까."

"내가 원했다. 강해지길 원했고, 그에 따른 결과였지. 내 기억에 남아 있는 실비아의 모습은 태어났을 때와 이곳으로 도망 왔을 때밖에 없다."

글렌의 목소리는 늦게 피어 홀로 찬바람을 맞는 꽃처럼 쓸쓸했다.

"그럼 지금부터라도 그 시간을 채우면 되지 않겠습니까."

"리메르."

"예?"

"이곳에서 자루에 든 깃털들을 뿌리면 어떻게 되겠느냐."

"날아가겠죠."

"그래. 사방팔방으로 퍼져서 잡을 수 없게 된다. 내가 한 말과 행동 역시 마찬가지다. 이미 벌인 건 주워 담을 수 없다."

"음, 아닌데?"

리메르가 입을 삐죽 내밀었다.

"뭐가 아니라는 거야."

"보세요."

그가 주머니에 있던 마권을 갈기갈기 찢은 뒤 허공에 뿌렸다. 찬바람을 타고 종이가 흩어졌다.

"자, 지금!"

리메르는 손을 갈퀴처럼 휘둘렀다. 녹색 바람이 일어나며 흩날리던 마권 조각이 모두 그의 손으로 돌아왔다.

"되는데요?"

그는 씩 웃으며 손에 있는 마권을 내밀었다.

"…네놈이랑 이야기하는 게 아니었는데."

글렌이 이를 바득 갈고, 나무에서 뛰어내렸다.

"어? 가주님. 삐지신 거예요?"

"닥쳐라."

"그냥 장난이죠!"

"오지 마."

"하하하! 요즘 귀가 자주 가렵던데, 혹시 제 욕을 하고 다니시는 건 아니죠?"

"네 이름은 입에도 담고 싶지 않다."

글렌과 리메르가 투닥거리며 가주전으로 걸어갈 때 차디찬 바람이 두 사람의 머리를 스쳤다.

"바람이 점점 차가워지는 걸 보니, 곧 시작되겠네요."

"그래. 웨이브가 시작되면 그 아이도 왜 하분 성을 지옥이라고 부르는지 알게 되겠지."

"어? 대답하셨네요?"

"쯧."

글렌이 혀를 차고 다시 등을 돌렸다.

"라온이 하분 성에서 활약 좀 했다던데, 저도 좀 알려 주시죠."

"난 모른다."

"에이, 모르긴요. 2주마다 정기 보고 들어오잖아요! 손자 걱정에 밤잠도 못 이루시는 분이… 어?"

"후우우우."

글렌의 손아귀에서 노란 스파크가 튀겼다.

"가, 가주님?"

"한동안 그 주둥이를 열 수 없게 해 주마."

"잠깐! 그거 떨어지면 저 죽어요!"

"그래. 죽어라."

그날 북망산 중앙에 거대한 벼락이 내리쳤다.

제128화

하분 성 사령부.

사령관 밀랜드 앞에 1번 정찰대장 바르티가 차렷 자세로 서 있었다.

"이번에도 없었나?"

"예! 스터린산부터 북해 인근을 두 번 왕복했지만, 산이나 숲으로 올라오는 해양 몬스터는 발견하지 못했습니다."

바르티가 시선을 위로 올리며 대답했다.

"그럼 샤크몰이 처음이자 마지막이었군."

밀랜드가 천천히 눈을 내리감았다.

'불길한 기분이 들었는데, 내 착각이었나.'

라온이 아이스 트롤 워리어와 샤먼을 잡고 돌아온 이후 일주일마다 정찰대를 보내 상황을 살폈지만, 특별한 변화는 관측되지 않았다.

한 달 넘게 아무 일도 일어나지 않은 걸 보면 우연히 벌어진 사건이었던 모양이다.

"수고했다. 돌아가서…."

휴식을 지시하려고 할 때 병사 연무장에서 우렁찬 기합 소리가 들려왔다.

"기합 소리 한번 좋군요."

바르티가 창밖을 흘낏 보면서 빙긋 웃었다.

"좋기는. 아주 시끄러워 죽겠어."

시끄럽다는 말과 달리 밀랜드의 입가에는 기꺼운 미소가 흐르고 있었다.

"자네도 가 보았나?"

"예. 자주 갑니다."

"잘 가르치는 모양이군."

"라온이 자세를 봐줄 때마다 실력이 늘어나는 게 확실히 느껴집니다. 병사들이 괜히 가는 게 아니더군요. 오늘 복귀하자마자, 연무장에 간 녀석도 있을 정도입니다."

"나 참."

밀랜드가 피식 웃으며 몸을 돌렸다.

'별난 짓을 한다니까.'

라온은 언젠가부터 연무장에서 수련하는 병사들에게 훈련법을 알려 주거나, 검술과 창술 자세를 교정해 주었다.

특별한 기술을 알려 주는 게 아니라, 기존에 알고 있는 기본 무학을 손봐 줬을 뿐인데, 그게 굉장한 효과가 있어서 지금은 많은 병사들이 그를 따르고 있었다.

전투와 임무의 반복에 지쳐 텅텅 비어 있던 연무장에 활기가 도는 모습을 보자, 몸과 마음이 따스해지는 것 같았다.

"뭐랄까. 라온은 본인만이 아니라, 주변을 바꾸는 힘이 있는 사람 같습니다. 그리 밝은 친구가 아닌데도, 그가 온 이후로 하분 성이 활기차진 느낌입니다."

"그런가."

밀랜드가 두 눈을 빛냈다.

'왕의 자질.'

이런 냉혹한 전장에서 1달 만에 사람들을 휘어잡는 건 평범한 인간이 할 수 있는 일이 아니다. 예상대로 라온은 위에 설 수 있는 자질을 가지고 있었다.

"저도 약간 몸이 찌뿌둥하니, 수련에 참여 좀 해야겠습니다."

"아, 잠깐."

바르티가 어깨를 돌리며 나가려고 할 때 밀랜드가 손을 들어 올렸다.

"곧 '웨이브' 기간이 온다. 알고 있겠지?"

"…물론입니다."

입매가 올라가 있던 바르티의 표정이 순식간에 굳어졌다.

"언제 들이닥칠지 모르니, 신병들에게도 확실하게 전하도록 해."

밀랜드의 시선이 회색 안개에 가려진 스터린산을 향했다.

"하분 성이 지옥의 전장으로 불리는 이유가 곧 찾아올 거라고."

1달 전만 해도 찬바람만 불었던 병사 연무장은 몸을 단련하는 정찰병들로 가득

차 있었다.

이 변화는 전부 한 사람 때문이다.

라온.

홀로 아이스 트롤 워리어와 샤먼을 죽일 정도로 강한 그가 새벽부터 밤까지 수련하는 모습에 충격을 받았는지, 다른 정찰병들이 하나둘씩 찾아와 단련을 시작했다.

라온은 시간이 날 때마다 그들의 자세를 교정해 주고, 단련 방법을 알려 주었는데, 그게 효과가 있다는 소문이 퍼져 지금 연무장은 병사들로 꽉꽉 채워져 있었다.

"와! 진짜네. 무릎을 살짝 굽히니까. 검술이 훨씬 편해졌어."

"어떻게 저렇게 잘 아시는 거지?"

"신안(神眼)이야. 신안! 자세를 딱 보면 뭐가 모자라는지 보이시나 봐."

"난 보지도 않고 문제점을 말씀해 주셨는데, 그게 딱 맞더라. 무서울 정도야."

정찰병들은 오늘은 무얼 배웠고, 자신들이 어떻게 변했는지를 떠들며 웃음꽃을 피웠다.

-쯧, 시끄럽도다.

라스는 그게 마음에 들지 않는지 혀를 쯧 찼다.

-조용해서 편했는데, 저것들 때문에 귀가 따가울 지경이니라.

'네 수다만 하겠어?'

라온은 연성검법을 처음부터 끝까지 펼쳐 낸 뒤 피식 웃었다.

-본왕의 경험담은 금괴의 산을 주어도 들을 수 없는 마계의 보배이니라. 들을 수 있는 것을 영광으로 알아라.

'영광은 모르겠고, 마계가 점점 친숙해지긴 해.'

'본왕이 마계에 있을 때', '본왕이 마계에서'라는 말을 자주 듣다 보니, 이젠 마계가 고향 같아졌다.

-본왕은 네놈이 이해되지 않는다.

'뭐가?'

-왜 저런 인간들을 신경 쓰는 거냐. 어차피 1년만 지나면 마주칠 일도 없는 것들인데.

'딱히 신경 쓰지 않았어.'

-하나하나 자세를 봐주면서 무슨 소리를 하는 것이냐.

'저 사람들의 자세를 봐주는 것도 내 수련의 일환이야.'

-수련이 된다고? 저런 허술한 움직임들이?

'그래.'

라온이 빙긋 미소 지었다.

'아주 확실하게 도움이 되고 있지.'

정찰병들의 움직임은 눈이 아니라, 글래시아를 통해서 보고 있다.

많은 사람의 움직임을 감각의 바다로 파악하다 보니, 지금 이 순간에도 바다는 빗물을 받아들이듯 넓어지고 있었다.

이 모든 건 이미지가 가장 중요하다는 진의를 파인애플 피자에 넘긴 마계의 군주 덕분이었다.

'다른 이유도 하나 있고.'

라온이 뒤를 돌았다. 살아남기 위해서 육체를 단련하고, 검을 휘두르는 병사들의 눈빛은 자신의 전생과 닮았다.

살아남고 싶고, 강해지고 싶었지만, 아무것도 할 수 있는 게 없는 그때가 생각나서 저들을 그냥 둘 수가 없었다.

-그게 무엇이냐.

'비밀인데.'

-말을 하다가 마는 건 마계의 죄악 중 하나이니라. 네놈의 육체를 얻자마자 그 영혼을 빙하 속에 가둬 버릴 것이니라!

'할 수 있다면 해.'

라온은 라스의 저주를 무시하고 뒤에 있는 정찰병을 보았다. 접힌 어깨 때문에 검이 제대로 움직이지 못하고 있었다.

"어깨를 조금만 펴면 좋을 겁니다."

"어깨요? 알겠습니다!"

그는 신의 목소리라도 들은 것처럼 고개를 숙이고 바로 어깨를 폈다. 움직임이 달라지는 만큼 그의 표정도 밝아졌다.

"어이!"

그 옆의 병사를 봐주려고 할 때 연무장 외곽에서 도리안의 목소리가 들려왔다.

"그게 아니지! 더 빨리 뛰어!"

도리안은 아직도 말단 정찰병 신세를 벗어나지 못한 설격대 검사들을 데리고 연무장을 돌고 있었다. 저들에게 검술을 가르칠 수는 없으니, 저렇게 체력 단련만 시키는 것이다.

'힘이랑 다리 하나는 좋은 녀석이니까.'

수련생 초기부터 지금까지 매일 달려왔기 때문에 도리안의 체력은 웬만한 검사들도 따라가지 못할 정도였다.

"누가 오러 쓰는 소리를 내었는가?"

뒤를 돈 도리안의 눈동자가 번뜩였다. 녀석은 리메르에게 배웠던 대로 오러 사용을 금지하고, 육체와 체력으로만 달리도록 설격대를 갈구었다.

'잘 뛰네.'

라온은 도리안의 바로 뒤에서 달리는 설격대주 에드퀼을 보며 눈매를 좁혔다. 사령관이 무섭긴 무서운지 눈빛에 불평불만이 가득하면서도 지시는 제대로 듣고 있었다.

"자, 그만!"

도리안이 숨을 고르며 멈춰 섰다. 오러를 사용하지 않고, 전력으로 뛰었기 때문에 검사들의 얼굴에는 지친 표정이 역력했다.

"다음은 수색 연습이다. 엎드려!"

"끄윽!"

"제, 젠장…."

"이게 제일 싫어…."

설격대 검사들은 코가 땅에 닿을 것처럼 네 발로 엎드렸다.

"이제 그 상태로 연무장을 돈다. 바닥의 흔적을 살피는 연습이니까. 최선을 다하도록."

"끄응…."

"후욱…."

설격대 검사들은 거북이처럼 기어서 연무장 외곽을 돌기 시작했다. 놀리는 것 같지만, 저건 정찰병들이 하는 수색 훈련 중 하나였다.

-근데 왜 저 녀석이 정찰병 교육을 하는 것이냐. 정찰도 제대로 모르지 않느냐.

'그러고 보니 그러네….'

라온이 고개를 갸웃거렸다. 어쩌다 보니 도리안이 저들의 교육 담당이 되어 있었다. 재밌는 건 누구도 불평하지 않는다는 거다.

'아니, 당연한 건가.'

저들이 지금 정찰병 신분이라고 해도 실제로는 오러를 사용할 수 있는 검사들이다. 평범한 정찰병들이 교육하기엔 부담스러우니, 도리안이 딱 제격이긴 했다.

"후후."

도리안이 히죽 웃으며 다가왔다.

"좋아 보인다?"

"좋긴요. 귀찮아 죽겠습니다."

말과 달리 녀석의 얼굴에선 웃음이 그치질 않았다. 처음에 하분 성에 왔을 때는 곧 죽을 것처럼 창백했지만, 지금은 포동하니 살이 올라와 있었다.

"그래도 예상한 것보다 편하긴 하네요. 전 정말 숨도 못 쉬고 싸울 줄만 알았거든요."

도리안이 역시 소문은 믿을 게 못 된다고 중얼거렸다.

"음? 너 몰라?"

라온이 눈매를 좁혔다.

"예? 뭘요?"

"여기가 지옥의 전장 혹은 전장의 지옥이라 불리는 이유는 일 년에 두 번 발생하는 웨이브 때문이야."

"웨…이브?"

"스터린산과 숲에 있던 육지 몬스터와 북해에서 올라온 해양 몬스터가 끝없이 몰려오는 현상이지. 너라면 알 줄 알았는데?"

"아, 알면 알수록 무서우니까. 알아보지도 않았죠! 모르는 게 약이잖아요!"

도리안이 물에 젖은 개처럼 맹렬하게 고개를 흔들었다.

"웨이브라니, 그게 뭐야! 무서워!"

"곧 그 징조가 있을 거다. 시작되면 3일에서 5일 정도는 잠도 못 잔다고 보면 돼."

"싸우느라 잠도 못 잔다구요?"

"응."

"으어어억!"

손톱을 물어뜯는 녀석의 눈동자가 파도를 맞은 모래처럼 바스러졌다.

"괜찮아. 배웠던 대로만 움직이면 무사히 끝낼 수 있을 거다."

"그렇겠죠? 그럴 수 있…지 않아요!"

도리안은 악 소리를 지르고 정찰병들에게 달려가 웨이브에 대해 물었다. 자신과 같은 대답이 돌아오자 녀석의 표정이 점차 흙빛으로 물들어 갔다.

"끝났어! 내 인생은 끝이야!"

이젠 머리를 부여잡고 하늘을 향해 소리를 지른다.

'네 1호 부하 참 재밌네.'

라온은 피식 웃으며 멍하니 떠 있는 라스를 툭 쳤다.

―…본왕이 모르는 놈이니라.

"미친놈! 그래서 그냥 보내 줬다는 것이냐?"

푸른 로브를 입은 사내가 이를 드러냈다. 톱니처럼 날카로운 이빨에서 서늘한 한기가 일었다.

"그럴 수밖에 없었다. 거기서 한 번 더 습격하는 건 악수였으니까."

검은 로브의 사내가 옅은 한숨을 내쉬었다.

"그놈의 계획, 그놈의 수! 네놈은 머리를 너무 많이 굴린다!"

"무지성으로 들이박는 네놈보다야 낫지."

두 사람은 서로를 노려보며 몬스터에게서나 볼 수 있을 법한 야성적인 투기를 뿜어냈다.

"그래서 다음은 뭘 어쩔 건데. 밀랜드를 끌어낸다는 계획은 깨진 거나 다름없잖아!"

"괜찮다. 새로운 계획을 짰으니까."

검은 로브의 사내가 고개를 저었다.

"새로운 계획?"

"곧 시작될 웨이브. 그 안에 너와 내 힘을 조금 섞는다."

"섞는다고?"

"그래. 넌 웨이브에 더 많은 해양 몬스터들이 참여할 수 있도록 힘을 써라."

"네놈은 뭘 하려고?"

"나는 벽을 무너뜨릴 것을 준비하겠다."

그가 로브를 들췄다. 길쭉한 검은 털이 나 있는 해골이 허공에 둥둥 떠 있었다. 살아 있는 듯 빈 안구에서 검은빛이 흘러나왔다.

"붐 스컬?"

"이 녀석을 이용한다면 그 정도 성벽은 확실하게 부술 수 있다."

"성벽에 다가가기 전에 밀랜드에게 찢길 것이다."

"괜찮아. 그림자 속에 숨을 수 있게 개조했으니까. 마스터라고 해도 발견할 수 없다."

검은 로브의 사내는 자신 있는 손짓으로 붐 스컬을 쓰다듬었다.

"그 이후에는? 벽을 부숴도 하분 성은 무너지지 않는다."

"걱정하지 마라. 밀랜드와 간부들을 끌어낼 계획은 그 이후부터 시작되니까. 벽이 무너지게 되면 놈들은 나올 수밖에 없다."

"후, 이번이 마지막이다."

푸른 로브의 사내가 인상을 찌푸리며 팔짱을 꼈다.

"너와 내가 같은 목적을 가졌다고 해도 그 과정마저 같을 필요는 없지. 이번에도 실패한다면 나는 내 나름대로 움직이겠다."

"그럴 일은 없을 것이다."

검은 로브의 사내가 손에 든 녹색 가면을 만지작거리며 가는 미소를 지었다.

"하분 성이 움직일 수밖에 없는 카드를 꺼낼 테니까."

어둠이 지워지지 않은 새벽 연무장.

라온이 검을 내리쳤다. 열기가 깃든 검풍에 얼어붙은 땅이 녹아내리고, 찬 공기가 비명을 질렀다.

발을 구르고 검날을 추켜올린다. 강대한 적이 눈앞에 있는 것처럼 살아 있는 움직임. 그는 이미지로 만든 적과 생사를 다한 전투를 벌이고 있었다.

후우우욱.

라온의 입에서 냉기가 뿜어진다. 눈빛이 얼어붙고, 칼날의 열기는 차게 식었다.

푸르게 번들거리는 칼날이 짐승의 어금니처럼 사납게 쏘아진다. 불길에 녹아내렸던 땅이 바위처럼 굳고, 허공에 서리의 꽃이 피어났다.

은빛 칼날 위에서 춤을 추던 얼음꽃이 바람에 흩날리며 그의 주변을 맴돌았다.

치이잉!

서리의 꽃잎은 하나하나가 냉기와 예기를 담은 칼날이 되어 라온이 이미지로 그린 적을 찢어발긴 후에야 이슬처럼 녹아내렸다.

"후우."

라온이 냉기를 가라앉히며 숨을 골랐다.

-으음….

라스는 무언가 마음에 들지 않는 것처럼 신음을 흘렸다.

'왜?'

-이상하리만큼 성장이 빠르구나.

'……'

라온이 병찐 얼굴로 라스를 보았다. 지가 이미지를 연습하라고 알려 줘 놓고 저런 반응이라니, 파인애플 피자의 맛만 빼고 전부 잊어버린 모양이다.

"이야!"

라스의 반응에 어처구니없어할 때 연무장 외곽에 서 있던 도리안이 다가왔다.

"이젠 얼음꽃도 여섯 송이가 피어나네요. 볼 때마다 달라지니, 정신을 못 차리겠네."

도리안은 어떻게 그렇게 빨리 강해지냐며 혀를 내둘렀다.

'확실히 내 예상보다 성장세가 빠르긴 해.'

라스의 조언과 임무에서 얻었던 경험을 조화시키니, 글래시아와 광아검의 성장이 눈부셨다. 예측을 벗어난 성장 속도에 자신도 당황할 정도였다.

"너도 새벽부터 밤까지 수련하면 빨리 강해질 수 있어."

"새벽부터 밤…. 도련님은 16살이 되셔도 변하질 않으시네요."

"달라질 이유가 없지."

집을 떠났다고 해도, 16살이 되었다고 해도 달라진 건 없다. 주어진 시간을 최대로 활용해 수련하는 것뿐이다.

"너도 훈련하고 온 거야?"

"훈련까지는 아니고, 성을 좀 돌고 왔습니다."

도리안이 히죽 웃으며 고개를 끄덕였다.

"또 설격대 애들 데리고 간 거냐?"

"예. 일과죠. 일과."

"이제 한 달도 안 남았는데, 아쉽겠네?"

"그러게요. 하…."

설격대가 정찰병으로 있을 수 있는 시간이 한 달도 남지 않았다. 도리안의 표정에 아쉬움이 묻어났다.

"그래도 다른 후배들이 있어서 괜찮아요."

도리안은 본인을 정찰대의 호위가 아니라, 정찰대로 생각하고 있었다. 처음엔 죽겠다고 하더니, 제대로 적응했다.

"이제 적응 좀 됐나 보네."

"도련님도 마찬가지잖아요."

"뭐, 그렇지."

그의 말대로 정찰이나, 임무에서 동고동락하고, 훈련장에서 매일같이 보니, 정찰병들에게 나름 정이 든 상태였다.

"그놈의 웨이브만 없으면 참 좋을 텐데. 헉! 내 입으로 그 불길한 단어를 꺼내다니! 젠장!"

도리안은 생각하기도 싫은 듯 머리를 쥐어뜯었다.

"그만하고 밥이나 먹으러 가자."

"예에."

힘이 축 빠진 도리안이 고개를 끄덕였다.

-서리의 가지로 가자. 병사 식당 음식은 정말이지 최악이니라.

라스가 제발 서리의 가지에 가자며 냉기로 만든 손을 흔들었다.

'병사 식당도 괜찮지 않아? 난 맛있는데?'

-그 딱딱한 빵 쪼가리와 스프가 맛있다니, 예전부터 느꼈지만, 네놈의 혀는 정상이 아니다. 혀에 가야 할 능력치가 전부 정신력으로 간 게 분명 하느니라.

'그럴지도.'

라온이 피식 웃었다. 전생의 어린 시절엔 임무를 마쳐야만 빵 한 조각을 받았다. 끼니마다 밥을 챙겨 주는 이곳은 천국이나 다를 바 없다.

다만 민트초코와 파인애플 피자에 정신이 나간 놈에게 듣고 싶진 않은 말이었다.

'오랜만에 한번 가 볼까.'

-저, 정말이냐?

'그래. 가끔은 네 말도 들어줘야지.'

-무슨 꿍꿍이가 있는 건 아니지?

'아니야.'

라온이 피식 웃으며 몸을 돌렸다. 검술과 오러, 냉기가 모두 성장한 기분으로 간만에 라스의 혀를 만족시켜 주기로 마음먹었다.

"도리안. 오늘 아침은 서리의 가지로 가자. 내가 살게."

"예? 웬일이세요?"

"가끔은 특식을 먹어 줘야지."

"오! 알겠습니다!"

기분이 풀린 도리안과 함께 서리의 가지로 들어갔다. 아침 시간이라 그런지 테이블은 한 자리 빼고 전부 차 있었다.

"오! 교관님!"

"교관님! 인사 박습니다!"

"식사하러 오셨습니까?"

"유아야! 교관님 식사는 내 앞으로 달아 놔!"

아침 식사를 하던 병사들이 우르르 일어나 라온에게 고개를 숙였다.

"교관 아니라니까요."

"저희 자세를 매일 봐주시는데, 교관님이죠!"

"예! 스승으로 모시겠습니다!"

"됐으니, 식사하세요."

라온이 손을 젓고서 가운데 있는 테이블에 앉았다. 요즘엔 저렇게 많은 사람들이 교관이라고 부르고, 인사를 해 와서 귀찮을 지경이다.

"오늘 정말 잘 오셨어요!"

유아가 양 갈래 머리를 살랑이며 주방에서 달려 나왔다.

"신메뉴가 나왔거든요! 한번 맛봐 주시겠어요?"

유아는 방긋 웃으며 메뉴판에 새로 추가된 부분을 가리켰다.

"애플 미트 파이?"

"네! 간 사과를 넣어서 만든 촉촉하고, 달달한 고기 파이예요!"

"음…."

안 끌리는데.

고기면 고기. 과일이면 과일이 좋다. 섞는 건 딱히 선호하지 않았다.

-먹어라! 골라라! 선택해라!

라스의 냉기가 불기둥처럼 치솟았다.

-본왕은 애플 미트 파이가 끌리느니라!

녀석의 목소리에 군침이 가득 차 있었다.

"그럼 그 파이 하나 주고, 도리안 너는?"

"전 모험을 하는 성격이 아니니까. 평범하게 정찰병 정식에 파인애플 쿠키 추가!"

"네!"

녀석은 배 주머니에서 파인애플 하나를 꺼냈다. 유아는 익숙한 손놀림으로 파인애플을 챙겼다.

-파인애플 쿠키를 추가해라! 본왕도 그 쫀득함을 느끼고 싶다!

"하아, 나두 파인애플 쿠키."

"네에!"

유아는 상큼하게 웃고서 주방으로 들어갔다.

"너 대체 파인애플이 몇 개나 있는 거냐?"

"이제 얼마 안 남았어요."

녀석은 아쉽다는 듯 배 주머니를 쓰다듬었다. 얼마 안 남았다는 말이 좀 무서웠다.

-철저한 준비성. 역시 본왕의 1호 부하답구나. 음식 재료를 철저하게 챙기라 지시해라.

'얼마 전에는 모르는 놈이라며.'

-…….

라스는 못 들은 척 고개를 돌렸다.

도리안과 잡담을 하고 있으니, 얼마 지나지 않아 유아가 따끈따끈한 음식들을 가지고 왔다.

"오, 냄새 좋네."

"냄새만 좋은 게 아니라, 맛도 좋아요. 드셔 보세요!"

유아가 허리에 손을 척 올리고 고개를 크게 끄덕였다.

"그래."

라온이 옅게 웃고서 나이프를 들었다. 파이를 자르자, 사과의 새콤함과 고기의 짙은 육향이 조화롭게 퍼져 나왔다. 혀에 침이 절로 고였다.

-빠, 빨리! 빨리 먹어라.

'보채지 좀 마.'

파이를 덜어서 먹으려고 할 때 식당 밖이 분주해졌다.

쾅!

곧 문이 열리고, 얼굴이 빨개진 라딘이 들어왔다. 급한 일이 있는지 눈빛이 다급했다.

"라온! 여기 있었구나!"

그가 찾던 사람은 자신이었다.

"무슨 일 있습니까?"

"사령관님의 호출이다!"

"이 시간에요?"

"급한 일이니까."

그의 말을 듣자, 무슨 일이 벌어졌는지 알 수 있었다.

"웨이브의 징조가 일어났다."

"웨이브…."

라온이 인상을 찌푸리며 일어섰다.

"웨이브? 웨이브. 웨이브!"

도리안은 웨이브를 세 번 외치고 목각 인형처럼 굳었다.

"웨, 웨이브라고?"

"시발…."

"후, 올 때가 되긴 했지."

병사들의 눈빛이 잘게 떨렸다. 불안한 듯 포크를 내려놓고 입술을 깨물었다.

"유아야. 신메뉴는 나중에 먹어야겠다. 걱정하지 말고 있어."

"아, 네."

라온은 불안해하는 유아의 어깨를 두드려 주고, 라딘을 따라 식당을 나갔다.

-자, 잠깐! 어딜 가는 것이냐!

라스는 고무줄처럼 몸을 늘려서 파이 그릇에 꼭 달라붙었다.

-웨이브가 뭐든 본왕이 전부 해결해 주겠노라! 한 입. 딱 한 입만 먹고 가라! 라온!

냉기로 만든 손으로 파이 그릇을 잡으려고 했지만, 당연히 잡히지 않았다. 그는 활시위를 떠난 활처럼 라온에게 끌려갔다.

-본왕은 왜 행복할 수가 없는 것이냐! 왜!

"웨이브ㅇㅇㅇ!"

서리의 가지는 파이를 먹지 못한 마왕과 겁쟁이의 절규로 가득 찼다.

제129화

웨이브.

다른 말로 몬스터들의 파도.

하분 성이 전투의 지옥이라 불리는 이유가 바로 여름과 겨울 2번에 걸쳐 일어나는 이 웨이브 때문이었다.

스터린산과 북해에서 튀어나온 몬스터들과 5일 밤낮으로 싸우다 보면 하분 성에서 평생을 산 베테랑들도 죽고 싶어질 정도라고 한다.

웨이브의 이유는 아직 정확하게 밝혀지지 않았는데, 오마의 수작이라는 말도 있고, 여름과 겨울에 개체가 폭발적으로 늘어난 몬스터들이 먹이를 찾기 위해서 본능적으로 밀고 나온다는 말도 있었다.

라온은 그 웨이브의 대책을 세우기 위해 사령관실에 와 있었다.

"숫자는?"

"눈에 들어온 놈들만 세어도 만 단위 이상입니다. 제 감일 뿐이지만, 작년보다 많아 보입니다."

"매번 어디서 그렇게 튀어나오는지 알 수가 없군."

밀랜드가 손에 쥔 종이를 구기며 인상을 찌푸렸다.

"언제쯤 도착하지?"

"이동 속도로 볼 때 모레 새벽이면 성벽에서 관측될 겁니다."

"특별한 건?"

"투기를 사용할 수 있는 몬스터들이 많이 보였습니다. 아이스 트롤 워리어나 오크 투사, 북해 부근에선 만타쿤이나, 옥스톨 킬러, 크라트도 보였습니다. 그리고…."

1번 정찰대장 바르티는 파악해 놓았던 엘리트급 몬스터를 모두 읊었다. 한두 번 해 본 솜씨가 아닌지 말에 확신이 깃들어 있었다.

"엘리트급도 많군."

"이번에도 목숨을 걸어야겠네요."

"그래. 준비를 단단히 해야겠어."

밀랜드가 고개를 끄덕이며 일어섰다.

"정비관."

"예!"

"모레 새벽까지 성문과 성벽의 상태를 전부 확인하도록. 빈틈이 있어서는 안 된다."

"알겠습니다!"

"병창관."

"예!"

"무기를 확인하고, 벽 위에서 던질 수 있는 돌과 기름을 준비해라."

"명을 받듭니다!"

그는 회의장에 있는 간부들에게 임무를 주었고, 지시를 받은 사람들은 다급하게 회의장을 떠났다.

"테리안. 너는 나 대신 지휘부에서 총괄 업무를 맡는다."

"예!"

부사령관 테리안까지 떠나자 남은 건 라온뿐이었다.

"라온."

"예."

"웨이브에 대해 알고 있느냐?"

"어느 정도는 알고 있습니다."

"웨이브를 한 번 치르면 셀 수 없이 많은 사상자가 나온다. 계속 정찰을 보내고, 출정을 나가는 이유도 그 피해를 조금이라도 줄이기 위해서지."

밀랜드의 굳건한 눈동자가 비틀어진다. 노쇠한 장수의 애잔함이 그림자처럼 드리웠다.

"무너진 성벽은 세우면 되고, 박살 난 성문은 새로 만들면 된다. 하지만 죽은 자는 돌아오지 않아."

"지키라는 말씀이시군요."

"그래. 최대한 많은 병사를 지켜 다오. 그게 너와 도리안의 임무다."

"최선을 다하겠습니다."

"부탁히마."

라온은 밀랜드에게 고개를 숙인 뒤 회의장을 나왔다. 그는 출정과 임무마다 모두를 살려서 데려오는 자신에게 확실한 믿음을 가지고 있는 것 같았다.

"도, 도련님! 어떻게 됐어요?"

사령부 앞에서 기다리고 있던 도리안이 달려왔다. 식은땀을 줄줄 흘리는 모습을 보니, 어지간히 긴장했나 보다.

"뭘 물어. 뻔하지. 우리 임무는 성벽으로 올라오는 몬스터를 막고, 병사들을 보호하는 거다."

"아이고!"

도리안이 주저앉아서 땅을 쳤다.

-망할 웨이브. 먹지 못한 애플 미트 파이의 원한을 갚겠노라.

겁에 질린 도리안과 반대로 라스는 차디찬 분노를 끌어 올렸다.

"진짜 죽었다. 웨이브를 어떻게 버텨!"

"1달 전에 웨이브가 온다고 말해 줬잖아."

"전 운 좋게 비켜 갈 줄 알았죠! 진짜 인생 망했어!"

"좀 나아졌나 싶었는데."

라온이 혀를 쯧쯧 차고 도리안의 목덜미를 잡았다.

"어? 어디 가십니까?"

"네가 이러면 다른 병사들이 위험해. 오랜만에 정신 교육 좀 하자."

"저, 정신 교육이라면…."

"뭘 물어. 광아검을 쓰는 나랑 놀아 보는 거지."

"잠시만요! 지금 막 괜찮아졌…."

라온은 서늘하게 웃으며 고개를 저었다.

"내가 안 괜찮아."

❀❀❀❀❀

땡땡땡땡!

귀가 따가운 종소리가 새벽을 밝힌다.

벽에 기댄 채 명상을 하고 있던 라온이 느릿하게 눈을 떴다.

"왔군."

하분 성에 온 이후로 처음 듣는 비상종 소리다. 다급한 종소리만으로도 밖의 상황이 어떤지 예상이 갔다.

"도, 도련님."

"잘 준비해서 나와."

라온은 도리안의 어깨를 두드린 후 검을 챙겨서 밖으로 나왔다.

"빨리 움직여!"

"아, 젠장 정비 덜 끝났는데!"

"병창을 열어!"

"보병과 창병은 성벽으로!"

병사들만이 아니라, 정비사나 대장장이들까지 이 추운 날 땀을 줄줄 흘리며 바쁘게 돌아다니고 있었다.

"후우…."

라온은 숨을 고르며 성벽으로 향했다.

-피 냄새가 나는구나. 오늘은 피가 강이 되어 흐르겠어.

라스는 찬 공기를 크게 들이키며 서늘한 미소를 흘렸다. 미트 파이의 원한을 갚으라는 자칭 마왕을 무시하고 성벽을 올랐다.

"꿀꺽."

마른침이 저절로 넘어간다.

밤새 쌓인 설원 위로 녹색과 푸른색의 파도가 굽이친다. 오크, 트롤, 놀, 샤크몰, 크라트, 샤미르까지. 끝이 보이지 않는 몬스터들의 행렬이 이어진다.

감각이 뛰어난 자신으로서도 세기 힘들 정도의 숫자에 손끝이 떨렸다.

몬스터들에서 뿜어지는 광기와 식탐의 악취에 후각이 마비될 것 같았다. 놈들은 이 성안에 있는 인간들을 상자 안에 든 먹이처럼 생각하고 있었다.

"후욱!"

"아…."

"미, 미쳤어!"

"시발! 봐도 봐도 적응이 안 되네…."

성벽에 선 병사들은 무기를 쥔 손을 덜덜 떨며 입술을 깨물었다. 그들의 눈빛에 어린 건 확연한 두려움이었다.

쿠구구구!

다른 몬스터들보다 머리 하나는 더 큰 엘리트 몬스터들이 피워 내는 강렬한 투기에 병사들의 떨림이 점점 더 심해졌다.

챠아아앙!

성벽 중앙에서 검을 뽑는 소리가 들렸다. 하늘을 찌를 듯한 칼날에서 상서로운 기운이 뿜어져 나왔다. 몬스터들이 피워 내던 광기가 내려앉고, 정심한 기운이 그 자리를 채웠다.

"겁먹을 필요 없다! 하분 성에 몸담은 자라면 누구나 이겨 낼 수 있는 시련이다!

정렬하라!"

"정렬하라!"

밀랜드였다. 어느새 성벽 위에 오른 그가 대지가 흔들릴 정도의 웅대한 목소리로 병사들의 사기를 끌어 올렸다.

"방패병과 창병은 전방으로. 궁병은 그 뒤에 대기하라!"

직접 움직인 사령관의 모습에 용기를 얻은 병사들이 굳은 다리를 풀고 마음을 다지기 시작했다.

"대기하라!"

밀랜드는 설원을 가득 채우는 몬스터의 해일을 보고도 공격 명령을 내리지 않았다. 기다리고, 또 기다렸다.

몬스터들에게서 풍겨 오는 혈향과 노린내가 바로 가까이에서 코를 자극할 때쯤, 그의 검이 불을 뿜었다.

"쏴라!"

은색 칼날에 담긴 막대한 기운이 전방으로 뻗어 나갔다.

콰아아아앙!

거리를 격하는 검기가 몬스터들의 선두를 몰아쳤고, 그 뒤로 정찰병과 궁수들의 손에서 화살이 떠나는 소리가 울려 퍼졌다.

피아아앙!

어둑한 남색 하늘 위로 은색의 비가 쏟아져 내렸다.

퍼버버버벅!

화살에 맞은 몬스터들이 뒤로 넘어갔지만, 파도는 그치지 않았다. 동족을 밟고, 뜯으며 성벽을 향해 밀려왔다.

"쏴!"

재빠르게 장전한 쇠뇌와 활이 다시 바람을 뿜었다. 두 번째, 세 번째 화살 무더기가 쏟아져도 몬스터들의 행렬은 멈추지 않는다. 벽을 향해 미친 듯이 달리기 시작했다.

"크아아아아!"

결국 성까지 도착한 오우거 한 마리가 그 거대한 주먹으로 성문을 후려치려 할 때 밀랜드의 칼이 뒤집혔다.

콰아아앙!

강기에 휘감긴 검격이 연속으로 쏟아지며 오우거와 오크들을 갈기갈기 찢어 버렸다.

"성벽을 사수하라! 절대 넘어오게 해서는 안 된다!"

그의 압도적인 무력에 용기를 얻은 병사들은 성벽에 달라붙어 올라오는 해양 몬스터들을 향해 검을 휘두르고, 창을 찔렀다.

모두가 손가락이 찢어지도록 무기를 휘두르고 활을 날렸지만 몬스터들의 광기는 멎지 않았다. 놈들은 얼어붙은 성벽을 평지처럼 타고 올라와 식탐 어린 손톱을 내리쳤다.

"허어억!"

메뚜기처럼 성벽을 뛰어 올라온 트롤이 병사의 머리를 뜯으려 할 때 라온이 움직였다.

촤아악!

광아검으로 트롤의 발목을 잘라 아래로 떨어뜨렸다. 넘어진 보병을 세워 주려 했지만, 바로 옆에서 놀이 갈고리를 타고 올라왔다.

"끼아아아!"

창을 내지르려는 놀의 머리를 베어 버리고, 우측으로 움직여 도끼를 든 오크의 가슴을 갈랐다.

퍼어엉!

무언가가 터지는 소리가 들렸다. 돌아보니, 성벽 위로 갈색 연기가 퍼지고 있었다. 해양 몬스터 스웰피쉬의 독 안개였다.

"아악!"

"끄아아악!"

독 안개에 노출된 병사들이 얼굴을 감싸 쥐며 뒤로 물러섰다.

터엉!

라온이 독 안개 속으로 들어가서 검을 내리쳤다. 붉은 검풍이 독 안개를 오크 쪽으로 밀어냈다.

"크아아아!"

"크라락!"

독 안개를 들이켠 오크들이 피부를 긁으며 성벽 아래로 떨어졌다.

"가, 감사합니다."

라온은 인사를 해 오는 병사들에게 고개를 끄덕이고 다른 비명이 들리는 곳으로 날려갔나.

아무래도 오늘은 길고도 긴 하루가 될 것 같았다.

해가 뜨기 전부터 시작된 전투는 태양이 서산에 걸릴 때까지 계속되었다. 대체 어디에 이 숫자가 숨어 있었는지 궁금할 정도로, 몬스터들의 물결은 끝이 없었다.

성벽에 서서 용맹을 뿜어내던 병사들은 추위와 피로에 지쳐 팔다리를 허우적댔고, 기계처럼 화살을 뿌리던 궁병들의 손가락에도 핏물이 가득했다.

끊임없이 오러를 운용하며 성벽을 사수하던 검사와 기사들도 오러 고갈 현상이 나타나 얼굴이 노랗게 죽어 갔다.

그들 모두가 지금까지 일어났던 웨이브 중 이번이 가장 지독하다고 말하며 입술을 깨물었다.

아이러니하게도 이 지옥 같은 전장에서 가장 건재한 사람은 하분 성에 온 지 3개월도 지나지 않은 라온이었다.

그는 불의 고리와 만화공이라는 희대의 연공법으로 육체의 피로를 풀고, 오러를 회복시키며 전장을 제집처럼 노닐었다.

그가 구한 병사만 100명이 넘고, 죽이거나 떨어뜨린 몬스터는 300마리에 가까울 정도였다.

퍼어엉!

라온이 성벽을 올라오던 트롤의 목을 베어 버리고, 아래로 밀어 버렸다.

"후우…."

굳어 버린 듯한 허리를 폈다. 해가 지고 있음에도 싸움은 끝나지 않았다. 이런 상황이 며칠 동안 지속된다고 하니 정말 지옥이 따로 없었다.

"으라라야!"

도리안은 어느샌가 검을 내려놓고, 설격대에게 고통을 주던 통나무를 아래에 던지고 있었다.

매번 무거운 걸 잘 든다 했더니, 힘이 장사였다. 통나무에 얻어맞은 오크와 놀들이 추풍낙엽처럼 떨어져 나갔다.

콰아아앙!

성문 앞에서 대지가 뒤틀리는 소리가 울렸다. 밀랜드다. 그는 처음과 조금도 달라지지 않은 모습으로 성문에 달려드는 몬스터들을 학살했다.

사령관인 그가 굳건하게 버텨 준 덕분에 성문과 주변 성벽은 조금의 손상도 입지 않았다.

라온이 고개를 들었다. 바닥으로 기우는 태양. 해가 떨어지고 나서부터가 진짜 싸움이다. 모두가 잘 버텨 주기를 바라며 피 묻은 검을 털었다.

"하아."

천천히 숨을 고르며 불의 고리를 운용했다. 다시 움직이려고 할 때 감각의 바다에 처음 느끼는 기척이 잡혔다.

기사들이 무기와 갑옷의 정비를 위해 잠시 빠져서 정찰병들과 소수의 검사만 남은 우측 외곽. 그곳으로 시꺼먼 무언가가 날아가고 있었다.

'저게 뭐지?'

트롤의 머리통만 한 크기에 검은색 털로 뒤덮여 있는 기이한 외형의 몬스터다. 놈은 성벽에 닿는 게 인생의 목표라도 되는지 죽을힘을 다해 질주했다.

다른 사람은 저 몬스터의 움직임을 느끼지 못했는지, 신경조차 쓰지 않았다.

'뭔가 불안해.'

처음 보는 몬스터라는 점. 현재 가장 약하다고도 할 수 있는 방향을 노리고 다가가는 게 왠지 마음에 걸렸다.

터엉!

라온이 땅을 박차고 우측 성벽으로 뛰었다. 시커먼 몬스터를 향해 검기를 쏘아 냈다.

콰아아앙!

놈이 성벽에 닿기 전에 베었지만, 이미 늦은 것 같다. 갈라진 몸에서 뿜어진 불길한 기운이 그대로 폭발했다.

쿠구구구!

거미줄처럼 갈라졌던 금이 터지며 성벽이 중간부터 무너져 내렸다.

"으아아아악!"

"끄으으윽!"

벽 위에 있던 30명 정도의 병사와 검사들이 비명을 지르며 몬스터들의 살점으로 가득한 땅에 떨어졌다.

"아아아아악!"

"내, 내 다리! 내 다리가!"

"흐으윽!"

"사, 살려 줘! 팔이 꼈어! 몸이 안 움직여!"

무너진 성벽에 깔리거나 착지를 제대로 못 한 병사들이 피에 젖은 비명을 터트렸다.

"큭!"

"내려가지 마라!"

라온이 움직이려 할 때 밀랜드의 목소리가 들려왔다.

"아직 성벽은 무너지지 않았다! 성벽을 사수해라! 작은 것을 보다간 큰 게 무너진다!"

그는 아래로 떨어진 병사들을 보며 입술을 물어뜯었다. 일개 검사나 병사가 아닌, 사령관으로서의 선택이었다.

맞는 말이다. 저들을 보호하다간 반만 무너진 성벽이 완전히 깨져 나갈 테니까.

'하지만 나는….'

라온은 이를 드러내는 몬스터들을 보고, 검을 고쳐 잡았다.

저들 모두는 함께 임무에 나간 적 있는 전우들이었고, 직접 자세를 봐주었던 동료들이었다.

지나가듯이 들었던 그들의 사연이, 우렁차게 외쳤던 그들의 목표가 자신의 심장을 두드렸다.

'나는 지휘관이 아니야.'

밀랜드가 원한 건 병사들의 목숨을 하나라도 살리라는 지시. 라온은 먼저 내려온 임무를 따르기로 결정했다.

"라온!"

"라온 님!"

등을 후려치는 듯한 밀랜드와 도리안의 목소리를 들으며 성벽 아래로 뛰어내렸다.

-미친놈이로다.

라스가 쇳소리를 내며 비웃음을 흘렸다.

'다 방법이 있어.'

라온은 어둠 속에서 타오르는 수천 개의 광기를 마주하며 옅은 미소를 지었다.

'여기서 살아 나가면 내가 얼마나 성장할지 기대되네.'

…진짜 미친놈이로다.

제130화

후우우우.

라온은 심장을 조여 오는 몬스터들의 살의를 느끼며 숨을 골랐다.

-어떻게 버틸 생각이냐.

'감각을 최대한 열고 싸워야지.'

-감각으로 느껴도 몸이 움직이지 않을 때가 있을 것이다. 네 뒤에 있는 것들을 보호할 때는 더더욱.

슬쩍 뒤를 돌아보았다. 떨어지기 전부터 폭발에 휩싸였기 때문에 싸울 수 있는 사람은 아무도 없었다.

-이제 알았느냐. 네놈이 얼마나 멍청한 짓을 한 것인지. 네게 남은 건 개죽음뿐이다.

'해 보지 않고서는 몰라.'

-본왕은 거짓을 말하지 않는다. 한쪽을 막지 않는 이상 지쳐 있는 네놈은 저들 모두를 보호할 수 없다. 정에 움직이다니, 한심한 놈!

라스의 말을 들은 것처럼 해양 몬스터들이 달려오기 시작했다.

'한심하다라….'

라온이 피식 웃으며 검기를 쏘아 냈다. 반월을 그리며 쏘아진 붉은 칼날이 해양 몬스터 무리를 반으로 찢어 버렸다.

'맞는 말이야.'

전생에서 정에 이끌리다가 죽는 경우를 수없이 많이 봐 왔다. 암살을 할 때 그걸 이용한 적도 있고. 하지만 후회는 하지 않는다. 지금의 자신은 암살자 라온이 아니라, 검사 라온 지그하르트였으니까.

'견딘다.'

감각의 바다를 열고, 만화공을 끌어 올렸다. 이미 저지른 일. 저들을 구할 때까지 전력을 다해 싸우기로 마음먹었다.

-견디는 정도로는 안 된다. 본왕에게 몸을 넘겨라. 저 몬스터들을 모조리 얼리고, 인간들을 구해 주겠노라.

'그게 목적이었나? 오랜만에 본색을 드러내는군.'

-본왕의 목적은 처음부터 그거 하나였으니….

'집중하게 조용히 좀 해.'

"라온 님! 피해요!"

라스의 말을 무시하고 검을 세울 때 도리안의 경고가 들려왔다. 고개를 들어 올리니 도리안의 손에서 길쭉한 바위 하나가 떨어지고 있었다.

콰아아앙!

떨어진 바위가 땅에 박히며 우측을 막는 벽이 만들어졌다.

"흐아압!"

도리안은 그 위로 무너진 성벽의 잔해를 발로 걷어차 벽을 조금 더 높게 만들었다.

'역시 저건 평범한 아공간 주머니가 아니었군.'

많은 물건을 넣는 것으로 모자라, 꺼낼 때 일시적으로 물건이 경량화되는 능력까지 있는 것 같다. 최소 유일급 이상의 주머니였다.

"제가 말했죠! 물건들에는 다 쓰임새가 있다고! 바위는 이럴 때 쓰는 겁니다!"

"허…."

헛웃음이 나왔다. 왜 바위를 가지고 다니냐고 뭐라고 했던 걸 지금까지 마음에 두고 있었던 것 같았다.

"제, 제가 할 수 있는 건 여기까지예요! 꼭 버티세요!"

도리안은 어색하게 웃으며 엄지손가락을 치켜올렸다.

"그래. 고맙다."

이 정도면 충분해.

중앙과 좌측, 우측에서 우측이 막혔으니, 이젠 두 방향만 막으면 된다. 처음과는 비교할 수 없을 정도로 편해졌다.

-바위를 이렇게 쓴다고? 이익!

어처구니가 없는지 라스는 넋이 나간 눈으로 도리안을 올려다보았다.

"와라!"

라온이 앞으로 나가며 오러를 실은 포효를 터트렸다.

"끄륵!"

"끼이익!"

"크르르!"

그 사나운 으르렁거림에 몬스터들이 잠시 움찔거렸지만, 식욕과 광기를 참지 못하고 달려들기 시작했다.

"크라라락!"

가장 먼저 돌진해 온 건 오크다. 벌겋게 녹이 슨 도끼로 머리를 노려 왔다. 광아검으로 도끼를 튕겨 낸 후 오크의 목을 베었다.

"끼아아!"

뒤를 이어 놀이 철퇴를 내리쳐 왔다. 놈의 목표는 머리. 상체를 비튼 채로 검을 그어 놀을 반으로 갈라 버렸다.

촤아악!

뿜어지는 놀의 핏물 사이로 시퍼런 도끼가 들이닥쳤다. 뒤에서 기회를 노리던 오크 투사의 기습이었다.

쩌엉!

검을 수평으로 세워 도끼를 막자마자, 오크 투사의 두 번째 도끼가 벼락처럼 떨어져 내렸다.

'알고 있어도 섬뜩하군.'

감각의 바다를 통해 오크 투사의 움직임을 모두 파악하고 있었는데도 놈이 뿜어내는 살기는 등골이 서늘할 정도였다. 무력 이상의 투기와 투시였다.

치이잉!

라온이 차가운 눈빛을 발하며 검을 휘돌렸다. 풍차처럼 돌아간 검날이 두 개의 도끼를 튕겨 냈다.

아래에서 멈춘 칼날을 그대로 위로 그었다. 오크 투사가 투기로 칼날을 잡으려

했지만, 그 정도에 막힐 검격이 아니었다.

"촤아악!"

가슴이 사선으로 갈라진 오크 투사가 눈을 까뒤집고 뒤로 넘어갔다.

"쯧."

라온이 혀를 찼다.

'숨을 돌릴 틈도 없군.'

바닥의 진동 그리고 내려앉는 그림자. 위에서 아이스 트롤이 떨어져 내렸고, 아래에서 샤크몰이 올라오고 있었다.

"화아아아!"

검을 뒤로 젖힌 뒤 창처럼 내질렀다. 샤크몰이 솟구치고, 아이스 트롤이 떨어진 순간 칼날에서 뿜어진 불꽃이 두 괴물을 집어삼켜 버렸다.

"크르륵….'

"키이이익…"

밤을 지우는 화염의 꽃잎에 몬스터들은 겁먹은 듯 멈춰 섰다.

"끼아아악!"

뒤에서 사이한 목소리가 울렸다. 문어와 비슷하게 생긴 해양 몬스터 오르쿠스의 괴성이다. 머리가 좋은 놈답게 촉수로 지시를 내리고 있었다.

쿠구구구!

몬스터들이 동시에 달려든다. 자신이 아니라, 그 뒤에 있는 무방비 상태의 병사들을 노리고.

"젠장."

라온이 입술을 깨물었다. 성벽 위에서 몬스터들의 시선을 끌어 주고 있지만, 숫자가 너무 많아서 역부족이다. 밀랜드가 중앙을 비우는 순간 성이 무너질 수 있기에 그의 도움을 기대하기도 어렵다.

'어쩔 수 없이 혼자 해야겠군.'

불의 고리를 공명시키고, 감각의 바다를 최대로 열었다. 만화공을 끌어 올리며 발을 굴렀다. 이글거리며 타오르는 불길을 휘감아 검을 내질렀다.

광아검의 이빨이 오크를 찢어발기고, 연성검의 검세가 트롤의 사지를 가른다.

밀려오는 녹색의 파도를 향해 만화공의 불꽃을 뿜어냈다. 숨결처럼 뿜어진 불길이 반원을 그리고 퍼지며 전방의 몬스터들을 녹여 버렸다.

"후우욱."

라온이 거친 숨을 뱉었다. 육체는 지쳐 가지만, 정신과 감각은 점점 또렷해진다. 오랜만에 정신이 육체를 지배하는 기분을 맛봤다.

쿠구구구!

도리안이 세워 준 벽에서 진동이 일었다. 바위가 갈기갈기 깨지며 거대한 집게를 가진 해양 몬스터 크라트가 튀어나왔다.

투석기처럼 쏟아진 바위에 부상자들이 짓눌릴 것 같았다. 라온이 입술을 깨물며 광아검을 후려쳤다. 사납게 휘어지는 검격으로 돌무더기를 쳐 내고, 왼손으로 진혼검을 뽑았다.

요기를 담은 일섬. 크라트들은 그 단단한 갑각이 무색하게도 일격에 머리가 터지며 쓰러졌다.

"끼이이익!"

뒤에서 다시 오르쿠스의 목소리가 들렸다.

'왔군.'

감각의 바다에서 일어난 파도를 향해 열기에 휘감긴 검을 내리쳤다. 새빨간 검기가 밤공기를 가르고 푸른 문어를 반으로 갈라 버렸다.

"날 쓰러뜨리기 전엔 이 뒤로 못 간다."

라온이 두 검을 교차하며 진각을 밟았다. 갈라지는 대지 위로 피어나는 붉은 기류가 이글거리며 타올랐다.

밀랜드는 홀로 수천의 몬스터를 압도하는 라온을 보며 눈매를 좁혔다.

만용이라 여겼다.

이곳에서 작은 승리를 이룬 애송이가 실력을 과신하여 나섰다고밖에 생각되지 않았다.

저 지옥 같은 곳에서 30명의 부상자를 보호하는 건 불가능에 가까운 일이니까.

하지만 라온은 버텼다. 도리안이 바위로 우측을 막아 주었다고 해도 끊임없이 몰아치는 몬스터들의 공세를 견디고 있었다.

숨조차 제대로 쉬지 않고, 오크를 베고, 트롤을 태우고, 크라트를 부수며 홀로 무쌍의 위용을 자랑했다.

라온이 앞에서 완벽한 방어를 해 준 덕분에 그의 뒤에 무방비로 쓰러져 있는 병사들은 떨어진 이후 털끝 하나도 다치지 않았다.

'정상적인 감각이 아니야.'

무력 이상의 감각.

라온의 기감은 그의 무력보다 높은 경지에 올라 있었다. 예리한 감각을 토대로 펼치는 진중한 검술은 두꺼운 벽이 되어 병사들을 보호했다.

'심지어 강해지고 있군.'

그는 이 최악의 상황을 기회로 삼아 성장하고 있었다. 수십 년 동안 하분 성을 지키면서도 처음 보는 괴이한 경우였다.

"켈런!"

밀랜드는 라온의 등에서 눈을 떼지 않은 채 밤여우 기사단의 단장 켈런을 불렀다.

"예!"

"부상자들을 구해라."

"예? 하지만….”

"괜찮다."

그는 검기를 내뿜어 오르쿠스마저 잡아낸 라온을 보며 고개를 끄덕였다.

"그가 버텨 줄 것이다. 내려가서 부상자를 구해라!"

밀랜드가 검을 꽉 말아 쥐었다. 불가능한 일을 이룬 라온을 보자 지쳐 가던 늙은 육체에 다시 한번 활력이 돌았다.

콰아아아앙!

그의 검에서 뿜어진 막대한 검격이 전방의 몬스터들을 모조리 쓸어버렸다.

"버텨라!"

하늘을 향해 찌른 검에서 강렬한 서기가 치솟았다. 달과 이어지는 듯한 검광을 본 병사들의 눈빛에 그와 같은 색이 입혀졌다.

"밤은 끝난다. 버티고, 버텨서 무찔러라!"

❈❈❈❈❈

"네놈 이제는 붐 스컬도 제대로 조작 못 하는 거냐? 솜씨가 많이 녹슬었군."
푸른 로브의 사내는 중간부터 무너지는 성벽을 보며 코웃음을 쳤다.
"밀랜드마저 속일 정도로 조작은 완벽했다. 검기를 쏘아 낸 놈의 감각이 비상했을 뿐이다."
"그런 핑계를… 음?"
그는 성벽 아래로 뛰어내린 금발의 검사를 보고 키득거렸다.
"저 미친놈은 뭐야?"
"저 녀석이다."
"뭐?"
"내 위험 감지 능력을 발동시키고, 방금 붐 스컬을 베었던 놈이 바로 저 어린놈이다."
"흐음…."
그 말에 검은 로브의 사내의 눈동자가 가늘어졌다.
"별거 없어 보이는데."
"보면 알 거다."
그 말을 마지막으로 검은 로브 사내가 입을 다물었다. 푸른 로브 사내는 콧등을 찡그리며 라온에게 시선을 고정했다.

'겁 없는 하룻강아지에 불과해 보이는데.'

어린 나이에 막강한 무력을 가졌고 용기가 뛰어나다. 하지만 그 이상은 느껴지지 않았다.

"고작 저런 놈에게… 음?"

푸른 로브의 사내가 말을 멈추고 눈을 부릅떴다.

'뭐야?'

오크 투사가 놀의 시체를 이용한 완벽한 공격을 했는데, 놈은 그걸 미리 알고 있었던 것처럼 쳐 냈다.

이상한 건 그 이후로도 계속되었다. 오크나 트롤에 이어 크라트까지 전부 어딜 노릴 것인지를 파악하고 단숨에 끝을 냈다. 육감이 기괴할 정도로 발달한 놈이었다.

"저놈의 감각이… 가진 경지를 한참 넘어서고 있다. 어떻게 저럴 수가 있지?"

"나도 트롤 샤먼의 위험 감지 능력이 없었다면 저놈에게 위치를 잡혔을 거다."

"으음, 검술에도 지독한 살의가 어려 있어. 일검일살. 사람을 지키면서 저런 살검이라니 특이한 놈이다."

"그게 다가 아니다."

검은 로브의 사내는 조금 더 자세히 보라고 말하며 라온을 가리켰다.

"헉!"

턱을 긁적이며 라온을 살피던 푸른 로브의 사내가 둔탁한 신음을 흘렸다.

"지, 지금 설마…."

"그래. 저놈 지금 이 순간에도 성장하고 있다."

검은 로브 사내의 목소리가 진흙의 밑바닥처럼 가라앉았다.

❈❈❈❈❈

오크가 도끼를 내리친다. 흐름을 읽고 오크와 도끼를 동시에 베었다.

베어울프가 손톱을 휘둘렀다. 공격을 흘려 내고, 목을 갈랐다.

아이스 트롤 워리어가 포효를 터트리며 쇄도해 온다. 거대한 주먹에 어린 투기가 번들거렸다.

여섯 번의 부딪침 끝에 트롤 워리어의 투기에 작은 틈이 벌어졌다. 만화공을 일으켜 빈틈을 내질렀다. 심장이 터진 트롤 워리어가 무릎을 꿇고 쓰러진다.

눈으로 보는 게 아니다. 감각의 바다. 심상으로 만들어 낸 냉기의 물결로 적의 움직임을 읽었다.

오싹하다.

연필을 깎고 또 깎아 심을 세우듯 집중력이 최고조에 올랐다.

적의 호흡이, 근육의 움직임이 눈에 선명하게 어렸다.

베고, 베고, 또 벤다.

도미노처럼 몬스터가 쓰러질 때마다, 뒤에 있는 병사들이 사라질 때마다 족쇄가 풀리듯 정신이 고조된다.

샤크몰이 땅에서 튀어나오기 전에 가슴을 터트렸다.

크라트가 감각을 단단하게 만들기 전에 목을 베었다.

성문과 맞먹는 크기의 만타쿤을 일검에 갈라 버렸다.

고양된 정신이 심장을 울린다.

불가능하다고 생각했던 것들이 가능해진다.

시리도록 푸른 칼날이 베지 못하는 것은 없었고, 뻗어 나가는 발이 닿지 못하는 곳도 없었다.

붉은 핏물이 시야를 가릴 때마다 하늘이 변한다.

어둑했던 밤하늘에 광명이 깃들고, 다시 꽉 찬 달이 떠오른다.

그 만월마저 기울었을 때 눈앞에 남은 몬스터는 한 마리도 없었다.

그제야 고개를 들었다.

피에 젖은 대지를 밝히는 여명. 그 상서로운 빛 아래 시체들의 산이 쌓여 있었다.

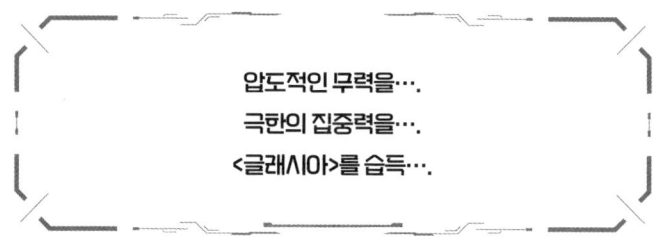

압도적인 무력을….
극한의 집중력을….
<글래시아>를 습득….

라온은 메시지가 아니라, 떠오르는 금색의 태양을 보며 쓰러졌다.

제131화

밀랜드가 성 중앙으로 쇄도하는 만타쿤을 향해 강기 다발을 쏟아 냈다.

콰아아앙!

성문을 무너뜨리려던 거대한 가오리가 네 조각으로 쪼개진 채 오크 무리를 덮쳤다.

"사수하라!"

"사수하라!"

병사들은 그의 지시를 따라 외치며 성벽 위에서 검과 창을 휘둘렀고, 궁수들은 찢어진 손가락을 가죽으로 동여맨 채 시위를 튕겼다.

다시 새벽으로 돌아간 듯 군기는 하늘을 찔렀고, 그들의 열기는 얼어붙은 땅을 녹일 정도였다.

다만 하분 성의 분위기를 끌어 올린 건 사령관 밀랜드가 아니다.

정찰대의 호위 라온.

사령관조차 포기했던 병사들을 구하기 위해 머뭇거림 없이 뛰어내린 바보 때문이다. 홀로 몬스터의 해일을 막아선 무력과 망설임 없는 용기에 이 자리에 있는 모두의 심장이 뜨겁게 달아올랐다.

"이곳은 내가 막는다. 저 남자를 살려라! 무슨 수를 써서라도!"

울브스 용병단장 베토가 악을 지르며 라온을 가리켰다.

"단장이 안 시켜도 그러려고 했어!"

"저런 진짜 무인을 여기서 죽게 놔둘 수는 없지!"

"얼굴은 곱상하지만, 성격은 화끈하더라고. 마음에 들어!"

울브스 용병단은 강함을 숭상하고, 싸움을 즐기는 별종들이다. 그런 그들에게 있어서 부상자를 구하기 위해 몬스터들의 바다에 뛰어든 라온은 미친놈이자, 누구보다 울브스다운 사람이었다. 적당한 정도였던 호감이 하늘 끝까지 솟구쳤다.

"쇠뇌를 쏴라! 손가락이 찢어졌으면 이빨로라도 당겨!"

라딘이 물기 섞인 목소리로 외쳤다. 성벽 아래에 떨어진 병사 중에는 3번 정찰대의 부하들도 있었다. 그들을 구하기 위해서 뛰어들고 싶었지만, 방해만 될 게 뻔하다. 이곳에서 죽을힘을 다해야 했다.

"라온을 보조해! 뒤에서 몰려오는 놈들을 노려!"

"예!"

"알고 있습다!"

정찰병들은 모두 한 마음이 되어 부서질 듯 비명을 지르는 쇠뇌를 당겼다.

"후우욱…"

비상 상황이라 임시로 설격대의 대주로 복귀한 에드퀼이 거친 숨을 뱉으며 고개를 들었다. 끝없이 밀려오는 녹색과 푸른 파도를 홀로 감당하는 금발의 소년이 보였다.

'저 녀석…'

뛰어난 무력과 정립된 무학을 보고 라온이 잘난 집안의 아들임을 확신했다. 잘난 집에서 먹고 자랐으니, 세상이 좋게만 보인다고 생각했다.

어차피 떠날 놈이니, 정찰병들을 위해 주는 것도 자기만족이라 여겼다.

하지만 라온은 진짜였다.

그는 죽을 게 확실한 병사들을 구하기 위해서 직접 지옥으로 내려갔다. 떨어진 부상자 중에 직속 부하가 있음에도 머뭇거린 자신과 달리 망설임이 없었다.

등골 사이로 전율이 일었다. 그저 잘난 집 아들의 유희라고 확신했던 스스로가 부끄러웠다.

'창피해서 못 견디겠군.'

에드퀼은 이 전쟁이 끝나면 가장 증오했던 저 아이에게 사과하겠다고 다짐하며 위로 올라오는 몬스터들을 향해 검을 내리쳤다.

콰아아앙! 쩌어엉!

밀랜드의 검에서 태양 빛 같은 섬광이 뻗어 나간다. 그는 아껴 둔 기운까지 끌어올리며 중앙만이 아니라, 좌측의 성벽까지 사수했다. 많은 힘을 소모했지만, 상관없었다. 지금은 라온을 돕는 게 우선이었으니까.

"성벽 밖으로 떨어진 부상자 전부 구했습니다! 부상 정도가 심한 녀석도 있지만, 전부 살아 있습니다!"

밤여우 기사단장 켈런이 다가와 소리쳤다. 흥분한 듯 얼굴이 빨갛게 물들어 있었다.

"이제 라온만 남았습니다. 저희가 앞을 막겠습니다! 그동안 녀석을 데리고….”
"구하지 않는다.”
밀랜드가 라온의 등을 보며 고개를 저었다.
"예?"
"그, 그게 무슨!"
"사령관님!"
라온을 구하지 않는다는 말에 성벽에 있던 모든 간부와 병사들이 밀랜드를 돌아보았다.
"병사들을 위해 홀로 몬스터 대군 앞에 선 녀석입니다! 버리다니요!”
"사령관님. 이건 좀 아니지 않나 싶은데요.”
"아버지! 지금 무슨 소리를 하신 겁니까!”
라딘은 이를 악물었고, 베토는 눈매를 좁혔으며, 성벽 아래에서 병력을 총괄하던 테리안마저 올라왔다. 전부 직접 뛰어들 기세였다.
"흥분하지 말고, 저 녀석을 잘 보아라.”
밀랜드가 손가락을 들어 라온의 등을 가리켰다. 그는 부상자들을 전부 구했음에도 물러서지 않고 계속 검을 휘둘렀다. 지치긴커녕 점점 힘이 나는지 검세가 예리해지고, 움직임이 부드러워졌다.
"서, 설마….”
"지금 저기에서 무아지경에 빠진 겁니까?"
"아니, 이게 말이 되는 거야?"
사람들은 홀린 듯 검을 휘두르는 라온을 보고 마른침을 삼켰다. 이런 지옥 같은 상황에서 어떻게 무아지경에 들어간 건지 이해할 수가 없었다.

"지금 저 녀석은 일생일대의 기회를 잡았다. 절대 방해하지 말고, 주변을 정리해라!"

"아, 알겠습니다!"

"가자!"

"움직여!"

기사, 검사, 병사들은 모두 본래의 자리로 돌아갔다. 그들은 저 작은 영웅이 더 강해지기를, 우연히 찾아온 기회를 꽉 잡기를 바라며 각자의 위치를 사수했다.

그렇게 하루, 이틀이 지나고 세 번째 태양이 떴을 때 물밀듯이 밀려들던 몬스터들의 파도는 끝이 났고, 성벽 아래에는 시체들로 언덕이 쌓여 있었다.

"우와아아아아!"

"우리가 이겼다!"

"웨이브가 끝났다!"

성벽의 병사들이 무기를 들어 올리며 참고 참던 함성을 터트렸다.

그 폭발적인 함성에 화답하듯 라온의 검이 멈췄다. 고개를 들어 올리던 그는 이윽고 정신을 잃은 듯 뒤로 넘어갔다.

"이런!"

"라온!"

"잡아라!"

성벽 위에 있던 사람들은 너나 할 거 없이 쓰러지는 라온을 향해 뛰어내렸다. 모두 지쳤지만 어디서 힘이 났는지 질풍처럼 달려갔다.

"라온!"

그건 사령관 밀랜드 역시 마찬가지였다. 그는 누구보다 빨리 달려가 라온을 잡왔다.

"어떤가요?"

"크게 다친 겁니까?"

"사령관님!"

검사, 기사, 병사 할 거 없이 모두가 밀랜드의 입을 바라보았다.

"탈진이다. 체력과 오러가 한 방울도 남지 않았어. 이렇게까지 싸우는 놈은 내 평생 처음이다."

밀랜드는 헛웃음을 흘리며 라온의 어깨를 꽉 잡았다.

"하아⋯."

"다행이네요."

"정말이지⋯."

사람들은 안도의 한숨을 내쉬며 라온을 바라보았다. 다행이라는 눈빛 위로 경악과 감탄이 비쳤다.

"라온은 무사하다! 다시 승리의 함성을 질러라!"

"와아아아아아!"

"몬스터들이 전부 도망갔다!"

"하븐 성이 이겼다!"

라온이 무사하다는 걸 알게 된 병사들과 기사들은 다시 승리의 환호를 내질렀다. 쉰 목소리와 지친 음성뿐이었지만, 기쁨과 환희는 그 어느 때보다 뜨거웠다.

"라온! 라온! 라온!"

"으아아아아!"

목이 터질 정도로 소리를 지르는 사람 중에는 라온을 증오하던 설격대 검사들도 끼어 있었다. 설격대주 에드퀄을 시작으로 설격대 모두가 함성을 터트렸다.

"나 참."

밀랜드는 광휘가 내리쬐는 성벽을 보며 피식 웃었다. 모두가 한마음이 되어 라온의 이름을 외친다. 이곳에 온 지 얼마 되지도 않은 녀석이 이런 영향력을 가지다니, 전무후무한 일이다.

"네가 깨어나면 얼마나 강해져 있을지 기대가 되는구나. 그리고 모두가 널 어떻게 볼지도."

그는 오러를 운용하여 지친 라온의 육체를 풀어 주었다.

"이겼다!"

"웨이브가 3일 만에 끝났어!"

"와아아아아!"

기사, 검사, 병사할 거 없이 모두가 웃고, 울며 승리를 기뻐했다.

하지만.

한 마왕은 달랐다.

그는 라온이 읽지 못한 메시지를 노려보며 이를 바득 갈았다.

-글래시아?

라스가 몸을 덮은 냉기를 불기둥처럼 일으켰다.

-글래애애애시아?

다른 건 다 괜찮다. 능력치가 올라갈 줄도, 강해질 줄도 알았으니까.

하지만 글래시아는 예외다. 5개월을 내기로 걸었거늘 3개월 만에 습득할 줄은 상상도 못 했다. 그것도 무아지경의 상태에서.

-이 사기꾼 놈!

라스가 기절한 라온의 멱살을 쥐었다.

-일어나라! 네놈이 또 본왕에게 사기를 쳤음이 분명하노라!

악을 내지르며 냉기를 마구잡이로 뿜어냈다.

-일어나! 이 족제비 같은 놈아!

라스는 드물게도 근엄한 마왕의 어투를 버리고, 괴성을 터트렸다.

-끄아아아악!

인간들이 환호를 지르는 승리의 땅에 홀로 비명을 지르는 마왕이 있었다.

"저놈. 위험하군."

푸른 로브의 사내가 라온을 보며 뿌득 소리가 날 정도로 주먹을 말아 쥐었다.

'싸우면서 강해지는 재능이라니….'

넓고 넓은 대륙에서도 보기 힘든 자질이다. 3일 동안 무아지경으로 칼을 휘두르며 성장하는 저 괴물을 보고 있으니, 온몸의 털이 쭈뼛 섰다.

"말했지 않느냐. 보는 순간부터 감이 좋지 않았다고."

검은 로브의 사내가 입매를 비틀었다.

"그냥 놔둬서는 안 될 놈이다. 죽이자."

강해지는 속도, 다른 사람을 위해 목숨을 거는 성정을 보았을 때 하분 성에서 썩을 놈이 아니다. 언젠가 에덴과 부딪칠 것만 같은 예감이 들었다.

"그건 나중 일이다."

검은 로브의 사내가 천천히 고개를 저었다.

"우리에게 주어진 임무는 두 가지. 녹색의 왕의 마석과 세이렌의 화신이다. 그중 저놈의 제거는 들어 있지 않아."

"언젠가 부딪칠지도 모른다. 아니, 분명 부딪칠 거다. 저런 놈을 키울 수 있는 건 육황 외에는 거의 없어!"

"그래도 지금은 아니다. 아직 계획이 무너지지 않았으니, 정해진 대로 움직여라. 빙아귀."

"그 잘난 계획이 뭔지 이제 좀 말해. 언제까지 네놈만 알고 있을 거냐!"

빙아귀라 불린 남자가 검은 로브의 사내를 죽일 듯이 노려보았다.

"안 그래도 말해 주려 했다."

검은 로브의 사내가 로브 안에서 꺼낸 지팡이로 바닥에 내리찍었다. 기이한 문자가 떠오르며 바닥에서 거대한 아이스 트롤 한 마리가 나타났다.

"어?"

빙아귀가 트롤을 보며 눈을 부릅떴다. 크기는 트롤 워리어보다 컸지만, 털의 색은 아직 성장을 끝내지 못한 백색이었고, 보통의 트롤에게는 없는 뿔이 이마 중앙에 솟구쳐 있었다.

"서, 설마! 로드인가?"

"맞다. 아이스 트롤 로드. 스터린산 위쪽 협곡에서 태어난 녀석을 세뇌했다. 조금만 더 늦었어도 이쪽이 먹힐 뻔했는데, 타이밍이 좋았지."

검은 로브의 사내가 아이스 트롤 로드를 보며 고개를 끄덕였다.

"로드는 필연적으로 주변의 몬스터를 끌어모아 복종시킨다. 로드가 나타난 걸 확인하면 밀랜드가 참지 못하고 병력들을 이끌고 나올 것이다. 그 순간이 바로….”

"우리가 파고들 때로군.”

"그렇다. 웨이브로 성벽이 무너지고, 많은 병사가 죽었으니, 로드의 총공세가 시작되기 전에 기습 공격을 할 게 분명하다. 우리는 그때를 노려서 녹색의 왕의 마석과 세이렌의 화신을 데리고 가면 그만이다.”

"네놈이 왜 그렇게 계획했는지 알 것 같군.”

빙아귀는 눈이 풀려 있는 아이스 트롤 로드를 보고 고개를 끄덕였다.

"그런데 저 녀석을 산 위쪽 협곡에서 데리고 왔다고 했나?”

"그렇다.”

"그럼 산 정상에는 뭐가 있지?”

"무서워서 가지 못했다.”

"뭐?”

"내 모든 감각이 절대 올라가지 말라고 비명을 지르더군. 저 위에는 우리의 상상을 초월한 무언가가 있다.”

검은 로브의 사내의 뺨에서 땀 한 방울이 흘러내렸다.

"흥. 겁쟁이 놈. 이 일이 끝나면 내가 직접 올라가서 확인해 주지.”

"계획이 끝난 뒤에는 네놈이 개죽음을 당하든 말든 상관없다. 지금은 계획대로 움직이도록.”

"안 그래도 그럴 거다.”

빙아귀가 콧방귀를 끼며 어깨를 으쓱였다.

"그래도 아까 그놈은 꼭 죽이고 싶은데 아쉽군.”

"계획이 가장 우선이지만….”

검은 로브 사내는 라온이 끝까지 사수한 성벽을 보며 눈매를 좁혔다.

"기회가 있다면 죽이는 것도 좋겠지."

❖❖❖❖❖

"으음…."

라온이 눈을 떴다. 낡고 익숙한 천장. 정찰병의 숙소였다.

"얼마나 잔 거지?"

극한의 감각을 유지한 채 검을 휘두른 건 기억나지만, 그 이후는 멍하다. 마지막에 보았던 황금빛 태양만 생각났다.

-사흘이다.

대답은 꽃팔찌 속의 라스에게서 들려왔다. 녀석의 목소리는 찬 바람이 불어올 정도로 쌀쌀맞았다.

'그렇게나 잤어?'

-…….

스멀스멀 피어난 라스가 대답 없이 푸른 얼굴을 들이밀었다. 분노로 타오르는 눈동자로 이쪽을 노려보았다.

-네놈. 본왕을 또 속였더구나.

"어? 뭘?"

라온이 몸을 뒤로 젖혔다. 하도 속인 게 많아서 뭘 따지는지 모르겠다.

-파인애플로 본왕을 유혹해서 글래시아의 정보를 빼 가지 않았더냐! 이 치사하고 더러운 인간 놈아!

"아…."

말을 들으니, 라스가 저렇게 화를 내는 이유가 뭔지 알았다.

-음식을 이용해서 내기를 유리하게 가져가다니, 네놈에게는 양심이라는 게 없는 것이냐!

마왕이 양심 소리를 하다니, 신박했다.

-이미 한 번 말했을 터다. 밥을 먹을 때는 케르베로스도 건드리지 않는다는 속담이 있다고, 네놈 같은 사악함은 마계에서도….

"아, 잠깐."

말이 끝나질 않아서 손을 들어 올렸다.

"아직 내기가 끝나지도 않았잖아. 벌써 화부터 내는 건…."

-끝났다.

"뭐?"

-내기는 이미 네놈의 승리로 끝났단 말이다!

라스가 폭주하듯이 냉기를 터트렸다. 분노의 냉기가 방을 가득 휘감았다.

"끝났다고?"

라온이 입을 떡 벌렸다. 라스에서 뿜어지는 냉기를 가볍게 털어 낸 뒤 메시지를 확인했다.

> 압도적인 무력을 보이셨습니다.
> 모든 능력치가 3포인트 상승합니다.

"3포인트?"

능력치가 올라갈수록 성장은 더딜 수밖에 없다. 한 번에 모든 능력치가 3포인트나 오르다니, 예상을 벗어난 보상이었다.

> 극한의 집중력을 유지하셨습니다.
> 특성 <집중>이 생성되었습니다.

새로운 특성까지?

> <집중(1성)>
> 집중 상태에 들어가는 시간이 짧아지고,
> 집중 상태를 유지하는 시간은 길어진다.

"와…."

별거 아닌 것 같지만, 전투나 수련 모두에서 도움이 되는 굉장한 특성이다. 계속 성장한다면 성벽을 지킬 때처럼 극한의 집중 상태에 들어갈 가능성도 있었다.

-끄으윽….

라스는 곧 폭발할 화산처럼 몸을 부르르 떨었다. 입맛을 다시며 마지막 메시지를 보았다.

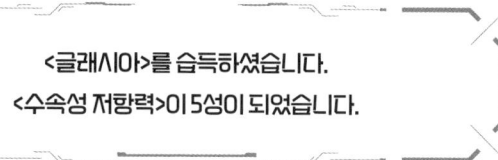

"어?"

마지막 메시지를 확인한 라온이 눈을 부릅떴다.

'글래시아 습득?'

이걸 언제?

검술과 오러 그리고 감각이 크게 성장한 건 알고 있었지만, 글래시아를 습득했을 줄은 생각도 못 했다.

'수속성 저항력도 올랐고.'

냉기를 꾸준히 운용한 덕분인지 수속성 저항력도 5성이 되었다.

-이제 알겠느냐. 본왕이 왜 화를 내는 건지!

복어가 몸을 부풀리듯 라스의 냉기가 둥글게 응축되기 시작했다.

-본왕의 유일한 약점을 이용하여 내기를 이기려 들다니! 네놈은 악마라도 되는 것이냐!

악마의 왕에게 악마 소리를 듣다니, 이것 또한 신박했다.

-본왕은 인정하지 못한다! 이번 내기는 시작부터 잘못되었어! 본왕의 목에 칼이

들어오더라도 절대 보상을 내어 주지 않으리라!

"흐음, 오랜만에 해 볼까?"

-무얼 하겠다는 것이냐! 본왕은 절대 꺾이지 않는다!

"애플 미트 파이."

-뭐? 그, 그걸 왜 지금 말하는….

"애플 미트 파이에 파인애플 피자 추가."

-…….

라스는 대답하지 않았다. 다만 그것만으로 그가 흔들리고 있다는 걸 알 수 있었다.

"애플 미트 파이, 파인애플 피자에 파인애플 쿠키 추가."

-…….

이래도 안 넘어오네.

이번에도 대답은 없었다.

'이제 음식으로는 안 되는 건가?'

하긴 마왕이 음식에 몇 번이나 자존심을 파는 건 좀 그렇지.

고개를 끄덕이고 새로운 딜을 제시하려 할 때였다.

<분노>와의 내기에서 승리하셨습니다.

-커흠!

라스의 몸집이 바람 빠진 풍선처럼 쪼그라들었다. 녀석은 창피한지 고개를 홱 돌렸다.

 대답이 없는 건 거절이 아니라, 내기를 인정하는 중이라 그랬던 것 같다.

 "허…."

 목에 칼이 들어와도 안 되지만, 파이와 피자에 쿠키면 마왕의 의지를 꺾을 수 있었다.

 쉽네.

 너무 쉬워서 무서울 정도다.

 하지만 라온도, 라스도 몰랐던 부분이 하나 있었다.

>
> 모든 능력치가 4포인트 상승합니다.
> <분노>에게 다섯 번째 승리를 거두셨습니다.
> 5연승의 효과로 추가 보상이 생성됩니다.

제132화

-여, 연승?

라스의 입이 찢어질 것처럼 벌어졌다.

"아, 연승이 있었지."

라온이 메시지를 보며 고개를 주억였다. 연승의 추가 보상은 이번에도 적용되는 것 같았다.

"그렇게 긴장하지 마. 어차피 능력치 몇 개가 올라가는 정도잖아."

4연승 때는 근력과 민첩성, 기력 능력치가 1에서 2포인트 정도 상승했었다. 이번에도 그 수준일 테니, 그렇게 엄청난 보상은 아니었다.

-그렇다고 해도 전부 본왕의 본체에서 가져오는 능력치 않느냐.

"음식을 생각하자고, 음식을."

-쭙.

라스가 어쩔 수 없다는 듯 입맛을 다셨다.

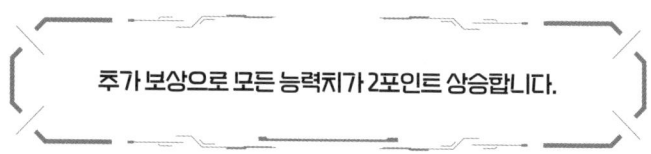

추가 보상으로 모든 능력치가 2포인트 상승합니다.

"어?"

-모, 모든 능력치?

개별 능력치가 아니라, 모든 능력치가 상승한 것에 라온과 라스 둘 다 눈을 부릅떴다. 하지만 메시지는 그게 전부가 아니었다.

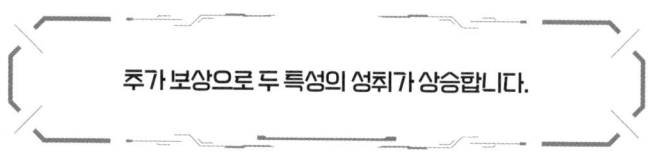

추가 보상으로 두 특성의 성취가 상승합니다.

연승 덕분에 원래 한 개의 특성 등급이 상승해야 하는 보상이 두 개로 늘어난 것 같았다. 아무래도 연승의 보상은 5단위마다 크게 뛰는 것 같았다.

"마음에 드네."

라온이 사라지는 메시지를 보며 옅게 미소 지었다. 특성의 성취를 올리는 건 시스템이 있음에도 오랜 시간이 걸린다. 그런 특성의 등급을 2개나 올려 주다니, 예상을 훨씬 뛰어넘은 보상이었다.

-왜, 왜 특성이?

라스는 이해할 수 없는 듯 머리를 바르르 떨었다.

-모든 능력치만으로도 분노가 이는데, 특성의 등급을 왜 올려 준다는 말이냐!

13장 117

"네가 말했잖아."

라온은 손을 저어서 불길처럼 일어나는 라스의 냉기를 짓눌렀다.

"완벽한 시스템은 소유자를 강하게 만드는 것에 최선을 다한다고. 이번에도 그런 거지 뭐."

라스가 평소에 본인 자랑처럼 했던 말을 그대로 읊었다.

-그, 그래도 이건 아니니라. 이런 추가 보상이 있을 줄 알았다면 이렇게 쉽게 패배를 인정하지 않았을 것이다!

"그걸 잊은 사람이 문제이지 않을까? 연승이 있다는 건 알고 있었잖아."

-끄으윽….

라스는 할 말을 찾지 못하고 이를 바득 갈았다.

라온은 기대감을 입가에 걸치고 떠오를 메시지를 기다렸다

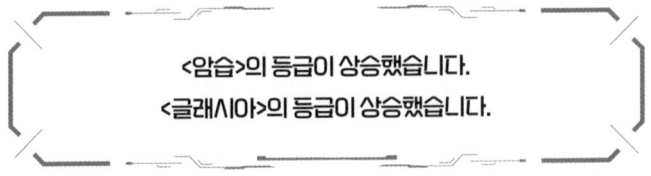

<암습>의 등급이 상승했습니다.
<글래시아>의 등급이 상승했습니다.

"어?"

라온이 마른침을 삼켰다. 암습은 그렇다 치고, 방금 습득한 글래시아의 등급이 상승할 줄은 꿈에도 몰랐다.

두웅.

바로 눈을 감고, 감각의 바다를 열었다.

'미쳤군.'

감각의 바다 범위가 마지막에 느꼈던 것보다 훨씬 넓어졌고, 그 물결은 더 순수해졌다. 이 숙소 내부만이 아니라, 외부의 사람들까지 무엇을 하는지 느껴질 정도였다.

부르르르!

코앞에서 거대한 해일이 치솟았다. 누구인지는 뻔했다.

-크으으….

눈을 뜨니, 예상대로 라스가 어마어마한 냉기와 분노를 일으키고 있었다.

화아아아!

화산처럼 폭발한 냉기의 물결이 라온의 전신을 뱀처럼 휘감았다.

-오늘이야말로 네놈의 숨통을 끊어 주겠노라!

"안 하는 게 좋을 텐데. 또 능력치만 퍼 줄걸?"

라온은 진심으로 충고했다. 아직 몸 상태는 회복되지 않았다. 단전도 거의 비었고, 정신은 멍하며, 뼈마디가 아렸다. 하지만 지금의 라스에겐 지고 싶어도 질 수가 없었다.

-닥치거라! 텅 빈 네놈 따위는 그대로 집어삼킬 수 있노라!

라스는 그 말과 함께 끌어 올린 냉기와 분노의 해일을 내리쳤다. 무시무시한 냉기가 머리 위로 쏟아져 내려 몸과 정신을 짓눌렀다.

"음….”

라온이 인상을 찌푸렸다. 수속성 저항력이 상승했음에도 피부가 찢어질 것 같은 냉기다. 확실히 라스도 시간이 지날수록 강해지고 있었다.

'하지만.'

그 발전 속도는 자신이 우위였고, 이젠 최강의 방패까지 생겼다. 지고 싶어도 질

수가 없다.

후우우우.

라온이 숨을 고르며 2성에 오른 글래시아를 운용했다. 이미지로 그려 낸 냉기의 벽이 마나 회로에 세워져 라스의 냉기를 차단했다.

치이이익!

냉기가 냉기를 차단하며 살을 으깨는 듯한 고통이 급속도로 줄었다. 육체의 통증이 사라지니, 정신적인 부담도 감소했다. 이 정도라면 하루 종일. 아니, 평생도 견딜 수 있었다.

-얼어붙어라! 사기꾼 족제비 놈아!

라스는 그걸 알고 있을 텐데도, 분노에 잠식되어 끝없이 냉기를 쏟아부었다.

'언제 끝나려나.'

살짝 미안한 마음이 있긴 해서 하품을 참으며 조금 더 맞아 주었다.

적당히 참다가 설득할 생각이었는데, 몇 분 지나지도 않아서 메시지가 올라왔다.

"아, 능력치 올랐다."

-어훅!

-정말이겠지?

또 능력치를 빼앗긴 라스는 쪼그라든 채로 불안에 떨었다.

'그래. 약속했으니까.'

라온이 고개를 끄덕였다. 라스 덕분에 많은 이득을 얻었으니, 음식을 먹는 약속 정도야 얼마든지 들어줄 수 있었다.

나도 배가 고프기도 하고.

사흘째 아무것도 먹지 못해서 라스가 아니더라도 밥 생각이 간절했다. 겉옷을 걸치고 방을 나갔다.

"어? 도련님!"

물수건과 물을 가지고 오던 도리안이 눈을 부릅떴다.

"언제 일어나셨어요?"

"방금."

"몸은 괜찮으세요? 사흘 동안 누워만 계셨어요!"

"조금 멍하긴 한데, 괜찮아."

고개를 끄덕이며 팔을 빙빙 돌렸다.

"정말 다행이에요! 사령관님하고 회복사들을 찾아갔는데, 괜찮으니, 절대 건드리지 말라고만 해서…."

도리안은 소매로 눈가를 훔치며 이제 발 뻗고 잘 수 있겠다고 중얼거렸다. 자신이 쓰러져 있는 동안 계속 걱정해 줬던 것 같다.

고맙다고 말하기엔 살짝 민망해서 그냥 어깨를 두드려 주었다.

"근데 일어나자마자, 어디 가세요?"

"배가 등가죽에 붙었다. 밥 좀 먹어야겠어."

"같이 가요! 저도 먹을 때가 됐으니까."

녀석은 물을 내려놓고 옆으로 붙었다.

"아, 그리고 나가서 놀라지 마세요."

"뭘?"

"곧 알게 되실 거예요. 흐흐."

"무슨 소리인지."

-저놈은 무시해라. 빨리 가서 본왕과의 약속을 지켜라.

뜻을 몰라서 고개를 갸웃거릴 때 라스가 거머리처럼 달라붙어서 팔을 흔들었다.

'알겠으니까. 그만 보채.'

라온은 작게 한숨을 내쉬고 숙소를 나섰다.

"수성이 이렇게 편한 건 오랜만이네."

"잠을 더 잘 수 있다는 게 가장 좋다. 매일 이랬으면 좋겠어."

"그 사람만 깨어나면 다 끝나는데."

평소보다 성 내부가 분주했다. 웨이브를 이겨 낸 열기가 아직도 남아 있는 것 같았다.

"그러니까… 어?"

"음?"

"저, 저 사람!"

병사들의 웃음소리를 들으며 서리의 가지로 향할 때 시끄럽던 거리가 손아귀로 움켜쥔 것처럼 조용해졌다. 입을 다문 사람들의 시선이 전부 라온을 향하고 있었다.

"라온 님!"

"라온!"

"일어난 거냐!"

"드디어 일어났다! 이번 웨이브의 영웅이!"

"와아아아아!"

병사, 기사, 검사할 것 없이 모두가 라온의 곁으로 달려와 환호를 질렀다. 눈과 입이 함께 움직이는 진짜 미소. 이곳에 있는 사람들은 전부 그가 깨어난 것을 진심으로 기뻐하고 있었다.

'왜들 이러지?'

라온이 눈매를 좁혔다. 시간을 끌어서 병사들을 구했을 뿐이다. 얼굴만 마주쳤던 사람들이 이렇게까지 기뻐하는 이유를 몰라서 당황스러웠다.

"라온은 아직 환자다! 전부 물러나!"

귀가 따가운 환호 속에서 익숙한 목소리가 들렸다. 테리안이다. 그가 자신의 팔을 잡아끌며 병사들을 물렸다.

"헙!"

"아, 알겠습니다!"

"라온 님! 꼭 회복하셔서 제 술을 받아 주십시오!"

"제 동료들을 구해 주셔서 감사합니다!"

"이 은혜는 언젠가 꼭 갚겠습니다!"

병사들은 물러나면서도 인사 한마디를 남겼다. 감사하다든가, 빨리 회복하라는 말로 전부 자신을 걱정하는 말이었다.

"자네는 여전하군."

테리안은 미간을 좁힌 라온을 보며 빙긋 미소 지었다.

"예?"

"친분이 없던 보병이나, 기사, 검사들이 왜 자네를 걱정하고, 환호하는지 이해되지 않는 건가?"

라온이 고개를 끄덕였다. 병사를 구하기 위해서 앞을 막은 건 그리 대단한 일이 아니라고 생각했으니까.

"성벽 아래로 떨어진 사람 중에 정찰병들이 꽤 있었지만, 대부분은 자네와 별 관계가 없었지. 그중에는 자네를 무시했던 설격대 검사도 있었고."

그는 라온의 이름을 외치는 병사들을 보며 말을 이었다.

"그렇지만 자네는 그중 누구도 외면하지 않고, 모두를 위해 검을 들고 벽을 세웠어. 사령관조차 포기한 병사들을 위해 목숨을 걸고 앞을 막은 영웅. 그런 남자에게 끌리지 않는다면 하분 성에 있을 자격이 없지."

테리안의 눈이 푸르게 반짝였다. 하분 성의 무인들이 영웅에게 끌린다는 말은 그도 예외가 아닌 것 같았다.

"이건 부사령관으로서 전하는 감사의 인사일세."

그가 천천히 고개를 숙였다.

"라온. 우리 병사들을 구해 주어 고맙네. 훗날 자네가 원한다면 언제라도 이 은혜를 갚겠네."

얼굴을 들어 올리는 테리안과 눈을 마주쳤다. 의지를 담은 미소. 진심이 어린 웃음이었다.

"저도! 저도 도와드리겠습니다!"

"언제라도 불러 주십시오!"

"라온! 나도 도와줄게! 도움이 되든 안 되든 간다!"

"나, 나도 도울 수 있다면 가겠어."

병사들과 기사들, 정찰병들만이 아니라, 설격대 검사들도 부르기만 하라며 손을 들었다.

"하…."

라온이 격한 숨을 토했다. 가슴이 탈 것처럼 뜨겁다.

이곳에 오면서 보고 싶었던 장면이 바로 이런 것이었다. 싸움 중 혹은 싸움을 끝낸 후 모두가 하나가 되는 듯한 모습. 그걸 직접 겪으니, 심장이 열기로 박동한다. 또 하나의 감정을, 이 세계를 살아갈 원동력을 얻게 된 기분이었다.

그는 자신의 이름을 외치는 병사와 기사들을 보며 옅게 미소 지었다.

⋯⋯안 가냐?

라온은 라스의 재촉에 사람들의 환호를 뒤로하고 서리의 가지로 들어갔다. 내부에서도 밥을 사겠느니, 술을 바치겠느니, 평생 무료로 먹으라는 등 아주 난리가 났다.

"아까 말했던 게 이거였어?"

"예. 제 예상보다 더했지만요."

도리안이 손부채질하며 한숨을 내쉬었다.

"검사님! 이제 괜찮으신 거예요?"

주방에서 유아가 양 갈래 머리를 찰랑이며 달려왔다.

"그래."

"다행이에요. 찾아갔었는데!"

"왔었다고?"

"네. 죽을 가져갔었는데, 드시질 못하셔서."

"그건 제가 먹었습니다!"

도리안이 씩 웃으며 손을 들어 올렸다.

"어쨌든 고맙다."

"아니에요. 단골 관리는 필수죠."

유아가 헤헤 웃으며 메뉴판을 내려놓았다. 진심이든, 농담이든 저렇게 말하니 귀엽게만 보였다.

"오늘은 뭘 드시겠어요?"

"이전에 못 먹은 애플 미트 파이랑…."

-흐으읍!

애플 미트 파이라는 단어가 나오자마자 라스가 크게 숨을 들이켰다. 기대감이 가득 차오른 호흡이었다.

"아, 죄송해요."

유아가 눈매를 찡그렸다.

"지금 사과가 다 떨어져서 애플 미트 파이는 품절이에요."

"없다고?"

"예. 웨이브가 끝난 후에 손님들이 엄청나게 오셔서요."

-어? 뭐?

라스의 눈이 탁 풀렸다. 입이 부르르 떨리는 걸 보니 다시 폭발할 것 같았다.

"그럼 파인애플 피자는?"

"그건 제가 아니라…."

유아의 시선이 도리안을 향했다.

-빠, 빨리 물어봐라! 본왕의 1호 부하에게 파인애플과 사과가 있을 게 분명하다!

라스는 기대를 버리지 못하고, 열기 가득한 눈으로 도리안을 보았다.

"아쉽게도 둘 다 없네요."

도리안이 어깨를 으쓱였다.

"웨이브가 끝난 기념으로 파인애플 쿠키를 뿌려서 다 떨어졌어요."

"사과는?"

"한참 전에 라온 님이랑 정찰병들에게 간식으로 드렸잖아요."

그 말을 들으니, 예전에 녀석이 주었던 노란 사과가 생각났다. 아침에 좋다면서 매번 사과를 주었었다.

"주머니에서 사과랑 파인애플이 계속 나오면 개연성이 없잖아요."

도리안은 배 주머니를 긁으며 헤헤 웃었다. 이 녀석 입에서 개연성이라는 말이 나오니 어처구니가 없었다.

"바위랑 통나무는 괜찮고?"

"그건 자주 쓰는 물건이잖아요. 필수죠!"

"허…."

라온이 헛바람을 흘렸다. 도리안의 상식에는 무언가 큰 문제가 있었다.

'신기한 녀석이….'

-저런 쓸모없는 놈!

라스가 도리안을 노려보며 이를 악물었다. 1호 부하라더니, 순식간에 버려 버린다.

-애플 미트 파이, 파인애플 피자, 파인애플 쿠키. 셋 모두 없다고? 이럴 수는 없

다! 이게 현실일 리가 없어!

라스의 목소리에 크나큰 절규가 어렸다.

-어떻게 할 것이냐!

'이건 어쩔 수 없는 일이잖아. 재료가 없는 걸 어떻게 해.'

-본왕은 그런 거 모른다. 약속했으면 지켜라!

'좀 가만히 있어.'

귀를 울리는 라스를 밀어내며 유아를 보았다.

"그럼 지금 되는 건 뭐가 있어?"

"기사 정식, 검사 정식, 정찰병 정식이 있어요. 기본적인 통구이도 돼요."

"그럼 정찰병 정식을 하나….

-빵, 스튜, 구운 고기에 스크램블드에그! 평범해서 지루한 식단! 본왕이 가장 싫어하는 게 정식이니라!

라스가 악을 내지르며 복어처럼 몸집을 뾰족하게 부풀렸다. 평소라면 녀석이 뭘 하든 신경 쓰지 않겠지만, 능력치와 특성을 빼앗긴 오늘은 새끼 복어처럼 작아서 왠지 안쓰러웠다.

'어쩔 수 없네.'

라온은 오늘이 숨겨 둔 비밀 무기를 쓸 때라는 걸 깨달았다.

'그럼 이건 어때?'

-닥쳐라! 본왕의 미식욕은 그리 쉽게 해결되지….

'루난이 준 구슬 아이스크림 아직 남았는데.'

-어?

뾰족했던 라스의 냉기 가시가 동그랗게 말려 들어갔다.

'너도 알잖아. 루난이 떠날 때 아이스크림 준 거. 그거 아직 그대로 남아 있어.'

-구, 구슬 아이스크림….

광기로 물들었던 라스의 눈에 초점이 돌아왔다.

'내가 알기론 그중에 민트초코도….'

-민트초코!

민트초코를 말하자마자 라스의 입에서 냉기가 대나무처럼 솟구쳤다. 자동 반사급 반응이었다.

-크, 크흠.

라스는 침이 흘러내리는 듯한 입을 닫고 민망한지 헛기침을 했다.

-그….

'음?'

-2개는 먹어 주겠지?

녀석은 화가 다 풀린 선선한 목소리로 손가락 2개를 들어 올렸다.

미식가란 무엇일까.

라온은 깊은 고뇌에 빠졌다.

밀랜드와 간부들은 사령관실에서 웨이브 이후의 상황을 정리하고 있었다.

"라온이 일어났다고 하니, 하루 정도는 축제를 여는 게 어떻겠습니까?"

"저도 동의합니다. 그간 찔끔찔끔 쉬었으니, 딱 하루 정도는 푹 쉬도록 하는 게 좋을 듯합니다."

"그날 라온에게 표창을 수여하면 병사들의 사기를 최고치로 끌어 올릴 수 있을 겁니다. 누가 뭐라고 해도 지금 하분 성의 영웅은 라온이니까요."

간부들의 입에서 계속 라온의 이름이 나왔다. 큰 호감이 깃든 듯 부드러운 목소리였다.

"축제라, 하루 정도면 괜찮겠지."

밀랜드가 고개를 끄덕였다. 웨이브가 끝나면 한동안 몬스터가 공격해 오지 않는다. 라온도 깨어났으니, 하루 정도는 축제를 즐겨도 좋을 것 같았다.

"그럼 축제 건은 찰스가 진행하고, 라온에게 줄 상에 대해서…."

다음 안건을 말하려고 할 때 사령관실 문이 부서질 것처럼 열렸다. 정찰을 나갔던 2번 정찰대장 키젠이었다.

"사, 사령관님!"

키젠은 문을 부여잡은 채 턱을 덜덜 떨었다. 정찰대 중 가장 용기 있는 그가 저런 모습을 보이는 건 처음이었다.

"자네. 대체 뭘 보고 온…."

"로, 로드가! 아이스 트롤 로드가 나타났습니다!"

그 섬뜩한 말에 흥겨움이 가득했던 사령관실에 무거운 침묵이 내려앉았다.

환생한 암살자는
검술 천재

제133화

리메르는 불만이 가득한 듯 콧등을 찡그린 채 가주전 알현실로 들어갔다.

글렌은 여느 때처럼 리메르를 쳐다보지도 않고, 눈을 감은 채 턱을 괴고 있었다.

"가주님. 정말 너무하시네요."

"또 무슨 헛소리를 하고 싶어서 온 것이냐."

"라온이 그렇게 엄청난 활약을 했으면 바로 알려 주셔야죠! 왜 혼자만 보물처럼 껴안고 계신 겁니까!"

"후우, 로엔."

글렌이 낮은 한숨을 뱉으며 우측에 서 있던 로엔에게 시선을 돌렸다.

"전 아닙니다."

로엔은 이번 일과 상관없다는 듯 빠르게 손을 저었다.

"그럼 저놈이 어떻게 알았다는 거냐. 직접 비연회에 가서 훔쳐 듣지 않고서야…."

"오, 정답! 비연회 천장에 붙어서 라온의 보고를 읽고 왔죠."

리메르가 손가락을 빙빙 돌리며 헤헤 웃었다. 비연회에 빈틈이 많다고 중얼거리는 건 덤이었다.

"내일부터 비연회에 천검대를 보내야겠군. 뻘건 굼벵이가 천장을 돌아다니고 있으니까."

"굼벵이? 요즘 날씨에 굼벵이가 있어요?"

"네놈을 말함이다!"

"에이, 전 나비죠. 이렇게 팔팔 날아다니는데, 굼벵이라뇨!"

"후우, 됐다. 네놈하고 입씨름을 해 봐야 머리만 아프지."

글렌이 혀를 차고, 눈을 내리감았다.

"지금은 저 말고 라온을 생각해 보자구요. 그 녀석 정말 상상 이상 아닙니까?"

리메르는 활짝 핀 미소를 지으며 방방 뛰었다.

"성벽에서 떨어진 사람들을 구하기 위해서 수천 몬스터 앞을 막아서다니, 미친놈도 그런 미친놈이 없습니다!"

"음…."

글렌이 눈을 감은 채 살짝 입맛을 다셨다.

"근데 그놈이 평범한 미친놈이 아니었죠. 삼일 밤낮을 버티며 모두를 구하고, 웨이브를 승리로 이끌었잖아요. 와, 진짜 누구 제자인지, 스승 얼굴 좀 보고 싶네."

리메르는 분명 잘생기고, 마음이 따뜻할 거라며 떠들었다.

"이런 말 하면 어떻게 생각할지 모르지만, 불가능을 이뤄 가는 라온을 보고 있으면 젊은 시절 가주님이 생각납니다. 아니, 가주님보다 더해요."

"더하기는 무슨."

퉁명스러운 말과 달리 글렌이 눈을 떴다. 입가도 가늘게 올라간다. 손자가 본인보다 더 하다는 칭찬에 만족스러워하는 것 같았다.

"하분 성의 무인들은 정치 따위는 신경 쓰지 않는 대신 전투를 좋아하고, 의리가 넘치죠."

리메르는 깍지 낀 손으로 머리를 감싸며 씩 웃었다.

"지금 라온은 하분 성의 영웅이라고 불리고 있으니, 훗날 녀석의 뒤에 하분 성이 서게 될지도 모르겠네요. 혹시 이렇게 될 걸 아시고, 라온의 시험을 허락해 주신 겁니까?"

"그럴 리가 있겠느냐."

글렌이 고개를 저었다. 허무해 보이는 눈동자에 옅은 열기가 일었다.

"그저 그 아이라면 어딜 가든 잘 할 수 있다고 생각했을 뿐이다. 배경 따위는 신경도 쓰지 않았다."

"어? 지금 라온을 인정하신 거예요? 내일은 서쪽에서 해가 뜨겠는데?"

리메르는 손으로 입을 막으며 호들갑을 떨었다.

"조용히 해라."

"전 라온이 많은 경험을 쌓고 오길 바라며 하분 성을 고른 건데, 병사들을 위해 뛰어내렸다는 이야기를 듣고 솔직히 깜짝 놀랐어요."

리메르의 눈빛이 가라앉았다. 장난기가 사라진 공간을 진중한 빛이 채웠다.

"차갑고 냉소적이었던 라온이 무력이 아니라, 인간적으로 성장한 것 같아서 가슴이 울컥했어요."

"음."

글렌은 말을 하지 않았지만 동의하는 듯 느릿하게 고개를 끄덕였다.

"전 자식을 키워 보지 않았지만, 내 자식이 잘 큰 것 같아서 굉장히 뿌듯하더군요."

"사고도 치지 않고, 끝없이 발전해 나가는 자식은 흔치 않다. 그리고…."

그가 입매를 비틀며 리메르를 내려다보았다.

"그 아이는 나와 다른 길을 걷지만, 내 손자다. 네놈의 자식이 아니야."

"어? 인정했다! 로엔 님 들었죠! 방금 자기 손자라고…."

"그, 그건…."

"들었습니다!"

로엔이 드물게 크게 소리치며 고개를 끄덕였다.

"내일 북망산이 내려앉는 거 아닐까요? 아니면 하늘이 무너질지도…."

"시끄럽다!"

글렌이 호통을 쳤고, 리메르는 능글맞게 웃어넘겼다. 라온의 소식이 들어간 알현실은 오늘도 쌓인 정이 흐르고 있었다.

나름 화기애애한 지그하르트 알현실과 달리 하분 성 회의실의 분위기는 심각하게 돌아가고 있었다.

"1번 정찰대와 4번 정찰대가 다시 한번 확인했습니다."

1번 정찰대장 바르티가 급하게 끄적인 서류를 보며 입술을 깨물었다.

"오우거에 맞먹는 덩치, 가슴에 박힌 왕의 문양 그리고 이마 위에 외뿔까지. 전부 아이스 트롤 로드의 특징입니다. 확실합니다. 로드가 나타났습니다."

"끄응!"

"젠장! 트롤 로드라니…."

"웨이브가 끝난 지 며칠 지나지도 않았는데…."

회의실에 있는 간부들은 트롤 로드의 등장에 한숨을 내쉬거나, 눈을 질끈 내리감았다.

"자, 잠깐 돌연변이나, 오우거일 수도 있…."

"로드의 특징. 아니, 왕급 몬스터들의 특징인 몬스터들을 복속시키는 능력도 목격되었습니다."

"맞습니다. 트롤만이 아니라, 오크와 놀, 해양 몬스터들까지 놈에게 머리를 조아렸습니다."

1번 정찰대장과 4번 정찰대장이 차례로 말을 이었다.

"빌어먹을!"

"그럼 진짜잖아!"

마지막 희망까지 깨진 간부들이 주먹 쥔 손을 부르르 떨었다.

"시간이 지난다면 로드의 밑에 모여든 몬스터들로 인해 제2의 웨이브, 아니, 웨이브보다 더 큰 해일이 몰아칠 겁니다."

회의실에서 말이 사라졌다. 여기저기서 마른침을 삼키는 소리가 들릴 뿐이다.

"그래도 딱 하나 좋은 소식이 있습니다."

"좋은 소식? 이런 상황에 좋은 소식이 의미가 있나?"

"저희에게는 유리한 소식입니다."

바르티가 고개를 끄덕이며 두 번째 서류를 들었다.

"아이스 트롤 로드의 털은 아이스 트롤 특유의 푸른색 털이 아니라, 백색 털이었습니다. 즉, 놈은 아직 성체가 아닙니다. 완성되지 않았죠."

"아!"

"그, 그러면…."

"놈이 완성되기 전에 끝을 내야겠군."

밀랜드가 지도에서 로드가 관측된 지점을 손가락으로 내리찍었다. 강력한 압력에 책상이 짓눌렸다.

"내일 바로 출정에 나간다."

"내, 내일이요?"

"너무 빠릅니다! 병사들을 준비시키려면…."

간부들은 아직 부상자가 많아서 모두가 움직이려면 시간이 걸린다고 반대했다.

"병사들은 가지 않는다."

밀랜드가 자리에서 일어섰다. 크지 않은 신장에서 거인과 같은 위압이 흘러넘쳤다.

"기사와 검사 그리고 1번과 2번 정찰대들만 움직인다. 정예로 움직여 최대한 빨리 로드의 숨통을 끊겠다."

"제 생각도 같습니다. 가장 중요한 건 속도입니다. 더 많은 몬스터가 모이기 전에 로드의 목을 베어야 합니다."

우측에 앉아 있던 테리안이 두 눈을 빛냈다.

"음…."

"그게 피해를 줄일 유일한 방법이긴 하군."

"그래. 사령관님이라면 충분히 로드를 잡을 수 있을 테니까. 다른 사람들은 몬스터를 막으며 시간만 끌면 돼."

간부들도 그게 가장 좋다고 생각했는지 모두 고개를 끄덕였다.

"바로 출정 준비를 시작해라. 부상자가 많은 설격대와 나머지 정찰대와 병대는 남아서 혹시 모를 사태를 대비하도록."

"예!"

"알겠습니다!"

"잠시 괜찮겠습니까."

간부들이 일어서서 회의실을 나가려 할 때 지금까지 조용히 있던 라온이 손을 들어 올렸다.

"저도 가겠습니다."

라온은 밀랜드의 가라앉은 눈을 보며 입을 열었다.

"넌 아직 부상이 회복되지 않았다. 육체와 정신 모두 만전이 아니야."

"그래도 도움이 될 겁니다."

"그래. 네 무력이라면 도움이 되겠지. 하지만 이 이상 무리시킬 수는 없다."

"사령관님."

"네 마음은 그날의 일로 이곳에 있는 모두가 알았다. 충분히 느꼈어. 이번에는 쉬어라."

밀랜드가 천천히 고개를 저었다.

"그래. 로드는 우리에게 맡겨."

"확실히 목을 베어서 돌아올 테니, 기다리고 계세요."

"라온 님 대신 최선을 다해서 싸우고 오겠습니다."

부상을 입은 라온이 싸우겠다는 투지를 내비치자, 간부들의 눈동자에 뜨거운 열기가 차올랐다.

"널 남기는 이유는 그것만이 아니다. 나를 대신해서 성을 부탁하마. 혹시라도 무슨 일이 생기면 꼭 막아다오."

밀랜드가 옅게 웃으며 어깨를 두드려 주었다.

"부탁하마."

"알겠습니다."

라온은 어쩔 수 없이 고개를 끄덕이고 회의장을 나갔다.

'괜찮은 먹잇감을 놓쳤네.'

로드를 잡는다면 영혼의 격과 능력치가 오를 게 분명하기에 조금 아쉬웠다.

-멍청한 놈. 어차피 네놈에겐 기회가 없다. 저 늙은이가 상대할 것이 분명하지 않느냐.

'그건 그렇네.'

라스의 말대로 로드를 상대할 사람은 사령관 밀랜드로 정해져 있다. 거기까지 가서 들러리를 서느니, 이곳에서 몸을 완벽하게 회복시키는 게 나을지도 모른다.

-돼지 새끼도 아니고, 뭘 그리 욕심이 많은지 모르겠구나.

'네 식욕만큼은 아니지.'

-무슨 소리냐! 본왕에게 식욕 따위는 없다! 그저 미식에 대한 욕구만….

'네. 그러시겠죠. 민트초코 소리만 들으면 침샘이 고장 나시는 마왕님.'

-끄으윽!

라온은 라스를 놀리며 숙소로 돌아갔다.

다음 날 새벽.

밀랜드가 이끄는 출정대는 설원의 끝에 있을 로드의 목을 노리고 성을 뛰쳐나갔다. 부상이 없는 정예만 움직였기 때문에 그 속도는 평범한 출정대와 비교할 수 없을 정도로 빨랐다.

라온은 하얀 폭풍을 일으키며 멀어지는 출정대를 지켜보다가 성벽을 내려왔다.

"아, 진짜 아쉽네. 로드의 목은 내가 베었어야 했는데."

함께 남은 도리안이 되지도 않는 소리를 중얼거리며 허공에 손을 휘둘렀다. 출정에서 빠졌다는 소리를 듣자마자 환호를 내지른 주제에 저런 말을 하고 있으니, 헛웃음만 나왔다.

'네 1호 부하. 참 대단해.'

⋯⋯본왕은 모르는 놈이다.

라스는 이럴 때만 도리안을 모르는 척했다.

"오늘은 뭘 하실 거예요?"

"연공 해야지. 빨리 회복해야 하니까."

"도와드릴까요?"

"괜찮으니, 네 할 일이나 해."

"옙!"

그 말을 기다렸는지 도리안이 경례 자세를 취한 뒤 수소 반대편으로 부리나케 뛰어갔다. 서리의 가지에 가서 유아랑 놀 생각인 것 같았다.

'꽤 친해졌나 보네.'

-파인애플 소녀와 정신 연령이 딱 맞지 않느냐. 아니, 솔직히 저 녀석이 더 어리니라.

라스가 한심하다는 듯 혀를 찼다.

'그렇긴 하지.'

너도 비슷하고.

발작을 일으킬 게 뻔해서 마지막 말은 꺼내지 않았다.

-정신 연령이라고 하니 생각나는군. 본왕은 마계에서 고고한 정신을 가진 존재로 이름이 높았느니라. 다른 마왕들이 추한 짓을 할 때도 본왕만큼은 언제나 우아하게….

'빨리 가서 연공이나 해야겠네.'

-들어라! 피가 되고 살이 될 이야기니까!

'네 자랑은 이미 귀에서 피가 나도록 들었어.'

-끄윽, 매번 말하지만, 네놈은 절대 곱게 죽지 못할 것이다!

라온은 자칭 우아한 마왕의 저주를 무시하고, 숙소로 돌아와 자리에 앉았다.

"후우우…."

차분하게 숨을 고르고, 눈을 감았다. 순도 높은 자연의 기운을 받아들이며 불의 고리를 회전시켰다.

고리가 공명하며 몸 상태를 끌어 올렸을 때 만화공을 운용했다. 단전에서 치솟은 용암 같은 열기가 마나 회로를 질주하며 전투의 잔재를 녹이기 시작했다.

집중 특성 덕분인지, 능력치가 올랐기 때문인지 마나 회로를 내달리는 오러의 흐름이 손에 잡힐 것처럼 세밀하게 느껴졌다.

'조금 더 가능하겠어.'

라온이 평소보다 많은 마나를 끌어들였다. 어깨가 살짝 떨릴 정도로 많은 양이었지만, 더 높아진 무학과 감각을 이용하여 그 흐름을 통제했다.

마나의 변화 덕분에 집중력이 고조된다. 자연스럽게 호흡하듯 불의 고리를 돌리고, 만화공을 운용했다.

창밖에서 쏟아지던 태양 빛이 가라앉고, 달이 하늘의 중심에 올라섰을 때 라온이 눈을 떴다.

번쩍!

이미 가라앉은 태양이 다시 떠오른 듯 붉은 눈이 타오른다. 새벽과 달리 힘으로 가득 찬 눈동자였다.

'내일쯤이면 오러는 전부 회복할 수 있겠어.'

라온이 단전을 쓰다듬으며 미소를 지었다. 능력치와 무학 성취가 많이 올랐기 때문에 회복 속도 역시 기대를 배신하지 않았다. 예상보다 훨씬 빨리 완벽한 몸 상태로 돌아갈 수 있을 것 같았다.

-다 본왕의 위대한 능력 덕분이니라. 잊지 말고 보답해라.

'그래. 그래.'

라온은 턱을 쭉 내밀고, 위엄 있는 척하는 라스를 보며 피식 웃었다.

'글래시아도 한번 운용해 볼까.'

몸이 어느 정도 회복되었으니, 글래시아의 수련도 이어 가기로 했다. 다시 눈을 내리감고, 호수보다 넓어진 감각의 바다를 펼쳐 냈다.

치이잉!

라온은 감각의 바다에 더 깊게 잠수했다. 설화의 감각까지 운용하여 기감의 범위를 확장했다. 집중 특성 덕분인지 감각을 펼치는 게 훨씬 쉽고 빨라졌다.

고오오오!

둥글게 퍼져 나가는 감각의 물길을 문어의 촉수처럼 조형하여 성 주변을 살폈다. 이미지를 통해 글래시아를 운용하는 수련이었다.

'음?'

감각의 물길로 사위를 살피던 라온이 우뚝 멈췄다. 감각의 바다에 다수의 파도가 일어났다. 사납게 달려오는 몬스터들의 기척이었다.

'그것만이 아니야.'

몬스터들 사이에 세 개의 커다란 해일이 솟구쳤다. 평범한 놈들과 비교할 수 없이 강한 존재들이었다.

덜컥.

라온이 다시 한번 기척을 확인할 때 슬쩍 문이 열리고 도리안이 들어왔다.

"와, 아직까지 하고 계셨네."

도리안이 조심스럽게 문을 닫으며 속삭였다. 그가 까치발로 침대로 다가갈 때 라온의 눈이 번뜩였다.

"헉!"

"방해꾼이 왔군."

"바, 방해꾼이라니요! 말이 심하잖아요! 일부러 늦게 왔는데!"

"너 말고."

"예?"

"아니지. 방해꾼이 아니라 먹잇감이겠어."

그가 몸을 일으키며 검을 챙겼다.

"도, 도련님? 이 시간에 왜 검을….."

"가서 전해."

라온의 눈동자에 푸른 불꽃이 튀겼다.

"적이 오고 있다고."

달이 하늘의 중심에 떠올랐을 때 검은 로브의 사내가 일어섰다.

"빙아귀. 시간이다."

그 말에 바닥에 드러누워 있던 빙아귀가 눈을 떴다. 짐승처럼 가늘게 선 동공이 부르르 떨렸다.

"드디어 피를 보겠군."

그는 소름이 끼칠 정도로 서늘한 음성을 뱉으며 몸을 일으켰다.

"밀랜드는 확실히 간 건가?"

"정찰용으로 사용한 트롤의 눈으로 확인했다. 예상보다 이동 속도가 빨라. 6시간 후면 스터린산 부근까지 도착할 것이다."

"아쉽게도 정말 네 말대로 되었군. 밀랜드와 한번 부딪쳐 보고 싶었는데."

빙아귀는 아쉽다며 긴 혀를 날름거렸다.

"쓸데없는 생각 말고 준비나 해라. 바로 쳐야 하니까."

"근데 아무리 생각해도 로드가 아까워. 제대로 키운다면 큰 도움이 될 텐데. 쩝."

"로드?"

"그래. 미끼로 쓰기에는 너무 큰 녀석이잖냐."

"뭘 착각하는군."

검은 로브의 사내가 고개를 저었다.

"로드는 여기에 있다."

그가 로브에서 꺼낸 지팡이로 땅을 내리찍었다. 괴이한 문양이 번쩍이며 이전보다 더 커진 아이스 트롤 로드가 튀어나왔다.

"끄르륵…."

로드는 멍한 눈으로, 식욕으로 가득 찬 신음을 흘렸다.

"왕급 몬스터들은 피를 볼수록 강해진다. 안전하게 로드를 키울 기회를 놓칠 수 없지."

"그, 그럼 스터린산에는 뭐가 있는 거지?"

"내가 주술로 만든 가짜가 있다."

"다른 놈이라면 몰라도 밀랜드는 바로 알아차릴 텐데?"

"그렇겠지. 다만 그때는 이미 우리의 일이 끝난 뒤다."

검은 로브의 사내가 차게 웃었다. 그걸 위해서 정찰대에게 3번이나 아이스 트롤 로드를 보여 주었다. 도착하면 알아차리겠지만, 지금은 속을 수밖에 없다.

"그럼 시작하지."

그가 다시 한번 지팡이를 내리찍었다. 산이 뒤틀리는 듯한 굉음과 함께 두 사람의 뒤에 있던 눈 덮인 언덕이 살아 있는 생물처럼 부르르 떨렸다.

콰아아아아!

새하얀 눈들이 쓸려 나가고, 푸른 털들이 솟구쳤다. 트롤과 오크. 하얀 언덕은 죽은 듯 숨죽이고 있던 몬스터들로 만들어진 가짜였다.

"그 언덕… 하분 성에서 눈치채지 못하도록 아주 조금씩 쌓아 올린 거지? 청주귀. 네놈의 계획은 지루하지만, 효과는 확실하군."

"계속 말했잖느냐. 계획대로 움직이면 임무를 완수할 수 있을 거라고."

청주귀가 입매를 틀어 올리며 트롤 샤먼의 가면을 얼굴에 썼다. 기계가 돌아가는 듯한 소리와 함께 가면이 그의 머리를 휘감았다.

"크르르륵."

청주귀의 입에서 짐승 같은 울음이 흘러나왔다. 안구에서 몬스터보다 더 흉악한 빛이 번들거렸으며, 손에 든 지팡이에선 불길한 기운이 스멀스멀 피어 나왔다.

"크흐! 시체로 가득할 하분 성을 볼 밀랜드의 표정이 기대되는군."

빙아귀가 히죽거리며 상어의 투구를 머리에 썼다.

치리리링!

투구에서 흘러내린 푸른 물결이 그의 몸을 휘감았다. 등과 어깨에서는 칼날 같은 지느러미가 돋아났고, 팔과 다리에서는 푸른 가시가 솟구쳤다. 닿기만 해도 피부가 찢겨 나갈 것처럼 가시가 가득 박힌 갑옷. 해양 몬스터 중 가장 흉폭하다는 샤크스팅의 갑옷이었다.

"가자!"

"크아아아아!"

"크라라락!"

청주귀가 암녹색으로 빛나는 지팡이를 들어 올리자, 죽은 듯 멈춰 있던 몬스터들이 괴성을 지르며 하분 성을 향해 돌진하기 시작했다. 웨이브 떼보다 몇 배나 더 흉악한 기세였다.

"경계도, 대비도 되어 있지 않을 테니, 무너진 성벽을 바로 돌파한다."

"저항이 약한 상대로 학살이라, 난 이런 게 좋단 말이지."

청주귀는 끝까지 계획을 짰고, 빙아귀의 눈빛은 사악함으로 타올랐다.

"성이 보인다! 어? 근데….''

"뭐, 뭐냐! 무슨 일이 일어난 거야!"

하분 성으로 달리던 두 괴인은 이미 대비가 끝난 듯 병사로 가득 찬 성벽을 보고 눈을 부릅떴다. 자신들의 존재를 확신한 듯 하늘 위로 발광탄까지 솟구쳤다.

"함정인가?"

"함정은 아니다. 밀랜드의 위치는 확실하게 확인했어! 대체 무슨…."

빙아귀만이 아니라, 청주귀도 당황하며 눈동자를 떨었다.

"이, 이걸 어떻게….''

"당황하지 마라. 청주귀. 어차피 성에 남은 것들은 어중이떠중이뿐이다. 힘으로 밀어 버리면 그만이야!"

"후우, 이번만큼은 네 말이 맞군."

청주귀가 지팡이를 들어 올리며 괴이한 단어를 연달아 내뱉었다.

"끼아아아아!"

"크아아아아!"

지팡이에서 흐르는 빛을 받은 몬스터들이 뻘건 눈빛을 발하며 더 빠르고 사납게 성벽으로 돌진했다.

"성벽으로 가라! 단숨에 깨부숴!"

"크흐흐, 이번엔 내가 먼저… 어?"

몬스터들이 몸통으로 성벽을 부수려 할 때 성 위에서 한 남자가 뛰어내렸다. 휘날리는 금발. 며칠 전 수천의 몬스터를 홀로 막아선 영웅이 그곳에 있었다.

"가지 않길 잘했네."

라온이 서슬 퍼런 칼날을 겨누며 들뜬 미소를 지었다.

"먹잇감이 알아서 찾아와 주잖아."

제134화

도리안은 바로 숙소에서 튀어 나가 하분 성에서 가장 높은 중앙탑을 올랐다.

"어? 도리안?"

"네가 왜 여기에 온 거냐?"

탑 최상층에서 경계를 서던 경비병들이 눈을 동그랗게 떴다.

"지, 지금 시간이 없어요!"

도리안은 고개를 저으며 달려가 경종을 내리쳤다.

땡! 땡! 땡! 땡! 땡!

순식간에 다섯 번의 종이 울리고, 웨이브와 같은 수준의 최고 경계가 발동되었다.

"너, 너 미쳤어?"

"이런 젠장!"

경비병들이 도리안의 팔을 당겼지만 이미 늦었다. 휴식을 취하거나, 잠을 자던 병사들이 중앙탑으로 우르르 몰려들었다.

"뭐, 뭐야!"

"갑자기 경종이라니! 무슨 일이야!"

"다섯 번이면 웨이브밖에 없잖아!"

"도리안이잖아! 네가 왜 거기 있어!"

병사들은 경종을 울리고 있는 도리안을 보고 눈을 부릅떴다.

"몬스터가! 서쪽에서 몬스터가 밀려온다고 합니다!"

도리안은 계속 경종을 치면서 라온에게 들었던 말을 그대로 읊었다.

"몬스터? 무슨 헛소리야!"

"서쪽에서 왜 몬스터가 나와!"

"이 멍청아! 주변의 몬스터는 전부 로드에게 복속됐잖아!"

"꿈이라도 꿨냐! 당장 내려와!"

설격대 검사들과 병사들은 욕설을 뱉으며 도리안에게 내려오라 손짓했다.

"도리안!"

"그만 좀 해!"

"라온 님이!"

경비병들이 도리안을 말리기 위해 다가갈 때 그의 입이 다시 열렸다.

"라온 님이 말했어요! 서쪽에서 몬스터가 온다고! 웨이브민금은 아니지만 더럽게 많다고!"

"헉! 라온 님이?"

"그분이라면 미, 믿을 만하지."

"믿을 만한 정도가 아니라, 믿어야지!"

"당장 움직여!"

"방어 준비를 해라!"

"다시 경종을 쳐!"

병사들과 설격대 검사들은 라온이라는 이름을 듣자마자 마른침을 꼴깍 삼키고 움직이기 시작했다. 도리안을 말리려던 경비병들도 함께 경종을 쳤다.

"몬스터라고? 어떤 몬스터를 말하는 거냐!"

뒤늦게 뛰어나온 테리안이 목소리를 높였다.

"그래. 대체 뭐가 오는 건데! 종류에 따라 대비 방법이 다르잖아."

"웨이브처럼 트롤하고, 오크, 해양 몬스터들이 섞여 있대요. 그리고….”

도리안이 심호흡하고서 말을 이었다.

"에덴의 귀신 두 놈이 끼어 있다고 합니다!"

"에, 에덴? 오마의 에덴?"

"그 미친놈들이 온다고?"

"말이 돼? 그놈들이 여기에 왜 있어!"

"무슨 개소리야!"

병사들이 입을 떡 벌렸다. 몬스터까지는 믿어도 에덴이 온다는 말은 믿지 못하고 고개를 흔들었다.

"아 진짜! 제가 아니라! 라온 님이 말씀하셨다고요! 에덴도!"

"그럼 진짜로군. 전투를 준비해라! 병창을 열어!"

테리안은 라온이라는 이름이 나오자마자, 망설임 없이 전투 지시를 내렸다.

"라온의 말이면 정말이잖아! 빨리 움직여!"

"에덴이 온다! 더 빨리 방어 태세를 갖춰!"

"창과 검을 들고 성벽에 서라!"

"기름을 끓이고, 바위와 통나무를 준비해! 바닥에 화살을 깔아라!"

병사들도 라온의 말이라니까 의심을 지우고 재빠르게 움직이기 시작했다.

"……."

도리안은 사방팔방으로 흩어지는 병사와 검사들을 보며 콧등을 좁혔다.

'다 때려치울까.'

자신의 말은 조금도 믿지 않던 사람들이 라온의 말이라고 하자마자 일사불란하게 움직이는 게 아니꼬워졌다.

'어쩔 수 없지.'

서글픔을 참으며 성벽으로 올라갔다. 라온이 서쪽을 노려보며 물 흐르는 듯한 기세를 피워 내고 있었다.

"음…."

도리안이 마른침을 삼켰다. 성문 위에 서 있는 라온을 보자, 밀랜드가 자리를 지킬 때처럼 불안감이 사라지기 시작했다.

'진짜 괴물인가?'

자신의 미약한 무력으로도 느껴진다. 라온이 한층 더 발전했다는 것이. 자신도 모르게 놀라움이 깃든 숨소리가 흘러나왔다.

라온의 빠른 지시 덕분에 석들이 오기 전에 먼저 하분 성의 견열이 갖춰졌다.

웨이브 때처럼 보병과 창병들이 성벽 위에 섰고, 그 뒤를 궁병과 설격대 검사들이 받쳐 주었다.

"음."

도리안이 뒤를 돌아보며 입맛을 다셨다.

'이상하네.'

테리안이 방어 준비를 하느라 이곳에 없었기 때문에 설격대주 에드퀼이 라온에게 한마디 할 줄 알았는데, 병사들 이상으로 조용했다.

그는 라온의 말을 신뢰하는 듯 서쪽만을 바라보았다. 저런 싸가지조차 변화시킬 정도라니, 라온이라는 사람의 존재감이 상상 이상이라는 걸 다시 한번 깨달았다.

고오오오!

서쪽을 바라보던 라온의 기세가 급변했다. 개울처럼 매끄럽게 흘러가던 오러의 물결이 거친 해일이 되어 치솟았다.

"온다."

그의 낮은 목소리를 따라 서쪽을 보았다. 얕은 숲이 무너져 내리며 몬스터들이 산사태처럼 밀려오고 있었다.

녹청색 파도의 중심에는 귀기를 흘리는 가면과 투구의 괴인이 있었다. 에덴의 주구. 청주귀와 빙아귀였다.

"지, 진짜였어."

"정말 에덴이야."

"처, 청주귀…."

"저건 빙아귀다!"

"끄윽…."

에덴의 귀신과 웨이브보다도 흉악한 기세를 풍기는 몬스터들을 본 병사들의 동요에 성벽의 군기가 출렁였다.

"자, 잠깐만! 저 뒤에 있는 거 로드잖아! 아이스 트롤 로드!"

"로드도 여기에 온 거야?"

"하, 함정이었어! 이걸 어떻게…."

"발광탄을 쏴라."

라온의 차분한 목소리에 병사들의 떨림이 일순간 멈췄다. 뒤에 있던 병사가 하늘 위로 두 발의 발광탄을 쏴 올렸다.

퍼버벙!

어둠이 가시고 몬스터들의 일그러진 기세와 흉악한 얼굴이 그대로 드러났다.

"작전을 짤 시간이 없으니, 했던 대로 간다."

라온이 아직 보수가 끝나지 않은 우측 성벽으로 이동했다.

"예?"

"그게 무슨?"

"내가 아래에서 막을 테니, 위에서 지원하도록."

"라, 라온 님!"

도리안이 말리려 손을 뻗었지만, 라온은 이미 아래로 내려가고 있었다.

"허억!"

"또, 또 한다고?"

"그걸 다시?"

"라온…."

"라온 님!"

설격대 검사들과 병사들의 눈동자에 경악과 경외가 어렸다. 전율을 느낀 듯 몸을 떠는 병사들도 있었다.

쿠구구구구!

거신처럼 성벽 앞을 지키는 라온 덕분에 공포에 짓눌렸던 군기가 하늘 끝까지 치솟았다.

"라온 님."

도리안은 막강한 기세를 뿜어내는 라온을 보며 주먹을 꽉 말아 쥐었다.

그 옆에 있던 에드퀄도 입술을 깨문 채 라온의 등에 시선을 고정했다.

❈❈❈❈❈

라온은 돌진해 오는 에덴의 귀신과 몬스터들을 보며 숨을 골랐다.

'8할 정도인가.'

아직 회복이 끝나지 않아 전력의 8할 정도의 무력밖에 발휘할 수 없었다. 다만 크게 성장한 덕분에 웨이브 전보다 지금이 더욱 강한 건 확실했다.

'그래도 혼자서 막긴 조금 버거울지도 모르겠군.'

청주귀, 빙아귀에 아이스 트롤 로드까지 있었다. 뒤의 몬스터들이 아니라, 저 셋만 상대하기도 벅찼다.

'그래도 해야겠지.'

무인은 어려운 싸움을 겪을수록, 위기를 이겨 낼수록 강해지는 법이다. 박동하는 심장을 느끼며 만화공을 끌어 올렸다.

"네놈이 여기에 있었다니! 행운이로구나!"

빙아귀가 땅을 박찼다. 눈 깜짝할 사이에 공간을 파고들어 팔목의 칼날을 내리찍어 왔다. 막강한 투기와 예기가 동시에 깃든 공격이었다.

쿵!

라온이 진각을 밟았다. 솟구치는 기운에 광아검의 검결을 담았다. 빛살처럼 뻗어 나간 검격이 빙아귀의 칼날을 쳐 냈다.

쩌어엉!

쇳덩이가 찌그러지는 듯한 굉음과 함께 빙아귀가 휘청이며 튕겨 나갔다.

"이, 이놈이!"

당황했는지 투구 속 빙아귀의 눈동자가 격하게 흔들렸다.

후우우웅!

하늘에서 날카로운 얼음 조각이 우박처럼 쏟아져 내렸다. 청주귀가 펼쳐 낸 얼음 주술이었다. 기온이 낮아지고, 얼음 조각이 괴이한 각도로 짓쳐 들어왔다.

후욱.

호흡을 조절하며 칼날 위에 새빨간 꽃을 피워 냈다.

만화공 화령.

붉은빛으로 명멸하는 꽃잎이 흩날리며 허공을 가득 메운 얼음을 녹이고, 청주귀가 펼친 주술의 선을 끊어 버렸다. 공명하는 불의 고리가 이뤄 낸 격의 파동이었다.

"이게 무슨!"

망가진 주술에 충격을 받은 청주귀의 가면이 바르르 떨렸다. 일순간 몸을 움직일 수 없는 상태. 놈의 목을 노리고 달려가려 할 때 우측에서 무시무시한 투기가 타올랐다.

"크아아아!"

들소처럼 딜려온 아이스 트롤 로드였다. 막대한 투기가 깃든 도끼가 머리 위로 떨어져 내렸다.

터엉!

라온이 태화보를 밟았다. 밤의 그림자처럼 흐려진 그가 한 발짝 뒤에서 나타나 검을 쳐올렸다.

"크르륵!"

성장이 끝나지 않았다고 해도 로드는 로드. 그 순간 도끼를 틀어 완벽한 방어 태세를 갖췄다.

쩌어어엉!

힘과 힘이 격돌하며 터진 충격파가 어둠이 내려앉은 대지를 갈랐다.

"흐읍!"

라온이 이를 아득 깨물며 광아검을 펼쳤다. 빈틈의 냄새를 맡은 흉악한 칼날이 아이스 트롤 로드의 도끼를 쳐 냈다.

쿠우웅!

균형을 잃은 아이스 트롤 로드가 밀려나며 뒤에 있던 오크 무리를 덮쳤다. 여섯 마리의 오크가 그 아래에 깔려 한 줌 핏물이 되었다.

쿠구구구.

피어나는 하얀 먼지 위로 라온이 검을 내렸다.

세 번.

고작 검을 세 번 휘두른 것으로 에덴의 두 귀신과 백 단위의 몬스터들이 멈춰 섰다.

그 압도적인 무력에 성벽 위의 사람도, 아래에 있는 몬스터들도 넋이 나간 듯 눈을 끔뻑였다.

"겨우 이 정도라면 실망인데?"

라온은 가는 미소를 지으며 검을 세웠다. 은빛 칼날에서 흐르는 사나운 기운이 공간을 잠식해 나갔다.

-무리하고 있으면서 허세를 부리기는.

라스가 코웃음을 쳤다.

'그렇긴 한데.'

라온이 피식 웃었다.

'난 앞만 막으면 그만이라서.'

왼손을 들어 움켜쥐자, 평온한 달빛을 가르는 화살과 쇠뇌가 하늘을 수놓았다.

퍼버버벅!

무방비 상태에서 화살을 맞은 몬스터들이 우르르 쓰러지고, 무릎을 꿇었다.

"다시 쏴!"

테리안의 호기로운 목소리가 들렸다. 다시 한번 수백 개의 은빛 벼락이 떨어졌다. 이전보다 더 많은 몬스터들이 바닥으로 가라앉았다.

"역으로 기습을 당한 기분이 어때?"

"우리가 오는 걸 어떻게 알았지?"

"내가 감이 좀 좋거든."

라온이 청주귀와 빙아귀를 보며 눈매를 좁혔다.

"함정은 정말 잘 팠어. 깜빡 속았으니까. 하시난…."

꺼져 가는 발광탄을 가리키며 말을 이었다.

"저건 위험 신호다. 내일 아침이 오기 전에 사령관님이 이곳에 오실 거다. 난 그 전까지만 막으면 그만이야."

"빙아귀. 이번만큼은 네놈이 옳았다."

청주귀의 가면에서 머리털이 쭈뼛 설 정도로 음울한 기운이 스멀스멀 피어올랐다.

"저건 지금 이곳에서 죽여야 할 놈이다."

"죽인다? 너희들론 안 돼."

"라 티아!"

청주귀가 지팡이를 내리치며 주술을 외웠다.

"크르르르!"

"캬아아아아!"

화살을 맞고 죽어 가던 몬스터들이 좀비처럼 일어나 뻘건 눈빛을 뿜어냈다. 처음보다 더 흉악한 기세를 펼치며 살점이 끼어 있는 누런 이빨을 드러냈다.

"계획을 수정한다. 1순위는 저놈이다. 저놈을 죽여라!"

"나 참."

청주귀의 말을 들은 빙아귀가 킥킥 웃으며 다가왔다.

"그때보다 더 성장했을 줄은 상상도 못 했어. 너 진짜 괴물이구나."

놈이 시퍼런 눈빛을 발하며 투기를 끌어 올렸다. 거칠고 차가운 북해의 파도가 그의 주변을 맴도는 것 같았다.

"들었지? 네놈부터 죽이란다!"

빙아귀가 끌어 올린 기운을 폭발시키며 쇄도해 왔다. 순식간에 커지는 샤크스팅의 투구. 전과 비교할 수 없을 정도로 압도적인 속도였다.

그에 맞서 라온이 글래시아를 운용했다. 감각의 바다를 통해 빙아귀의 움직임을 읽으며 검을 내리쳤다.

쩌어어엉!

칼날 지느러미와 검이 맞부딪치며 대지의 축이 흔들리는 듯한 굉음이 울렸다.

빙아귀가 힘으로 밀고 들어온다. 대해의 해일을 맨몸으로 감당하는 느낌이 들 정도로 어마어마한 힘이었다.

콰아앙!

라온이 만화공을 극성으로 끌어 올리며 광아검을 후려쳤다. 빙아귀의 칼날을 튕겨 냈을 때 놈이 상어처럼 몸을 뒤틀며 가시로 목을 노려 왔다.

"뒈져라!"

"네가 죽어라."

가시가 목젖에 닿기 직전 라온의 왼손이 벼락처럼 움직였다. 허리 뒤편의 진혼검을 뽑아 그대로 그었다.

촤아악!

요기가 깃든 칼날이 빙아귀의 갑옷을 베고, 뻘건 핏물을 맛봤다.

"이 정도 상처쯤이야!"

빙아귀는 물러서지 않았다. 흉폭한 샤크스팅의 특성을 가져온 귀신답게 날카로운 이를 드러내며 다시 달려들었다.

"그대로 베어 주지."

라온이 섬뜩한 눈빛을 발하며 검을 뒤로 젖혔다, 그대로 일섬을 그으려 할 때 시야가 하얀 털로 가득 채워졌다. 상처를 모두 회복한 아이스 트롤 로드였다.

치이이잉!

우측에서 시야를 가릴 정도로 어마어마한 눈덩이들이 쏟아져 내린다. 청주귀가 발동시킨 눈 폭풍이다. 아이스 트볼 샤먼의 주술과 달리 눈덩이 하나만 맞아도 뼈가 부러질 것 같았다.

콰앙! 쾅!

라온은 쏟아지는 눈 폭풍 속에서 아이스 트롤 로드의 공격을 피하며 빙아귀의 칼날을 쳐 냈다.

'후욱!'

빙아귀, 청주귀 모두 익스퍼트 상급 이상의 무력을 지녔는데, 압도적인 신체 능력을 지닌 아이스 트롤 로드까지 상대하려니 죽을 맛이었다. 등줄기로 식은땀이 흘러내렸다.

-멍청하게 달려드니 그 꼴이지.

'시끄러.'

라스의 조롱을 뒤로하고 검격을 뻗어 냈다.

만화공 십화.

회천.

불꽃의 톱니가 회전하며 빙아귀의 칼날과 아이스 트롤 로드의 허리를 찢어발겼다. 계속 나아가려 할 때 청주귀가 얼음 주술로 벽을 만들어 움직임을 차단했다.

"쯧."

이런 식이다. 이런 방해 때문에 끝을 볼 수가 없었다.

'몬스터도 문제고.'

일반 몬스터들도 성벽을 뚫기 위해 광기를 휘감은 눈으로 달려들었다. 한순간도 방심할 수가 없었다.

'셋 중 하나만 빠지면 될 거 같은데….'

아쉬움에 입맛을 다실 때 성벽 위에서 두 사람이 뛰어내리는 소리가 들렸다. 돌아보니 덜덜 떠는 도리안과 입술을 깨문 에드퀼이었다.

"도리안? 그리고 당신은…."

"로, 로드는 저희가 맡을게요!"

"너는 그 둘만 상대해라."

도리안이 배 주머니에서 검은색 돌과 하얀색 돌을 꺼냈다.

"두 번이나 혼자 싸우게 둘 수는 없어서요!"

녀석은 두 돌을 부싯돌처럼 부딪친 뒤 로드를 향해 던졌다.

파아앙!

돌이 터지며 회색 연기가 치솟아 아이스 트롤 로드와 몬스터들을 뒤덮었다.

"가요!"

"알겠다."

도리안과 에드퀼은 이상한 안대 같은 것을 쓰고 연기 안으로 들어갔다.

-하, 저놈이 도움이 되는 모습을 보게 될 줄은 몰랐군.

'나도 그래.'

라온이 옅게 웃으며 몸을 돌렸다. 청주귀와 빙아귀가 눈매를 좁히는 모습이 보였다.

"미안하지만 최대한 빨리 끝내야겠어."

두 귀신을 향해 검을 겨누었다.

"무력은 인정한다. 그 나이에 가질 법한 검력과 민응이 아니야. 하지만 우릴 너무 우습게 보는군."

청주귀가 귀기 어린 미소를 흘렸다.

"이쪽도 평범한 괴물이 아니거든."

14장

빙아귀가 라온을 노려보며 자세를 낮췄다. 늑대처럼 두 팔과 두 다리로 땅을 짚고 고개를 들었다.

전신을 뒤덮은 투기를 운용하며 심장을 휘도는 북해의 냉기를 모조리 끌어 올렸다.

"그대로 얼어 뒈져라!"

먹이를 삼키는 상어처럼 입을 쩍 벌렸다. 시꺼먼 목구멍에서 차디찬 냉기가 쏟아져 나왔다. 샤크스팅의 능력, 냉기의 숨결이었다.

치리리링!

갈라진 대지를 순식간에 얼려 버린 순백의 냉기가 라온을 덮쳤다. 무시무시한 냉기 파동에 그의 뒤에 가시로 가득한 얼음의 벽이 세워질 정도였다.

"끝났어. 이제… 어?"

입가를 닦으며 일어서던 빙아귀가 석고상처럼 멈춰 섰다.

흔들리는 그의 동공에 라온의 모습이 비친다. 냉기의 숨결을 정면에서 맞았다고는 생각도 되지 않을 정도로 말끔한 모습이었다.

"뭐, 뭐야!"

빙아귀가 중풍에 걸린 것처럼 전신을 떨었다.

"어떻게 냉기의 숨결을…."

냉기의 숨결은 투기와 냉기를 조화시킨 특별한 기술이다. 평범한 방한 능력으로는 절대 버틸 수 없는데, 어떻게 저리 멀쩡한 건지 이해가 되지 않았다.

"비켜. 내가 하겠다. 카디아르틴!"

청주귀가 지팡이를 내리찍고 주술을 외웠다. 하분 성 주변을 몰아치던 눈 폭풍의 범위가 라온에게 집중되고, 색이 불길할 정도로 누렇게 변했다.

정신을 공격하는 냉기의 주술 황련의 눈송이. 이 주술은 신체가 아닌, 정신에 동상을 입히기에 강한 냉기 저항이 있어도 견딜 수 없다.

"어?"

무시무시한 저주의 폭풍이 휘몰아쳤지만, 그 안에 있는 인간은 당당히 서서 하늘을 향해 검을 겨누었다.

콰아아아아!

벼락처럼 떨어지는 붉은 칼날에 저주를 담은 눈 폭풍이 반으로 찢겨 나갔다.

은빛의 코트를 두른 듯한 그가 흩날리는 눈꽃을 짓이기며 걸어와 입매를 끌어올렸다.

"마, 말도 안 돼! 저주를 담은 주술이 어떻게…."

황련의 눈송이는 밀랜드를 막기 위해 준비한 정신 공격용 주술이었다. 이렇게 파훼되는 건 상상도 못 했다.

"냉기? 저주?"

라온의 검에 어둠을 녹여 내리는 새빨간 불길이 치솟았다.

"그딴 건 평생 겪어 왔어."

너희보다 훨씬 지독한 놈한테.

제135화

로드의 목을 베기 위해 하분 성을 나선 출정대는 스터린산 인접 지역에 도착해 있었다.

"10분간 휴식!"

밀랜드는 스터린산이 희미하게 보이는 언덕에 멈춰 서서 휴식을 지시했다. 언제 싸움이 일어날지 모르기 때문에 지금부터는 항상 전투를 대비하며 움직여야 했다.

"로드가 마지막으로 확인된 위치가 어디지?"

"스터린산 중턱에 있는 흔들바위였습니다. 내일 해가 뜨기 전에 놈들을 볼 수 있을 겁니다."

1번 정찰대장 바르티가 고개를 숙이며 대답했다.

"그런가…."

밀랜드는 어둠과 눈에 묻혀 괴기스러운 분위기를 뿜어내는 스터린산을 보며 눈매를 좁혔다.

'불길하군.'

한시가 급해서 일단 움직이고 보았지만, 여러모로 상황이 기이하다.

북해에서 산으로 올라온 해양 몬스터, 정찰대의 뒤를 노리고 움직인 아이스 트롤 샤먼과 워리어 그리고 웨이브 이후에 등장한 로드까지. 전부 범상치 않은 일이었다.

밀랜드가 허리에 찬 검을 부러질 듯 쥐었다.

'그래도 지금은 어쩔 수 없어.'

3번이나 확인했으니, 아이스 트롤 로드가 등장한 건 확실하다. 이게 누군가의 함정이라고 해도 로드만큼은 확실하게 제거해야 한다.

"이제 출발을… 음?"

들리지 않게 한숨을 쉬고 다시 출발 지시를 내리려 할 때였다.

하분 성이 있는 방향에서 작은 불똥이 치솟았다.

"어? 저건?"

"발광탄?"

발광탄을 본 사람들이 눈을 동그랗게 떴다.

"어?"

"두, 두 개째?"

"저 뜻은….."

두 번째 발광탄을 본 검사와 기사들이 마른침을 삼켰다. 연속된 발광탄의 의미는 위기. 하분 성이 위험에 처했다는 뜻이었으니까.

"도, 돌아가야 하는 건가?"

"가더라도 로드부터 잡고 가야지!"

"미쳤어? 저건 성이 위급하다는 신호라고!"

"여기까지 와서 빈손으로 갈 수는 없잖아! 그리고 지금 죽어라 뛰어도 너무 오래 걸려!"

검사와 기사들 사이에도 의견이 갈렸다. 논쟁을 하던 사람들은 결국 결정권을 가진 밀랜드를 돌아보았다.

"하분 성에는 테리안과 라온, 에드퀼이 있다."

밀랜드가 사그라드는 발광탄을 보며 입매를 비틀었다.

"그 녀석들이 별일도 아닌 걸로 발광탄을 쐈을 리 없다."

테리안은 라온을 전적으로 신뢰한다. 그런 라온이 있음에도 위기 신호를 보낸 걸 보면 보통 일이 아니라는 뜻이다.

다만 밀랜드의 결정은 그 하나 때문이 아니었다.

웨이브 때 본인보다 병사들을 우선해서 성벽을 뛰어내렸던 라온의 모습. 그 영웅적인 장면이 아직도 뇌리에 깊게 박혀, 그의 행동에 영향을 주고 있었다.

"모두 몸을 돌려라."

밀랜드가 스터린산을 뒤로하고 두 눈을 빛냈다.

"전속력으로 복귀한다."

"하."

라온은 손목에 걸린 푸른색 꽃팔찌를 보며 피식 웃었다.

'이게 이렇게 되나?'

매일 같이 라스와 목숨을 건 싸움을 해 왔기 때문에 냉기와 정신 저항은 마스터급 이상이다. 조금 더 빨리 왔다면 모르겠지만, 글래시아를 익힌 지금은 냉기고 저주고 아무 의미도 없었다.

'전부 네 덕분이네. 고맙다.'

라온은 팔찌에서 살짝 튀어나온 라스에게 고개를 까딱였다.

-끄응, 본왕은 이럴 생각이 없었느니라.

라스가 가는 눈으로 흘겨보았다.

'그래도 너 때문에 저들의 공격이 의미 없어진 건 사실이니까.

-우으윽! 건방진 놈!

놀린다고 생각했는지 라스가 냉기로 만든 팔을 바들바들 떨었다. 녀석은 언젠가 천벌을 받을 거라고 중얼거리고 팔찌로 들어갔다.

"네놈 대체 정체가 뭐냐!"

줄곧 낮은 음성을 유지하던 청주귀가 악을 질렀다.

"어린놈의 정신력이 어떻게 이런…."

빙아귀의 눈에도 당황이 비쳤다. 생신 가시처럼 길쭉한 눈동자가 찢어질 것처럼 벌어졌다.

"정찰병들의 호위."

라온은 넘넘한 눈빛으로 성벽 위에서 화살을 날리는 정찰병들을 가리켰다.

"그게 말이 된다고 생각하는 거냐!"

"말이 되든 안 되든 무슨 상관이야. 어차피 너희와 난 적인데."

검을 휘돌렸다. 만화공의 기운이 깃든 붉은 칼날이 차가운 공기를 갈랐다.

"덤벼."

"크으윽!"

"망할 놈이!"

손가락을 까딱이자, 빙아귀와 청주귀의 기운이 기하급수적으로 올라갔다. 전력을 끌어 올린 듯 공간을 비트는 투기가 하늘에 닿을 것처럼 치솟았다.

"라시크마. 비라튼! 주!"

청주귀가 허공에서 지팡이를 휘젓자, 눈보라가 거세졌다. 빗물처럼 쏟아지는 눈덩이에 시야가 모조리 막혔다. 이전보다 더 강한 저주와 냉기가 담긴 폭풍이었다.

쿠오오오!

빙아귀가 양팔을 펼쳤다. 거친 투기가 놈의 몸을 뱀처럼 휘감으며 수백 개의 가시를 만들어 냈다.

"크아아아아!"

빙아귀가 포효를 터트리며 땅을 박찼다. 방어하려는 순간 놈이 사라졌다. 폭풍에 숨어 기습하려는 것 같았다.

라온은 당황하지 않았다. 눈을 감고 감각의 바다를 열었다. 뒤쪽에서 거대한 파도가 일었다.

바닥에서 솟구치는 빙아귀의 기습이었다. 눈을 뜨고, 광아검의 흐름대로 검을 그었다.

쩌어어엉!

인간이 만들었다고는 생각되지 않는 충격음이 울리고 라온의 검이 처음으로 뒤로 밀려났다.

"감각 하나는 더럽게 좋은 놈이군. 하지만 아까와는 다를 거다! 이 눈 폭풍은 나의 공간이니까!"

그 말대로다. 검격의 위력과 속도가 격이 달라졌다. 숨겨 둔 힘을 개방한 것만이 아니라, 이 눈보라가 놈을 강화하는 것 같았다.

"뒈져라!"

빙아귀가 주먹을 휘두르고, 발을 내지른다. 팔뚝과 정강이에 달린 가시와 칼날이 회전하며 투기의 파도를 만들어 냈다.

콰아아아!

라온이 만화공을 전력으로 끌어 올렸다. 시뻘건 불꽃에 휘감긴 칼날을 내리쳤다. 투기와 오러가 격돌하며 만들어진 막대한 파동이 바닥에 가득 깔린 눈을 모조리 지워 버렸다.

하지만 눈앞에 있어야 할 빙아귀는 보이지 않았다. 눈 폭풍 속에 숨어서 다시 기습을 준비하는 거다. 상어가 먹잇감을 노리며 숨을 고르는 것처럼.

'헛짓을 하는군.'

라온이 서늘한 미소를 지었다. 글래시아를 통해 빙아귀가 어디에 있는지는 이미 파악하고 있었다.

치이잉!

빙아귀가 좌측에서 다가와 심장을 향해 주먹을 내질렀다. 검면을 돌려 벼락처럼 떨어지는 투기를 흘려 냈다.

콰아아아!

물러서는 빙아귀를 쫓으려 할 때 눈 폭풍이 다시 거세지며, 가시처럼 날카롭게 갈린 얼음 조각들이 쏟아져 내렸다.

청주귀와 빙아귀는 각자 장기를 살린 합공으로 자신의 목을 물어뜯으려는 것 같았다.

"이렇게 나온다는 말이지."

라온이 소나기처럼 쏟아지는 얼음 조각을 서리의 코트로 막으며 붉은 눈을 빛냈다.

"네놈은 이제 내 얼굴도 보지 못한다. 끊임없이 떨어지는 눈 속에 파묻혀 죽게 될 거다!"

눈 폭풍 속에서 빙아귀의 목소리가 들린다. 위치를 파악할 수 없게 소리가 사방에서 울렸다.

"누구 앞에서 주름을 잡는 건지."

라온의 왼발이 의념을 담고 움직였다. 공간을 격하는 태화보. 순식간에 눈 폭풍을 가로질러 우측의 끝에서 나타났다.

-뭘 하려는 것이냐.

'저놈들이 하려는 거 그리고….'

꽃팔찌를 가리키며 씩 웃었다.

'네게 배운 거.'

-뭐?

되묻는 라스의 말을 무시하고 글래시아를 운용했다. 감각의 바다도, 글렌의 코트도 아니다. 서리의 은신. 암살자가 어둠을 두르듯 끝없이 쏟아지는 눈과 냉기를 몸에 둘렀다. 존재감과 기척을 죽이며 나 자신이 눈이 되는 듯한 이미지를 그렸다.

암살자로 살며 평생을 해 온 일이었기 때문에 그리 어렵지 않았다. 빙아귀가 이쪽의 위치를 눈치채기 전에 이미 자신의 존재감은 눈과 같을 정도로 가라앉았다.

"뭐야! 어디 갔어! 청주귀! 놈이 보이지 않는다!"

뒤를 쫓아온 빙아귀의 당황스러운 목소리가 울렸다.

"근처에 있다! 네놈을 노리고 있으니 방심하지 말고 움직여!"

눈 폭풍 밖에서 들리는 청주귀의 목소리가 흔들린다. 놈 역시 당황하고 있었다.

"젠장! 저 자식 주절거리기만 하고 제대로 하는 건 하나도 없어!"

빙아귀가 이를 악물고 다시 모습을 감추려고 했다. 하지만.

이미 라온은 빙아귀의 뒤에 이르러 있었다. 열기를 머금은 칼날이 벼락처럼 떨어졌다.

살의를 두른 검이 빙아귀의 목에 닿는 찰나 놈이 몸을 틀었다. 극한에 이른 반응 속도. 괜히 에덴의 투구를 받은 괴인이 아니었다.

푸카아아악!

하지만 검은 더 빨랐다. 목 대신 빙아귀의 상반신이 사선으로 갈라지고, 살벌한 양의 핏물이 치솟았다.

"끄아아아악!"

빙아귀가 커다란 입을 벌리며 비명을 터트렸다. 마무리를 지으려고 할 때 놈의 아가리가 빛살처럼 튀어나와 왼팔을 물어뜯었다. 죽어 가는 와중에도 이쪽을 노리다니 미쳐도 단단히 미친놈이었다.

"끄르르륵! 팔을 통째로 뜯어 주마!"

"팔? 무슨 팔?"

"당연히 네놈의… 억!"

빙아귀가 물어뜯던 라온의 팔을 보고 눈을 부릅떴다.

"이, 이건…."

"네놈이 물고 있던 건 내 팔이 아니라, 그 위를 덮은 얼음이다."

빙아귀가 팔을 물어뜯으려는 찰나 글래시아를 운용하여 팔에 두꺼운 얼음의 방패를 만들었다. 놈이 물은 건 그 방패였다.

"잘 물고 있으라고."

"흐읍!"

빙아귀가 팔을 놓고 물러서려고 할 때 라온의 검이 반원을 그렸다. 지금까지 중 가장 빠르고, 예리한 검격. 다리를 움직이려던 빙아귀의 몸이 우뚝 멈췄다.

"끄윽, 네, 네놈은 정말…."

말을 채 잇지 못하고 빙아귀의 목이 갈라졌다. 쿵 소리와 함께 떨어진 상어 투구가 누런 눈에 파묻혔다.

"쯧, 힘은 더럽게 세네."

라온이 흐느적거리는 왼팔을 보고 인상을 찌푸렸다. 놈의 턱은 글래시아로 만든 냉기의 방패를 뚫고 뼈를 깨부쉈다. 무시무시한 치악력이었다.

"팔이 부러졌어도 끝은 내야지."

눈 폭풍 너머에서 지팡이를 휘두르고 있는 청주귀를 노리고 땅을 박찼다.

"허억!"

글래시아로 눈보라를 뚫어 내자마자 청주귀가 비명을 지르며 뒤로 물러섰다. 계속 쏟아 내던 얼음 조각이 더 거세게 몰아쳤다.

"꺼져라!"

주술을 사용하는 건지 도망치는 속도가 무인 이상으로 쾌속했다. 하지만 태화보를 사용하는 라온은 그 이상으로 빨랐다.

"나를 지켜라!"

잡힌다는 것을 깨달은 청주귀가 악을 지르며 지팡이를 부러뜨렸다.

"크아아아아!"

회색 연기에서 무시무시한 폭발이 일어나며 만신창이가 된 도리안과 에드퀼이 튕겨 나왔다. 아이스 트롤 로드가 연기를 뚫고 나와 라온을 향해 돌진해 왔다.

"크아아아아!"

"크라라라!"

"캬아아악!"

성벽을 공격하던 몬스터들도 동시에 뒤를 돌아 라온에게 달려온다. 세뇌시킨 몬스터들을 모조리 불러 모으는 주술 같았다.

"아직이다! 난 이곳에서 죽을 수 없어!"

이어서 허공에 거대한 눈의 검과 창을 만들어 쏘아 낸다. 어떻게든 살겠다는 의지의 표명.

"크라아아!"

어느새 쫓아온 아이스 트롤 로드가 사람 몸통만 한 도끼를 내리쳐 왔다.

터엉!

라온이 가람보법을 밟아 청주귀의 우측으로 짓쳐 들었다. 은빛 곡선 위로 피어나는 열 개의 불꽃이 하나의 톱니처럼 회전한다.

촤아아악!

설원의 지평선을 따라 그어지는 붉은 궤적이 얼음의 무구를 가르고 나아가 청주귀의 가면을 쪼갰다.

"흐어억, 이, 이렇게 죽을 수는…."

청주귀의 주름진 얼굴 위로 빨간 선이 그어졌다. 놈이 얼굴 중앙에서 흐르는 핏물을 잡으려 들었지만 헛수고였다.

"네, 네놈을 그때 죽였어야 했는…."

그 말을 남기고 청주귀가 앞으로 꼬꾸라졌다. 귀기 어린 눈빛이 촛불처럼 훅 꺼졌다.

후우욱!

끝없이 쏟아지던 눈보라가 멈추고 광기를 흘리던 몬스터들이 모조리 멈춰 섰다.

"크륵…."

도끼를 내리치려던 아이스 트롤 로드도 혼란스러운 듯 눈동자가 격하게 흔들렸다.

"라온이 적의 수장을 물리쳤다! 지금이다! 모두 공격!"

성벽 위에서 열기 띤 테리안의 목소리가 울렸다. 군기가 끓어오른 병사들이 내지른 검과 창이 당황한 몬스터들을 찢어발겼다.

다만 라온은 바로 앞에 있는 아이스 트롤 로드를 공격하지 않았다. 파도를 맞은 돛단배처럼 떨리는 놈의 눈. 그 어지러움이 전생의 자신과 닮아 있었기 때문이다.

"크르르."

아이스 트롤 로드의 눈동자에서 광기가 사라진다. 자신이 어떻게 여기에 있고, 무슨 일이 벌어진 건지 알아차린 것 같았다. 똑똑한 놈이다. 그 눈빛 역시 불의 고리를 익혀 세뇌를 벗어났던 전생의 자신과 같았다.

"크어어어어어!"

아이스 트롤 로드가 포효를 터트리며 뒤로 물러섰다. 싸움이 아니라, 죽어 가는 몬스터들을 데리고 이 자리를 벗어나려는 의미의 신호였다.

'제대로 된 왕이로군.'

라온은 몬스터들을 부르는 아이스 트롤 로드를 보고 눈매를 좁혔다. 살기 위해서 몬스터들을 미끼로 쓰던 청주귀와는 비교할 수 없을 정도로 제대로 된 지도자였다.

'그래도 어쩔 수 없지.'

마음에 드는 녀석이지만 도망치게 놔둘 수는 없었다.

"미안하지만 보내 줄 수는 없다."

물러나려던 아이스 트롤 로드의 길을 막아섰다.

"크라라라!"

아이스 트롤 로드가 비키라는 듯 길쭉한 이를 드러내며 울부짖었다.

"널 보내 줬다간 훗날 이 성이 무너질 거야."

방금의 행동만 보고도 알 수 있다. 이 녀석은 왕의 자격을 갖췄다. 인간을 사냥개로만 여기는 데루스 로베르트보다 제대로 된 왕이 될 수 있는 놈이다. 그렇기에 이곳에서 끝을 내야 했다.

"왕답게 살지 못했으니, 왕답게 보내 주마."

그 말을 알아들었을까.

"크으으!"

아이스 트롤 로드가 표정을 굳힌다. 어울리지 않던 도끼를 내려놓고 푸른 투기를 끌어낸다. 세뇌를 당할 때와는 비교할 수 없을 정도로 거대한 투기가 이글이글 타올랐다.

우우우웅!

아이스 트롤 로드의 주먹 위로 푸른 투기가 압축되며 동그랗게 말려 들어갔다.

크기가 줄어들수록 그 안에 어린 투기는 무시무시할 정도로 증폭되어 갔다.

후우우욱!

라온이 남아 있는 오러를 모조리 끌어 올렸다. 방울져 떨어지는 불꽃의 오러가 칼날 위로 모여든다. 겨우내 만들어진 고드름처럼 오러의 창날이 벼려졌다.

"오라. 이름 없는 트롤의 왕이여."

"크아아아아!"

아이스 트롤 로드가 땅을 터트리며 도약해 주먹을 내리찍었다. 압축된 기운이 폭발하며 시야 전체가 푸른 투기로 가득 찼다.

치이잉!

라온이 뒤로 젖힌 검을 앞으로 내뻗었다. 칼날에 모여든 불꽃의 오러가 한 줄기 빛살이 되어 질주한다.

만화공 십화.

일염극.

휘몰아치는 화염의 창이 투기의 해일을 사정없이 찢어발겼다.

제136화

라온이 검을 내리자, 일염극의 불길이 풀잎처럼 흩날렸다.

사그라지는 불길 위로 달을 가리고 있던 아이스 트롤 로드의 거체가 무릎을 꿇었다. 왼쪽 상반신에는 불길의 창에 꿰뚫려 시꺼먼 구멍이 뚫려 있었다.

찌지지직.

시간이 돌아간 듯 녹아내린 아이스 트롤 로드의 피부와 살이 차오른다. 로드답게 어마어마한 재생력이었지만, 의미 없었다. 놈의 심장은 이미 일염극의 불꽃에 조각났으니까.

"크르륵…."

가슴을 부여잡는 아이스 트롤 로드와 눈을 마주쳤다. 만년설을 담은 듯한 하얀 눈동자에서 생기가 줄줄이 빠져나갔다.

'모르겠군.'

원망하는 것 같기도 했고, 삶을 바라는 것 같기도 했으며 혹은….
착각일지도 모르지만 고마워하는 것 같기도 했다.

"고통스럽지 않게 보내 주마."

"크르륵!"

라온이 다시 검을 세웠다. 더 이상 고통을 느끼지 않도록 목을 베려고 할 때 아이스 트롤 로드가 턱을 떨며 몸을 일으켰다.

"크으으…."

마지막까지 싸우려는 듯 주먹을 말아 쥐고 두 다리로 당당하게 섰다. 무릎을 꿇고 죽지 않겠다는 의지. 끝까지 왕다운 모습이었다.

"대단하군."

진심으로 감탄했다. 몬스터에게 이런 감정을 느낄 줄은 생각도 못 했다.

"크아아아아!"

아이스 트롤 로드가 포효와 함께 달려든다. 이제 막 걸음마를 하는 아이처럼 균형이 조금씩 무너졌지만 쓰러지진 않았다.

그 의지가 빛 바라지 않도록 전력을 다해 검을 그었다. 지그하르트의 고고함이 어린 칼날이 아이스 트롤 로드의 숨통을 끊었다.

"쿠룩!"

아이스 트롤 로드의 두꺼운 입술이 말려 올라갔다. 확연한 웃음. 잘못 느낀 게 아니었다. 녀석은 고마워하고 있었다.

"크어어억!"

"크르르륵!"

"캬아아아!"

놈의 마지막 포효를 들었던 몬스터들이 전투를 포기하고 물러난다. 사방팔방으로 흩어져 부리나케 도망치기 시작했다.

"마지막까지 왕답게…."

자신이 했던 말 그대로 아이스 트롤 로드는 왕답게 죽어 갔다. 이쪽이 오히려 부끄러울 정도로.

'잘 가라.'

라온은 왕답게 죽은 녀석이 지금의 자신처럼 좋은 환경에서 환생하길 바라며 눈을 감았다.

-오랜만에 보는 진짜 왕이로구나.

다시 눈을 떴을 때 라스가 아이스 트롤 로드의 시체를 내려다보고 있었다.

-이 트롤은 인간으로 따지면 네놈보다도 어리다. 그런 나이에 본인이 무엇을 해야 할지 알고 있었지. 실로 왕다운 놈이었느니라.

'그래.'

-아무것도 갖추지 않았음에도 왕처럼 태어나 죽은 저 어린 트롤을 보면 알 수 있지. 왕은 만들어지지 않고, 종족을 초월해 태어나는 법이다.

라스가 뒤를 돌아 라온과 눈을 마주쳤다.

-…라고 생각했었다.

'생각했었다고?'

-그렇다. 하지만 네놈을 보고 그 생각이 바뀌었다.

'무슨 말이지?'

-처음 네놈을 보았을 때 왕의 기질 따윈 초코 쿠키의 조고칩만큼도 느껴지지 않았다. 하지만 네놈은 변했다. 무력만이 아니라 영혼의 격이 달라졌느니라.

라스의 눈동자가 사파이어를 박아 놓은 듯 번쩍였다.

-장인이 찰흙을 빚어 도자기를 만들 듯 지금 네놈의 혼에 왕의 그릇이 만들어지고 있다.

'왕의 그릇…'

-그에 반해 네놈은 왕이 될 생각이 없어 보이는구나.

'맞아. 생각해 본 적 없어.'

지그하르트 가주의 손자로 태어났지만, 가문을 잇는다는 생각은 하지 못했다. 그저 여러 이득을 챙기고, 실비아와 시녀들이 행복하기만을 바랐을 뿐이다.

-왕의 그릇에 평민의 정신이라. 재밌군. 그 그릇이 어떻게 변하고, 어떻게 커질지, 네놈의 정신이 어떤 변화를 이룰지 흥미롭구나. 마계에도 너 같은 놈은 없으니까.

'그러면 내 몸을 안 뺏는다는 건가? 패배 선언?'

-무, 무슨 헛소리냐! 흥미롭다는 거지! 네놈의 영육을 뺏지 않겠다고는 말하지 않았노라!

라스가 짧은 팔을 버둥거리며 빽 소리를 질렀다.

-본왕은 한 번 노린 물건은 어떻게 해서든 얻어야 직성이 풀린다! 무슨 수를 써서라도 네놈의 육체를 가져갈 것이니라!

'아, 예.'

-말이 나온 김에 본왕의 기질을 말하자면 저 트롤 아이와 비슷하다. 자신이 위험하더라도 부하들을 살리는 진정한 왕이지. 차이점이라면 본왕의 강함은 누구에게도 밀리지…왜, 왜 그런 눈으로 보느냐!

얼음장보다도 차갑게 가라앉은 자신의 눈빛을 본 라스가 바르르 떨었다.

'너란 녀석은 이런 때에도 수다와 자기 자랑을…'

"라온 님!"

라스를 보며 고개를 절레절레 저을 때 도리안이 달려왔다. 팔은 부러졌고, 전신엔 멍이 가득했으며, 갑옷은 넝마가 되어 있었다.

"너…."

나름 잘 버틴 모양이라고 생각했는데 아니었다. 녀석은 정말 사력을 다해 시간을 벌어 준 것이었다.

"진짜 못 따라가겠네요. 청주귀와 빙아귀를 죽이고, 로드의 목까지 베시다니. 전 로드 하나만 상대하다가도 팔이 부러졌는데."

도리안이 부러진 팔을 만지며 훌쩍였다.

"너 무슨 바람이 분 거냐? 왜 나섰지?"

"그게…."

녀석은 바로 말을 하지 못하고, 배 주머니를 쓰다듬었다.

"전에 광혈귀와 싸운 적이 있었잖아요."

"그래."

싸웠다기보다는 버틴 거였지만.

"그때 도망가면서 속이 너무 답답했어요. 막 찢어질 것처럼. 몸이 아픈 것도 무섭지만, 마음이 아픈 게 더 무섭더라구요. 그래서 다시는 동료를 놔두고 도망치지 말자고 맹세했어요."

"이번에 그걸 지켰다?"

"예…."

도리안은 민망한 듯 고개를 숙였다.

"그렇군. 확실히 도움이 됐어."

라온이 도리안을 보며 미소를 지었다. 녀석의 진심이 전해져 가슴 한편이 따스해졌다. 도움을 받은 건 처음이지만 나쁘지 않은 기분이다.

"그리고 당신도."

고개를 돌려 뻘쭘하게 서 있는 에드퀼을 보았다. 그의 상태는 도리안보다 심각했다. 갑옷이 피로 흥건했고 다리뼈가 조각난 것 같았다.

"…아닙니다."

"존댓말?"

에드퀼은 갑자기 존댓말을 사용했다. 예전에는 나중에 죽이겠다고 중얼거렸으면서.

"제가 하고 싶어서 나섰을 뿐이니 신경 쓸 필요 없습니다."

그는 정중하게 고개를 숙이고 성으로 돌아갔다. 탁함이 없는 맑은 눈빛. 정말 심경의 변화가 있었던 것 같다.

"영웅의 이름을 외쳐라!"

성문 위에 서 있는 테리안이 피에 젖은 검을 들고 함성을 질렀다.

"으아아아아아!"

"라온! 라온! 라온!"

병사들이 하나가 된 것처럼 자신의 이름을 부르짖었다. 라온이라는 이름이 하분성 전체를 뒤흔들었다.

라온이 주먹을 꽉 말아 쥐었다.

'내 이름….'

전생에서는 드러낼 수 없었던, 감추기만 했던 이름이 온 세상에 퍼져 나가는 것 같았다. 뜨거운 전율이 심장을 두드렸다.

"가자."

간질거리는 가슴을 움켜쥐고 하븐 성으로 걸어가려 할 때 눈앞으로 메시지가 튀어 올랐다.

> 뛰어난 업적을 이뤄 냈습니다.
> 영혼의 격이 상승했습니다.
> 재생력이 대폭 상승합니다.
> 칭호 <벽이 되는 자>가 생성되었습니다.
> 모든 능력치가 3포인트 상승합니다.
> <불굴의 의지>의 등급이 상승합니다.

무수한 보상을 보며 미소를 지으려는 순간 라스가 튀어나와 악을 질렀다.

-뭐가 이리 많은 것이냐!

로베르트 가문의 서쪽을 받치는 루샤인산.

화려한 경관으로 이름 높은 그 산 아래에는 아무도 모르는 지하 공동이 있었다. 밤보다 더 어두운 공동의 중앙에는 오백여 명의 아이들이 무릎을 꿇은 채 눈을 감고 있었다.

아이들은 기도하듯 손을 모으고 있었는데, 이마와 등에서 식은땀이 끊임없이 쏟아져 내렸다.

"으으…."

"아…."

"끄윽…."

입술을 깨물며 버티던 아이들이 하나둘씩 쓰러졌다. 눈이나 코 혹은 귀에서 피를 흘리며 전신을 바르르 떨었다.

기절한 아이들이 나올 때마다 옆에서 지켜보고 있던 복면인들이 아이들을 데리고 어디론가 사라졌다.

시간이 지나며 아이들이 쓰러지는 빈도가 늘어났고, 결국 남아서 버티는 아이는 108명뿐이었다.

중앙에 서서 그 모습을 지켜보던 키가 큰 복면인이 공동 전체가 내려다보이는 위층으로 올라갔다.

설원을 담은 듯한 은발을 뒤로 넘긴 데루스 로베르트가 술잔을 들고 아래를 굽어보고 있었다. 많은 시간이 지났음에도 불구하고, 그의 외모는 이전보다 더 젊고 생기 있게 보였다.

"세뇌 작업이 끝났습니다."

복면인이 무릎을 꿇고 고개를 숙였다.

"108명인가."

데루스의 고고해 보이는 동공에 108명의 아이들이 비쳤다.

"예. 예상보다 많은 숫자입니다. 이번 개들은 꽤 쓸 만하겠군요."

"저기서 반을 줄여라."

"예?"

"어중이떠중이는 의미 없다. 필요한 건 마스터급에게도 이를 드러낼 수 있는 사냥개니까."

그가 입에서 피를 흘리는 아이들을 보며 빙긋 웃었다. 감정이 들어 있지 않은 듯한 건조한 미소에 소름이 돋아 올랐다.

"어, 어떻게 줄이면 되겠습니까?"

"그건 네가 할 일이지. 내가 신경 쓸 일이 아니지 않을까?"

데루스의 푸른 눈동자가 사이하게 번들거렸다.

"죄, 죄송합니다!"

복면인이 머리를 땅에 찍으며 용서를 빌었다. 그의 이마에서 핏물이 뚝뚝 떨어졌다.

"레이지 웜은 먹였나?"

"예! 개량에 성공한 녀석들을 먹였으니, 라온처럼 세뇌가 풀릴 일은 없을 겁니다!"

"라온. 라온이라…."

하분 성에서 울려 퍼진 열기 띤 이름과 달리 서늘한 음성이 그 이름을 짓눌렀다.

"꽤 쓸 만한 놈이었는데."

데루스가 오른 손등에 돋아난 상처를 보며 인상을 찌푸렸다. 라온은 지금까지 키웠던 사냥개 중 최고의 실력을 가졌었다.

스스로 세뇌만 풀지 않았다면 육황의 최고 간부도 죽일 능력이 되는 놈이었기 때문에 여러모로 아쉬웠다.

피익!

그가 라온에 대해 생각하고 있을 때 손등의 상처가 벌어지며 끈적한 핏물이 바닥으로 떨어졌다.

"주, 주인님!"

복면인이 벌떡 일어나 달려오려고 할 때 데루스가 스스로 손등의 상처를 벌리며 미소 지었다.

"보아라. 라온은 죽어 가면서 내게 이를 박아 넣고 갔다. 저 아이들도 그런 존재로 키워라."

데루스의 푸른 눈동자에 어둠이 스멀스멀 피어났다.

"나를 위해서라면 적의 목에 어금니를 박아 넣고 웃으며 죽을 수 있는 사냥개로."

밀랜드와 출정대가 숨 쉴 틈 없이 달려갔지만, 이미 해가 뜬 지 한참이 지났다. 희미하게 하분 성이 보이는 설원에 도착했을 때 수십 마리의 몬스터가 우르르 돌진해 왔다.

"크윽, 전투 준비!"

불안한 마음에 입술을 깨물며 전투를 준비하려고 했지만, 몬스터들은 싸울 생각이 없는 건지, 뒤도 돌아보지 않고 이곳저곳으로 흩어졌다.

그제야 몬스터들의 상태가 보인다. 피로 물든 몸뚱이, 텅 빈 손, 그늘 가득한 눈빛. 패잔병의 모습 그 자체였다.

'뭐지?'

밀랜드가 허겁지겁 도망치는 몬스터들을 보며 눈매를 좁혔다. 이곳에서 수십 년을 살았지만, 이런 경우는 또 처음이었다.

"…다시 출발한다. 전력으로 달려라!"

그는 혼란스러운 눈빛을 감추고 다시 출발을 지시했다.

"예!"

불안한 건 출정대도 마찬가지였기 때문에 하분 성을 향해 빠르게 달리기 시작했다.

정예만 모였기 때문에 밀랜드와 출정대는 정오가 되기 전에 하분 성 앞에 도착할 수 있었다. 하지만 그곳의 상태는 출정대의 상상과 확연히 달랐다.

성벽은 무너지지 않았고, 성벽 아래에 셀 수 없이 많은 몬스터들이 쓰러져 있었다. 다만 병사들의 시체는 단 한 명도 보이지 않았다.

"이, 이게 뭐야."

"뭐가 어떻게 된 거지…"

"또 무슨 일이 일어난 거야!"

출정대는 떨리는 걸음으로 하분 성으로 다가갔다.

"사, 사령관님! 여길 보십시오!"

밀랜드가 주변을 살피며 움직일 때 1번 정찰대장 바르티가 소리를 질렀다. 가보니 일만직인 아이스 드롤 보다 2배는 큰 괴물의 시체가 바닥에 쓰러져 있었디.

"이, 이놈입니다! 이놈이 아이스 트롤 로드예요!"

"역시 함정이었군. 그런데 이걸 누가…."

"사령관님! 여기에 에, 에덴의 귀신이 있습니다!"

"여기에도 있습니다! 비, 빙아귀입니다!"

정찰병들은 빙아귀와 청주귀의 시체를 발견하고 경악하여 눈을 부릅떴다.

"아이스 트롤 로드에 빙아귀, 청주귀?"

밀랜드는 세 괴물을 차례로 보며 마른침을 삼켰다.

"대체 여기서 무슨 일이 벌어진 거지?"

에덴의 두 괴수에 아이스 트롤 로드 그리고 수많은 몬스터의 시체들. 하지만 인간의 시체나 살점은 어디에도 보이지 않았다.

에덴이 함정을 팠다는 건 알겠지만 그걸 어떻게 버틴 건지 상상이 가질 않았다.

"일단 가자."

밀랜드가 숨을 고르며 성문으로 다가갔다. 성 내부에서 환호와 괴성이 들린다. 자세히 들어 보니 누군가의 이름을 외치고 있었다.

"라온?"

라온이다. 녀석의 이름이 하늘에 닿을 정도로 울려 퍼지고 있었다.

하룻밤 동안 발생한 일을 들은 밀랜드와 간부들은 회의실에 앉아 넋이 나간 것처럼 눈동자를 떨었다.

"내 평생에 이런 일이 일어날 줄이야."

"그러니까요. 에덴과 아이스 트롤 로드가 쳐들어왔는데, 사망자가 한 명도 없다니, 꿈만 같습니다. 무신의 은총을 받은 게 분명해요!"

"무신의 은총이 아니라, 라온의 은총이지. 이번에도 그 녀석이 혼자 다 했잖아."

"빙아귀와 청주귀, 아이스 트롤 로드를 잡고 팔 하나만 부러졌다니, 진짜 괴물이야."

간부들은 라온의 무력과 전략에 감탄하여 혀를 내둘렀다.

"어찌 됐든 이겼잖아요. 축제! 삼 일 밤낮으로 축제를 엽시다!"

"삼 일 밤낮 가지고 되겠어? 일주일은 해도 돼!"

"그래. 이런 날은 우리 평생에 다시 없을 거라고!"

한동안 몬스터들이 오지 않을 게 뻔했기 때문에 간부들은 당장 축제를 열자며 손을 들었다.

"축제도 좋지만, 그 전에 할 일이 있다."

밀랜드가 시장터처럼 시끄러워진 회의실 분위기를 가라앉혔다.

"할 일이라고 하신다면…."

"너희들이 칭송하는 라온. 그냥 환호만 해 주고 말 건 아니겠지."

"아, 당연하죠!"

"최고의 상과 금화 주머니를 내려야 합니다!"

간부들이 즉각 고개를 끄덕였다.

"맞습니다. 제가 지금 살아 있는 건 라온 덕분이니까요."

이들에게 라온의 활약상을 이야기해 주었던 테리안이 빙긋 웃었다.

"그렇다면 이야기가 빠르겠군."

밀랜드가 테이블을 두드리며 두 눈을 번쩍였다.

"녀석에게 하분 성의 유물을 줄 생각이다."

제137화

"유, 유물이요?"

"유물이라면 설마…."

"어…."

간부들의 시선이 밀랜드의 허리에 있는 설각검으로 향했다. 하분 성에서 전해져 내려오는 보물은 바로 저 검이었으니까.

"차, 차기 성주를 라온으로 하시려는 겁니까?"

"그건 저어…."

"조금 더 생각을 해 보심이…."

설각검은 하분 성주의 상징이 되는 물건. 저 검을 준다는 건 라온을 차기 성주로 인정한다는 뜻이나 마찬가지였다.

간부들이 떨리는 눈동자로 테리안을 보았지만, 그는 덤덤한 표정으로 앞에 있는 차를 홀짝였다.

"무슨 헛소리를 하는 것이냐."

밀랜드가 간부들을 둘러보며 인상을 찌푸렸다.

"이 검은 유물이 아니라, 상징이다. 라온에게 줄 건 다른 것이야."

"다른 거요?"

"이거다."

그가 테이블 위로 눈처럼 새하얗고 얇은 갑주를 꺼냈다. 별빛처럼 반짝였고, 중앙에는 녹색 보석이 박혀 있었다.

"아!"

"이, 이거였군요!"

"그래. 오크 로드의 마석으로 만든 내갑. 백혼갑이다."

내갑은 옷 속에 입는 갑옷이다. 얇지만 파고들어 온 칼을 막을 수 있어서 대부분의 병사들이 착용하고 있었다.

"외부에서 보면 성주의 상징인 설각검보다도 귀한 물건이지만, 라온이 해 준 일이 있으니, 이 정도는 주어야 한다고 생각한다."

밀랜드는 백혼갑을 부드럽게 쓰다듬었다.

"녀석은 스스로를 너무 안 챙겨. 이 갑옷이라도 입혀야 속이 편할 것 같다."

"저도 동의합니다."

테리안이 씩 웃으며 손을 들었다.

"그럼 저희도 상관없습니다."

"라온이 아니었다면 이 성은 전멸이었으니, 뭐얼 주어도 부족하죠."

"백혼갑이면 그 아이에게 최고의 선물이 될 겁니다."

백혼갑의 현재 주인과 미래의 주인 모두 동의했기 때문에 간부들도 미소를 지으며 고개를 끄덕였다.

"그럼 이 건은 그렇게 하고 축제는 5일 정도 여는 게 좋을 것 같군. 다만 바로 시작하지 말고 일주일 정도 상황을 본 뒤에…."

"잠시 괜찮겠습니까."

지금까지 조용히 있던 설격대주 에드퀼이 손을 들어 올렸다.

"뭐지?"

"라온 님의 이야깁니다."

"라, 라온 님?"

"라온 님이라고?"

갑작스럽게 나온 라온 님이라는 호칭에 간부들이 눈을 부릅떴다.

"그분 용병이라고 말씀하시지 않았습니까?"

"…그랬지."

"용병 중에 그런 천재가 있을 수는 있지만, 그가 사용한 무학은 단순한 것이 아닙니다. 많은 세월에 걸쳐 정립된 검술. 평범한 용병이 가질 수 없는 무학이었습니다."

"그래서 정체가 의심스럽다는 것이냐?"

"확실히 해야 한다는 겁니다."

"음…."

밀랜드가 입맛을 다시며 에드퀼을 보았다. 평온한 눈빛. 공격하려는 게 아니라, 말 그대로 확인을 하려는 것 같았다.

"저도 좀 궁금하긴 하네요."

울브스 용병단장 베토가 깍지 낀 손으로 머리를 감싸며 피식 웃었다.

"우리 모두 알잖아요. 라온 그 친구가 용병이 아니라는 건."

"음…."

"뭐, 그렇긴 하지."

"난 이상한 곳만 아니면 돼. 오마라든가."

"떽! 라온 그 친구가 오마일 리가 있어?"

한 번 물꼬가 터지니 라온의 정체에 관한 이야기들이 줄줄이 흘러나왔다.

"모두 조용."

밀랜드가 책상을 툭 쳐서 모두의 입을 다물게 했다.

"너희들의 말대로 라온은 평범한 용병이 아니다. 사실 그런 업적을 세웠으니, 이 이상 숨길 수도 없지. 다만 확실한 건 그 아이는 이곳에 온 이후 항상 진심을 보였다는 점이다."

그의 단단한 목소리와 의미에 간부들이 허리를 똑바로 세웠다.

"언젠가 녀석 스스로 정체를 밝힐 때가 올 것이다. 그날까지 기다리도록. 그리고 그 아이의 정체는 내가 보장한다. 어둠에 물든 쪽이 아니니 걱정할 필요 없다."

밀랜드는 이 이야기를 처음에 꺼낸 에드퀼을 바라보았다. 여전히 눈빛이 맑다. 옛날 꿈과 열정으로 가득했던 시절을 보는 것 같았다.

"그렇군요."

에드퀼은 오히려 속이 시원하다는 듯 옅은 미소를 지었다. 오랜 기간 봐 왔지만 지금 그가 무슨 생각을 하는 건지는 밀랜드로서도 알 수 없었다.

"다 끝났으면 지금부터 축제를 준비해라!"

밀랜드가 테이블을 힘차게 내리치며 일어섰다.

"그간의 피로와 고통을 모두 풀 수 있도록 아주 성대하게!"

천장에 대롱대롱 매달린 작은 조명이 비치는 어둑한 방.

인간의 백골로 만들어진 괴기스러운 형상의 테이블 앞에 두 사람이 앉아 있었다.

우측에 앉은 남자는 어둠이 어린 듯한 두꺼운 로브로 전신을 덮었고, 안구에 푸른 불꽃이 타오르는 해골의 가면을 착용했다. 옆에는 금색의 지팡이가 홀로 서 있었는데, 시꺼멓고 사이한 빛이 그 주변을 맴돌았다.

반면 좌측에 앉은 가는 손가락의 여자는 챙이 있는 남색의 모자를 썼고, 얼굴에는 코가 길쭉한 노파의 가면을 쓰고 있었다. 뒤에는 말라비틀어진 나무로 만든 지팡이가 둥둥 떠 있었다.

"실패했네."

노파의 가면을 쓴 여성이 쯧 하고 혀를 찼다.

"하분 성을 말하는 건가?"

해골의 가면을 착용한 남자가 턱을 틀었다.

"그래. 청주귀, 빙아귀 그 밥값도 못하는 버러지들이 죽었어."

"어떻게 실패했지?"

"뭘 물어? 생각 없이 하분 성주에게 달려들었겠지."

"빙아귀라면 모를까. 청주귀는 단순하게 움직이는 놈이 아니다."

남자가 고개를 저으며 해골로 만들어진 테이블을 툭툭 두드렸다.

"그러거나 저러거나 이미 늦었어. 우리가 움직였다는 걸 들켰으니, 하븐 성주는 그 무거운 엉덩이를 떼지 않을 거고, 육황에서도 지원을 나오겠지."

"흐음…."

"뭘 그리 심각해. 녹색의 왕 마석은 서쪽에서도 나타났으니까. 상관없잖아."

"나는 마석보다 세이렌의 그릇을 원했다. 그런 재능은 대륙 전체에서도 흔하지 않아."

강한 무력, 넘치는 마력의 재능은 어디에 가도 얻을 수 있다. 하지만 사람의 정신과 마음을 조종할 수 있는 세이렌의 화신 같은 기질은 쉽게 찾기 힘들다.

"대량 학살도, 대량 세뇌도 가능한 능력이다. 무조건 손에 넣어야 한다."

"그래도 어쩔 수 없잖아. 지금은 때가…."

"아니, 이런 때일수록 움직여야 한다."

해골 가면을 쓴 남자가 손가락을 튕겼다. 뼈와 뼈가 부딪치는 듯 탁한 소리가 울리고 테이블 위로 슬라임처럼 흐물거리는 액체가 솟구쳤다. 탁한 회색이라 내부가 보이지는 않았다.

"도플갱어? 그 멍청한 놈으로 뭘 어쩌겠다고. 도플갱어의 투구를 쓸 놈이 나타나지 않는 이상…."

"내가 직접 개량했다."

남자는 테이블의 해골을 집어삼키려는 도플갱어를 보고 눈매를 좁혔다.

"이 녀석은 삼킨 인간의 언행을 100% 재현한다. 가족이라고 해도 알아볼 수 없지."

"호오."

노파의 가면을 쓴 여성의 눈동자가 푸르게 반짝인다.

"소화와 동시에 그 인간의 기질을 흡수하는 방식인가? 아예 세포 자체를 개조했군."

"시간제한이 좀 있지만, 이 녀석이라면 세이렌의 그릇을 데리고 올 수 있을 것이다."

"밀랜드가 알아차릴 가능성은?"

"없다."

해골의 가면을 착용한 남자가 자신감이 흐르는 눈빛으로 고개를 저었다.

"인간의 기질 자체를 읽는 괴물이 아닌 이상 저 녀석의 변신을 알아차릴 수 없다."

하분 성에 축제가 열렸다.

웨이브 이후 하루 정도 가벼운 축제가 열렸던 적은 몇 번 있지만, 5일 연속으로 축제가 일어난 건 처음이었기 때문에 성의 분위기는 만년설이 녹아내릴 정도로 뜨거웠다.

축제의 열기는 시간이 지날수록 더 고조되었고, 표창식이 열리는 다섯 번째 날 극점을 찍었다.

"성벽에서 뛰어내려 아이스 트롤 로드와 접전을 벌였던 도리안과 에드퀼은 앞으로!"

"예!"

표창식 사회를 보던 테리안의 부름에 도리안과 에드퀼이 단상 위로 올라갔다.

"하분 성을 위해 목숨을 걸고 아이스 트롤 로드와 몬스터들을 막은 두 사람에게 하분 성의 명검과 금화를 수여한다."

"감사합니다!"

"감사합니다."

단상 위에 있던 밀랜드가 직접 검과 금화를 내려 주었다.

"도리안. 처음 이곳에 왔을 때와 몰라보게 달라졌구나. 앞으로도 발전하길 바란다."

"옙!"

"에드퀼. 무슨 심경의 변화가 있었는지 모르지만, 그 변화가 나빠 보이지 않는구나. 계속 정진해라."

"예."

두 사람은 밀랜드에게 고개를 숙인 후 뒤를 돌아 관중들에게도 머리를 숙였다.

"우와아아아아!"

"우리 3번 정찰대의 자랑!"

"도리안! 도리안!"

"대주님! 최고입니다!"

정찰대와 검사들이 도리안과 에드퀼의 이름을 외치며 환호했다.

"그럼 마지막 순서입니다."

테리안이 험험 헛기침을 한 뒤 가장 우측에 앉아 있는 리온을 보았다.

"웨이브에서 서른 명의 목숨을 구하고, 에덴의 귀신과 아이스 트롤 로드를 홀로 벤 무적의 검사! 라온 앞으로!"

"우와아아아아아!"

"라온! 라온! 라온!"

"하분 성의 검귀!"

"트롤 로드 슬레이어!"

라온의 이름이 불리자마자, 축제장을 둘러싸고 있던 병사들이 일어서서 박수를 보내고 함성을 터트렸다.

"후."

라온은 환호를 보내는 사람들에게 작게 고개를 숙이고 단상 위로 올라갔다.

"네 용기와 용맹 덕분에 성의 피해가 최소한으로 그칠 수 있었다. 하분 성의 성주로서 네게 감사를 표한다."

밀랜드가 처음으로 빙긋 웃으며 고개를 숙였다.

"사령관님!"

모두가 보고 있는 이런 공간에서 밀랜드의 인사를 받을 줄은 몰랐기에 당황하여 똑같이 머리를 내렸다.

"마주 숙일 필요 없어!"

"맞아! 성주님의 인사를 받는 걸로도 부족하다고!"

"라온! 당당하게 서라!"

다른 사람들은 이렇게 될 걸 알고 있었던지 씩 미소를 지었다.

"하분 성을 위기에서 두 번이나 구한 영웅에게 하분 성의 유물 백혼갑과 금화를 내린다."

밀랜드가 하얀색 갑옷을 내밀었다. 금이 박힌 듯 빛이 반짝였고, 가슴 중앙에는 육각으로 세공된 녹색 보석이 박혀 있었다.

"너는 네 몸을 너무 신경 쓰지 않는 경향이 있다. 백혼갑은 옷 안에 있을 수 있는 내갑이니, 항상 착용하고 다니도록."

"감사합니다."

보기만 해도 귀중한 보물이라는 걸 알 수 있었다. 갑옷을 준 이유도 알 수 있었기에 가슴에 따스한 열기가 일어났다.

"우와아아아아아!"

"라온! 라온! 라온!"

"앞으로도 하분 성을 지켜 주십시오!"

뒤를 돌자마자 성이 뒤흔들릴 정도의 함성이 폭발했다. 다가오던 몬스터가 무서워서 달아날 정도의 환호였다.

"감사합니다."

라온은 관중들에게도 인사를 한 뒤 단상 아래로 내려왔다.

"앞으로 이런 날이 다시 오지 않을 수도 있으니, 마지막까지 즐기도록! 이번 순서는…."

테리안이 다음 행사를 말하는 것을 들으며 백혼갑을 살펴보았다.

'음, 어디서 본 느낌인데.'

옷이 아니라, 옷에 박혀 있는 에메랄드 같은 녹색 보석에 담긴 기운이 앤지 모르게 익숙했다.

'아!'

이제야 생각났다. 지금노 가슴에 품고 있는 고블린 왕의 마서. 그것과 비슷한 기운이 느껴졌다.

-오크 누린내가 줄줄 흘러나오는데, 이제야 알다니, 한심하군.

라스가 감이 없다고 중얼거리며 혀를 찼다.

'오크?'

-그렇다. 오크 로드의 마석이니라.

'그렇군.'

손이 델 정도로 열기가 가득했던 고블린 왕의 마석과 달리 이 마석에는 바위처럼 단단한 기운이 어려 있었다. 이 차이 때문에 처음 봤을 때 마석이라고 생각하지 못했다.

'아무래도 이걸 노렸었나 보네.'

에덴이 왜 하분 성을 공격했나 고민했었는데, 이 마석을 노리고 움직였다는 생각이 들었다. 이 안에 어린 기운은 고블린 왕의 마석과 비교해도 조금도 모자라지 않았으니까.

'흠.'

라온이 내부의 기운을 더 자세히 살피기 위해서 마석에 손을 올렸다.

치이이잉!

그 순간 불의 고리가 미친 듯이 돌아가며 시야를 하얗게 물들였다.

세상이 변했다.

피로 물든 설원이 보인다.

인간과 오크의 시체가 산이 되어 쌓였고, 그 죽음의 언덕 위에 금발의 검사와 오우거보다도 큰 오크가 검과 도끼를 맞대고 있었다.

검사의 검에서 나선의 불꽃이 치솟았고, 오크의 도끼에서 흉악한 투기가 넘실거렸다. 두 괴물의 격돌에 하늘이 갈라지고, 땅이 무너져 내린다.

수백 혹은 수천 번의 부딪침 끝에 불꽃의 칼날이 도끼를 가르고 오크의 목을 베었다.

오크는 웃었고, 검사는 씁쓸한 미소를 지었다.

몸을 돌린 검사가 이쪽을 본다. 붉은 눈을 제외한 다른 부분이 어둠에 휘감겨 있었다. 그의 눈동자에서 뿜어진 금빛 화염이 시야를 뒤덮었다.

다시 세상이 변하고, 웃음과 활기가 넘치는 축제장이 보였다.

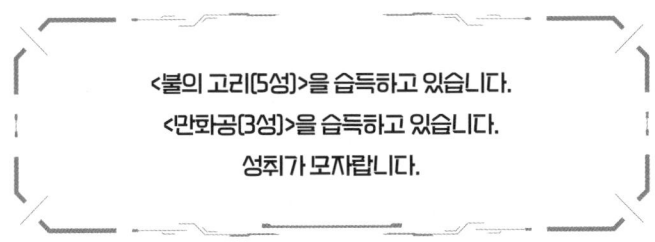

첫 판별식에서 보았던 메시지가 다시 한번 떠올랐다.

꿀꺽.

라온이 마른침을 삼켰다.

'지그하르트의 선조가 이곳에서 오크 로드를 상대했던 건가?'

제대로 보지 못했지만, 검에 어린 불꽃과 다듬어지지 않은 금발은 판별식에서 보았던 남자와 쏙 닮아 있었나.

-네놈 방금 어디를 가서 무얼 보고 온 것이냐.

당황한 듯 라스의 눈동자가 흔들리고 있었다.

'뭐?'

-방금 네 영혼은 네 몸을 떠나 있었다.

'떠났다고?'

-그렇다. 조금 전 너는 육체만 있는 빈털터리였다.

단순한 환상이 아니었다는 건가?

당황하여 눈을 부릅떴을 때 두 번째 메시지가 올라왔다.

> ???와 마주했습니다.
> <불의 고리>의 성취가 크게 상승합니다.
> <만화공>의 성취가 크게 상승합니다.

쭙.

라온은 단상 위에서 이상한 노래를 부르는 도리안을 보며 입맛을 다셨다. 더럽게 못 부르지만, 지금은 그게 신경 쓰이지 않았다.

'지그하르트의 선조가 불의 고리도 익히고 있었다니….'

불의 고리에 대한 메시지가 그냥 나올 리가 없다. 그 금발의 남자는 만화공만이 아니라, 불의 고리도 익히고 있는 게 분명했다.

'지그하르트에 불의 고리가 있다는 말은 들어 보지 못했는데.'

전생의 자신이 불의 고리를 얻었던 장소는 지그하르트와 아무 상관도 없는 곳이었다.

'무슨 일이 있었나 보군.'

이런 환상을 그냥 보여 줄 리 없다. 분명 어떠한 사정이 있을 것이다.

불의 고리 그리고 만화공의 극을 보기 위해서는 이 환상의 끝을 찾아야 한다는 예감이 들었다.

'할 일이 하나 더 늘었어.'

가뜩이나 쌓인 일들이 많은데 선조의 비밀까지 찾아야 하는 일이 추가됐다. 관심 끄고 싶지만 만화공과 불의 고리의 비밀이 담겨 있을 것 같아서 무시할 수가 없었다.

'그래도 가장 먼저 해야 할 건 정해져 있지.'

실비아를 직계의 위치에 돌려놓는 일. 데루스에 대한 복수가 무조건 해야 할 일이라면 직계의 자리를 되찾는 건 가장 먼저 해야 할 일이었다.

'일단 정식 검사가 되고 그 이후에….'

라온이 앞으로의 계획을 생각하고 있을 때 도리안이 노래를 부르다 쫓겨나고, 단상 위로 양 갈래 머리를 찰랑이는 유아가 올라갔다.

"안녕하세요!"

유아가 양손을 흔들며 방긋 웃었다.

"우와아아아!"

"유아다! 유아!"

"이제 귀 호강 좀 하겠네!"

이곳과 어울리지 않는 상큼한 목소리에 병사들이 전투할 때보다 더 큰 함성을 터트렸다.

"이번에 새로 만든 노래니까. 잘 들어 주세요."

유아가 뒤를 보며 신호를 주자, 바이올린과 기타를 든 병사들이 현을 튕기기 시작했다.

툭툭.

이전에 부르던 경쾌한 음악과는 다른 웅장한 흐름이 축제장의 분위기를 가라앉혔다.

"겨울은 갑작스럽게 찾아온다. 용맹한 자도, 강인한 자도, 현명한 자도 차디찬 겨울을 견디긴 쉽지 않으리라."

예상과는 다른 가사와 음악이었지만 유아의 선명한 목소리가 귀를 잡아끌었다.

"한없이 고여 있던 겨울성에 어린 검사가 찾아온다. 강인했지만 드러내지 않았고, 용맹했지만 다정했으며, 현명했지만 배움을 알았다."

가슴이 울렁인다. 그녀의 목소리가 고산의 북처럼 울리며 전신을 박동시켰다.

"무너진 성벽 아래 홀로 선 어린 검사의 칼날에 새벽의 여명이 깃들었다. 그 아름답고 고고한 빛에 북쪽 산의 괴수들은 의미 없는 족적만 남기고 사그라졌다."

내 이야기다.

유아의 낭랑한 목소리로 펼쳐지는 영웅담은 하분 성에서 시작된 자신의 이야기였다.

"가면과 투구로 본심을 가린 귀신들조차 어린 검사의 신념을 부러뜨리지 못하고 물러가…."

그녀의 목소리에는 신이 깃들어 있었다. 머릿속에서 이전의 싸움이 저절로 그려진다.

두방망이질 치는 가슴을 움켜쥔 라온의 눈앞으로 메시지 하나가 떠올랐다.

당신의 업적을 노래하는 최초의 무훈가가 만들어졌습니다.
<영웅의 길>이 열립니다.

제138화

'영웅의 길?'

라온이 메시지를 보고 눈을 부릅떴다. 의미를 제대로 알 수 없는 내용이라 당황스러웠다.

'이게 뭐… 아!'

다시 내용을 읽어 보려 할 때였다.

영혼의 격이 상승합니다.
모든 능력치가 상승합니다.

벼락같은 전율이 전신을 관통했다. 머리를 뚫고 들어온 전기가 발바닥까지 이른 듯한 느낌. 순간적으로 영혼이 한 차원 높은 곳에 다다른 듯한 기분이었다.

-쯧, 운 한번 더럽게 좋은 놈이로다.

라스가 메시지를 노려보며 이마를 찡그렸다. 짜증이 가득 찬 표정이다.

'이게 다 뭐야.'

-말 그대로다. 네 영혼에 영웅의 업이 깃들었다는 뜻이지.

'어째서?'

-말에는 힘이 어려 있다. 그게 노래라면 더 강한 힘이 스며들지. 파인애플 소녀가 부른 노래에는 네 영웅적인 면모가 담겨 있으니, 그 말에 힘을 얻어 네 영혼의 격이 올라가게 된 거다.

'고작 그걸로?'

-당연히 고작 그게 아니다.

라스가 고개를 돌려 노래를 부르는 유아를 보았다.

-전에 한 번 말했지? 파인애플 소녀가 노래에 재능이 있다고. 본왕이 예상한 것 이상의 재능이다. 저 아이가 네 노래를 만들고 이 많은 사람들 앞에서 불러 줬기 때문에 저 무훈이 그 힘을 얻은 것이니라.

'그럼….'

-그래. 네 영혼의 격과 능력치가 상승한 건 저 아이가 너에 대한 노래를 불렀기 때문이다. 감사히 여기도록.

'허….'

-네가 영웅적인 면모를 보일수록, 저 아이의 노래가 많은 곳에 퍼질수록 네 영혼의 격과 능력치, 특성이 크게 상승할 것이다.

'장난 아니네.'

라온이 헛웃음을 흘렸다. 감정을 자극할 때부터 알아봤지만, 유아의 노래 재능은 천재라는 단어조차 벗어난 수준이다. 뛰어난 음유시인의 노래에는 혼이 깃든다던데 그걸 직접 겪게 될 줄은 몰랐다.

"…그 걸음은 겨울의 선율에 길이길이 남으리라."

유아는 무훈가를 완벽하게 마치고 방긋 웃었다.

"이야아아아아!"

"유아야! 아저씨가 격하게 아낀다!"

"우리 유아 여기 있기 너무 아깝다! 대륙으로 보내자!"

"유아! 유아! 유아!"

유아의 노래를 들은 병사들이 기립박수를 치며 환호를 내질렀다. 땅이 흔들릴 정도였다.

"감사합니다!"

유아는 세 방향으로 고개를 꾸벅이고 단상을 내려가 라온과 도리안이 앉아 있는 테이블로 다가왔다.

"어땠어요?"

"이야! 진짜 대단하더라! 감동 먹었어! 나랑 비슷한 수준인데?"

도리안이 어처구니없는 말을 지껄이며 엄지손가락을 치켜올렸다.

"노래를 만들 생각은 어떻게 했어?"

"할아버지가 항상 이곳에서 싸워 주시는 분들에게 감사해야 한다고 하셨거든요."

유아가 헤헤 웃으며 우측에 서 있는 그녀의 할아버지이자, 서리의 가지 점장에게 손을 흔들었다.

"이번에는 라온 검사님이 많이 고생하셨다고 하셔서 제가 듣고 본 걸 바탕으로 노래를 만들어 봤어요!"

"그래."

라온이 무릎을 꿇어 유아와 눈을 마주쳤다. 토끼처럼 동그란 눈동자가 반짝거렸다.

"고맙다. 잘 들었어. 정말로."

"네!"

유아가 머리를 쫑긋거리며 폴짝 뛰었다.

"그럼 나중에 저희 식당에….'

"와서 매출 올려 달라는 말이지?"

"와, 이제 잘 아시네요."

"모를 수가 없지."

라온이 팔랑이는 유아의 머리카락을 보며 웃었다.

"그럼 나중에 꼭 와 주세요!"

유아는 손을 흔들고 기다리고 있던 점장에게 달려갔다.

-라온.

지금까지 조용히 있던 라스가 팔찌에서 빼꼼 고개를 내밀었다.

'왜?'

-사람은 은혜를 받으면 갚아야 하는 법이니라.

맞는 말이다. 다만 그게 자칭 마왕의 입에서 나오니 뭐라 할 말이 없었다.

-본왕이 보기에 네놈은 파인애플 소녀에게 큰 은혜를 입었다.

이제 저 냉기 덩어리의 입에서 무슨 말이 튀어나올지 에싱이 되었다.

-은혜를 갚는 건 빠를수록 좋지. 오늘이다. 지금 당장 서리의 가지에 가서 모든

음식을 시켜라….

'하아.'

라온이 눈동자를 데구르르 굴리는 라스를 보며 고개를 절레절레 저었다.

-거기다 본왕에게도 은혜를 입었지. 아주 큰 은혜를 말이다.

'어떤 은혜?'

-본왕이 글래시아를 전해 주지 않았더냐!

'그것에 대해선 이미 대가를 주고받았잖아.'

-그런 막강한 능력을 고작 파인애플 피자 하나 사 주고 땡 치려는 것이냐!

'어떻게 행동이 한 치의 예상도 벗어나지 않을 수가 있지?'

마계의 군주 자리를 땅따먹기로 얻었는지 라스는 정말 내심을 숨기지 못했다.

-숨기지 못하는 게 아니라, 숨기지 않는 것이다. 마족은 욕망에 충실한 존재. 욕망을 말할 때만큼은 거짓을 말하지 않는다. 특히 본왕은 마계에 있을 때부터 단 한 번도 거짓말을 하지 않았느니라.

그 말은 사실이다. 라스는 말을 안 할지언정 거짓말은 하지 않았다. 지금까지 녀석을 왕이라고 믿는 이유가 거짓말을 하지 않기 때문이다.

-알아들었으면 가자. 나흘 동안 서리의 가지가 꽉꽉 찼으니, 오늘은 비어 있을 것이다!

'알겠다. 알겠어.'

라온이 옅은 한숨을 뱉었다. 라스에게도, 유아에게도 도움을 받았으니, 적당히 갚아 주는 것도 좋을 것 같았다. 솔직히 음식으로 통치는 정도면 굉장히 싼 편이다.

-잘 생각했느니라!

라스가 키득거리며 팔찌 위로 솟구쳤다.

"어디 가세요?"

자리에서 일어나자, 도리안이 고개를 들었다.

"오랜만에 서리의 가지에서 밥 좀 먹게. 너도 가자."

"어?"

도리안은 일어서지 않고 고개를 갸웃거렸다.

"왜?"

"4일 동안 열어서 오늘은 휴일이에요. 그래서 유아도 나중에 오라고 했잖아요."

"아, 그래?"

라온이 눈을 끔뻑이며 팔찌 위에서 춤을 추던 라스를 보았다.

'오늘 안 한대.'

─…대체 무엇이냐.

라스가 냉기로 만든 손으로 고양이처럼 테이블을 긁으며 악을 내질렀다.

─본왕을 굶게 하려고 다 같이 짜기라도 한 것이냐! 왜 밥을 먹으려고만 하면 방해가 들어오는 것이야!

'운명이야. 병사 식당이나 가자.'

라온은 피식 웃고서 병사 식당으로 향했다.

─양파 스튜에 퍽퍽한 빵, 너무 익힌 닭고기에 맛없는 소스까지! 오늘 정식은 최악이란 말이다!

'메뉴는 어떻게 또 다 알고 있네….'

라스는 매일 바뀌는 병사 식당의 메뉴를 외우고 있었다. 싫어하는 건지 좋아하는 건지 모르겠다.

하여튼 특이하다니까.

❖❖❖❖❖

흉폭하고 강력한 몬스터들이 가득 차 있다는 사이안 협곡.

무너진 댐에서 강물이 터져 나오듯 어마어마한 숫자의 몬스터들이 깎아지른 듯한 협곡 사이를 내달리고 있었다.

몬스터들이 밀물처럼 쇄도해 오는 협곡의 반대편.

인간의 벽이 있었다. 떡 벌어진 체격으로 양날 도끼와 두꺼운 대검을 든 전사들이 일렬로 서서 돌진해 오는 몬스터들을 노려보았다.

우우우웅!

웅장한 뿔피리 소리가 협곡을 울리고, 전사들이 무기를 세웠다.

"돌격! 모조리 죽여 버려라!"

가장 앞에 서 있던 거인 같은 중년인이 몬스터들의 파도에 뛰어들어 사람 몸통만 한 도끼를 내리찍었다.

콰아아앙!

몬스터와 땅이 동시에 터져 나가며 인간과 몬스터들의 대전이 열렸다.

"가즈아아아!"

"다 찢어 버려!"

"한 마리도 남기지 말고 쓸어 버려!"

"으아아아아!"

전사들은 사나운 미소를 지으며 칼을 내리치고, 도끼를 찍었다. 건조했던 협곡이 피와 열기 그리고 전투의 희열로 가득 찼다.

인간도, 몬스터도 평범과는 격이 다를 정도로 큰 이 전장에 눈에 띄는 한 검사가 있었다.

단아한 아름다움을 드러내는 흑발흑안의 여검사가 전장을 휘젓고 있었다. 막강한 힘과 정립된 투로를 따르는 검격에 몬스터들이 한 줌 핏물이 되어 쓸려 나갔다.

그녀는 이 전장에서 가장 작았지만, 그 누구보다 뛰어난 용맹을 뿜어냈다. 사나운 기세에 몬스터들이 먼저 물러날 정도였다.

하지만 흑발의 검사는 그걸로 만족하지 못하는 듯 끊임없이 움직이며 몬스터들을 곤죽으로 만들었다.

새벽부터 시작된 전투는 저녁까지 계속되었고, 협곡에는 전사와 몬스터들의 시체로 가득 찼다.

노련한 전사들도 지칠 시간이었지만, 흑발의 검사는 처음과 조금도 달라지지 않은 몸놀림으로 몬스터들의 목을 가르고, 심장을 터트렸다. 광전사 마법이 걸린 것 같은 사나움이었지만, 눈빛은 만월의 빛처럼 맑았다.

"이겼다!"

"우리가 이겼어!"

"이야아아아아!"

결국 협곡의 전투는 인간들의 승리로 끝이 났고, 패배한 몬스터들은 동족들의 피를 밟으며 원래의 척박한 환경으로 돌아갔다.

"후욱…."

흑발의 검사는 그제야 검을 멈추고 고개를 들었다. 그녀의 검은 오늘 누구보다도 많은 피를 맛보았고, 그 발아래에는 가장 많은 시체가 쌓여 있었다.

"아주 신났구나. 마르타."

숨을 고르는 그녀의 뒤로 전사들의 수장으로 보이는 중년인이 다가갔다.

"내가 만족스러울 정도로 패도적인 기세였다. 너희 가주라도 따라잡을 생각이냐."

중년인이 피에 젖은 도끼를 어깨에 걸치며 시원한 웃음을 지었다. 이 남자가 바로 사이안 협곡을 지배하는 카마인 성의 성주이자 최강의 전사라 불리는 베루안이었다.

"따라잡아야죠. 하지만 그 전에 넘어야 할 산이 있어요."

마르타가 검에 묻은 피를 털며 인상을 찌푸렸다.

"넘어야 할 산?"

"아주 지랄 맞게 높은 산이죠."

"네 또래 중에 널 넘어선 녀석이 있다고?"

베루안이 눈을 부릅떴다. 마르타는 이곳에 왔을 때부터 이미 제 몫을 하는 무인이었다. 왜 죽을힘을 다해서 수련하나 했더니, 적수가 있었던 것 같다.

"세 번. 아니, 네 번 졌죠."

마르타는 그 이후엔 도망 다녀서 할 말이 없다고 중얼거렸다.

"걱정하지 마라."

베루안이 씩 웃으며 마르타의 어깨를 툭 쳤다.

"넌 이곳에 온 후로 누구보다 많은 전투를 하고 육체와 정신을 단련했다. 그 아이가 누구인지 몰라도 지금은 네 아래일 것이다."

"아뇨."

마르타가 단호하게 고개를 저었다.

"그놈은 제가 처음으로 만난 진짜예요. 천재니, 신동이니 하는 가짜들과 다른 진짜 괴물. 지금보다 몇 배를 더 수련해도 따라잡을 수 없을 거예요."

"그 정도라고?"

베루안이 눈매를 좁혔다. 마르타의 재능은 자신의 아들보다도 위다. 이 정도 천재에게 패배감을 준 아이가 대체 누구인지 궁금해졌다.

"피부에 느껴져요."

마르타가 닭살이 올라온 팔을 꽉 움켜쥐었다.

"지금도 강해지고 있는 그 망할 녀석의 숨소리가."

최선을 다해서 수련을 해 왔지만, 라온을 이긴다는 생각이 들지 않았다. 당당하게 라온을 꺾고, 명령을 듣겠다는 약속을 지우고 싶지만, 놈에게 이긴다는 상상이 되질 않았다.

거기다 자신의 진짜 적인 백혈교는 라온과는 비교도 할 수 없이 강한 곳이다. 라온을 이기지도 못하는 주제에 백혈교를 무너뜨리고 엄마를 찾는다는 건 말도 안 되는 일이다.

"그 녀석의 이름이 뭐지?"

마르타는 놀람이 담긴 베루안의 눈을 보며 몸을 돌렸다. 다른 사람이 듣지 못하도록 기막을 펼친 뒤 천천히 입을 열었다.

"라온. 라온 지그하르트."

주먹을 꽉 말아 쥐며 말을 이었다.

"목숨을 빚진 은인이자, 제가 꼭 이겨야 할 남자예요."

"그 이유만은 아니로군."

베루안이 키득 웃었다.

"좋다. 남은 기간 동안 내가 직접 너를 수련시켜 주마."

"네? 갑자기 왜…."

"대신 가져와라."

그가 어깨의 도끼로 대지를 내리찍으며 턱을 치켜올렸다.

"그 라온이라는 녀석을 이겼다는 승전보를."

❈❈❈❈❈

대륙 북서쪽에는 레뷘이라는 이름의 사막이 있다.

하얀 모래가 깔린 특이한 곳으로 레뷘이라는 이름 대신 백사라는 이름으로 불리기도 한다.

모래가 하얗다고 해도 사막은 사막이지만, 의외로 자원이 많아서 사람과 몬스터들이 공존하는 여러모로 기이한 장소였다.

그런 사막의 시작점엔 작은 마을이 하나 세워져 있었다. 원래부터 있는 곳이 아니라 대륙 육대 상회 중 하나인 마이코 상회가 레뷘 사막 개척 사업을 위해 임시로 만든 마을이었다.

그 마을에서 푸른 머리칼의 인상이 매서운 청년이 부리나케 움직이고 있었다.

"버렌! 이쪽으로 와 줘!"

"버렌! 여기 좀 이상한데?"

"어이! 버렌!"

마을에 있는 사람들은 그 청년의 이름을 부르며 손을 흔들었다.

"아, 나 좀 부르지 말라고! 다 알아서 할 수 있잖아!"

버렌이라 불린 청발의 청년은 인상을 찌푸리며 발을 굴렀다. 다만 화를 내면서도 우측에 가서 땅을 다지고, 왼쪽에서 기둥을 세우며 모든 일을 도와주었다.

"버렌! 샌드 스콜피온이 나타났어! 빨리 와 줘!"

"젠장! 왜 나만 찾는 거야!"

마치 안 갈 것처럼 화를 내던 버렌은 올리던 기둥을 내려놓고 마을의 입구를 향해 달려갔다. 입으로는 불평을 쏟아 내지만, 부탁하는 일은 전부 도와주고 있었다.

"흐음."

외눈 안경을 끼고 있는 지적인 외모의 남성이 마을 밖으로 달려가는 버렌을 보며 입맛을 다셨다.

"예상외로군. 첫인상과는 너무 달라."

"다 상회주님의 가르침 덕분 아니겠습니까."

머리에 터번을 두르고 있던 노상인이 빙긋 웃었다.

"가르침? 난 저 녀석에게 해 준 게 없어."

마이코 상회의 현 회주 레니튼이 눈을 내리감았다. 버렌은 이곳에 왔을 때부터 이미 의욕에 불타는 아이였다. 낮에는 몬스터와 싸우거나 개척 사업을 돕고, 밤에는 개인 단련을 하는 게 벌써 반년이 넘었다.

평범한 사람은 버틸 수 없는 방식. 버렌의 마음에 깅해지고 싶다는 욕구가 가득하다는 뜻이었다.

"대단한 친구입니다. 성격이 모난 것 같지만 속은 따뜻하고 무력도 16살이라고는 생각되지 않을 정도로 뛰어나죠. 아!"

노인이 무언가가 생각났다는 듯 손뼉을 쳤다.

"그러고 보니 하분 성에서 일어났다는 사건 들어 보셨습니까?"

"버렌과 비슷한 나이의 검사가 홀로 무너진 성벽을 지켰다는 이야기 말인가?"

"맞습니다. 하지만 그 이후에 더 큰 사건이 터졌습니다."

"더 큰 사건?"

"예. 그곳에 아이스 트롤 로드를 이끌고 에덴이 쳐들어왔다고 합니다. 그것도 밀랜드와 하분 성의 정예가 나갔을 때 그걸 금발의 검사가 홀로…."

노인은 레니튼에게 몇 달 전 하분 성에서 일어났던 사건을 모두 말해 주었다.

"거, 거짓말 같군."

"저도 그렇게 여겼는데, 진짜인 듯합니다. 하분 성의 병사들이 전부 보았다고 합니다."

"흐음, 그러면…."

레니튼이 마을로 돌아오는 버렌을 가리키며 능글맞은 미소를 지었다.

"저 녀석에게 그 이야기를 모두 전해 줘 봐."

"예? 갑자기 왜 그러십니까?"

"어떻게 나오는지 반응 좀 보려고."

"아, 그렇군요. 알겠습니다."

노인은 무슨 의미인지 이해한 듯 버렌에게 다가가 레니튼에게 말해 주었던 하분 성의 이야기를 풀어놓았다.

"그 망할 녀석!"

버렌의 녹색 눈동자가 사막의 모래알처럼 반짝였다.

"그럴 줄 알았어! 역시 가만히 있질 않는구나!"

그는 말아 쥔 주먹을 바르르 떨며 기쁜 듯한 미소를 지었다.

"그 아이가 네가 따라잡겠다고 말했던 목표인가?"

어느새 다가온 레니튼이 버렌의 앞에 섰다.

"맞습니다."

"그 아이의 이름은?"

"라온입니다."

"강한 모양이더군."

"강합니다. 이야기를 들어 보니, 지금은 예전보다 더 강해진 것 같았습니다."

"그런데 왜 넌 즐거워 보이는 거냐."

레니튼이 웃음이 차 있는 버렌을 보며 눈매를 좁혔다.

"네가 목표로 삼은 상대가 강해졌으면 화를 내거나 절망해야 하는 거 아닌가?"

"아니죠. 강했고, 강해질 녀석이기 때문에 따라잡는 보람이 있는 겁니다."

버렌이 단호하게 고개를 저었다. 에메랄드처럼 선명한 눈동자가 번쩍였다.

"라온이 강해지지 않는다면 제 목표도 거기에서 멈춰 버립니다. 녀석이 올라가 줄수록 저도 함께 나아갈 수 있을 겁니다."

"그런가."

레니튼의 입매가 둥글게 올라갔다. 기꺼운 미소로 버렌을 바라보았다.

"뭐, 사실 이것도 그 녀석 때문에 알게 된 거긴 합니다만."

"라온이라는 녀석을 보고 싶군."

"분명 감탄하실 겁니다."

"다만 난 네가 더 끌리는구나."

"예?"

"진심으로 자신의 모자람을 알고, 상대를 높이는 녀석은 흔하지 않거든. 투자한다면 난 네게 했을 거다."

"아…."

예상 밖의 말에 버렌이 눈을 부릅떴다.

"그런데 라온과는 굉장히 친한 모양이군. 맞수이면서 친한 관계라니 재미있어."

"치, 친하다니요! 절대 아닙니다! 적일 뿐입니다!"

"아닌 거 같은데. 친할 수밖에 없는 미소였는데."

레니튼이 빙글거리며 턱을 치켜올렸다.

"아니라구요!"

버렌이 빽 소리를 질렀다.

"그런 놈이랑 친해질 생각 없습니다!"

풀벌레와 파충류 그리고 몬스터들의 부조화스러운 울음이 숲 전체로 퍼져 나가는 누런빛의 정글.

질끈 동여맨 은발을 뒤로 넘긴 보랏빛 눈동자의 여검사가 똬리 튼 뱀처럼 꼬여 있는 정글을 달리고 있었다.

고귀해 보이는 외모였지만, 그녀의 움직임은 정글 안에 녹아든 것처럼 자연스러웠다.

카아악!

은발의 검사가 늪을 지나려고 할 때 늪지 아래에서 악어의 외형을 가진 암속성 몬스터 크로커다크가 튀어나와 입을 쩍 벌렸다.

"치이잉!"

그녀는 이미 알고 있었던 것처럼 허리춤의 검을 뽑아 휘둘렀다. 검날에서 뻗어 나간 은빛 서리가 바닥을 스치며 몬스터와 늪지를 얼려 버렸다.

"캬악!"

"키야…."

뒤이어 올라오던 몬스터들도 중간에 얼어붙어 버렸다.

은발의 검사는 하나둘씩 늪지 위로 올라오는 몬스터들을 보며 진각을 밟았다. 쿵 하고 대지가 울리며 그녀가 밟은 부분부터 은빛 서리가 퍼져 나가 주변을 모조리 얼려 버렸다.

"흡!"

은발의 검사는 허공에서 몸을 돌려 얼어붙은 늪지를 달리기 시작했다. 머리 위에서 작은 새나 곤충들이 벌 떼처럼 몰려들었지만, 냉기를 뿜어내는 그녀의 숨결에 다가오기 전에 모조리 밀려 나갔다.

그렇게 마을이 보이는 곳까지 직선으로 달리던 그녀의 앞에 갈색과 붉은색이 뒤섞인 나무 가면을 쓰고, 창과 방패를 든 무인이 나타났다.

"크아아압!"

무인이 붉은 오러를 가득 담은 창을 내질렀다. 막강한 창격이 전신을 노리고 쏟아질 때 은발의 검사가 든 칼날 위로 서리의 바람이 휘몰아쳤다.

갸갸갸갸강!

은빛 서리가 동심원을 그리며 퍼져 나가 무인을 포함한 주변을 모조리 얼려 버렸다.

"끄으윽…."

가면을 쓴 무인은 다리와 팔이 얼어붙어 꼼짝도 못 하고 신음만 흘렸다.

은발의 검사는 무인에게 고개를 까딱이고 그가 지키고 있던 마을로 들어갔다.

"우와아아아아!"

"정글 돌파에 6시간도 안 걸렸어!"

"네가 1등이다. 루난!"

"어른들한테도 이 정도 기록은 흔하지 않은데!"

"어른들이 아니라, 전사장급 아니면 절대 못 하지!"

"루난! 진짜 대단해!"

마을 입구에 있던 사람들은 공격하긴커녕 은발의 검사를 둘러싸고 환호를 질렀다.

"고마워요."

루난은 덤덤한 표정으로 마을 사람들에게 고개를 꾸벅였다.

"지금 이 수준이면 앞으로가 더 기대되네."

"그러니까. 16살에 이런 무력을 가진 애가 있었나? 우리 족장뿐이지 아마?"

사람들은 루난이 앞으로 여중제일인이 될 거라고 말하며 미소를 지었다.

"있어요."

"응?"

"저보다 훨씬 강한 아이가 있어요."

루난은 드물게도 사람들의 대화 속에 끼어들었다.

"훠, 훨씬 강하다고?"

"너보다?"

루난이 고개를 끄덕였다.

"그럼 넌 그 아이를 이기려고 이곳에 온 것이냐?"

루난의 곁으로 키가 큰 적발의 여성이 다가왔다. 나무 가면을 쓰고 있어서 얼굴이 보이지 않았지만, 새어 나오는 기세는 바다처럼 웅장했다.

"아뇨."

"아니다? 그럼?"

"옆에서 도와줄 수 있을 정도로 강해지고 싶어요."

루난은 가문에 있을 때 입버릇처럼 하던 말을 그대로 흘려 냈다.

"그런가."

가면의 여성은 큭큭 웃고서 루난의 등을 거칠게 쳤다.

"어떤 일이라도 목표가 있는 건 좋은 일이지. 다만 네 재능은 보다 먼 곳을 바라볼 수 있다. 너무 앞만 보지는 말도록 해라."

그녀는 그렇게 말하고 루난의 다음에 올 정글 돌파 시험자를 기다렸다.

"음."

루난은 이 부족의 족장이자, 마스터에 이른 전사 레이의 등을 보며 입구 바로 앞에 있는 나무 위로 올라갔다.

'오랜만에 머을까.'

카탑 정글의 시험이라고도 할 수 있는 정글 돌파를 이뤘으니, 오랜만에 구슬 아이스크림을 먹는 사치를 부려도 될 것 같았다.

'근데 이제 얼마 안 남았는데.'

허공에 발장구를 치며 고민하고 있을 때 옆에서 마을 청년의 목소리가 들려왔다. 처음 이곳을 안내해 주었던 라밈이다.

"와, 넌 어디서 들어왔냐?"

끼륵.

라밈의 뒤에서 울음소리가 들렸다. 까마귀 소리였다.

"어? 이 녀석 왜 이렇게 붙어? 내가 좋냐?"

까악!

마을로 들어온 정글 까마귀와 친해진 건지 라밈과 까마귀가 노는 소리가 흥겹게 들려왔다.

"좋아! 내가 큰맘 먹고 키워 주지. 먼저 이름부터 짓자고!"

라밈이 입맛을 쩝쩝 다시다가 손뼉을 쳤다.

"라온! 너 그림자처럼 시꺼머니까 라온이 좋겠어!"

라온이라는 이름을 듣자마자 루난이 나무 아래로 뛰어내렸다.

라밈의 목소리가 들렸던 방향으로 가자, 덩굴처럼 꼬인 깃털을 가진 정글까마귀와 라밈이 마주 보고 있었다.

"루난? 너 시험 중 아니었어?"

"끝났어."

루난은 가볍게 대꾸해 준 뒤 까마귀를 지그시 바라보았다.

까악!

까마귀는 왜 보냐는 듯 고개를 모로 틀고 깍깍 울었다.

"흥."

루난은 까마귀와 눈싸움을 하다가 고개를 돌려 라밈을 바라보았다.

"헉!"

평소와 달리 힘이 들어간 루난의 눈빛에 라밈이 뒷걸음질 쳤다.

"무, 무슨 일이야. 내가 잘못한 게 있으면…."

"얘 이름이 뭐라고?"

루난이 뒤에서 잔걸음을 걷는 까마귀를 가리켰다.

"라, 라온인데…."

"이름 바꿔."

"아니, 이미 라온이라고…."

"이름 바꿔."

"딱 그림자처럼 꺼멓잖아. 원래 검은 애들한테 라온이라는 이름이 자주…."

"이름 바꿔."

그녀의 보랏빛 눈동자가 무서우리만큼 가늘어졌다.

"갑자기 왜…."

"이름 바꿔."

점점 강해지는 루난의 압박에 청년의 눈동자가 바르르 떨렸다.

얘 왜 이래!

에덴과의 전쟁이 끝난 후 4개월이 지났다.

웨이브에 이어 로드와의 전쟁에서 많은 몬스터가 죽었기 때문인지 더 이상 성

주변에 얼씬거리는 몬스터들은 존재하지 않았다.

　꾸준히 정찰을 나갔지만 몬스터들이 모이거나, 특이 사항도 발견되지 않아 하분성은 유례없이 평온한 나날을 보내고 있었다.

　다만 그 평화를 만들어 낸 라온은 다른 사람과 달리 바쁘게 지냈다. 그 이유는 당연히 수련이다.

　그는 부상당했던 팔을 트롤처럼 어마어마한 속도로 회복하자마자 연무장에 박혀서 하루 종일 검만 휘둘렀다.

　"후욱…."

　오늘도 달이 떠오를 때까지 만화공과 검술을 수련했던 라온이 몸을 일으키며 탁한 숨을 뱉었다.

　'잘되지 않는군.'

　백혼갑의 보석을 만졌을 때 보았던 금발 검사와 오크 로드의 전투. 그 격돌에서 검사가 사용했던 만화공의 검술을 재연해 보려고 했지만 어려웠다.

　그의 검술 경지와 오러의 수준이 지금의 자신보다 훨씬 높은 곳에 있기 때문인 것 같았다.

　'하긴 그 오크 로드도 무시무시하게 강했으니까.'

　금발 검사와 맞서 싸웠던 오크 로드는 몬스터가 아니라 마스터 이상의 경지에 오른 무인과 같은 기세를 가지고 있었다. 둘 모두 지금의 자신이 상대할 수 있는 존재가 아니었다.

　'그래도 계속해야지.'

　전생과 현생 모두 포기라는 단어를 모르고 살았다. 꾸준히 검을 수련하고 몸을 단련한다면 언젠가 그 경지도 문을 열어 줄 것이다.

"라온 님!"

다시 검을 휘두르려고 할 때 연무장 문이 열리고 도리안의 얼굴이 불쑥 튀어나왔다.

"야간 경계 가실 시간이에요."

"아."

라온이 하늘에 뜬 달을 보며 아쉬움 섞인 숨을 뱉어 냈다. 임무에 들어갈 시간이었다.

"그래. 가자."

검을 집어넣고 도리안을 따라 성벽으로 향했다.

"도련님은 같은 검술을 반복하면서 무슨 생각을 하세요?"

"생각은 무슨 생각. 그냥 하는 거지."

"학!"

평범하게 대답을 해 줬을 뿐인데, 도리안이 입을 떡 벌렸다.

"그냥 한다고 하니까. 진짜 다른 세상 사람 같네요. 어우. 난 못 해."

녀석은 못 참겠다고 중얼거리며 배 주머니에서 약초즙을 꺼내 마셨다.

"하나 드실래요?"

"됐어."

라온은 손을 젓고서 성벽 위로 올라갔다. 구름 한 점 없는 밤에 달은 맑다. 서 널리 스터린산을 둘러싸고 있는 하얀 안개가 보일 정도였다.

'좋은 날이네.'

오늘 경계는 경치를 보는 맛이 있겠다고 생각하며 글래시아를 운용했다.

경계 임무도 그냥 보낼 필요는 없다. 가만히 서서 주변을 살펴야 하니, 감각의 바다를 늘리기엔 제격인 시간이었다.

'그건 그렇고.'

라온은 감각의 바다를 통해 주변을 관찰하며 손목에 걸린 라스를 보았다.

'요즘 조용하네.'

서리의 가지에 가서 식사를 하자는 땡깡만 제외하면 녀석은 최근 이상하리만큼 잔잔했다.

'좀 덤벼 줬으면 좋겠는데.'

라스와 내기를 하거나, 싸운다면 능력치가 쉽게 올라가기 때문에 녀석의 시비가 그리웠다.

쯥.

아쉬움에 입맛을 다시고 있을 때 꽃팔찌에서 라스가 연기처럼 피어 나왔다. 녀석은 멀리 보이는 스터린산의 정상 부근을 지그시 바라보다가 고개를 돌렸다.

-라온 지그하르트. 할 말이 있다.

'지금은 밥 못 먹어. 임무 중이야.'

-그런 게 아니다! 본왕을 식충이라고 생각하는 것이냐!

'아니었어?'

-끄으윽! 진짜 너란 놈은… 휴우.

라스가 이를 바득 갈았다. 가늘어진 눈으로 자신을 노려보다가 한숨을 내쉬었다.

'그럼 뭔데?'

-오랜만에 본왕과 내기 하나 하자.

'내기?'

내기라고?

사기 도박꾼들이 사기 칠 때 가장 어려운 일이 호구를 판에 앉히는 거라고 한다. 이 상황은 호구가 절로 걸어와 판에 앉은 것과 다를 바가 없었다.

라온의 눈동자에 붉은 열기가 일었다.

호구 라스가 또?

제139화

"내기? 갑자기 무슨 내기를 하자는 거지?"

라온이 냉기를 삐죽삐죽 풍겨 올리는 라스를 보며 눈매를 좁혔다.

-아주 간단한 내기다.

라스는 바로 대답하지 않고, 다시 하늘을 올려다본 뒤에 말을 이었다.

-그 뾰족귀가 낸 시험이 이곳에서 1년 동안 살아남는 거였던가?

'그래. 이제 반년도 안 남았지.'

여러 사건이 터져서 짧게 느껴졌지만, 이곳에 온 지도 어느새 7개월이 지났다.

시험이 끝날 때까지 이제 5개월도 남지 않았다.

-그거다. 본왕은 네가 남은 시간을 채우지 못하고 나간다는 쪽에 내기를 걸겠노라.

'뭐?'

라온이 어처구니없는 눈으로 라스를 내려다보았다.

'그거 진심이야?'

-당연하다. 마왕은 한 입으로 두말하지 않는다.

'한 입으로 두말하는 거 많이 봤는데.'

-시, 시끄럽다! 내기만큼은 지킨다!

'흐음….'

얘 진짜 호구인가?

5개월도 남지 않은 시간. 웨이브도 끝났고, 에덴도 물리쳐서 말 그대로 수련만 하다가 돌아가면 되는 편한 상황에 뭐 이런 내기를 거나 싶었다.

아니야. 호구는 맞지만, 바보는 아니지.

분명 자신이 모르는 어떤 정보를 가지고 내기를 거는 게 분명했다.

-할 것이냐?

'일단 보여 줘.'

-알겠다.

라스가 팔찌에서 완전히 나오자마자 눈앞으로 메시지가 떠올랐다.

> <분노>가 내기를 제안합니다.
> 조건 : 남은 시험 기간 동안 하분 성을 벗어나지 않기.
> 성공 시 : 모든 능력치 +5, 칭호.
> 실패 시 : <분노>의 감정 15포인트 생성.

실패 시에 올라가는 분노 포인트가 높긴 하지만, 그만큼 보상도 좋았다.

'이런 내기를 거는 걸 보니, 에덴의 무리라도 찾아오나 보네?'

-글쎄.

라스는 대답하지 않았다. 거짓말을 하지 않으니, 불리한 건 말하지 않는 것이다.

"흐음…."

라온은 내기 메시지를 보며 입맛을 다셨다.

'에덴이 다시 올 가능성은 높지 않아.'

에덴의 귀신이 하분 성을 노렸다는 정보가 풀린 후 육황 중 두 곳의 전투부대가 근처에 와 있었다.

에덴 놈들에게 상식이라는 게 있다면 한동안 하분 성을 건드릴 리가 없었다.

아니, 아니지. 놈들에게 그런 건 없어.

라온이 고개를 저었다. 에덴의 귀신들은 정신이 나가기로는 대륙에서 손꼽히는 놈들이다. 누가 지키건 말건 찾아와 자신에게 있는 오크 로드의 마석을 노릴 미친 놈들이었다.

'뭐, 괜찮겠네.'

시련과 고난은 빠른 성장의 밑거름이 되는 법. 다시 에덴이 찾아온다면 성장한 무력으로 베어 버릴 뿐이다.

'좋다. 내기를 받아들이겠어.'

-너치고는 탁월한 선택이니라.

라온이 내기를 받아들이자, 내기 성립 메시지가 떠올랐다.

{ **<분노>와의 내기가 성립되었습니다.** }

녀석은 사라지는 메시지를 보며 턱을 치켜들었다.

-내기가 이루어졌으니, 본왕이 충고를 하나 하지.

'충고?'

-그래. 네놈과 나름 미식의 정이 쌓였으니 하는 충고이니라.

'미식의 정이라…'

참으로 사소한 정이었다.

'무슨 충고지?'

-당장 이곳을 떠나는 게 좋을 것이다. 네놈만이 아니라, 네놈이 소중히 여기는 인간들을 데리고.

라스의 푸른 눈동자가 서늘한 빛으로 가라앉았다.

-조만간 이 성 자체가 사라지게 될 테니까.

-빌어먹을!

라스가 냉기로 만든 손으로 바닥을 쿵 내리쳤다. 호언장담과 달리 힌 달 동인 아무 일도 일어나지 않았다.

가끔 '뭐야!', '왜 다시 자!', '어떻게 이럴 수가!'라는 말을 하며 한숨을 푹푹 쉬는 걸 보니, 녀석의 계략이 완전히 망한 것 같았다.

'그러게 왜 내기를 걸어서.'

라온이 혀를 찼다. 아무래도 이 녀석 정말 호구 끼가 있긴 한 것 같다. 아무것도 안 하고 보상만 받아 가게 생겼다.

-그 게으름뱅이 놈이 다시 잘 줄은 본왕도 몰랐다. 정말이지 잠탱이 그 자체인 놈이니라!

'잠탱이?'

-화가 나니 그놈 이야기는 꺼내지도 마라!

라스는 짜증 난다며 고개를 홱 돌렸다. 녀석의 반응을 보니 무언가가 주변에 있긴 했던 모양이다.

'이제는 상관없지만.'

라스의 똥 씹은 표정을 보니 이제 마음을 놓아도 될 것 같았다.

라온이 가볍게 몸을 푼 뒤 검을 뽑았다.

백혼갑에 박힌 오크 로드의 마석을 만지며 눈을 감았다. 다시 환상이 보이지는 않았지만, 실망하지는 않았다. 금발 검사가 보여 주었던 검술의 궤적은 아직 뇌리에 남아 있었으니까.

"후우우."

라온은 머릿속으로 그 검사의 검술을 그리며 눈을 떴다. 차분하게 숨을 고르며 검을 중단에 놓았다.

화아아!

시위를 떠난 화살처럼 쏘아지는 일섬. 불꽃이 어린 칼날이 차디찬 새벽 공기를 꿰뚫었다.

'느려.'

라온이 입술을 깨물었다. 검로는 비슷하지만, 금발 검사의 검보다 느렸고, 정확성이 떨어졌다.

'다시 해 보자.'

검을 뒤로 젖힌 뒤 같은 궤적으로 내뻗었다. 조금 더 빨라진 것 같지만 그 남자의 검에는 많이 모자랐다.

'다시.'

라온은 조금의 발전이 있을 때까지 계속해서 찌르기를 반복 또 반복했다.

"후우."

두 시간에 가까운 시간 동안 오직 만화공의 찌르기만 계속하던 라온이 숨을 고르며 허리를 폈다.

'조금은 나아졌군.'

반복 수련을 한 덕분에 약간이지만 그 남자의 검에 다가갔다. 검의 속도가 올랐고, 그 안에 조금 더 정밀한 오러를 담아낼 수 있었다.

-느리구나. 아주 느려. 본왕이라면 진즉에 그 검을 깨우쳤을 것이다.

라스는 마음에 들지 않는다는 듯 입술을 삐죽거렸다.

'괜한 데 하풀이하지 마.'

-크으….

'어차피 끝난 거면 지금 내기를 포기하든가.'

-닥치거라. 본왕은 포기를 모르는 마왕이니라. 절대 기권을 외치지 않는다.

'참으로 우유부단한 마왕이시군.'

-우, 우유부단? 지금 본왕에게 우유부단이라고 한 것이냐!

라스가 팔찌 위로 나오며 냉기의 손을 부르르 떨었다.

'그랬는데?'

-본왕이 마계에 있을 때의 이명 중 하나가 바로 단호한 마왕이었다. 한번 결정을 내리면 돌아보지 않는 절대적인 판단력으로 마족들에게 경외를 받았던….

'다시 수련해야겠네.'

-좀 들어!

라온이 검을 고쳐 잡았을 때 라스가 빽 소리를 지르며 달려들었다.

고오오오!

무시무시한 냉기를 뿜어내며 전신을 휘감았다.

아무래도 공짜로 보상을 주게 생겨서 분노가 머리 꼭대기까지 올라간 듯싶다.

'안 덤비는 게 좋을 텐데, 자칭 단호한 마왕님.'

-닥쳐라! 내기고 뭐고 이 기회에 네놈의 육체를 가져가겠노라!

본인이 먼저 걸었던 내기가 제대로 안 풀린 것에 화가 났는지 라스가 이를 바득 갈며 냉기와 분노를 뿜어냈다.

우우웅.

라온은 글래시아를 운용하여 라스의 냉기와 분노가 파고들지 못하도록 마나 회로에 서리의 벽을 세웠다.

-본왕이 언제까지 같은 짓을 반복하리라 생각하는 것이냐!

마나 회로로 스며드는 라스의 냉기가 비틀어진다. 칼날처럼 얇고 가늘게 벼려져 글래시아로 만든 벽을 찌르기 시작했다.

찌지직!

얇으면서도 막강한 기운이 깃든 냉기의 창에 글래시아로 만들어 낸 벽이 갈라지기 시작했다.

-보았느냐! 냉기의 형태 변화를 완벽하게 이뤄 낼 정도로 힘을 회복했다. 이제 네놈도….

'아, 이렇게 하는 거로군.'

라온이 빙긋 웃으며 글래시아를 운용하여 라스가 만든 창을 똑같이 만들었다.

캬아앙!

냉기로 만들어진 창과 창이 부딪치며 두 개의 창이 동시에 소멸되었다.

라온은 그렇게 사라진 냉기를 단전으로 끌어당겨 혹한의 냉기를 증가시켰다.

-이, 이놈!

'고마워. 또 새로운 걸 배웠네.'

-끄으으윽! 아직이다! 본왕은 포기하지 않았어!

라스가 더 얇고 가는 창을 만들어 마나 회로를 공격했지만, 매번 라온이 생성한 창에 막혀 사라지기만 했다.

'이것도 수련이 되네.'

라스의 창을 막기 위해서 더 빨리, 그리고 더 정확한 창의 제작이 필요했다. 정신을 집중하며 방어를 지속하자, 눈앞에 메시지가 떠올랐다.

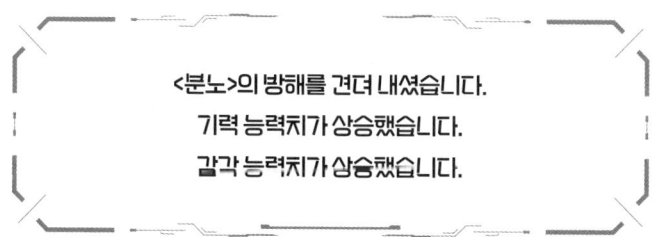

창으로 창을 막는 연습 덕분일까. 평소보다 훨씬 빠른 시간에 능력치가 상승했다.

-이런 제기랄!

라스는 허공을 올려다보며 악을 질렀다.

무게 잡던 라스가 다시 아낌없이 주는 나무로 돌아와 참 다행이었다.

저 모습이 가장 잘 어울린다니까.

"라온 님."

눈썹처럼 가는 달이 하늘에 올라왔을 때 들뜬 얼굴의 도리안이 연무장 문을 열고 들어왔다.

"저 임무 끝났습니다! 밥 먹으러 가시죠!"

"벌써?"

"벌써라뇨! 하루 종일 근무 섰는데!"

도리안이 인상을 찌푸리며 손을 마구 휘저었다. 주머니에서 의자라도 꺼내 던질 기세였다.

"미안. 시간이 이렇게 지났는지 몰랐어."

라온이 하늘을 올려다보며 입맛을 다셨다. 정신없이 수련하다 보니, 밤이 된 줄도 모르고 있었다.

"오늘은 서리의 가지에 가서 먹죠. 오랜만에 좋은 사과가 들어와서 애플 미트 파이가 끝내준대요."

-애, 애플 미트 파이?

라온이 대답하기 전에 라스가 땅 위로 솟구친 지렁이처럼 불쑥 올라왔다.

-라, 라온 지그하르트. 가자! 애플 미트 파이를 먹을 기회이니라!

4개월 동안 애플 미트 파이를 먹지 못하고 입맛만 다시던 라스의 입에서 냉기의 침이 줄줄 흘러내렸다.

"이미 영업 끝났을 시간 아닌가? 오늘 평일이잖아."

"제가 유아한테 미리 예약을 해 두었죠!"

"이런 건 재빠르다니까."

"사과가 들어왔다는 이야기를 듣자마자 바로 예약을 걸었습니다!"

도리안이 배 주머니에서 꺼낸 의자를 넣으며 헤헤 웃었다.

"흐음…."

라스는 입을 떡 벌린 채 자신의 눈치를 보고 있었다. 오늘은 능력치도 얻었고, 곧 내기의 보상도 들어올 테니, 인심 써서 먹어 주는 것도 좋을 것 같았다.

"가자."

"옙!"

-오오! 탁월한 선택이니라!

라온은 경쾌한 걸음을 걷는 인간과 마왕을 데리고 서리의 가지로 향했다.

"어서 오세요!"

테이블을 정리하던 유아가 손을 흔들며 방긋 웃었다. 이미 영업이 끝났는지 가게 내부에는 손님이 없었다.

"영업 끝난 거 아니야?"

"예약해서 괜찮아요! 미리 준비해 뒀거든요. 잠시만 기다려 주세요."

유아는 고개를 크게 끄덕이고서 주방으로 들어갔다. 오늘은 점장이 없는 건지 주방에선 유아의 기척만 느껴졌다.

-크으, 이 향기를 얼마나 고대하고 기다렸던가!

라스의 입에서 흘러나온 냉기가 주점 바닥 전체로 깔렸다.

"어우, 오늘따라 춥네. 유아야 사과가 들어간 치킨 스튜도 좀 줘!"

도리안은 이상한 기분을 느낀 듯 어깨와 팔을 떨며 추가 주문을 했다.

-애, 애플 치킨 스튜! 애플 미트 파이에 애플 치킨 스튜!

라스의 입에서 냉기의 브레스 같은 것이 뿜어져 나왔다.

'미안하다. 음식에 미친 마왕 때문이야.'

라온은 억지로 라스의 입을 다물게 한 뒤 한숨을 내쉬었다. 이 정도일 줄 알았으면 진즉에 좀 먹어 줄 걸 그랬다.

-끄으으….

"식사 나왔습니다!"

라스의 냉기가 입을 뚫고 나오려 할 때 유아가 큼지막한 쟁반에 파이와 스튜를 가져왔다. 달큰한 사과 향이 하루의 피로를 풀어 주는 것 같았다.

"점장님은 안 계시는 거야?"

"오늘 사과를 가져온 상인 아저씨랑 이야기하신다고 나가셨는데, 아직 안 오셨어요. 항상 이렇다니까."

유아는 허리에 손을 척 올린 채 맨날 나만 일한다고 중얼거렸다.

"어쨌든 식기 전에 드셔 보세요. 사실 제가 할아버지보다 요리를 더 잘하거든요."

유아가 비밀을 말하는 것처럼 양 갈래 머리를 흔들며 속삭였다.

-흐으윽, 애플 미트 파이에, 애플 스튜? 여긴 마계인가? 본왕이 마계로 돌아온 것이냐!

라스는 원하던 장난감을 받은 아이처럼 허공에서 방방 뛰었다.

-빨리 먹어라! 감질나서 죽겠노라!

'알겠어.'

파이와 스튜를 앞 접시에 덜어 낸 뒤 먼저 스튜를 떠먹었다.

"오!"

탄성이 절로 나오는 맛이다.

사과의 달달함과 닭고기에 배인 짭짤함이 어우러진 맛이 혀를 거칠게 자극했다. 국물은 걸쭉하면서도 풍미가 있어 한입을 먹은 것으로 입 안 전체에 만족스러움이 차올랐다.

-마, 맛있다! 단맛과 짠맛이 바람과 불꽃처럼 어우러져 본왕의 혀를 맴도는구나! 마계의 맛이니라!

"우와! 맛있어! 진짜 맛있어!"

라스는 미식가인 주제에 맛 표현이 참으로 단조로웠다. 맛있다는 말만 연발하는 도리안 수준이었다.

"그럼…"

라온이 애플 미트 파이를 크게 떠서 입에 넣었다. 딱딱해 보이는 외형과 달리 입에 넣자마자 파이가 카펫처럼 부드럽게 펼쳐진다. 깍둑 썬 사과의 과즙과 잘 다진 고기의 육즙과 조화롭게 혀를 휘감았다.

따스하면서도 상쾌한 봄이 생각나는 맛. 아삭한 사과와 흐물거리는 고기의 각기

다른 식감에 먹는 재미까지 있었다.

"이건 대단하네."

라온이 고개를 크게 끄덕였다. 이곳에서 많은 음식을 먹었지만, 이 파이가 최고였다. 돈을 퍼부어도 아깝지 않은 맛. 왜 그렇게 빨리 매진되었는지 이해가 되었다.

"끝내주네! 오늘 사과가 진짜 미쳤어!"

애플 미트 파이를 먹어 보았던 도리안도 혀를 내둘렀다. 이전보다 오늘 것이 훨씬 맛있다며 손가락을 치켜올렸다.

-아아, 이것이다! 본왕이 네놈에게 붙어 있던 이유가 바로 이때를 위함이었어! 진정한 지옥의 맛이니라!

라스의 애플 미트 파이에 감동했는지 전신을 떨며 끊임없이 냉기를 뿌려 대고 있었다. 곧 승천할 것 같았다.

"그 정도예요?"

"그래. 정말 맛있어."

"헤헤, 고마워요!"

기분이 좋아졌는지 유아가 활짝 웃고서 주방으로 들어갔다. 더 먹으라면서 이런저런 음식들을 가지고 나왔는데, 전부 맛있었다.

-끄으윽, 본왕은 이제 가도 여한이 없노라. 세계를 맛본 느낌이다.

라스가 큼지막하게 고개를 끄덕였다. 진정 만족했다는 표정이었다.

아무래도 저 아이의 재능은 노래만이 아니라, 요리에도 있었던 것 같다. 나오는 속도가 느리긴 하지만 점장의 음식보다 맛이 좋았다.

"잘 먹었어."

라온은 10인분에 가까운 음식을 모두 먹어 치우고 테이블에 음식 값을 올려놓았다. 메뉴판에 적힌 가격보다 4배는 많은 금액이었다.

"에? 이거 음식 가격보다 더 많은데요?"

"만족한 만큼 준 거야. 거기다 오늘 우리가 늦었잖아. 나머지는 팁."

라온이 빙긋 웃으며 손을 저었다.

-맞는 말이다. 만족스러운 음식에는 그 값을 쳐줘야 하는 법이지.

"여기서 먹은 것 중에 제일 맛있었어."

라스와 도리안이 동시에 고개를 끄덕였다.

"감사합니다!"

"또 올게."

머리를 꾸벅이는 유아에게 손을 흔들어 주고 서리의 가지를 나섰다.

-파인애플 소녀는 목소리만이 아니라, 손에도 재주가 있구나. 본왕의 세 번째 시녀답도다.

'세 번째?'

-첫 번째는 아이스크림 소녀, 두 번째는 소고기 소녀 그리고 저 파인애플 소녀가 있지 않느냐.

아이스크림은 루난, 소고기는 마르타, 파인애플이 유아였다. 참 지 멋대로 사는 마왕이었다.

'한심해…'

라스에게 혀를 쯧쯧 차고 숙소로 가려 할 때 인상이 강해 보이는 노인이 다가왔다. 서리의 가지 점장이자, 유아의 할아버지였다.

"왜 이렇게 늦게 오세요! 유아 화 단단히 났어요!"

도리안이 큰일 났다고 중얼거리며 호들갑을 떨었다.

"허허, 그러게 말입니다. 오랜만에 친구를 만나다 보니 이야기가 길어졌군요."

점장은 매서운 눈빛과 달리 부드럽게 웃으며 고개를 끄덕였다.

"와 주셔서 감사합니다. 전 손녀에게 혼나러 가 봐야겠어요."

그는 고개를 꾸벅이고 서리의 가지 안으로 들어갔다. 안에서 유아가 왜 이리 늦게 왔냐고 소리치는 음성이 들려왔다.

"역시 혼나네요."

도리안이 배 주머니를 만지며 낄낄 웃었다.

"정말 인상이랑 다른 분 아니에요? 처음엔 무서웠는데. 저렇게 순하고 착한 분일 줄 몰랐어요."

"방금 이상한 거 못 느꼈어?"

"이상한 거요?"

녀석은 아무것도 모른다는 듯 고개를 갸웃거렸다.

라온은 대답 없이 점장이 들어간 서리의 가지를 돌아보며 눈매를 좁혔다.

'이상한데.'

흐흐흥.

유아는 라온과 도리안이 식사했던 테이블을 치우며 콧노래를 불렀다.

끼이익!

문이 열리는 경첩 소리가 평소와 달리 섬뜩하게 울렸다. 움찔하고 뒤를 돌아보니 할아버지였다.

"할아버지! 왜 이렇게 늦게 오셨어요!"

유아가 행주를 꽉 움켜쥔 채 흥하고 콧소리를 냈다.

"그 녀석과 이야기를 좀 하다 보니, 시간 가는 줄 몰랐어."

할아버지는 인자한 미소를 지으며 주점의 문을 걸어 잠그고, 커튼을 쳤다.

"매번 이러신다니까!"

"바빴지?"

"좋은 사과가 들어왔다는 소문이 퍼져서 몸이 두 개여도 부족했다구요!"

"허허, 미안하구나. 그럼 내일은 나가서 놀거라. 할아비 혼자서 일하마."

점장은 민망하다는 듯 볼을 긁적이며 다가와 유아의 머리를 쓰다듬었다.

"에이, 괜찮아요. 거기다 오늘 매출 엄청나게…."

자랑하듯 금화와 은화를 꺼내던 유아가 우뚝 멈춰 섰다. 고개를 들어 할아버지를 살폈다.

따스하고 큰 손, 눈가에 가득한 주름, 살짝 굽어진 허리까지. 인자한 할아버지의 모습 그대로였지만 그가 아닌 것만 같았다.

'헉!'

할아버지와 눈이 마주친 순간 깨달았다. 그의 다정한 눈빛 속에 시꺼민 어둠이 깃들어 있었다.

"다, 당신 누구야!"

유아가 턱을 덜덜 떨며 뒤로 물러섰다. 평생을 함께 살아온 감각이 말한다. 저 남자는 할아버지가 아니라, 그를 따라 하려는 무언가라고.

"유아야. 왜 그러는 게냐."

"당신 누구냐고!"

"늦게 왔다고 너무하는구나."

장난친다고 생각했는지 그가 어깨를 으쓱이며 다가왔다.

"우리 할아버지 어디 갔어!"

"유아야. 무슨 소리를 하는 게냐."

할아버지의 얼굴로 할아버지의 목소리를 뱉는다. 말투도, 행동도 모두 같았지만, 저 존재는 할아버지가 아니었다.

"당신 할아버지 아니잖아! 우리 할아버지 어디 갔냐고!"

유아가 볼을 타고 흘러내리는 눈물을 훔치며 뒷걸음질 쳤다. 차가운 벽이 등에 닿는 감각에 오싹 소름이 돋아 올랐다. 더 이상 갈 곳은 없는데 할아버지의 거죽을 쓴 괴물은 이미 앞에 와 있었다.

"유아야. 대체 왜 그러느냐. 장난이 지나치구나."

"하, 할아버지 어쨌어. 제발!"

"……."

비명 같은 소리를 지르자, 그가 석상처럼 멈춰 섰다. 조금 전과 확연히 달라진 건조한 눈빛이 굽어져 흘러내렸다.

"어떻게 알았지?"

세월을 담은 할아버지의 인자한 음성이 폐부를 긁는 것 같은 쇳소리로 변했다.

"아…."

유아가 주저앉아 전신을 바들바들 떨었다. 자그마한 감정도 담기지 않는 사이한 눈빛에 머리털이 쭈뼛 섰다.

"하, 할아버지! 우리 할아버지 내놔!"

유아는 두려움으로 가득한 순간에도 본인보다 사라진 할아버지를 찾았다. 하지만 괴물은 그 답을 할 생각이 없었다.

"어떻게 알았지? 어떻게 알았지? 어떻게 알았지? 어떻게 알았지? 어떻게 알았지? 어떻게 알았지? 어떻게 알았지? 어떻게 알았지?"

그의 목이 인간이라면 돌아갈 수 없는 방향으로 돌아갔다. 메마른 어조가 반복되는 공포에 숨이 가빠져 왔다.

"아아…."

할아버지와 똑같았던 괴물의 머리가 풍선처럼 부풀었다가 쪼그라들었다. 색이 다른 찰흙 여러 개를 뭉친 듯한 괴기스러움에 정신이 나갈 것 같았다.

"어떻게 알았지?"

괴물이 손을 펼쳤다. 거대한 손아귀가 쩍 벌어지며 짐승의 아가리 같은 검은 구멍이 돋아났다. 구멍에선 회색 진흙 같은 것이 뚝뚝 흘러내렸다.

"유아야."

그 검은 구멍 안에서 할아버지의 형상이 보였다. 부드러운 미소를 지으며 자신에게 손을 흔들었다.

"하, 할아버지!"

할아버지가 가까워지는 만큼 검은 구멍 역시 다가왔다. 유아가 눈을 질끈 감았다.

"어떻게 알았지?"

히죽이는 괴물의 손아귀의 구멍이 유아를 집어삼키려는 찰나 그녀가 등을 기대고 있던 벽이 터져 나갔다.

콰아아앙!

벽을 부수고 솟구친 무시무시한 열풍에 괴물의 손아귀가 녹아내렸다.

유아는 자신을 어깨를 잡고 끌어당기는 부드러운 손길에 떨리는 고개를 들어 올렸다.

휘날리는 잿빛 먼지 속 서슬 퍼런 기운을 피워 내는 금발의 검사가 있었다.

치이잉!

검을 뽑는 그의 눈동자에 붉은 벼락이 일었다.

"너 뭐 하는 놈이냐."

제140화

라온이 완전히 뒤를 돌아보았다. 문이 잠긴 서리의 가지를 보며 검집을 툭툭 쳤다.

'방금 그건 뭐지?'

조금 전 마주친 점장에게서 불길한 기척이 느껴졌다. 오감을 넘어선 육감이 잡아낸 기질이다.

'특별히 이상한 점은 없었는데.'

점장의 얼굴과 눈빛, 걸음걸이, 말투를 비롯한 언행은 평소와 다르지 않았다. 서리의 가지에 갈 때마다 보았던 그의 모습과 똑같았다.

하지만 겉이 아닌 속은 달라졌다. 무엇인지 알 수 없는 덩어리가 인간의 거죽을 두른 느낌이었다.

'착각인가? 내가 요즘 너무 신경을 썼나?'

라온이 관자놀이를 누르며 인상을 찌푸렸다. 금발 검사의 검술을 따라 하기 위해 요즘 너무 정신을 쏟았기 때문에 착각했을지도 모른다.

'아니지. 착각일 리가 없어.'

다른 건 몰라도 불의 고리를 익히고 있는 자신의 육감이 틀릴 리 없다. 이런 근접 거리에서 잘못 느낀다는 건 말이 되지 않는다.

-흐음.

라스가 확신을 주듯이 서리의 가지를 노려보고 있었다.

'그래.'

라온이 글래시아를 운용했다. 동심원을 그리며 퍼지는 감각의 바다에 작은 파도가 치솟았다.

조금 전 주점으로 들어간 점장의 기척이었다. 평소 감각의 바다에서 느꼈던 다정한 출렁임이 아니라 감정 자체가 지워진 듯한 기계적인 흔들림이 느껴졌다.

'역시.'

라온이 주먹을 꽉 말아 쥐었다. 자신의 감은 틀리지 않았다. 알 수 없는 존재가 점장의 가죽을 뒤집어쓰고 있었다.

"라온 님. 안 가세요?"

숙소로 가던 도리안이 돌아와 고개를 갸웃거렸다.

"도리안. 조금 이따가 큰 소리가 나는 곳으로 달려와."

"예?"

라온은 당황하는 도리안을 놔두고, 서리의 가지 뒤편으로 뛰어갔다.

-왜 바로 안 가는 것이냐.

'문으로 움직였다간 그놈이 유아를 인질로 잡을 가능성이 있으니까.'

놈의 정체를 정확히 모르는 이상 함부로 움직일 수는 없었다. 소리 없이 뒤로 움직여 유아가 등을 기대고 있는 벽에 섰다.

누구든 공격하려 할 때 가장 방심하는 법. 라온이 노리는 건 바로 그 순간이었다.

찌지지직!

점장의 모습을 한 무언가가 유아에게 손을 뻗는다. 사이한 기운이 보자기처럼 펼쳐지는 순간 라온이 만화공을 일으키며 벽을 부숴 버렸다.

콰아아앙!

터져 나가는 벽에 놈이 당황하는 사이 유아를 끌어당기고 검을 뽑았다.

"너 뭐 하는 놈이냐."

흘러내리는 회색 먼지 사이로 놈의 모습이 드러난다. 눈을 부릅뜬 점장의 얼굴이었다.

"왜! 왜 이러시는 겁니까!"

그는 이유를 모르겠다는 듯 입술을 떨며 뒤로 물러섰다.

"그 손이나 감추고 말해."

라온이 차가운 미소를 지으며 점장의 손을 가리켰다. 거대한 손아귀에 돋아난 시꺼먼 주둥이가 뻐끔거리고 있었다.

"너는 또 어떻게 알았지? 어떻게? 어떻게? 어떻게? 어떻게?"

점장의 입이 초승달처럼 길게 찢어지고, 머리는 해파리처럼 둥글게 부풀었다가 가라앉기를 반복한다. 인간은커녕 몬스터도 아닌 것 같았다.

"아아…."

유아의 얼굴 위로 눈물이 방울져 떨어졌다. 라온의 손에 저절로 힘이 들어갔다.

"끄아아악! 저, 저게 뭐야!"

도리안이 찰흙이나 진흙을 뭉친 듯한 괴물을 보고 입을 떡 벌렸다.

"저 괴물은 또 뭐예요!"

"유아를 데리고 있어."

라온이 기겁하는 도리안에게 유아를 넘겨주고 괴물의 앞에 섰다.

'이놈은 뭐지?'

-도플갱어다.

'도플갱어? 도플갱어의 변신은 완벽하지 않잖아.'

도플갱어는 인간을 먹고 그 인간의 모습으로 변신하는 몬스터지만, 외형만 같아질 뿐 언행은 확연하게 다르다.

외모만이 아니라, 완벽한 언행을 보인 저놈이 도플갱어라는 걸 믿을 수가 없었다.

-흑마법으로 개조한 놈이니라. 생명의 존엄을 갈기갈기 찢어 새로운 종을 만들어 냈다. 바탕만 도플갱어지 저기 있는 건 키메라나 다를 바가 없다.

라스는 마족도 하지 않을 짓이라고 중얼거리며 도플갱어를 노려보았다.

"세이렌의 그릇. 세이렌의 그릇은 무슨 수를 써서라도 가져가야 한다."

도플갱어는 기세를 뿜어내는 자신이 아니라 뒤에 있는 유아를 보며 회색 혓바닥을 날름거렸다.

세이렌의 그릇

그 단어 하나로 충분했다. 저 개조 도플갱어를 보낸 건 에덴이었고, 놈들이 노리는 건 마석이 아니라 유아였다.

"세이렌의 그릇!"

도플갱어가 기괴한 웃음을 흘리며 손을 뻗었다. 놈의 손이 고무처럼 늘어나 유아에게 쏘아졌다.

"날 너무 무시하네."

놈의 팔이 흐느적거릴 때부터 이런 상황을 예상하고 있었다.

촤아아악!

라온은 팔의 궤도를 틀어막으며 검을 그었다. 벼락처럼 떨어진 검격이 도플갱어의 팔을 중간부터 잘라 버렸다.

"세이렌의 그릇은 무조건…."

팔이 잘렸음에도 도플갱어는 신음 하나 흘리지 않고 유아를 노려보았다. 개조할 때 통각마저 지워 버린 것 같았다.

우우우웅.

잘려 나간 도플갱어의 팔이 순식간에 돋아났다. 아이스 트롤 로드 이상의 재생력이었다.

"방해하지 마라."

도플갱어의 왼손이 바위처럼 부풀고, 오른손은 가시가 돋아난 채찍이 펄럭였다.

"키아아아!"

놈이 바닥을 박차고 달려와 거대한 주먹을 내리쳤다. 무시무시한 압력이 쏟아졌지만 라온은 물러서지 않고, 검을 뒤로 젖혔다.

도플갱어의 주먹이 머리에 닿기 직전 그의 검이 치솟았다. 금발 검사가 오크 로드의 팔을 잘라 냈던 찌르기가 라온의 몸을 빌어 다시 세상에 현현했다.

퍼어어엉!

무시무시한 힘의 파동이 치솟으며 도플갱어의 왼쪽 어깨가 통째로 날아갔다.

"세이렌의 그릇!"

통각을 느끼지 못하는 괴물답게 도플갱어는 바로 오른손 채찍을 휘둘렀다. 가시 채찍이 뱀처럼 전신을 휘감아 왔다.

라온이 채찍이 휘어지는 방향을 향해 만화공을 일으켰다. 칼날 위에서 춤추던 꽃잎이 너풀거리며 흩날렸다.

화아아아아아!

피어나는 화염의 꽃들이 채찍을 타고 올라 도플갱어의 상반신을 태워 버렸다. 이대로 제압할 수 있겠다고 생각했지만 착각이었다.

"키이이."

도플갱어는 불에 타는 육체를 스스로 잘라 버리고, 시간을 되돌린 것처럼 몸을 재생시켰다.

평범한 사람이 보았다면 아무 일도 일어나지 않았다는 생각이 들 정도의 재생 속도였다.

"세이렌. 세이렌의 그릇을 가져와야 한다."

오직 그것만이 삶의 목표인 것처럼 도플갱어는 처음부터 끝까지 같은 말을 반복했다.

"키아아아아!"

도플갱어가 괴성을 질렀다. 양손을 대검처럼 바꾼 뒤 마구잡이로 휘두르며 다가온다. 검의 묘리 따위는 없지만 무시무시한 힘과 속도 때문에 위력은 무시할 수 없었다.

촤아악!

라온은 도플갱어의 움직임을 모조리 눈에 담은 뒤 앞으로 나아갔다. 떨어지는 놈의 양팔을 찢어발기고 놈의 가슴을 갈라냈다.

푸카악!

만화공으로 베어 낸 도플갱어의 가슴에서 회색 핏물이 쏟아졌지만 잠깐이다. 가슴의 상처 역시 순식간에 아물었다.

"키이이이."

불로 지지고, 칼로 잘라도 도플갱어의 육체는 도마뱀의 꼬리처럼 계속 자라났다. 고통도 느끼지 않는 놈이니, 이대로라면 끝이 없을 것 같았다.

"주먹은 오랜만이네."

라온이 검을 집어넣고, 주먹을 쥐었다. 만화공의 오러가 두터운 장갑처럼 주먹을 휘감았다.

"키아아아!"

도플갱어의 손이 철퇴처럼 변하고 놈의 전신에 날카로운 가시가 돋아났다. 공격하면 역으로 다치게 만들겠다는 것 같았다.

"그걸로 될까?"

라온이 발을 구르고 도플갱어의 공간으로 파고들었다. 성인 몸통만 한 철퇴가 머리와 심장을 노리고 쇄도해 왔다. 방해꾼을 빠르게 제거하겠다는 강력한 의지가 담긴 공격.

그렇기에 알기 쉬웠다.

손등으로 첫 번째 철퇴를 흘리고, 왼 주먹을 뻗었다. 만화공의 기운과 공호권의 회전이 어린 권격이 도플갱어의 철퇴를 완전히 깨부쉈다.

퍼어어엉!

뒤를 이어 내지르는 오른 주먹이 도플갱어의 우측 상반신을 향했다. 놈이 가시를 더 날카롭게 세웠지만, 주먹에 담긴 막대한 기운이 가시를 짓누르고 놈의 상반신을 터트려 버렸다.

"지금부터다."

가볍게 쥔 주먹에 만화공의 기운이 만개한다. 열화처럼 타오르는 권기가 폭풍이 되어 도플갱어의 전신을 몰아쳤다.

선이 아닌 면의 공격에 도플갱어의 재생력도 따라오지 못했다. 놈의 찰흙 같은 육체가 지우개로 지운 것처럼 사라지기 시작했다.

"세이렌의 그흡!"

라온은 주절거리는 도플갱어의 입을 부수고, 가슴을 후려쳤다. 고통은 느끼지 못하지만 두려움이 사라진 건 아닌지 놈의 눈동자가 점차 흔들리기 시작했다.

"아, 안 돼요!"

도플갱어의 상반신이 완전히 아작 나기 직전에 유아의 비명이 들려왔다.

"하, 할아버지! 우리 할아버지가 저 안에 살아 있어요! 제발 구해 주세요!"

유아가 무릎을 꿇은 채 울음을 터트렸다.

"거, 검사님!"

"끼이이!"

그녀에게 라온의 시선이 돌아간 순간 바닥에 깔려 있던 도플갱어가 육체를 뱀처럼 길게 바꾼 뒤 밖으로 튀어 나갔다.

"……."

라온은 아무 말도 하지 않았다. 간절한 바람을 담은 유아와 눈을 마주치고 도플갱어가 나간 방향으로 뛰었다.

-일부러 놔주었군.

'저 아이 앞에서 죽일 수는 없으니까.'

아무리 몬스터라고 해도 일단 할아버지의 모습을 하고 있었다. 유아 앞에서 죽일 수는 없어서 심한 공격을 하지도 않았고, 마지막에는 일부러 놓아주었다.

'놓칠 일도 없고.'

라온은 이미 도플갱어의 기질을 파악한 상태였다. 어디로 도망가도 찾을 수 있었다.

'성을 벗어나는 건가.'

도플갱어는 성을 벗어나 스터린산이 있는 북쪽으로 달리고 있었다.

성벽으로 올라가니, 점장의 모습으로 늑대처럼 설원을 달리는 도플갱어가 보였다.

'어딜 가려고.'

라온이 바닥에 금이 갈 정도로 묵직하게 발을 굴렀다. 그의 몸이 투석기에 실린 바위처럼 나아가 도플갱어의 등을 후려쳤다.

뻐어어억!

살덩이가 터져 나가는 듯한 소리와 함께 도플갱어가 눈 속에 처박혔다.

"끼이이이!"

바로 일어서고, 터져 나간 살이 재생을 시작했지만, 놈의 회색 눈동자에는 확연한 당황이 비치고 있었다.

"네 끝은 여기다."

라온이 다시 검을 뽑았다. 만화공을 극성으로 일으키며 자세를 낮췄다. 바로 죽이고 싶었지만 조금 전 유아의 눈빛이 생각나서 섣불리 검이 움직이지 않았다.

'구할 방법이 없는 건가.'

도플갱어는 굉장히 희귀한 몬스터다. 만난 사람도 별로 없으니, 그에 대한 대책이나 먹힌 사람을 구했다는 이야기는 들은 적이 없었다.

-한심하군.

라스가 코웃음을 치며 팔찌 위로 튀어나왔다.

-파인애플 소녀가 말했지 않느냐. 저 안에 그 노인네가 있다고. 그 말은 사실이다.

'뭐?'

-글래시아를 운용해서 저놈을 자세히 살펴라. 겉이 아니라 내부를.

라온은 라스를 힐끔 내려다본 뒤 글래시아를 운용했다. 원을 그리며 퍼지는 감각의 바다를 오로지 앞에 있는 도플갱어에게만 집중했다.

"키아아아!"

도플갱어가 성벽을 쌓은 바위만 한 주먹을 내질러 왔다. 가람보법으로 피하며 감각의 바다에 집중했다.

놈의 기운과 기질 그리고 액체처럼 흐르는 육체가 손에 잡힐 듯이 느껴졌다.

'뭘 느끼라는 건… 어?'

병에 든 물처럼 출렁거리는 도플갱어의 육체 속에서 미약한 기운이 느껴졌다. 놈의 것이 아니다. 다 타 버린 초처럼 희미했지만, 분명 인간의 생기였다.

-이제 알았나. 주점의 노인네는 아직 살아 있다. 저놈은 아이가 사탕을 끝까지 빨아 먹듯이 입 안에서 노인을 굴리며 그의 기억을 뽑아 먹고 있던 거다.

'구할 방법은?'

라온이 검을 고쳐 잡았다. 유아에겐 받은 게 많다. 구할 수 없다면 모를까 방법이 있다면 어떻게든 구해 주고 싶었다.

-지금의 네겐 무리다.

라스가 단호하게 머리를 흔들었다.

-속에 있는 노인이 아니라, 흑마술에 뒤덮인 도플갱어만을 죽이기 위해서는 지금 네 경지로는 안 된다.

'어떤 경지를 말하는 거지?'

-인간 식으로 말하자면 무기와 정신이 하나가 되는….

'신검합일?'

도플갱어의 주먹을 종이 한 장 차이로 흘리며 물었다.

-맞다. 검과 하나가 되어 도플갱어만을 베어야 하기에 지금의 네겐 무리다. 조금의 실수만 있어도 그 노인네까지 동시에 죽을 것이다.

'그거라면 괜찮아.'

-뭐라?

'나 혼자서는 불가능해도 도움이 있다면 할 수 있지.'

라온이 검을 집어넣고 허리 뒤편에 찬 진혼검을 뽑았다. 요기가 피어나는 새빨간 검신을 들어 올리며 물었다.

"저 안에 있는 사람을 구하고 싶어. 도와줄 수 있겠어?"

우우우웅!

진혼검은 뭘 묻냐는 듯 선명한 검명을 터트렸다. 새빨간 칼날 위로 아지랑이처럼 요기가 타올랐다.

치이이잉!

만화공의 불꽃과 요기가 뒤섞이며 핏빛처럼 붉은 기운이 라온과 진혼검을 휘감았다. 흘러내린 강물이 바다가 되듯 진혼검의 요기가 만화공의 기운에 어우러졌다.

-허, 경지로 이루는 신검합일이 아니라, 검과 인간이 같은 의지로 이루는 신섬합일이라는 건가?

하나가 된 듯한 오러와 요기의 자연스러운 조화에 라스가 헛웃음을 흘렸다.

-마음에 들지는 않는다만 가능은 하겠군.

라온은 라스의 확답을 들으며 고개를 끄덕였다.

"이제 남은 건…."

무엇을 베어야 하느냐 뿐.

도플갱어의 혼만을 갈라내야 하기에 어디를 벨지가 가장 중요했다.

-기회는 한 번이니라. 그 이상을 버티기에 노인의 상태는 좋지 않다. 무엇을 베어야 할지 잘 골라라.

'알고 있어.'

라온이 고개를 끄덕였다. 글래시아로 느꼈던 점장은 곧 호흡이 끊어져도 이상하지 않은 상태였다. 충격 없이 단번에 베어야 했다.

"끼이아아악!"

라온이 집중 상태에서 도플갱어의 전신을 살필 때 놈이 괴성을 지르며 팔을 쭉 펼쳤다.

콰아아아!

도플갱어의 출렁이는 육체가 꽉 접었다가 펼친 고무처럼 팽창하기 시작했다.

순식간에 6미터에 다다를 정도로 거대해진 놈이 집채만 한 주먹을 내리쳐 왔다.

라온은 달빛을 가리며 쏟아지는 거대한 주먹을 무시하고 불의 고리를 공명시켰다. 느려지는 세상. 그 정지된 듯한 시야 속에서 붉은 눈동자가 도플갱어의 내부를 훑었다.

'찾았다!'

도플갱어의 좌측 허리 부근에 콩알. 아니, 쌀알보다도 작고 얇은 부위가 공허한 기운을 분수처럼 뿜어냈다. 저 알갱이가 바로 도플갱어가 가진 힘의 근원이었다.

찌직!

라온이 진혼검을 역수로 쥐었다.

만화공의 기운과 요기가 물에 떨어뜨린 두 색의 물감처럼 조화롭게 어우러지며 핏빛처럼 붉은 기운이 칼날 위로 치솟았다.

신검합일이란 본디 검사만의 경지로 이루는 물아일체. 하지만 지금 자신은 진혼검과 의지를 일치시킨 진정한 의미의 신검합일을 이루었다.

진각을 밟고, 손을 뻗는다. 진혼검이 내 손이 된 것처럼 자연스럽게 나아갔다.

죽음을 느낀 도플갱어가 내부의 핵을 이동시켰지만, 극에 이른 감각은 그 미세한 움직임을 놓치지 않았다.

칼날의 끝에서 피어난 붉고 붉은 섬광이 도플갱어의 심혼을 꿰뚫었다.

제141화

 수십 장의 종이가 찢어지는 듯한 절삭음과 함께 도플갱어의 몸이 비틀리기 시작했다.
 "끼이이이…."
 용광로에 들어간 쇳덩이처럼 육체가 녹아내리고, 그 안에 잠겨 있던 점장의 모습이 드러난다. 끈적한 점액으로 뒤덮인 모습은 갓 껍데기를 깬 달걀을 보는 듯했다.
 "성공한 건가."
 라온이 진혼검을 내렸다. 더 이상 도플갱어는 움직이지 않았다. 작은 신음과 함께 물처럼 흘러내릴 뿐이다.
 -제대로 들어갔다. 확실하게 핵을 부쉈어.
 '다행이군.'
 -알려 주긴 했지만 정말 해낼 줄은 몰랐다.

라스가 이쪽을 올려다보며 눈매를 좁혔다. 억지로 이뤄 낸 신검합일은 그에게도 놀라웠던 모양이다.

"점장도 살아 있으니, 끝났⋯."

도플갱어의 시체에서 점장을 꺼내려던 라온이 눈을 부릅떴다. 꺼져 가던 흑마법의 기운이 갑자기 증폭되기 시작했다.

"이런!"

라온이 점장을 휘감고 있는 도플갱어의 점액을 억지로 벗겨 내고 그를 뒤로 보냈다.

우우우웅!

만화공의 오러를 극성으로 끌어 올리자마자, 도플갱어의 녹아내린 육체에 응집되던 흑마법의 마나가 검은 불꽃이 되어 치솟았다.

콰아아아앙!

천지가 울리는 굉음과 함께 검게 압축된 기운이 폭발했다. 몸이 뒤틀릴 정도로 무시무시한 기운이었지만, 불의 고리를 공명시키는 라온의 눈에는 이미 그 흐름이 어려 있었다.

뽑아 든 검을 그대로 내리쳤다. 질주하는 붉은 선이 어둠의 기운을 반으로 쪼개 버렸다.

쿠와아아아!

갈라진 어둠의 마나가 라온과 점장을 비켜나가 설원 위에서 폭발했다. 정면에서 맞았다면 큰 부상을 입을 만한 위력이었지만 찰나의 반응과 정확한 궤도의 검격이 완벽한 방어를 이뤄 냈다.

"망할 놈들."

라온이 인상을 찌푸리며 시꺼멓게 죽어 버린 땅을 노려보았다. 조사조차 할 수 없게 도플갱어를 터트리다니, 에덴은 역시 평범과는 거리가 먼 놈들이었다.

-에덴이라는 놈들은 모조리 정신이 나간 모양이구나.

'대륙에서 둘째가라면 서러울 미친놈들이지.'

고작 세 번을 만났을 뿐이지만, 라스도 이제 에덴이 광인들의 집단이라는 걸 알아차린 것 같다.

라온이 뒤를 돌아 점장의 상태를 살폈다. 피부 이곳저곳이 녹았고, 생기가 많이 소모되었지만, 다행히 죽을 정도는 아니었다.

'회복부터 해 줘야… 어?'

오러로 점장의 몸 상태를 끌어 올리려고 할 때였다.

우우웅!

걸레짝이 된 도플갱어의 사체에서 시꺼먼 거품이 올라오기 시작했다. 썩은 나뭇잎 같았던 시체가 구슬처럼 둥글게 모이더니 인간의 얼굴 형상을 그렸다.

챙이 있는 큰 모자, 길쭉한 코, 주름이 가득한 얼굴. 추레하게 보이는 노파의 모습이었다.

"잘 봤어. 아주 잘 봤어!"

노파의 입이 열린다. 외모와 달리 목소리는 젊은 여자의 그것이었다. 농염했고, 여유로웠으며, 진한 광기가 느껴졌다.

"너구나."

"뭐?"

"빙아귀를 죽이고, 청주귀의 계획을 무너뜨린 게 바로 너였어."

노파가 히죽 웃으며 턱을 모로 틀었다.

"늙고 병든 밀랜드가 청주귀의 계획을 막을 수 있을 리가 없지. 오늘도, 그때도 전부 네 짓이었어."

검게 번들거리는 노파의 눈동자가 전신을 끈적하게 훑어 내렸다.

"너…."

라온이 눈매를 좁혔다. 몬스터가 아니라, 사람. 그것도 마녀의 가면이다. 에덴에 있을 마녀라면 딱 하나밖에 없다.

500년 전 왕국의 대마법사라는 지위를 버리고, 몬스터의 길에 섰던 존재. 실비아가 읽어 준 전래 동화에도 나오는 배신의 마녀 멀린이었다.

"멀린의 가면을 쓰고 있는 건가?"

"날 알아? 날 안다고? 정말?"

노파의 목소리가 칵테일처럼 달큰하게 떠올랐다.

"아아, 좋네. 좋아. 감각도 좋고, 눈치도 빠르고 다 마음에 들어."

"뭐?"

"거기서 가져가야 할 건 세이렌의 그릇이 아니라, 너였어. 진짜는 너였다고!"

물결처럼 굽이치는 음성에 들뜬 욕망이 넘실거렸다.

"나와 함께하지 않을래?"

"무슨…."

"냉정한 눈빛도, 차가운 목소리도, 그 얼굴도 최고야. 나와 함께 가자. 내가 최고의 남자로 만들어 줄게."

도플갱어의 시체로 이루어진 멀린의 얼굴이 스멀스멀 다가왔다.

"내 곁에서 영원히 살게 해 줄게."

가면에 불과한 멀린의 입이 쫙 찢어진다. 귀까지 올라간 입꼬리를 보자 등골 사이로 오싹한 소름이 돋아 올랐다.

"꺼져."

라온이 인상을 찌푸리며 검을 내리쳤지만, 연기를 벤 것처럼 멀린의 얼굴은 금세 원래의 모습으로 돌아왔다.

"그 단호함도 멋져."

멀린은 거친 숨소리를 흘리며 더 가까이 다가왔다. 이젠 얼굴이 아니라, 몸까지 생겨나고 있었다.

-주제도 모르는 년이 감히 본왕의 영육을 노리다니!

라스가 이를 바득 갈며 몸을 일으켰다. 피어나는 냉기와 분노가 화산처럼 폭발해 공간을 휘감았다.

-뭐 하는 것이냐! 아까처럼 베어라! 저년이 방심하고 있을 때 검과 하나가 되어 저 마법을 찢어 버리란 말이다!

'검과 하나…….'

점장을 구할 때처럼 신검합일을 이룬 검을 내리치라는 뜻이었다.

라온이 진혼검을 검집에 넣고, 검을 들었다.

-뭣 하는 것이냐! 그 미물을 써서 베라니까!

'될 거 같아.'

조금 전 도플갱어의 핵을 뚫어 버린 손맛이 아직 남아 있다. 지금이라면 홀로 신검합일을 이룰 수 있을 것 같았다.

"뭘 하려고? 또 뭘 보여 주려고?"

멀린의 눈동자가 노란 광기로 타올랐다.

"더 보여 줘. 이 눈으로 전부 봐 줄 테니까."

라온은 대답하지 않고, 눈을 감았다. 베어야 하는 건 눈앞에 있는 형체가 아니라, 그 형체를 조종하는 마법의 흐름이었다.

조금 전 진혼검과 함께 도플갱어를 벨 때 검이 내 팔이 된 듯한 감각을 느꼈다. 바로 그 느낌을 찾아야 했다.

고오오오!

불의 고리를 공명시키며, 만화공의 기운을 일으켰다. 열기로 타오르는 오러가 육체와 검을 부드럽게 휘감았다.

하지만 완벽하지 않다. 조금 더 천천히 그리고 자연스럽게.

검날에서 비틀어지는 오러를 물처럼 유연하게 가다듬었다.

검과 나는 하나.

신검합일이란 검에 자신의 의지를 담을 수 있는 경지. 그리고 그 경지에 닿기 위해서는 무엇보다도 자연스러운 흐름을 가져야 한다.

조금의 어긋남도 없는 오러로 육체와 검을 휘감자 검이 검으로 느껴지지 않았다. 팔이 조금 더 늘어난 듯한 느낌.

라온은 그 감각을 유지한 채 하늘로 세운 검을 내리쳤다.

빠르지도, 느리지도, 강하지도 않았다. 평범하기 그지없는 검격.

하지만 그 안에는 적을 베겠다는 라온의 의지가 어려 있었다.

콰아아아!

의지가 깃든 붉은 참격이 멀린의 형제를 완벽하게 찢어발겼다.

"아아아악!"

멀린의 입에서 처음으로 비명이 터졌다. 그녀의 가면 아래로 핏물이 뚝뚝 떨어졌다. 신검합일이 마법만이 아니라, 그녀의 본체에도 영향을 주었던 것 같다.

"요검을 쓰지도 않고 신검합일에 이른 거야? 이 사이에 성장한 거야?"

비명은 잠시였다. 칭찬과 환희의 음성이 그 뒤를 이었다.

"아아, 곧 다시 만나게 될 거야. 넌 내 거야. 누구에게도 줄 수 없…."

멀린은 마지막 말을 잇지 못하고 연기가 되어 사라졌다.

"미친년."

라온이 검을 내리며 한숨을 내쉬었다. 신검합일을 이룬 것보다 저 여자의 목소리를 듣지 않아도 된다는 것이 더 기뻤다.

-본왕의 육체를 노리다니, 저년은 에덴 중에서도 특히 미친년이로구나. 본왕이 움직일 수만 있었다면 뼛속까지 얼려 버렸을 것이야.

라스가 어림없다는 듯 손을 흔들었다.

"누가 네 육체야. 내 몸은 내 거야."

라온은 팔짱을 낀 라스를 보며 한숨을 내쉬었다.

'그런데….'

주변을 둘러보았다. 지금 이곳은 하븐 성 밖. 하븐 성을 벗어나지 않는다는 내기 조건이 단순한 성이 아니라, 이 지역을 말하기는 하지만 녀석이 트집을 잡으려면 얼마든지 잡을 수 있었다.

하지만 라스는 움직이지 않았다. 내 것을 노리지 말라고 짜증을 내며 녹아내린 멀린의 형체를 노려볼 뿐이다.

-흥, 이딴 걸로 내기에 이겼다고 할 생각 없으니 그렇게 쳐다보지 않아도 된다. 본왕을 무엇으로 보는 것이냐.

'도플갱어 안에 점장이 있는 것도 알려 주고, 신검합일에 대한 힌트도 주고, 너 오늘 왜 그러는 거냐? 안 하는 걸 하면 죽는다고 하던데 이제야 떨어져 나가는 건가?'

-정말이지 미친놈이로다.

라스가 고개를 절레절레 저었다.

-예전에 말했을 터다. 본왕은 부하와 하인을 버리지 않는다고 그 늙은이는 세 번째 시녀의 조부가 아니더냐. 구할 수 있다면 구하는 게 옳다.

'허….'

생각지도 못한 말에 라온이 헛웃음을 흘렸다.

그러고 보니.

예전에 시리아가 루난을 괴롭히던 것을 알려 준 것도 라스였다.

설마 진짜였어?

루난과 마르타, 유아에게 시녀라고 했던 게 장난이 아니었던 모양이다. 미친 건 자신이 아니라, 저 자칭 마왕 놈이었다.

-그리고….

라스가 스터린산의 정상 부근을 보며 서늘한 미소를 지었다.

-이번 일을 끼워 넣지 않아도 내기는. 아니, 네 몸은 본왕이 먹어 치울 것 같거든.

인간과 몬스터의 살점들이 장식품처럼 걸려 있는 기괴한 공간. 중앙의 백골 테이블에서 이 방과 어울리지 않는 들뜬 음성이 흘러나왔다.

"흐ㅇㅇㅇ"

배신의 마녀 멀린의 가면을 쓴 여성이었다. 그녀의 턱 끝으로 핏물이 방울져 떨어져 내렸다. 동시에 피어나는 신음. 하지만 그 신음엔 고통보다는 환희가 담겨 있었다.

"아아."

여성이 살짝 가면을 들었다. 떨어지는 핏물을 손가락으로 받아 그대로 혓바닥 위에 찍어 내렸다. 붉은 입술을 핥으며 입맛을 다신다.

"무조건 데려올 거야. 무슨 수를 써서라도. 그 얼굴, 그 눈빛 다른 년에게는 안 줘…."

그녀가 모은 손을 바르르 떨었다. 흥분으로 몸을 주체하지 못하는 것 같았다.

우우웅.

멀린의 가면을 쓴 여자가 긴 손톱으로 팔의 살을 쥐어뜯고 있을 때 허공이 일렁이며 안구가 푸른 불꽃으로 타오르는 해골 가면이 나타났다.

-어떻게 된 것이냐. 왜 도플갱어의 생명 반응이 끊어진 거지?

"죽었어."

-뭐? 대체 어떻게!

"밀랜드가 이전보다 강해졌어. 도플갱어의 기척을 읽고 세이렌의 그릇을 구해냈지."

살짝 들린 멀린의 가면 위로 붉은 입술이 비틀어져 올라갔다. 그녀는 이 일과 상관없는 밀랜드의 이름을 팔았다. 아예 라온의 이름을 꺼낼 생각이 없는 것 같았다.

"그리고 개조는 무슨 개조를 했다는 거야. 멍청해서 정체를 들킨 것도 모자라 세이렌의 그릇을 노린다는 것도 지 입으로 주절대던데"

-네 주술이라면 그 전에 막을 수 있었을 텐데?

"난 구경만 할 거라고 말했잖아."

-망할 년이···.

"너와 내 목적은 같지 않아. 그리고 난 딱히 세이렌의 그릇을 원하지도 않았고."

-세이렌의 그릇은 어떻게 됐지?

"살아 있어."

-후우.

살아 있다면 됐다고 생각했는지 해골의 가면은 안도의 한숨을 내쉬었다.

-미친년. 네년에게 이 일을 맡기는 게 아니었는데.

그는 안구에 열화와 같은 빛을 뿜어내며 멀린의 가면을 노려보다가 연기가 되어 사라졌다.

"흐으으."

여성이 살짝 들린 멀린의 가면을 얼굴에 바짝 붙이며 신음 같은 웃음을 흘렸다.

"그 아이는 내 거야. 누구에게도 줄 수 없어."

라온은 만화공의 정심한 기운으로 점장의 몸에 어린 흑마법의 기운을 지우고 활력을 넣어 주었다. 창백하던 얼굴에 점차 생기가 돌아오기 시작했다.

'빨리 잡아서 다행이네.'

조금만 더 늦었으면 돌이킬 수 없을 뻔했다. 여러모로 운이 좋았다.

"후우…."

"라온 님!"

"검사님!"

안도의 한숨을 내쉬고 점장을 업었을 때 뒤에서 도리안과 유아의 목소리가 들려왔다.

돌아보니, 경악한 얼굴의 밀랜드와 병사들 그리고 도리안이 유아를 업고 달려오고 있었다.

"하, 할아버지!"

도리안의 등에서 뛰어 내린 유아가 점장의 팔을 끌어안았다.

"할아버지! 일어나! 앞으로 일 안 한다고 뭐라 안 할게! 제발!"

"유아야."

유아가 턱을 바르르 떨며 라온을 올려보았다.

"괜찮으니 걱정할 필요 없어."

라온이 미소를 지으며 고개를 끄덕이자, 유아가 신음을 흘리며 주저앉았다.

"으아아아앙!"

점장이 무사하다는 소리에 유아가 도플갱어 앞에서도 참았던 울음을 터트렸다.

"유, 유아야."

그 울음이 각성제가 된 건지 한동안 깨어나지 못할 거라 생각했던 점장이 느릿하게 눈을 떴다.

"하, 할아버지! 할아버지!"

유아가 고개를 들었다. 토끼처럼 빨개진 눈으로 점장과 눈을 마주치고 달려가 그를 꺼안았다.

"나 무서웠다고! 할아버지!"

"그래. 미안하다. 유아야."

라온이 점장을 내려 주자, 유아가 점장에게 폭 안긴 채 더 큰 울음을 터트렸다. 점장은 힘없는 손으로도 유아의 머리를 쓰다듬어 주었다.

얼싸안으며 서로를 확인하는 두 사람을 보고 있으니, 가슴이 울렁인다. 아이스 트롤 로드를 잡고 영웅 소리를 들었을 때보다 더한 만족감이 심장을 울렸다.

"대체 무슨 일이 벌어진 건가?"

밀랜드는 유아와 점장 그리고 도플갱어가 터지고 시꺼멓게 그을린 곳을 보고 눈매를 좁혔다.

"처음부터 말씀드리자면….'

라온은 서리의 가지에서부터 지금 이곳까지 벌어졌던 도플갱어와의 전부를 말해 주었다.

"으음, 부끄러워서 뭐라 할 말이 없군."

밀랜드가 입술을 꽉 깨물었다.

"그런 것도 파악하지 못하다니, 정말이지 얼굴을 들 수가 없어."

"어쩔 수 없는 일입니다. 저도 우연히 알았으니까요."

"그건 핑계가 되지 못해. 자네에게도 저 둘에게도 미안할 따름이네."

도플갱어. 그것도 흑마법으로 개조하여 누구도 알아치리기 힘든 상황이었지만, 밀랜드는 본인의 잘못이라고 여겼다. 그는 자신만이 아니라, 유아와 점장에게 찾아가 직접 사과를 하고, 바로 경계 강화를 지시했다.

진짜 리더의 책임감을 보는 것 같아서 주먹에 저절로 힘이 들어갔다.

❈❈❈❈❈

도플갱어의 습격 이후로 이틀이 지났다.

라온은 홀로 연무장에 서서 검을 쥐고 있었다. 위에서 수직으로 내리긋는 참격에 극쾌의 의지가 담긴다. 마치 처음부터 검을 내리고 있던 것처럼 눈에 보이지조차 않는 쾌검이었다.

하지만 라온은 마음에 들지 않는다는 듯 한숨을 내쉬었다.

"이게 아니야."

멀린의 가면을 베었을 때 깨달았던 신검합일의 경지는 다시 문을 열어 주지 않았다. 말 그대로 그 순간에만 이룰 수 있었던 것 같다.

-한 번 해 보았으니, 조만간 다시 할 수 있을 것이다. 조급해할 필요 없느니라.

라스는 어울리지 않게 조언을 해 주었다.

'너 요즘 왜 그러는 거냐.'

-본왕은 원래 관대하다. 곧 네 몸이 본왕의 손에 들어올 테니, 더더욱.

도플갱어를 잡은 이후로 계속 이런 상태다. 아무래도 단단히 미친 것 같았다.

"모르겠군."

라온이 고개를 절레절레 저었다. 다시 검을 휘두르려 할 때 문이 열리고 유아가 얼굴을 빼꼼 내밀었다.

"검사님."

유아가 코를 훌쩍였다.

"하, 할아버지가 일어나셨어요."

"그래?"

점장은 유아와 잠시 인사를 나눈 뒤 다시 잠들었다. 한동안 일어나지 않아서 걱정했는데, 이제야 깨어난 모양이다.

"할아버지가 검사님을 뵙고 싶다고 하셨는데, 함께 가 주실 수 있나요?"

자신 역시 그에게 할 말이 있었기에 고개를 끄덕이고, 유아를 따라 의무대로 향했다. 낡았지만, 잘 관리한 병실로 들어가자, 점장이 벽에 등을 기대고 있었고, 그 앞에 밀랜드가 서 있었다.

"사령관님?"

이곳에 밀랜드가 있을 줄은 몰랐기에 라온이 눈을 부릅떴다.

"뭘 그리 놀라는 건가. 병문안을 왔을 뿐인데."

밀랜드가 피식 웃으며 일어섰다. 직접 찾아오다니, 미안하다고 했던 말은 그저 입에 발린 소리가 아니었던 것 같다.

"검사님. 덕분에 목숨을 건졌습니다. 잘못했으면 저 어린 것을 혼자 두고 떠날 뻔했습니다. 정말 고맙습니다."

점장이 억지로 몸을 일으키고 머리를 숙였다.

"성의 주민을 구해 줘서 고맙네. 이런 사태를 막지 못하다니, 정말이지 할 말이 없어."

밀랜드가 입술을 깨물며 똑같이 고개를 내렸다.

"이러지 마십시오."

라온이 밀랜드와 점장의 인사를 막으려 했지만 둘 다 요지부동이다.

"이건 사령관으로서 하는 인사가 아니라, 사람 대 사람으로 전하는 감사일세."

"감사 인사도 받아 주시지 않으면 전 해 드릴 게 아무것도 없습니다."

"후, 알겠습니다."

인사를 받아 주고 나서야 두 사람이 머리를 들었다.

"라온 검사님. 이런 상황에 죄송하지만, 하나만 여쭤봐도 되겠습니까?"

"말씀하세요."

"에, 에덴의 귀신들이 제 손녀를 노렸다고 들었는데, 그 이유를 알 수 있겠습니까?"

점장은 본인이 죽다 살아난 와중에도 손녀를 걱정하고 있었다.

"그것 때문에 드릴 말씀이 있습니다."

라온이 고개를 끄덕였다.

'사령관님도 있으니, 지금 말하면 되겠어.'

에덴이 유아를 노리고 있으니, 지그하르트에 함께 가자는 말을 하려고 할 때였다.

거친 뜀박질 소리와 함께 병실의 문이 벌컥 열렸다. 3번 정찰대장 라딘이었다.

"사, 사령관님! 큰일 났습니다!"

그가 떨리는 손을 움켜쥐고 말을 이었다.

"모, 몬스터들이 성벽으로 몰려오고 있습니다."

"뭐?"

"몬스터들이?"

"그 규모가 웨이브에 맞먹을 정도입니다!"

웨이브에 맞먹는다는 말에 밀랜드와 라온의 눈동자가 화등잔만 하게 커졌다.

"으음, 밖의 일은 걱정하지 말고, 잘 회복하게."

밀랜드는 점장의 어깨를 부드럽게 두드리고서, 라딘을 따라 밖으로 나갔다.

"유아에 관한 일은 나중에 말씀드리겠습니다."

"아, 알겠습니다."

"유아야. 할아버지 잘 모시고 있어."

"네!"

억지로 힘차게 대답하는 유아의 머리를 쓰다듬어 주고 밀랜드를 따라 성벽으로 올라갔다.

그리고 보았다.

저 멀리서부터 하얀 폭풍을 일으키며 몰려오는 몬스터들의 파도를.

'이렇게 많은 몬스터가 움직이는 걸 보면 또 에덴인가? 정말이지 끈질긴….'

몬스터들을 보며 입술을 깨물던 라온이 눈을 부릅떴다.

'뭐지?'

성으로 돌진해 오는 몬스터들의 기세가 이전과는 확연히 달랐다. 예전이 식욕과 광기로 물들었다면 지금은….

공포 그리고 두려움.

몬스터들은 무언가에 쫓기는 듯 질겁한 표정으로 성벽을 향해 달려오고 있었다. 도망치는 데 성벽이 방해라도 되는 것처럼.

'뭐야.'

라온이 마른침을 삼켰다.

대체 무슨 일이 벌어지는 거야.

환생한 암살자는
검술 천재

제142화

"두 번째 웨이브라고 봐도 과언이 아니겠군."

밀랜드는 하분 성으로 몰려오는 누렇고 푸른 파도를 보며 주먹을 움켜쥐었다.

"웨이브급 전투 태세를 발령한다! 대기 중인 검사와 병사들을 모두 소집해!"

그의 웅장한 목소리가 성벽 전체를 진동시켰다.

"병창을 열고, 전투를 준비해라!"

밀랜드의 빠르고, 정확한 지시에 멍하니 몬스터들을 보고 있던 정찰병들이 부리나케 성벽을 뛰어 내려갔다.

땡! 땡! 땡! 땡!

웨이브 때와 같은 최고 경계 경종이 하분 성 전체에 울려 퍼졌다.

"뭐, 뭐야!"

"이게 또 무슨 일이야!"

"젠장! 올해 액땜을 언제까지 해야 하는 건데!"

"닥치고 빨리 움직여! 곧 온다!"

"병창이 열렸으니, 무기부터 챙겨!"

경종을 들은 검사와 병사들이 숙소와 연무장에서 튀어나와 각자의 위치로 이동하기 시작했다.

"라딘."

밀랜드가 입술을 깨물고 있던 라딘에게 손짓했다.

"네가 가장 마지막에 정찰을 나갔었나?"

"예. 3일 전에 다녀왔습니다."

"이 일의 징조는 없었나?"

"보고 드렸듯이 특별한 변화는 발견하지 못했습니다.

"그렇다면 에덴이 또 수를 썼을 가능성도 있겠군. 몬스터를 조종하는 게 놈들의 능력이니까."

밀랜드가 동의를 구하듯 라온을 보았다.

"제 생각일 뿐이지만, 이번은 아닌 듯합니다."

라온이 성벽 아래를 굽어보며 고개를 저었다.

"아니다?"

"예. 에덴 놈들이 멍청하기로 유명하다고 해도 한 번 실패한 방법을 반복할 정도는 아닙니다. 그리고….”

손가락을 들어 달려오는 몬스터들을 가리켰다.

"몬스터들의 표정이나 기세가 평소와 다릅니다. 살육이나, 광기가 아니라 무언가로부터 도망치는 것 같지 않습니까?"

"나도 그걸 느꼈다. 그래서 에덴이라고 생각했지."

밀랜드는 검집을 쓰다듬으며 한숨을 내쉬었다.

"어찌 되었든 이번 일도 쉽게 넘어가긴 힘들겠어."

"그럴 거 같습니다."

-후우우.

라온이 고개를 끄덕였을 때 얼음꽃 팔찌에서 라스가 잔불처럼 일어섰다.

-드디어 왔구나.

녀석은 앞의 몬스터가 아니라, 저 먼 곳. 희미하게 보이는 스터린산을 노려보았다.

'뭐가 온다는 건데?'

-본왕이 말했잖느냐. 잠꾸러기가 있다고. 그 망할 놈이 드디어 깨어났다.

라스의 푸른 눈동자에 귀화가 타오른다. 기뻐하는 것 같기도 했고, 화가 난 것 같기도 했으며, 기대하는 것 같기도 했다.

'1달 전에 도망치라고 말했던 거?'

-그렇다. 그때 말했던 놈이 이제야 일어났다. 그 도플갱어가 터질 때 깨어났겠지.

'무슨 드래곤이라도 되는 건가?'

라온이 라스의 시선을 따라 스터린산이 있는 곳을 바라보았다. 당연히 아무것도 느껴지지 않았다. 아주 약간의 불안감이 드는 정도.

-드래곤? 아주 큰 착각을 하고 있구나.

라스는 코웃음을 치며 작은 손을 흔들었다.

'그럼 뭔데. 그게 무엇인지 알아야 도망치든 말든 할 거 아니야.'

-이미 늦었다. 비몽사몽일 때는 기회가 있었지만, 놈은 이미 너희를 포착했으니까.

'뭐?'

그 말에 오싹한 소름이 전신을 훑어 내렸다.

-놈은 이 성을 지우고, 너희 모두를 죽일 때까지 멈추지 않을 것이다. 합당한 제물을 바친다면 또 모르겠지만.

'제물? 무슨 제물! 대체 누가 오는 건데!'

라온이 라스의 머리를 잡아 들어 올렸다. 녀석은 평소와 달리 여유 넘치는 미소를 흘렸다.

-네 눈으로 직접 보아라. 본왕에게 그걸 말해 줄 의리는 없으니.

'너….'

-말했지. 이번 내기는 결국 본왕의 승리로 끝나게 될 거라고. 이렇게 되면 승리 정도가 아니라, 네 몸을 가져갈 수도 있겠어.

라스는 저 위에서 내려오는 존재가 이 성을 밀어 버릴 거라 확신하고 있었다.

"후우…."

라온이 깊게 가라앉은 숨을 내쉬었다. 라스의 반응을 볼 때 예측이 되는 존재가 몇 있었지만, 알려 주지 않을 것 같아 굳이 입 밖으로 꺼내지 않았다.

"정렬!"

"창병과 보병은 성벽 앞에 정렬하라! 자리가 없는 궁병은 성벽 아래에 서도록!"

빠르게 준비를 끝낸 병사와 기사들이 각자의 위치에 서고, 긴장한 표정으로 몰려오는 몬스터들을 바라보았다.

"후, 시발…."

"올해 운이 더럽다더니…."

"아주 거지 같다. 거지 같아!"

병사들은 사막의 삭풍처럼 밀려오는 몬스터들을 보며 입술을 떨었다.

"너무 걱정하지 마. 우리에겐 사령관님이랑 라온 님이 있잖아!"

"하긴 라온 님이 온 이후로 사상자가 크게 줄었지."

"아이스 트롤 로드 슬레이어에 이어 도플갱어 슬레이어이기까지. 역사를 쓰고 계시잖아."

"무력만이 아니라, 정신적으로도 존경스러운 분이야."

검사와 병사들이 자신을 보며 옅은 미소를 지었다. 신뢰가 듬뿍 담긴 표정. 지금으로선 온전히 받아 내기 어려운 감정이었다.

"사령관님."

라온은 혀끝에 이는 씁쓸한 맛을 느끼며 밀랜드에게 다가갔다. 이쪽을 보는 그의 시선에도 믿음이 가득 어려 있었다.

"혹시 말입니다. 이기기 어려운 적이 나타난다면 어떻게 하실 겁니까."

다른 사람들이 들을 수 없도록 기막을 일으켜 자신과 밀랜드를 덮었다.

"자네답지 않은 질문이로군."

밀랜드의 표정은 가면이라도 쓴 듯 전혀 변하지 않았다. 당당한 기세를 유지하며 검집을 툭 쳤다.

"그래도 싸운다. 이 성 뒤에는 수많은 민간인 마을이 있다. 시간 벌이밖에 되지 않는다고 해도 버텨서 희생을 줄일 것이다. 그게 하분 성이 존재 이유니까."

"…그렇군요."

라온이 입술을 깨물었다. 정말 드래곤이라도 날아오면 모를까. 오는 놈의 정체를 모르니, 설득할 수도 없었다.

'결국 만나 볼 수밖에 없겠어.'

상대가 누구라고 해도 벨 각오를 하며 라온이 숨을 골랐다.

-흐음.

라스는 여유 넘치는 듯한 표정으로 고개를 끄덕였다.

-걱정하지 마라. 본왕이 파인애플 소녀는 확실하게 구할 테니까.

'시끄러워.'

라온은 즐거워하는 라스를 밀어 버리고, 정해진 위치에 섰다.

라스의 말은 진짜다. 분명 감당하기 어려운 무언가가 올 것이다.

하지만.

"라온 님. 믿고 있겠습니다!"

"오늘도 잘 부탁드려요!"

"손가락이 뽑히도록 활 쏠 테니까. 뒤는 맡기세요!"

병사들 그리고 검사들이 자신의 등을 보며 힘을 얻는 게 느껴진다. 저 기대 어린 시선을 배신하고 홀로 도망칠 수는 없었다.

'기대를 얻는다는 것도 그저 기쁘기만 한 일은 아니군.'

다른 사람의 신뢰와 기대를 받는 건 기쁨 그 이상의 책임이 따르는 것 같았다. 암살자 때였다면 절대 알 수 없는 감정이었다.

'이 망할 놈 때문에 별걸 다 배우네.'

라온이 라스를 노려보며 검병을 꽉 쥐었다.

"으아, 망했다. 망했어."

도리안은 울음이 섞인 목소리를 흘리며 배 주머니에서 통나무와 바위를 무더기로 꺼내 놓았다. 몬스터들이 성벽 위로 올라오려 할 때 뿌리려는 것 같았다.

"전원 전투 준비!"

"전투 준비!"

밀랜드가 검을 뽑으며 마지막 준비를 지시했다. 병사들이 복명복창하며 창대를 바닥에 내리찍었다.

"라온."

그가 고개를 돌리며 라온을 불렀다. 성의 모든 시선이 그를 향했다.

"이번 전투사는 자네에게 맡기지."

전투사란 전투가 시작되기 전 병사들의 사기를 올리기 위한 한 마디의 말이다. 지금까지는 항상 밀랜드가 해 왔지만, 그걸 처음으로 라온에게 넘긴다는 뜻이었다.

"왜 제게…."

"내가 말하는 것보다 자네가 말하는 게 효과가 좋을 것 같으니까."

밀랜드가 턱짓으로 병사들을 가리켰다. 믿음이 어려 있는 시선들에 가슴이 들끓어 올랐다.

'전투사….'

살아온 방식 때문인지 말주변은 없지만, 바라는 건 하나 있었다.

라온이 몸을 돌렸다. 하분 성 전체의 시선을 마주하며 옅게 웃었다.

"모두 살아남아라!"

멋없는 한마디에 진심을 담았다.

"그, 그게 다예요?"

"생각보다 말을 너무 못하네."

도리안이 입을 떡 벌렸고, 베토는 피식 웃었다.

"음…."

"남자다워서 좋은데 뭘."

에드퀼은 그저 바라보았고, 테리안은 부드럽게 고개를 끄덕였다.

"난 단순해서 좋아."

"하긴 사령관님 전투사는 너무 길잖아."

"난 처음에 검술 학교 교장 선생님인 줄 알았다."

기사와 병사들이 웃음을 터트렸다. 전쟁 직전에 어려 있던 두려움과 긴장이 바람에 흩날리듯 사그라지고, 하늘을 찌를 듯한 군기가 일어섰다.

"일개 검사가 병력들의 사기를 최고치로 끌어 올리는군."

밀랜드의 입꼬리가 가늘게 올라갔다.

"이게 지금 자네의 위치네. 지휘관을 넘어서는 신뢰가 있다는 뜻이지."

"저는 그저…."

"오늘도 부탁하네. 많은 병사를 구해 주게나."

웃음을 지운 밀랜드가 하늘을 향해 손을 올렸다. 그 손이 주먹을 쥔 순간 세 번째 전쟁이 시작되었다.

"쏴라!"

생존의 의지를 담은 은빛 화살 뭉치가 아름다운 포물선을 그리며 몬스터들의 피부를 찢어발겼다.

"캬어어억!"

"크아아아아!"

"키아아아아!"

하지만 몬스터들은 걸음을 멈추지 않았다. 용의 역린을 자극한 것처럼 눈동자를 일그러뜨리며 성벽을 향해 돌진했다.

"쏴!"

밀랜드의 지시에 수백 발의 화살이 연이어 떨어졌다. 수많은 몬스터들이 바닥에 머리를 처박았지만, 더 많은 숫자가 생을 다하며 몸을 부딪쳤다.

콰아아아앙!

몬스터들이 동시에 몸통을 박아 넣자, 성이 무너질 것처럼 흔들렸다.

"올라온다! 백병전을 준비해라!"

"돌과 나무부터 던져!"

"이야아아아!"

도리안을 시작으로 병사들이 돌과 나무를 던져서 성벽을 타고 올라오는 오크와 트롤, 크라트를 짓눌렀다. 창병들은 아래를 향해 창을 찔렀고, 궁병들은 끊임없이 시위를 튕겼다.

저무는 노을빛을 받은 칼날에 강대한 군기가 담겼지만, 몬스터들은 물러서지 않았다. 어떻게든 성을 넘겠다는 일념으로 미친 듯이 벽을 타고 올랐다.

라온이 몬스터들의 눈을 보며 입술을 깨물었다.

'역시.'

눈동자에 가득 담긴 공포. 잘못 본 게 아니다. 몬스터들은 식욕이나 공격 의사보다 일단 이 성벽을 넘어 도망치겠다는 생각으로 가득했다.

"크아아아아!"

가장 먼저 성벽을 오른 건 오우거다. 어마어마한 도약력으로 단 두 번 만에 성벽 위에 내려앉았다.

"이이익!"

"허억!"

오우거의 괴성과 살기에 겁먹은 병사들이 물러설 때 라온이 움직였다. 병사들의 머리를 깨부수려는 오우거의 오른팔을 단숨에 베어 냈다.

"크어어어억!"

오우거는 반격을 선택하지 않고, 다시 한번 발을 굴렀다. 성벽 아래로 내려가려 했지만, 당연히 놓아주지 않았다. 빛살이 되어 뻗어 나가는 참격이 오우거의 머리를 날렸다.

"크어어어어!"

"캬아아악!"

뒤를 이어 트롤과 샤크몰이 개미 떼처럼 성을 올라왔다. 라온은 글래시아로 성벽을 덮으며 위기에 처한 병사들을 돕고, 몬스터들을 베었다.

"키아아아!"

성벽의 한 축을 부수며 샤크스팅이 올라섰다. 전신에 돋아난 가시들이 시위를 당기기 전의 화살처럼 바르르 떨렸다.

"허억!"

"샤, 샤크스팅이다!"

"가시가 날아온다!"

"히이익!"

샤크스팅의 가시가 살짝 들어가서 튀어나오려는 순간 놈의 목이 날아갔고, 그 뒤에서 라온이 나타났다.

"가, 감사합니다."

"라온 님!"

라온은 주저앉아 있던 병사들의 인사를 받고 성벽 너머를 보았다.

'동물까지 오는 건가?'

밀려오는 몬스터들의 뒤편에 스터린산 부근에 살던 야생동물의 모습이 보인다. 웨이브 때도 움직이지 않았던 야생동물들이 도망치는 모습에 머리털이 쭈뼛 섰다.

"으음…."

자신과 같은 걸 보았는지 밀랜드가 입술을 꽉 깨물었다. 이곳에서 평생을 산 그에게도 지금 상황은 경악스러운 것 같았다.

"테리안!"

"예!"

그의 부름에 부사령관 테리안이 부복했다.

"정찰병들을 보내서 성 뒤편의 마을들을 피신시켜라. 성 내부의 민간인들까지. 전부!"

"예?"

생각지도 못한 지시에 테리안이 눈을 부릅떴다.

"빨리!"

"아, 알겠습니다!"

테리안이 마른침을 꿀꺽 삼키고 성벽 아래로 내려가 정찰병들에게 지시를 내리기 시작했다.

'역시.'

이제 이 상황이 웨이브보다 심각하다는 걸 확실하게 깨달은 것 같았다. 그렇다고는 해도 물러설 생각은 여전히 없어 보였지만.

라온이 입맛을 다실 때 성벽 위로 거대한 마름모꼴 그림자가 졌다.

"만타쿤이다!"

"두 마리! 양쪽에서 옵니다!"

병사들의 말대로 엄청난 크기의 가오리 형 몬스터 만타쿤이 날아가고 있었다.

라온과 밀랜드가 동시에 움직였다. 각기 좌측과 우측으로 떠오르는 만타쿤을 향해 검을 내리쳤다. 두 자루의 검이 각각 다른 색의 불을 뿜었다.

콰아아아앙!

반으로 갈라진 만타쿤 두 마리가 추락하며 성벽을 오르던 몬스터들을 덮쳤다. 지진이 난 듯 땅이 흔들리며 일순간 소강상태가 되었다.

밀랜드와 눈이 마주쳤다. 그의 주름진 노안이 부드러운 호를 그렸다. 이어 오러 메시지를 보내왔다.

[혹시라도 위험한 상황이 온다면 자네는 빠지게.]

[예? 그게 무슨….]

[아까 자네가 했던 말의 의미를 알겠어. 자네는 나보다 먼 곳을 보았군.]

그가 오크 무리를 베어 넘기며 말을 이었다.

[자네는 위로 갈 수 있는 무인일세. 목숨을 함부로 하지 말게나. 훗날을 생각해.]

그는 그 말을 끝으로 고개를 돌렸다. 다시 이쪽을 보는 일은 없었다.

'도망치라고?'

뒤를 돌아보았다. 신념과 믿음이 어린 시선들이 어둠을 밝히고 있다. 혼자 도망치려면 진즉 갔을 것이다.

콰아아아앙!

이를 악물고 검을 내리쳤다. 칼끝에 걸린 노을빛 불꽃이 섬전처럼 나아가 성벽을 가득 메운 트롤의 목을 갈랐다.

"혼자 도망칠 수는 없지."

라온이 서슬 퍼런 눈으로 여유롭게 웃는 라스를 노려보았다.

'네게 질 수도 없고.'

-의미 없는 발악인가?

'의미가 있는지 없는지는 지나 봐야 알겠지.'

-네가 무릎을 꿇고 경악하는 모습이 벌써 그려지는군.

'내가 무릎을 꿇더라도 이들은 살릴 거야.'

누렇게 떠오르는 달 아래. 붉고 푸른 시선이 맞부딪쳤다.

수성은 다음 날 일출 때까지 계속되었다.

단순한 전쟁이 아니라, 생존을 건 혈투라고 불러도 이상하지 않을 싸움이었기 때문에 성벽 위에 선 병사들은 숨을 헐떡였고, 팔과 다리에 힘이 풀려 있었다.

하지만 이 성을 지키겠다는 의지와 사명감으로 끝까지 창과 검을 내질렀다.

"거의 끝나 간다!"

"마지막까지 힘을 내!"

"버텨! 네 뒤에 동료를 믿어라!"

간부, 병사할 거 없이 모두가 함성을 지르며 끝까지 무기를 휘둘렀다. 그 열화와 같은 군기에 몬스터들의 파도가 잦아들고, 그 끝이 보이기 시작했다.

"얼마 남지 않았다!"

"해가 뜨면 우리의 승리다!"

"우와아아아아!"

어제보다 확연히 줄어든 몬스터들의 숫자에 병사들의 눈에 다시 힘이 깃들었다.

"키아아아아!"

"크라라락!"

다만 몬스터들의 반응도 평소와 달랐다. 많은 숫자가 줄었는데도 도망치기는커녕 더 간절하게 성벽을 올랐다. 물론 생각 없이 올라섰다가 검사와 기사들의 검에 목을 헌납했지만.

"이놈들 대체 왜 이러는 거지?"

"도망칠 때가 됐는데?"

"해는 왜 안 뜨는 거야!"

"어? 그러고 보니 일출 시간이 한참 지났잖아!"

몬스터들과 현 상황이 이상하다는 것을 깨달은 병사들이 인상을 찌푸렸다.

"아…."

라온이 눈을 부릅떴다.

'해가 뜨지 않는다?'

밤이 계속되는 듯이 하늘은 여전히 어둠으로 물들어 있었다.

그걸 깨달은 순간 밤의 커튼을 들추고 한 남자가 다가온다.

이마와 관자놀이에서 솟구친 세 개의 뿔을 본 순간 무저갱을 마주한 듯 숨을 쉴 수가 없었다.

"하아…."

저 먼 곳. 들리지 않아야 그의 숨소리가 귓가에 닿았다.

"추워…. 졸려…. 귀찮아…. 하지만 깼어…."

그가 퍼렇게 질린 입술을 떼며 고개를 들었다. 빛이 사그라드는 검은 눈동자. 그 눈을 마주한 순간 영혼이 깨지는 듯한 충격을 받았다.

이, 이런 놈이 존재했다니.

스멀스멀 피어나는 죽음의 기운에 정신이 나갈 것 같았다. 마왕의 위용. 마의 화신이 이곳을 노리고 있었다.

"추워…. 간신히 잠들었는데…. 또 깼어…. 다 귀찮아…."

알 수 없는 말을 중얼거리며 백야를 짓밟는다. 세상의 빛이 모두 그에게 먹히는 것 같았다.

'저놈이냐? 네가 말했던 잠탱이라는 게?'

라온이 이를 악물고 꽃팔찌를 내려보았다.

-이제야 깨달은 모양이구나.

라스의 푸른 눈동자에서 섬뜩한 냉기가 요동쳤다.

-저 굼벵이의 이름은 받아들이는 자. 슬로스.

슬로스라 칭한 괴물을 보며 입매를 비틀었다.

-본왕과 같은 위에 오른 <나태>의 군주이니라.

제143화

라온이 마른침을 꿀꺽 삼켰다.

'빌어먹을.'

진짜 마왕이 나타나다니.

라스의 호언장담을 듣고 생각했던 최악의 가정이 현실로 일어났다. 느릿한 걸음으로 다가오는 저 괴물은 라스와 동급의 마왕, 나태의 군주였다.

그 정체가 거짓이 아닌지 슬로스가 움직일 때마다 어둑한 하늘과 땅이 일그러진다. 숨 쉬듯 뿜어내는 막대한 마기에 공간이 깨져 나가는 것이다.

"저, 저건 대체 무엇이냐…."

슬로스의 기운을 읽은 밀랜드가 검을 쥔 손을 떨었다. 마스터에 오른 그에게도 마왕의 존재는 충격 그 자체였던 모양이다.

아니, 강하기에 더 큰 경악을 느낀 것 같았다. 철인 같았던 표정이 나무껍질처럼 구겨졌다.

-마계만큼은 아니지만, 꽤 많은 기운을 모았군.

라스는 다가오는 슬로스를 굽어보며 재미있다는 듯 웃었다.

-잠만 처자는 잠탱이 주제에 제법이구나.

'마왕이 왜 여기에 있지? 너만 인간계에 올라온 거 아니었어?'

라스가 가끔 다른 마왕에 대한 이야기를 꺼냈지만, 이 땅에 있다는 말은 하지 않았다. 라온으로서는 슬로스가 왜 이곳에 있는 건지 이유를 알 수 없었다.

-저놈이 왜 이곳에 있는지 알려 줄 필요도 없지만, 그걸 알려 줘도 아무 의미 없다.

'의미가 없다? 재수 없는 소리만 골라 하는군.'

-사실이다. 지금의 네 수준으로는 말해 줘도 이해하지 못할 것이니라.

'쯧.'

라온이 짧게 혀를 찼다. 라스는 거짓말을 하지 않는다. 저 말대로 알려 줘도 이해할 수 없다는 뜻이다.

'저놈이 왜 이곳으로 오는 거지?'

-너희들이 잠에서 깨웠으니까.

라스가 섬뜩한 눈으로 성벽에 선 병력들을 쭉 훑어 내렸다.

-슬로스는 저 산 정상에서 처자고 있었다. 죽은 듯 잠에 빠져서 처음엔 본왕도 몰랐지. 하지만 골짜기에서의 전투, 웨이브, 투구 쓴 미친놈들의 습격으로 한 번씩 잠에서 깨어났다.

'그럼 전에 다시 잠들었다는 잠꾸러기가….'

-그래. 저 망할 놈이다. 마계에서 가장 많은 시간을 자는 잠탱이답게 일어나지 않고, 다시 잠에 빠졌었지.

라스는 한 달 동안 잠만 자는 멍청이라며 누군가를 욕했는데, 그게 바로 저 마왕이었던 모양이다.

-도플갱어가 폭발하면서 터진 굉음과 흑마법의 기운을 느끼고 저 게으름뱅이가 완전히 깨어난 거다.

"허…."

잠에서 깨웠다고 저렇게 죽일 듯한 기파를 내뿜다니, 어처구니가 없어서 헛웃음이 나왔다.

-고작 잠이 아니다. 저놈은 별종 중 별종. 잠 때문에 마왕이 된 것과 다를 바가 없느니라.

'뭐?'

-재미있는 이야기를 해 주지.

라스는 점점 강해지는 슬로스의 기파를 즐기며 푸른 눈동자를 빛냈다.

-슬로스는 마계에서도 잠만 처자던 마족이다. 그런 놈이 어떻게 마왕이 되었을까?

'설마….'

지금 상황과 연결해 보니, 그 이유가 무엇인지 알 것만 같았다.

-그 표정을 보니 알아차린 모양이군. 그래. 잠을 잘 때 시비를 걸어오는 놈들을 모조리 죽여 버렸기 때문이다.

초승달처럼 올라가는 라스의 미소에 살기가 흘러내렸다.

-마계는 싸움과 욕망의 땅. 그런 세계에서 대놓고 잠을 잔다는 건 날 죽여 달라는 것과 마찬가지다. 하지만 저놈은 오히려 공격해 오는 마족들을 모조리 때려죽이면서 살아남았지.

'허….'

-시비를 걸면 죽이고, 공격을 해 오면 죽이고, 잠을 깨우면 죽이는 게 몇천 년 동안 계속되었을 때 저놈은 마계의 군주가 되어 있었다.

이 급박한 상황 때문일까. 라스의 마계 이야기가 처음으로 지루하지 않게 느껴졌다.

'그럼 지금도….'

-맞다. 지금 녀석이 움직이는 건 몇 번이나 잠을 깨운 너희들을 지워 버리기 위해서다.

'망할!'

이야기를 들으면 들을수록 슬로스를 막을 방법이 없다. 잠을 깨운 데 대한 보복을 하러 오는 마왕을 무슨 수로 막는단 말인가. 저놈을 막을 수 있다고 생각되는 건 오직 글렌 지그하르트뿐이었다.

-막는 법? 저 상태의 슬로스를 막을 방법은 두 가지다. 강자와 제물. 이곳에는 그 둘 모두 없지.

라스가 새하얀 대지를 뭉개며 다가오는 슬로스를 가리켰다.

'강자라고?'

-그래. 네 할애비나 본왕 같은 존재가 이 성에 있다면 슬로스는 싸움을 피할 것이다.

'왜?'

-이기든 지든 싸움이 오래 걸리니, 잠을 자지 못하지 않느냐.

'허….'

들으면 들을수록 미친놈이다. 슬로스는 라스 이상으로 정신 나간 마왕이었다.

"추워…. 졸려…. 다 귀찮아…. 하지만 내 잠을 방해하는 건….”

마디마디가 끊어지는 느려 터진 단어를 들을 때마다 닭살이 올라왔다. 목소리에 실린 힘이 무시무시했다.

"어? 어어…."

테리안이 슬로스의 존재를 느끼고 옷이 땀에 젖을 정도의 식은땀을 흘렸다. 눈동자가 썩은 달걀처럼 탁 풀렸다.

"저, 저 괴물은 뭐냐…."

"끄어억…."

"이, 이길 수 없는 싸움이야…."

검사와 기사 중 상위의 무인들도 슬로스의 압도적인 기파에 손에 쥔 무기를 떨어뜨렸다. 그들의 눈동자에서 전의가 빠져나간다. 도망친다는 생각조차 하지 못하고 그대로 무릎을 꿇었다.

'제기랄.'

감각이 뛰어난 사람부터 슬로스의 기운을 느끼다 보니 강자일수록 빨리 절망을 하게 된다. 슬로스가 다가올수록 이 사태는 심각해질 것이다.

"졸려…. 너무 졸려…. 그렇지만 추워…."

슬로스는 졸립다와 춥다는 말을 반복하며 다가왔다.

'졸린 거야 그렇다 치고. 춥다고?'

마왕이 추위를 느낀다는 게 이해가 가지 않았다.

'왜 춥다고 하는 거지?'

-처음에 본왕이 말하지 않았느냐. 저놈의 이명은 <받아들이는 자>. 추위도, 더위도, 공격도 모두 받아들인다. 그게 놈의 장점이자, 단점이지.

귀찮아 보이는 능력이지만, 그에 따른 큰 장점이 있는 것 같았다.

'춥지 않은 곳으로 가면 되는 거 아니야?'

-저놈은 나태의 군주다. 생각하는 것조차 귀찮아하는 놈이지. 저 멍청이에게 상식이라는 걸 기대하지 마라.

라스와는 다른 방식으로 미쳐 있다. 아무래도 마왕은 정신이 나가야만 할 수 있는 것 같다.

"크허억!"

"괴, 괴물이다! 괴물이야!"

"미, 미쳤어. 저걸 어쩌겠다고…."

이제 평범한 기사와 검사들도 슬로스의 기운을 느꼈다. 모두 투지를 상실하고, 바닥에 머리를 조아렸다.

"후욱…."

라온이 거친 숨을 몰아쉬며 자세를 낮췄다. 자신에게 전해지는 압박도 기하급수적으로 올라가고 있다. 정신이 혼미해질 정도였다.

-네게 주어진 선택권은 두 가지다.

'두 가지?'

-본왕에게 네 몸을 넘기고 저놈을 막든가, 이대로 몰살을 당하든가.

라스의 눈동자가 선명한 빛으로 일렁인다. 승리를 확신하고 있었다.

-그 두 방법을 제외하고는 네놈과 저 인간들이 살아나갈 방법은 전무하다. 장담하지.

'……'

라온이 주먹을 말아 쥐었다. 라스의 말대로 상황은 최악. 헤쳐 나갈 방법이 보이질 않았다.

-저 산부터 이 성벽 앞까지는 결계나 다름없다.

'결계? 그런 건 느끼지 못했는데.'

-수백 년 동안 인간과 몬스터의 피와 한이 배며 자연스럽게 생겨난 피의 결계지.

'그게 어쨌다는 건데?'

-슬로스가 성벽을 무너뜨리고, 성안에 한 발자국이라도 들어오는 순간 중재자인 도마뱀들과 경계를 벗어난 너희 영감 같은 것들이 이곳으로 몰려올 것이다.

라스가 바스락 소리와 함께 갈라지는 성벽을 가리켰다.

-대전쟁이 일어나면 평범한 인간들은 뼛조각 하나 남기지 못할 테지.

'그런 싸움이 일어나면 슬로스도 잠을 못 자잖아.'

-말했지 않느냐. 저놈은 뒷일 같은 건 생각하지 않는다. 지금 당장 본왕과 같은 존재가 성 앞에 서 있지 않는 이상 놈을 막을 수는 없다.

라스는 더 늦기 전에 몸을 넘기는 게 좋을 거라고 말하며 미소를 그렸다.

'네게 몸을 넘긴다고 저 사람들이 산다는 보장이 있나?'

-최대한 노력해 보마. 처음엔 어쩔 수 없이 폭주하겠지만 그 이후에는 조절할 수 있느니라.

'폭주라고?'

-육체 없이 네놈과 혼이 연결된 채로 많은 시간이 지났다. 육체와 간격이 한참 떨어졌으니, 처음엔 폭주할 수밖에 없다.

'미친.'

욕이 절로 나왔다. 폭주한 라스와 잠을 자지 못해 짜증이 난 슬로스가 부딪치면 이 성 전체가 날아갈 것이다. 그런 미친 짓을 할 수는 없었다.

'내가 해야 해.'

어떻게든 스스로 해결해야 한다.

"아아악!"

"끄아아아악!"

"저, 저기 저거! 저게 뭐야!"

"괴물이다…."

이젠 병사들조차 슬로스의 기파를 느꼈다. 그 전율적인 힘에 바로 기절을 하거나, 쓰러져서 거품을 물었다.

"라온."

여전히 앞에서 버티고 있던 밀랜드가 자신을 불렀다. 목소리는 떨렸지만, 정신의 중심은 흔들리지 않았다.

"이쪽으로 와라."

"…예."

라온은 억지로 허리를 펴고 성문 바로 위에 선 밀랜드에게 다가갔다.

"고맙다."

"예?"

"네가 미리 경고를 해 준 덕분에 민간인은 모두 내보낼 수 있었어. 넌 하분 성에 와 준 최고의 복덩어리다."

가는 웃음. 그는 지금도 물러날 생각이 없어 보였다.

"다른 이들을 데리고 물러나라. 이곳엔 내가 남아 버티겠다."

밀랜드가 내려간 검을 들어 올렸다. 검날에서 뿜어지는 강기가 시퍼런 횃불이 되어 어둠을 밀어내기 시작했다. 혼을 불사르는 서기였다.

"사령관님…."

"난 살 만큼 살았고, 많은 것을 이루었다. 너와 다른 녀석들은 이곳에서 죽기엔 아깝다. 너의 시대는 아직 오지 않았어."

마지막이라는 걸 알면서도 웃는 이 사람을. 평생을 하나만 바라보고 온 고집불통 사령관을 이대로 보내긴 싫었다.

"혼자서는 무리입니다."

라온은 밀랜드의 옆에 붙은 채로 검을 들어 올렸다. 불의 고리를 공명시키며 만화공을 일으켰다. 은빛 칼날 위로 피어난 꽃송이가 만개하며 어둠을 불태우는 서광을 일으켰다.

콰아아아아!

두 자루 칼날에서 치솟은 열화와 같은 빛이 어둠을 갈라내기 시작했다.

"이건…."

"사, 사령관님! 라온!"

"두 사람이 어둠을 밀어내고 있어!"

쓰러져서 가슴을 움켜쥐고 있던 사람들이 상서로운 열기를 받으며 몸을 일으켰다.

"모두 성을 빠져나가라! 사령관님의 명령이다!"

라온은 더 강한 빛을 뿜어내며 밀랜드의 지시를 외쳤다.

"그게, 무슨…."

"가, 갈 수 없습니다!"

"저희는 끝까지…."

"일어서지도 못하는 주제에 어딜 끼어드는 게냐! 빨리 사라져라!"

밀랜드가 앞을 보며 악을 질렀다, 그의 입가에서 거친 숨이 흘러나온다. 바로 옆에 있는 자신만 볼 수 있다. 그의 얼굴에서 생기가 지워지고 있었다.

"저, 저흰…."

"물러난다! 전부 일어나서 성벽을 내려가! 남문을 열어라!"

테리안이 피나도록 입술을 깨물며 성벽을 내려갔다. 누구보다 힘들겠지만, 누구보다 밀랜드의 마음을 알고 있었다.

"도, 도련님!"

도리안은 이곳에 온 이후 처음으로 도련님이라고 외쳤다.

"도리안. 먼저 가라. 나도 곧 갈 테니까. 먼저 가!"

"정말 오실 거죠?"

"내가 여기서 죽을 놈으로 보여?"

"아, 알겠습니다! 꼭 오셔야 합니다! 안 오면 죽여 버릴 겁니다!"

녀석은 말아 쥔 주먹을 들어 올리고, 정찰병들부터 성벽을 내려갈 수 있도록 도왔다. 맨날 죽는소리를 해도 이럴 때는 믿음직스러웠다.

가라고 말해도 병사들은 쉬이 떠나지 못했다. 계속 뒤를 돌아 자신과 밀랜드의 등을 바라보았다.

"이제 너도 가라. 이 이상은 무리다!"

밀랜드가 새파란 입술을 떨며 어깨를 밀었다.

"조금만 더 버티겠습니다!"

라온은 경련이 오는 손가락에 힘을 주고 고개를 저었다. 감각이 지금 떠나야 한다고 말했지만, 가고 싶지 않았다.

-이미 늦었다.

라스의 퉁명스러운 음성과 동시에 전신을 짓누르는 압력이 강해졌다.

"춥고 졸립다…. 너희 때문에…. 내가 여기까지….”

성벽에 근접한 슬로스가 뿜어내는 어마어마한 기파에 정신의 끈이 잠시 끊어질 뻔했다. 간신히 만들어 놓은 오러의 햇불이 바람 앞의 촛불처럼 휘청였다.

쿠구구구!

점차 강해지는 압박에 결국 만화공의 불길이 먼저 꺼졌다.

"크으윽….”

라온은 다리가 부러질 것처럼 무릎을 꿇었다. 이제 고개를 들 수도 없다. 장기조차 찢겨나갈 압력이었다.

"크아아아!”

밀랜드도 오래 버티지 못할 것 같았다. 그의 다리가 사시나무처럼 떨렸다.

"허억!”

"어어억!”

"또, 또야!”

두 사람의 기세가 흐트러지자 퇴각하던 병사들이 다시 바닥에 쓰러지기 시작했다.

-말했지 않느냐. 네게 선택권은 두 개뿐이라고. 이제 결정해라. 죽을 테냐. 아니면 본왕에게 몸을 넘길 테냐.

'두 개….'

라온이 끝까지 버티는 밀랜드를 보며 고개를 저었다. 라스의 유혹에 넘어가서는 안 된다. 이런 상황일수록 침착하게 머리를 굴려야 했다.

들은 정보는 많아.

죽음의 냄새가 가득하지만, 전생처럼 생로가 꽉 막힌 느낌은 아니다.

라스에게 얻은 정보를 잘 조합하면 이들을 구할 수 있을지도 모른다. 처음으로 자신을 믿어 준 전우들을 꼭 살리고 싶었다.

춥다. 졸립다. 비슷한 강자. 시간. 귀찮음, 단순함.

라온은 라스에게 들은 정보를 재빠르게 머릿속에서 조합했다. 이 순간 그의 머리는 그 어느 때보다 영민하게 움직이고 있었다.

통 안의 구슬처럼 돌아가던 단어들이 유기적으로 맞물리며 하나의 답안을 도출해 냈다.

'이거라면….'

도박이지만 모두를 구하고 이득까지 얻을 수 있다. 다만 이 도박에는 도움이 필요했다.

'라스.'

-결정했느냐? 결국 몸을 바치기로….

'거래를 하자.'

-뭐라? 거래?

'네 분노를 받을 테니, 저 무식한 마왕 놈 앞에서 서 있을 수 있게 해 줘.'

라온은 확신을 담은 눈으로 라스를 보았다.

-그런 쓸데없는 짓을 뭐 하려고 하는 것이냐.

'네가 말했지? 내가 살 방법은 두 가지뿐이라고. 이건 그것과는 다른 방법이냐.'

-말 같지도 않은 소리! 네놈이 슬로스 앞에 설 수 있다고 한들 무엇이 달라진단 말이냐!

'달라져. 그니까 할 거야, 말 거야!'

-이득이 없다. 어차피 네놈의 몸은 결국 본왕의 손에 들어오니까.

'아니 안 들어가.'

단호하게 고개를 저었다.

'나는 죽더라도 네게 몸을 넘기지 않을 거다.'

-개소리를!

'지금까지 봐 왔으면 알겠지? 네가 거짓말하지 않듯이 나도 허세를 부리지 않는다.'

-라온 지그하르트….

라스가 뼈를 으깨듯 이를 갈았다.

'네게 몸을 넘겨도 이 사람들은 죽어. 그렇다면 나도 이곳에서 함께 죽겠다.'

라온이 마지막까지 잡고 있던 검병을 내려놓았다. 쨍그랑 소리와 함께 검이 바닥에 떨어졌다.

-이, 이놈!

라스의 눈동자가 처음으로 흔들린다. 당황한다는 증거였다.

'만약 내 방법이 통하지 않는다면 바로 네게 몸을 넘기지. 약속한다.'

-크으으윽!

놈은 성벽에 거의 다다른 슬로스와 자신을 번갈아 보며 이를 갈았다.

"끄으윽!"

라스가 결정을 내리기 전에 먼저 밀랜드가 무너졌다. 이 짧은 순간에 벌써 20년은 늙은 듯한 얼굴로 바닥에 쓰러져 가쁜 숨만 내쉬었다. 기절하면서도 검을 쥐고 있다니, 존경스러운 사람이다.

콰아아아아아!

그가 쓰러지자 하늘이 떨어져 내리는 듯한 압력이 온몸을 짓눌렀다. 어깨뼈가 부러지고, 장기가 터져 나가는 것 같았다.

'라스!'

-빌어먹을! 이 대가는 클 것이다

힘이 쭉 빠진 전신으로 활력이 차오르기 시작한다. 라스가 넘겨주는 기운이었다. 그와 함께 혼의 깊은 곳에 대가로 받은 분노가 스며들었다.

"후우욱…."

하지만 라스는 많은 기운을 주지 않았다. 전력을 다 써야만 간신히 버틸 정도의 힘이다.

'좀생이 같으니.'

라온이 바득 이를 갈며 불의 고리를 공명시키고, 만화공을 운용하면서, 글래시아를 풀어놓았다. 전생의 격까지 불러내며 몸을 일으켰다.

뼈와 근육이 비명을 지르고, 심장과 폐가 찌그러진다. 부러질 정도로 이를 악물었다.

'크으으으!'

영혼을 짓누르는 공포와 육체를 부수는 압력을 이겨 내며 두 다리로 성벽 위에 섰다.

콰아아아아아!

결국 성벽에 도착한 슬로스와 눈을 마주쳤다. 귀찮음만이 가득하던 미신의 눈동자에 작은 이채가 돋아났다.

됐어.

방금의 눈빛으로 확신했다. 이 상황은 이용할 수 있다.

"나태의 왕이여. 너라면 느꼈겠지?"

라온이 피가 흐르는 입술을 비틀어 올렸다.

"나는 라스 님을 모시는 분노의 그릇이다."

-부, 분노의 그릇? 네놈이 왜 분노의 그릇이라는 것이냐! 무엇을 하려는 거야!

'뭘 물어.'

까부는 널 짓밟고, 두 번째 호구를 잡는 중이지.

제144화

 라온은 당장 주저앉고 싶은 걸 꾹 참으며 허리를 폈다. 뒤에 있는 사람들을 위해 서라도 끝까지 버텨야 했다.
 성벽을 뭉개려던 슬로스의 움직임이 처음으로 멎었다. 발을 멈추고 이쪽을 지그시 노려본다.
 "이 땅은 분노의 군주. 라스 님의 영역! 너 따위가 올 곳이 아니다!"
 "라스….".
 반쯤 감겨 있던 슬로스의 눈이 저녁달처럼 떠올랐다. 하지만 완전히 믿는 건 아니다. 귀찮음으로 가득 찬 눈동자에 의심의 빛이 서려 있었다.
 -이런 시궁창이 왜 본왕의 땅이라는 것이냐!
 '아직 안 끝났으니까. 입 다물고 있어.'
 -이, 이놈이 정말!

라온은 입으로 극존칭을 사용하는 것과 달리 속으로는 라스를 짓눌렀다.

'후우….'

라스가 먼 곳에서 슬로스의 존재를 알아차렸듯이 분노가 일어나면 분명 슬로스도 라스의 존재를 느끼게 될 것이다.

"네가… 라스의… 그릇이라고…?"

"그렇다. 지금 라스 님께서는 영역을 침범한 네놈에게 분노하고 계신다. 잠탱이 주제에 주제를 모른다고 하시더군."

"……."

잠탱이라는 말을 듣자마자 슬로스의 어깨가 움찔거렸다. 라스에게 슬로스의 정보를 들어서 다행이었다.

그래도 의심이 완전히 사라진 건 아니다. 이제 그 의심의 싹을 잘라 버릴 때다.

-듣지 마라! 슬로스! 여긴 본왕의 영역도 아니고, 이놈은 본왕의 부하가 아니다! 적이니라!

'안 들리니까. 말해도 소용없어.'

슬로스가 느끼는 건 라스의 목소리가 아니라, 이 몸에 박혀 있는 분노의 기운이다.

후우우.

라온이 천천히 숨을 내쉬었다. 싸움에 찌든 탁기를 내보내고 찬 공기로 폐를 가득 채웠다. 시원한 공기와 입에서 도는 피 맛 덕분에 시야가 밝아졌다.

'이때를 위해서 분노를 받았지.'

라스는 모르겠지만, 분노의 거래를 한 이유는 서 있기 위해서만은 아니다.

원래 가지고 있던 분노의 감정 10. 그리고 이번에 받은 15로 슬로스를 설득시키기 위해서였다.

'분노를 일으켜야 해.'

그러면 생각할 건 하나뿐이지.

데루스 로베르트를 떠올리며 뿌득 소리가 날 정도로 주먹을 말아 쥐었다. 손톱이 손바닥을 파고드는 고통이 오히려 반갑게 느껴졌다.

고오오오오!

라스와 거래를 하며 받았던 25의 분노가 이성의 벽을 뚫고 뇌리를 잠식하기 시작했다. 머릿속을 가득 채우는 분노의 불길을 느끼며 살기 짙은 미소를 지었다.

"분노의 기운… 너는… 정말 라스의…."

슬로스의 죽어 있는 듯한 눈동자에 확연한 귀찮음이 어렸다. 이제 깨달은 것이다. 자신에게 정말 분노의 군주가 어려 있다는 것을.

"라스 님의 말씀을 그대로 전하겠다. '본왕의 영역에 침범하다니 죽고 싶은 것이로구나. 한 발자국만 더 넘어오면 평생 잘 수 없게 만들어 주겠노라. 잠탱이 놈아.'"

-보, 본왕이 언제 그런 말을 했다는 것이냐! 이런 미친놈이 정말!

당연히 라스는 이런 말을 하지 않았다. 여태까지 녀석이 준 정보와 말투를 따라 했을 뿐이다.

"으음… 자, 잠을 잘 수… 없다고…."

하지만 제대로 먹혀들었다. 앞으로 잠을 잘 수 없을 거라는 말에 슬로스의 눈빛이 티가 날 정도로 흔들렸다.

"라, 라스 님. 참으십시오!"

라온은 얼음꽃 팔찌를 향해 고개를 숙였다.

-또, 또 무슨 짓을 하려고! 멈춰라!

"그 팔찌…."

팔목에 걸린 꽃팔찌를 본 슬로스의 눈동자가 더 크게 벌어졌다.

'이것도 예상대로.'

라스는 처음에 꽃팔찌로 변하면서 취향이라고 말했다. 마계에서도 비슷한 액세서리를 했을 거라는 예상이 맞았다.

"지금 강림하시면 안 됩니다! 나태와 싸우기 위해서 모은 힘이 아니지 않습니까! 이 대륙을 라스 님의 발밑에 놓으셔야지요!"

라온은 멍하니 있는 라스를 보며 심각한 표정을 지었다.

-대륙? 또 뭐라는 거냐!

"예? 그냥 싸우는 게 아니라, 따라다니면서 잠을 못 자게 하실 거라는 겁니까? 라스 님. 그건 좀…."

꽃팔찌를 내려다보며 눈을 부릅떴다.

-이 정신 나간 자식! 본왕이 언제 그런 말을 했더냐! 진짜 미치고 팔짝 뛰겠도다!

라스는 답답해 죽겠다고 소리치며 머리를 부여잡았다.

"따라…다니면서… 잠을 못 자게 해…? 라스가?"

그 말이 충격이었는지 슬로스의 몸이 휘청였다.

"라스 님! 참으셔야 합니다! 먼 곳을 보셔야지요!"

-좀 닥치라고!

"나태를 괴롭힐 수는 있겠지만 정복은 더 길어질 겁니다!"

라온은 라스 님이라고 부르고 있었지만, 실제론 라스를 개똥만도 못하게 보고 있었다.

"부, 부하들을 건드렸기 때문에 싸워야 한다는 말씀이십니까? 라스 님…."

감동 받은 표정으로 꽃팔찌를 보며 입술을 깨물었다.

"크으…. 진짜였나….”

슬로스의 입매가 쭉 내려간다. 라스가 부하를 소중히 여긴다는 것도 알고 있는 듯하다.

-지랄! 지이이이랄이다! 이 괴물 같은 놈! 대체 네놈의 뱃속엔 무엇이 들어 있는 것이냐!

"라스 님. 일단 저를 믿어 주십시오!"

-이 자식이이이익!

라온은 악을 지르는 라스의 꽃팔찌에 고개를 숙인 뒤 슬로스 앞에 섰다.

'죽겠군. 심장이 남아나지 않을 정도야.'

옆에서 소리를 지르고 분노를 일으키는 라스와 앞에서 막강한 기운을 뿜어내는 슬로스에게서 버티는 것만으로도 정신이 나갈 것 같았다.

어쩌다 이렇게 마왕 둘 사이에 끼게 된 건지는 모르겠지만 여기서 쓰러질 수는 없다. 어떻게 해서든 끝을 내야 한다.

-이놈! 라온 지그하르트!

라스는 당연하게도 분노를 참지 못하고 감정을 폭발시켰다. 무시무시한 냉기와 분노의 파도가 전신으로 흘러왔다.

'이걸 그대로 보여 줘야 해.'

평소처럼 라스의 공격을 막지 않았다. 쏟아지는 녀석의 분노를 그대로 받아들였다.

콰아아아아!

라온의 전신으로 라스의 냉기와 분노의 기운이 스멀스멀 피어나기 시작했다.

"라스의… 기운….”

슬로스가 인상을 찌푸리며 턱을 내렸다.

"다시 소개하지. 난 조만간 강림하실 라스 님의 육체가 될 분노의 그릇이다."

"으음…."

"네가 왜 이곳에 왔는지 알고 있다. 전쟁 소리와 흑마법이 네 잠을 깨웠기 때문이겠지."

"그렇…다."

슬로스가 아주 천천히 고개를 끄덕였다.

"하지만 넌 상대를 잘못 정했어. 계속 널 시끄럽게 만든 놈들은 몬스터의 투구를 쓴 에덴이라는 집단이다. 우리는 놈들의 공격을 방어했을 뿐이다."

라온은 칼로 찌르는 듯한 통증을 꾹 참은 채 차분하게 상황을 설명했다.

"에…덴…. 그놈들은… 어디에… 있지…?"

"모른다."

"그러면 너희는… 상관없다는 건가…."

"그렇다."

"그럼 라스와… 싸울 필요는… 없겠어…."

슬로스가 한 발 뒤로 물러섰다. 오히려 다행이라는 표정이었다.

"슬로스. 어디 가는 거냐?"

"너희들과… 상관이… 없으니… 돌아간다…."

"돌아간다고? 그게 지금…. 헉! 라스 님!"

라온이 펄쩍 뛰며 팔찌를 부여잡았다.

"차, 참으셔야 합니다! 아직 나오시면 안 됩니다!"

-어? 뭐?

"아, 예! 제가 그대로 전하겠습니다! 기다려 주십시오!"

라온은 넋이 나간 듯 어벙하게 떠 있는 라스를 보며 연신 고개를 숙였다.

"슬로스. 본왕의 하인들을 건드려 놓고 어딜 가려는 것이냐."

"라스…. 네가… 이곳에 있는지…몰랐다…."

"그게 더 문제다. 본왕이 이곳에 있지 않았다면 네놈이 본왕의 것들을 죽였을 것 아니냐."

라온은 라스의 말을 듣는 척하며 일부러 시간을 끌며 말했다. 저쪽에서 의심할 조금의 틈도 만들지 않았다.

-본왕은 그런 말을 한 적이 없다! 속이 터진다. 아주 팍팍 터져! 인간들이 화병에 걸리는 이유를 이제야 알겠노라!

라스의 눈동자가 팽이처럼 뱅그르르 돌아갔다.

"너도 마족이니 알고 있겠지. 목숨에는 목숨이다."

라온은 몬스터와의 전투에 죽었던 병사들을 가리켰다.

"나는… 아직… 한 명도… 죽이지…."

"본왕에게 따지지 마라. 네놈이 이곳에 오면서 이끌린 몬스터들이 본왕의 하인들을 죽였으니까."

"그런…."

"너도 잠을 깨웠다며 아무 상관없는 이들에게 책임을 물으려 하지 않있더냐."

"으음…."

할 말이 없는지 슬로스가 입을 다물었다. 아니, 눈을 보니 이유고 뭐고 다 귀찮아 보인다. 빨리 돌아가서 잠이나 잤으면 하는 표정이다.

'때로군.'

밑밥은 다 깔았으니, 본론을 꺼낼 시기였다.

"그렇다고 네 목숨을 가져간다는 게 말이 되지 않는다는 건 본왕도 잘 알고 있느니라."

"라스….'

"고고한 마계의 군주인 이 몸이 기회를 주마. 선택해라. 네가 가장 소중히 여기는 잠을 포기할지 아니면 이 녀석에게 네 능력을 넘겨줄지. 이 녀석은 앞으로 본왕의… 어?"

라온이 입을 떡 벌리고 꽃팔찌를 바라보았다. 물론 라스는 그곳에 없었고 허공에 둥둥 떠 있었다.

"라, 라스 님!"

-이, 이게 네 목적이었군. 이 마귀 같은 놈!

라스는 본인이 마왕인 주제에 자신에게 마귀니, 악귀니 소리치면서 분노의 기운을 일으켰다.

"제게 그런 기회를 주실 필요 없습니다. 저는 라스 님만 있어도 충분합니다!"

라온은 머리가 바닥에 닿을 정도로 고개를 숙였다. 혓바닥을 씹은 통증으로 라스의 방해를 이겨 냈다.

-슬로스! 이놈을 죽여라! 세상에 해악만 끼치는 인간이다! 손만 휘둘러!

"잠과… 능력의 전수…? 그건 간단하군…."

슬로스가 느릿하게 고개를 끄덕였다. 뭘 그런 걸 묻느냐는 듯한 표정이다.

-아, 안 돼! 안 된다! 이 멍청한 놈아! 넌 악마보다 더한 인간에게 속고 있단 말이다! 멈춰!

라스가 손을 휘저으며 비명을 질렀지만, 슬로스는 손가락을 들어 자신을 가리

컸다.

우우우웅!

그의 손가락에서 피어 나온 시꺼먼 기운이 심장을 관통했다. 아니, 심장이 아니다. 영혼의 한 축에 어마어마한 기운이 새겨지기 시작했다.

<나태>의 능력 일부가 혼과 육체에 스며듭니다.
적응 기간이 끝난 뒤 능력이 발동됩니다.

인두로 등을 지지는 듯한 고통이다. 하지만 이 통증 덕분에 더 정신이 들었다.
-보, 본왕이 여기서 죽는구나. 이렇게 화병으로 죽어. 아아아….
라스가 바닥에 드러누워 전신을 바들바들 떨었다.
"그럼… 돌아…가겠다…. 너무 졸려…. 잠이나…."
"잠깐."
라온이 손을 들어 돌아가려는 슬로스를 멈춰 세웠다.
"아직 안 끝났어."
"…뭐?"
슬로스의 눈동자에 살의가 깃들었다. 더 이상 잠자는 것을 방해하면 라스고 뭐고 싸울 기세였다.
"네게 줄 것이 있다."
라온은 품에 가지고 다니던 검은 보자기를 풀고, 고블린 윙의 마석을 꺼냈다. 마석에서 뿜어지는 열기에 냉기와 긴장으로 굳어 버린 손가락이 풀렸다.

"그건…."

슬로스도 마석의 열기를 느끼고 눈을 동그랗게 떴다.

"이 마석을 가져가라."

거리낌 없이 마석을 슬로스에게 던졌다.

"따스하군…. 이게… 있다면… 계속… 잘 수… 있겠어."

슬로스에게 깃들어 있던 살의와 짜증이 단번에 사라졌다. 그는 홀린 듯한 눈으로 마석을 바라보았다.

"그런데… 왜… 이걸 내게… 주는 거지…."

"앞으로 이곳에서 무슨 소리가 들려도 내려오지 마라. 그리고 대량의 몬스터가 움직이면 네가 적당히 통제해서 멈추도록 해."

다른 사람들에게 이런 무서운 일을 겪게 하고 홀로만 이득을 독차지할 생각은 없었다. 슬로스를 이용하여 앞으로 웨이브가 일어나지 않게 만들 것이다.

"귀찮군…. 하지만 그리… 어렵진… 않아…."

슬로스가 황홀한 눈으로 고블린 왕의 마석을 바라보다가 라온에게 시선을 주었다.

"이것도… 라스의… 부탁인가…?"

"아니. 라스 님과 상관없는 나와의 거래다. 다시는 이곳에 나타나지 말도록."

"거래…? 이 물건에… 비하면 사소하군. 그러니…."

녀석은 마석을 한번 훑어보더니, 다시 손가락을 들어 올렸다.

손가락에서 피어난 검은 줄기가 꽃팔찌 바로 옆의 손목을 휘감았다.

"무슨!"

"걱정하지… 마라…. 거래 이후…잔금이니까."

그 말대로 검은빛에서 악의는 느껴지지 않았다.

치이이잉!

쇳덩이가 맞물리는 소리가 들리고, 손목에 얼음꽃과 조금 다른 형태의 검은색 꽃팔찌가 추가로 생겨났다.

"이건 뭐지?"

"훗날 네게… 도움이 될… 것이다…."

"근데 왜 꽃팔찌…."

"네 주인의… 취향에 맞췄다…. 또 귀찮게… 하기 전에….'

슬로스는 그 말을 남기고 뒤를 돌아 다시 산으로 향했다.

그가 물러감에 따라 어둠이 그치기 시작했다. 끝없는 밤이 사라지고, 잠들었던 태양이 깨어났다.

"후우…."

라온이 가닥가닥 끊어지는 숨을 뱉었다.

'이러다 정말 죽겠군.'

당장 쓰러지고 싶었다. 하지만 지금은 아니다. 슬로스가 완전히 사라질 때까지는 버텨야 했다. 다행인 점은 고블린 마석이 마음에 들었는지, 걸음이 이전보다 훨씬 빠르다는 것이었다.

'하필 또 꽃이라니, 라스. 이 팔찌는….'

-끄르르륵! 라, 라온 개새….

라스는 정말 화병에 걸렸는지 기절해 있었다. 입에서 푸른 거품이 보글보글 뿜어진다.

"하."

라온이 헛웃음을 지으며 식은땀에 젖은 머리를 쓸어 올렸다.

'그래도 어떻게든 끝났군.'

전부 한 끗 차이였다. 슬로스에 대한 정보가 없었다면, 라스가 거래에 응해 주지 않았다면, 성에 있는 모두가 기절하지 않았다면 지금의 방법은 쓸 수 없었을 테니까.

슬로스의 뒷모습이 희미해지기 시작할 때 메시지가 올라왔다.

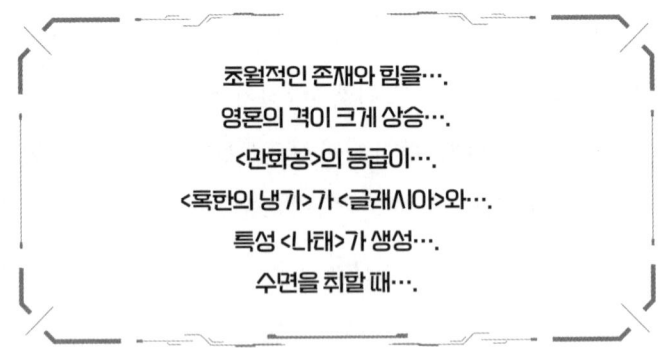

초월적인 존재와 힘을….
영혼의 격이 크게 상승….
<만화공>의 등급이….
<혹한의 냉기>가 <글래시아>와….
특성 <나태>가 생성….
수면을 취할 때….

많은 내용이 있었지만, 시야가 흐려서 제대로 보이지 않았다.

라온은 메시지를 닫고, 휘청이는 다리에 마지막 힘을 주었다. 나태의 군주가 산으로 사라지고, 금빛 태양이 어둠을 지워 낼 때까지 홀로 성벽을 지켰다.

그렇게 하룻밤의 악몽이 끝났다.

제145화

"크으으…."

테리안이 낮은 신음을 흘리며 몸을 일으켰다.

"내가 죽은 건가?"

성으로 다가오던 괴물의 기운에 짓눌려 정신을 잃었던 게 생각났다. 아버지도 막지 못했으니, 죽었다는 생각이 먼저 들었다.

"후우, 아직 저승은 아닌 듯하네요."

울브스 용병단장 베토가 떨리는 손으로 하늘을 가리켰다. 한참 전에 해가 떴을 시간이었지만 아직 어둠이 짙게 깔려 있었다.

"그럼 대체 어떻게 살아남은 거지?"

"모르겠군요. 그 괴물을 막을 사람은 아무도 없어 보였는데…."

"저, 저건!"

"도련님!"

뒤늦게 눈을 뜬 설격대주 에드퀼과 도리안이 성벽을 올려다보며 벌떡 일어섰다.

"너희 뭘… 아!"

두 사람의 시선을 따라간 테리안이 눈을 부릅떴다.

어둠이 깊게 스며든 하늘 아래. 홀로 선 검사가 있었다. 검을 들지 않았지만, 세상 그 어떤 무인보다도 거대하게 보였다.

고오오오!

하늘을 짙게 물들이던 어둠의 커튼이 썰물처럼 빠져나가고, 겁에 질려 있던 황금빛 태양이 다시 세상에 드러난다.

그 상서로운 빛이 라온을 중심으로 뻗어 나가는 모습은 신비 그 자체였다.

"라, 라온…."

"라온 님!"

"아니, 어떻게…."

하나둘씩 깨어난 사람들이 라온의 등을 보며 어깨를 부르르 떨었다. 모두가 기절했을 때 라온이 혼자 성벽을 지켜 냈다는 사실에 전율한 것이다.

라온이 천천히 고개를 돌린다. 옅은 미소를 짓는 얼굴에 피로와 고통이 가득 차 있었다. 그는 오히려 이쪽의 안전을 확인하듯 가라앉은 눈동자로 아래를 살폈다.

"모두 무사하군."

사막의 모래처럼 메마른 음성이 흐른다.

"약속은 지켰다."

라온이 구김 없이 방긋 웃었다.

"야, 약속?"

"무슨 약속을 말하는 거지?"

"갑자기….'

"아!"

도리안이 손뼉을 치며 입술을 떨었다.

"아까 라온 님이 전투사를 말씀하셨잖아요! 모두 살아남으라고! 그 말을 지켜 주셨다는 뜻이에요!"

"아, 그거….'

"그럼 그게 살아남으라는 뜻이 아니라, 살아남게 해 주겠다는 뜻이었어?"

"라, 라온….'

"라온 님!"

사람들은 부드러운 미소를 짓고 있는 라온을 보며 입술을 꽉 깨물었다. 그렇지 않으면 눈물을 흘릴 것 같았다.

"이제 그놈은 안 오니까. 걱정할 필요 없… 아."

라온이 손을 저으려다가 우뚝 멈췄다. 눈을 감고 그대로 뒤로 넘어간다. 성벽 아래에 있던 사람들이 달려가려 했지만, 거리가 너무 멀었다.

"라온 님!"

"위험합니다!"

라온의 머리가 돌벽에 부딪히려 할 때 두꺼운 팔이 올라와 그를 붙잡았다.

"후우….'

밀랜드다. 기절해 있던 그가 일어서며 쓰러지던 라온을 끌어당겼다.

"사령관님!"

밀랜드는 괜찮다는 듯 고개를 끄덕이고 어깨로 라온을 부축했다.

"싸움은 끝났다."

그는 힘겨운 걸음으로 성벽의 끝에 섰다.

"영웅에게 박수와 환호를!"

밀랜드의 포효와 같은 목소리가 아직 어리둥절했던 사람들의 심장을 두들겼다.

"우와아아아아아!"

"라온! 라온! 라온!"

"하분 성의 영웅!"

라온은 듣지 못하는 그의 이름과 환호가 하분 성 하늘에 끝없이 울려 퍼졌다.

슬로스라는 재해가 지나간 지 이틀이 지났다.

아직 라온은 깨어나지 못했고, 밀랜드와 테리안을 비롯한 간부들은 짧은 휴식을 취한 뒤 회의실에 모여 있었다.

"모두 몸은 괜찮은가?"

원형 테이블 중앙에 앉은 밀랜드가 간부들을 쭉 훑어 내렸다. 다른 사람의 안부를 묻지만, 눈 밑이 시꺼멓게 그을린 그의 상태가 가장 심각해 보였다.

"조금 쉬었더니 괜찮아졌습니다."

부사령관 테리안이 먼저 고개를 끄덕였다.

"저도 괜찮습니다."

"전 아직 머리가 띵하네요. 죽다가 살아나서 그런가."

설격대주 에드퀼이 살짝 고개를 숙였고, 베토가 관자놀이를 문질렀다.

오랫동안 버틴 기사단장이나, 검대의 대주들도 아직 정신적 충격이 가시지 않는지 창백한 얼굴로 고개를 저었다.

"저는 일찍 기절해서 그런지 후유증이 그리 심하지 않았습니다."

"저 역시 그냥 잠시 잤다가 일어난 것 같습니다. 몸 상태는 별로지만."

반면 먼저 정신을 잃은 정찰대장들은 그나마 멀쩡한 얼굴이었다.

"그런데 그놈은 대체 뭐였을까요?"

3번 정찰대장 라딘이 누구도 꺼내지 못했던 말을 먼저 시작했다.

"세 개의 뿔과 공간을 일그러뜨릴 정도의 마기를 보면 뻔하지 않느냐. 마족이다."

밀랜드가 주먹을 꽉 말아 쥐며 말을 이었다.

"그것도 등급이 높은 최고위 마족. 젊었을 때 마족과 몇 번 마주친 적이 있지만 그런 놈은 처음이었다. 아예 격이 달랐어."

"확실히 상대조차 안 되더군요…."

"최, 최고위 마족이면 거의 마왕급 아닌가요?"

간부들은 이틀 전에 보았던 슬로스의 압도적인 기파를 되새기며 몸을 부르르 떨었다.

"마왕일 수도 있다."

"예?"

"저, 정말입니까?"

밀랜드의 입에서 마왕이라는 소리가 나오자 간부들이 마른침을 꼴깍 삼켰다.

"마스터인 내가 버틸 수조차 없었다. 그놈을 상대하려면 육황과 오마의 우두머리급이 와야 한다.”

그는 어둠을 이끌며 다가오던 슬로스를 생각하고 인상을 찌푸렸다.

“그럼 그런 마왕급 괴물을 돌려보낸 라온 님은 대체 뭡니까.”

조용히 듣고 있던 에드퀼의 목소리가 침묵이 깔린 회의장을 가로질렀다.

“여기 있는 사람들 모두 죽음을 각오했을 겁니다. 아니, 솔직히 말하면 사령관님이 쓰러졌을 때 죽음은 확정이었죠. 하지만 저희는 단 한 명도 죽지 않았습니다.”

에드퀼이 밀랜드와 간부들을 쭉 둘러보며 말을 이었다.

“모두 아실 겁니다. 저희를 살린 사람이 라온 님이라는 걸.”

간부들 모두가 동의하듯 고개를 끄덕였다.

“여기서 의문이 생겨납니다. 사령관님조차 버티지 못하는 괴물을 상대로 라온 님이 어떻게 우리를 살렸는가, 무슨 수를 써서 그 괴물을 돌려보냈는가 하는 의문이.”

“확실히….”

“나도 내가 살아 있는 게 신기하긴 해.”

“대체 뭘 어떻게 한 거지?”

간부들 역시 그게 의문이라는 듯 입맛을 다셨다.

“너 라온을 의심하는 거냐?”

“아닙니다.”

테리안이 에드퀼을 보며 인상을 찌푸렸다. 하지만 에드퀼은 별 반응 없이 고개를 저었다.

“라온 님이 본인의 소중한 것을 희생하셨을 것 같아서 하는 말입니다.”

“희생?”

“라온 님이 무력으로 그 마족을 이겼을 리는 없습니다. 그러면 남는 건 계약 혹은 거래죠. 제 생각입니다만 라온 님은 본인의 영혼과 육체를 걸고 성의 사람을 살리는 방법을 취했을 겁니다."

에드퀼이 입술을 깨물었다. 바싹 마른 입술에서 핏물이 뚝뚝 떨어졌다.

"제가 지금까지 봐 온 라온이라는 사람은 그런 남자입니다. 자신을 희생해서라도 다른 사람을 구하고 싶어 하시죠."

"후우…."

"그 아이가 그런 면이 있지."

"라온 님…."

테리안과 간부들은 에드퀼의 말이 옳다고 생각했는지 깊은 한숨을 내쉬었다.

"기절해 있을 때 라온의 입에서 거래라는 단어가 나오는 걸 들었다."

밀랜드가 몸을 앞으로 내밀며 눈을 내리감았다.

"거래…."

"저, 정말이십니까?"

"그래. 다른 단어는 모르겠지만, 거래라는 단어는 확실히 들었다."

"역시…."

"이런!"

에드퀼이 인상을 찌푸렸고, 테리안이 손으로 눈을 가렸다.

"마족과 인간의 계약 내용은 보통 힘이다. 마족은 인간에게 힘을 넘겨주고, 영혼을 받아 가지. 하지만 이번에 라온이 건 거래는 뻔하다."

밀랜드가 분하다는 듯 테이블에 올린 손을 떨었다.

"녀석은 본인의 영혼을 희생하고 우리 모두의 목숨을 구했을 것이다."

"그렇겠죠."

"제기랄…."

모두가 깨달았기에 이를 바득 갈며 고개를 푹 숙였다.

"사령관님."

에드퀼이 가는 숨을 뱉으며 밀랜드를 불렀다.

"라온 님은 대체 누구입니까? 이제 말씀해 주실 때가 된 것 같습니다."

"하긴 이제 속이는 건 무리겠어."

밀랜드가 느릿하게 고개를 끄덕였다.

"라온 지그하르트. 그게 녀석의 이름이다."

"지그하르트였군요."

"역시…."

"하긴 그 정도는 되어야지."

간부들은 의외로 놀라지 않았다. 보여 준 활약이 엄청났으니, 어느 정도 예상했던 것 같다.

"알고 있었나?"

"아직 16살인 아이가 그 정도 무력과 정신력을 가질 만한 곳은 육황과 오마뿐이죠. 라온 님의 기질은 마가 아니라 정에 가까우니 육황이라 생각하고 있었습니다."

"지그하르트라는 걸 알았으니, 복수는 포기할 것이냐."

"복수 따윈 생각하지 않았습니다. 오히려 전 그분을 따르고 싶습니다."

에드퀼이 차분하게 고개를 저었다.

"따른다고?"

"라온 님을?"

"넌 라온한테 얻어터졌잖아!"

간부들이 대체 무슨 생각이냐며 눈매를 좁혔다.

"신나게 얻어터졌죠. 덕분에 정신을 차렸습니다. 그분이 아니었다면 초심을 잃은 채 평생 약자만 괴롭히며 찌질하게 살았을 겁니다."

에드퀼이 깨끗한 눈빛을 발하며 일어섰다. 정찰대장들 앞에 서서 직각으로 고개를 숙였다.

"아집만 가득 차 전우라는 걸 잊고 모자란 짓을 했습니다. 정말 죄송합니다."

"어?"

"왜, 왜 이래! 다 사과했잖아!"

"그래. 몇 번이나 미안하다고 해 놓고 왜 또…."

"이런 공적인 자리에서 제대로 잘못을 빌어야 한다고 생각했습니다."

그는 손을 내젓는 정찰병들에게 끝까지 고개를 숙인 뒤 몸을 일으켰다.

"오늘 일이 아니더라도 전 라온 님을 따르기로 정했습니다. 그분께서 받아 주시지 않는다고 해도 그 뒤를 쫓을 것입니다. 사령관님. 죄 많은 절 성에서 추방시켜 주십시오."

에드퀼이 밀랜드 앞에 무릎을 꿇고 고개를 숙였다.

"급하구나."

밀랜드가 코웃음을 치며 턱을 세웠다.

"예?"

"녀석에게 목숨을 빚진 건 너만이 아니야."

그 말에 이곳에 있는 간부 모두가 고개를 끄덕였다.

"라온은 이 성 모두의 목숨을 여러 번 구해 냈다. 그 아이가 잃은 것들을 우리가 채워 주는 게 옳다."

밀랜드가 빙긋 웃으며 무릎을 꿇은 에드퀼을 일으켰다.
"나도 녀석의 뒤를 받치겠다."

으음….

라온이 느릿하게 눈을 떴다.

'뭐지?'

슬로스와의 기 싸움 때문에 몸이 망가졌다고 생각했지만, 푹 자고 일어난 것처럼 팔다리가 가벼웠다.

"이상한데…."

예상과 다른 몸 상태에 고개를 갸웃거리며 일어섰다. 육체와 정신만이 아니라, 감각도 더 민감해진 것 같았다.

-이상해? 이상하냐?

올라간 능력치 때문이라고 생각할 때 얼음꽃 팔찌에서 라스가 불기둥처럼 치솟았다.

-네놈의 대가리가 가장 이상하노라! 더러운 사기꾼 놈아!

라스의 눈동자에 핏발이 섰다. 제대로 화가 난 모양새다.

'아, 고맙다. 네 덕분에 살았어.'

-무엇이 고맙다는 말이냐!

'네가 맨날 마계 이야기를 주절거렸잖아. 한 귀로 듣고, 한 귀로 흘렸는데도 기억에 남아서 정보를 이용하기 쉬웠어.'

-이, 이놈이….

'거기다 다 이겼다고 생각해서 나한테 슬로스에 대한 정보를 마구 넘겨줬잖아. 네가 없었으면 진짜 죽었을 거야. 넌 역시 아낌없이 주는 나무다. 라스.'

라온이 경쾌하게 웃으며 손을 흔들었다.

-끼으으윽!

라스는 냉기를 풀풀 풍겨 내며 눈을 흘겼다.

-죽일 테다. 어떻게 해서든 네놈의 영혼에 냉기의 창을 박아 넣을 것이야!

'그건 나중에 하시고.'

라온이 당장에 달려들려던 라스에게 손을 저었다.

'일단 메시지부터 좀 볼게. 꽤 좋은 걸 얻은 것 같거든.'

-이 마귀 같은 놈! 마왕 둘에게 사기를 친 놈은 천지가 개벽한 이후 네놈이 처음이다!

'마계에는 사기꾼이 없나?'

-네놈 같은 놈이 또 있었으면 이미 세상은 멸망했다!

'그래?'

피식 웃으며 지나간 메시지들을 불러왔다.

> 초월적인 존재와 힘을 겨루었습니다.
> 영혼의 격이 크게 상승합니다.
> 모든 능력치가 4포인트 상승합니다.

 마주 서서 버틴 것만으로 영혼의 격이 상승하고, 모든 능력치가 오르다니, 슬로스의 막강함이 다시 한번 피부에 와닿았다.
 -고작 몇 분 버텼다고 영혼의 격을 올려 주는 게 말이 되느냐!
 '흐음….'
 라온은 악을 지르는 라스를 보며 눈매를 좁혔다.
 '저 녀석이 슬로스와 동급 혹은 그 이상이라는 거지.'
 매일 불평불만을 쏟아 내고, 음식만 좇는 호구가 슬로스 이상의 강자라는 게 아직도 믿기지 않았다.

> <만화공>의 등급이 상승했습니다.
> <만화공>이 4성에 올랐습니다.

 3성에서 머물러 있던 만화공이 4성이 되었다. 슬로스에게서 버티기 위해 죽을 정도로 만화공을 일으킨 보람이 있었다.
 단전에 차오른 열기의 구체가 예전보다 크고 정심해진 게 느껴졌다.
 '그럼 혹시….'

다음 메시지를 살펴보았다.

> <혹한의 냉기>가 <글래시아>와 통합됩니다.
> <글래시아>의 등급이 4성으로 상승합니다.

예상대로다.

만화공과 같이 운용했던 글래시아가 혹한의 냉기와 합쳐지며 4성의 경지에 올랐다. 만화공의 오러 옆에 자리한 냉기의 구체도 더 순수한 기운을 뿜어냈다.

불의 고리는 늘어나진 않았지만, 성취가 어마어마하게 상승했다. 조만간 고리가 하나 더 추가될 것 같았다.

'역시 빠르게 강해지기 위해서는 강자와 싸워야 해.'

강자와 전력을 다해 부딪친 것만으로 막혀 있던 무학의 경지가 단숨에 벽을 뚫었다. 실전이 최고의 수련이라는 말은 역시나 옳았다.

-흐으읍!

라스에게서 숨을 참는 듯한 소리가 들려왔다. 끓어오르는 분노를 억지로 가라앉히는 것 같았다.

> 특성 <나태>가 생성되었습니다.
> 수면을 취할 때 미량의 능력치가 상승하고,
> 체력과 오러 회복 속도가 대폭 증가합니다.

세 번째 메시지를 보았을 때 라온과 라스가 함께 눈을 부릅떴다.

-이, 이런 미친!

"잠을 자는데 능력치가 상승해?"

잘못 본 줄 알고 메시지를 다시 읽어 보았다. 하지만 그대로다. 잠을 자기만 해도 능력치가 오른다고 적혀 있었다.

"와아…."

정신이 멍해졌다. 미량이라고 적혀 있으니, 소수점 단위로 오르겠지만 그게 어디인가. 앞으로는 24시간이 수련이나 마찬가지였다.

-슬로스! 이 모지리 자식! 예전에 죽였어야 했는데에에!

라스는 슬로스를 죽이지 못한 게 한이라고 말하며 꽥 비명을 질렀다.

"이래서 몸이 가벼웠군."

<나태>의 체력과 오러 회복 능력 덕분에 몸을 완전히 회복한 것 같았다. 여러모로 도움이 되는 능력이었다.

하지만 아직 메시지는 끝나지 않았다.

<분노>의 지독할 정도의 방해를 이겨 내셨습니다.
<수속성 저항력>이 상승합니다.
체력 능력치가 2포인트 상승합니다.
감각 능력치가 2포인트 상승합니다.
민첩성 능력치가 1포인트 상승합니다.

"이게 왜 없나 했지."

이 메시지가 없었으면 섭섭할 뻔했다.

-끄으으으, 또 본왕의 능력치가 빨렸노라….

라스는 빨랫줄에 걸린 옷처럼 침대 모퉁이에 축 늘어졌다. 패배자의 말로 그 자체를 보는 듯했다.

'그러니까 누가 방해하래?'

-닥쳐라. 네놈이 본왕의 이름을 팔면서 사기 치는 걸 어떻게 참으란 말이냐!

녀석은 이를 바득바득 갈며 고개를 들었다.

-마왕 둘을 등쳐 먹다니! 천계의 위선자들도 네놈만큼은 아니야!

'그거 칭찬인가?'

-매번 그 귀때기 이름을 팔더니, 이제 본왕까지! 네놈의 사악함은 이미 도를 넘었다!

라스는 마왕 주제에 용사 같은 말을 하며 주먹을 들어 올렸다.

-무슨 짓을 해서라도 네놈의 악행을 막을 것이다!

'막든 말든 상관없는데, 그 전에.'

라온이 빙긋 웃으며 모은 네 손가락을 까딱였다.

'내기 보상도 지금 넘겨.'

-내, 내기 보상?

'내가 이 성 밖으로 나가느냐, 나가지 않느냐 하는 내기.'

-아….

이제 생각이 났는지 라스의 눈동자가 탁 풀렸다.

'네가 믿던 게 슬로스였지? 그 녀석은 고블린 왕의 마석을 꺼안고 사고 있을 테니, 앞으로 여기 올 일 없어. 내기도 지금 끝내자.'

-끕, 자, 잠깐!

라스가 손을 저으며 뒤로 훌쩍 물러섰다.

-라온?

녀석의 목소리가 실크를 감은 듯 부드러워졌다.

-점장을 구할 때 기억하느냐? 네가 밖에 나갔지만 본왕이 관대한 마음으로 넘어가 주었지 않느냐.

'기억은 하는데, 설마 그걸 가지고 봐달라고 하진 않겠지? 마계의 왕이 그렇게 쪼잔하진 않을 거야.'

라온이 눈매를 좁히며 고개를 흔들었다.

'암, 그렇고말고. 부하를 사랑하고, 관대하며, 고고하신 분노의 군주께서 그런 말을 하겠어?'

-그으으….

말을 하려던 라스가 손을 바들바들 떨었다. 하고픈 말이 목구멍으로 다시 넘어간 것 같았다.

'왜? 하려던 말 해 봐.'

라온은 빙긋 웃으며 계속하라고 고개를 끄덕였다.

-크으으! 이 아귀 같은 놈! 다 처먹고 배나 터져라!

라스의 눈동자가 금방이라도 울음을 터트릴 것처럼 일렁거렸다.

〈분노〉와의 내기에서 승리하셨습니다.

오늘따라 메시지 창이 참으로 아름답게 반짝였다.

제146화

라스가 패배를 인정하자마자 내기 승리 메시지가 주르륵 올라왔다.

모든 능력치가 5포인트 상승합니다.

능력치가 오르며 치솟은 전율에 미소를 지을 때 두 번째 메시지가 떠올랐다.

유일급 칭호 <왕을 농락하는 자>가 생성됩니다.

두 번째 보상은 마음에 딱 드는 이름의 칭호였다.

-어떤 놈이 칭호 이름을 저따위로 지었단 말이냐.

라스는 짜증이 돋아난 듯 인상을 찌푸렸다.

-마음에 들지 않노라!

'어떤 놈이 지었는지는 몰라도, 누구 때문에 나왔는지는 알겠네.'

라온이 피식 웃으며 칭호의 설명을 불러왔다.

<왕을 농락하는 자>
왕의 위엄을 가진 자를 무력이 아닌
방법으로 농락했을 때 주어지는 칭호.
능력 : 자신보다 무력이나 지위가 높은 자와 대화할 때
상대의 호감도와 신뢰도가 상승한다.

칭호의 능력을 본 라온의 눈에 붉은 이채가 돌았다.

'이거 괜찮은데?'

항상 싸움으로만 적을 제압할 수는 없는 법. 설득력이 오르는 칭호의 옵션이 굉장히 마음에 들었다.

분노와 나태가 나왔으니, 다른 마왕이 나오지 말란 법도 없다. 이 칭호의 능력은 그런 위기의 상황에 큰 효과를 발휘할 수 있을 것이다.

'가주에게도 통할 테고.'

글렌 같은 최상위 무인에게도 효과가 있을 테니, 여러모로 유익한 칭호였다.

-흥.

라스는 칭호의 설명을 보고서 콧방귀를 끼었다.

-본왕이 저따위 칭호의 능력에 넘어갈 듯싶으냐. 네놈이 본왕을 설득하는 건 불가능한 일이니라.

'지금도 가능한데.'

애플 미트 파이나 민트초코의 이름만 꺼내면 라스를 설득하는 건 누워서 떡 먹기나 다름없었다.

-본왕은 고고한 존재. 남의 말 따위는 듣지 않느니라! 저런 칭호보다 능력치를 올려 주는 게 훨씬 나았을….

'아 걱정하지 마.'

-뭐?

'곧 오를 거니까.'

라온이 옅게 웃으며 세 번째로 올라오는 메시지를 가리켰다.

<분노>에게 여섯 번째 승리를 거두셨습니다.
6연승의 효과로 주가 능력치가 상승합니다.
근력이 2포인트 상승합니다.
기력이 2포인트 상승합니다.
체력이 2포인트 상승합니다.

6연승의 효과로 세 개의 능력치가 2포인트씩 상승했다.

'오늘 대박이네.'

오늘 올라간 모든 능력치만 9에 각각의 능력치도 2에서 3씩 상승했다. 이렇게 많은 능력치가 오른 건 시스템을 얻고 난 이후 처음이었다.

-오, 오늘 대체 능력치가 몇이나 오른 것이냐.

'글쎄. 모든 능력치로 따지면 대략 11포인트 정도겠네.'

-11? 11이라고?

라스가 냉기가 피어나는 손을 사시나무처럼 떨었다.

-빌어먹을! 그 11포인트. 전부 본왕의 육체에서 뽑아낸 것이잖느냐!

'뭐 그렇겠지?'

라온이 차분하게 고개를 끄덕였다.

-슬로스에게 뽑아 먹고, 본왕에게 뜯어먹고. 이 등골 브레이커 같은 놈!

'그러고 보니 이건 뭐야?'

나태가 생각난 김에 손목을 들어 올려 검은색 꽃팔찌를 가리켰다.

-본왕이 그걸 왜 알려 주겠느냐!

라스는 팔찌를 지그시 내려다보다가 콧방귀를 뀌었다.

-네놈 스스로 알아보거라. 본왕이 그걸 알려 줄 의리는 없으니까.

'반응 보니까 모르나 보네.'

라온이 픽 웃으며 어깨를 으쓱였다.

'마왕이라고 해 놓고 모르는 게 왜 이리 많은지.'

-무, 무슨 헛소리냐. 본왕이 모르는 건 세상에 존재하지 않느니라!

'그럼 이게 뭔데.'

-알려 줄 생각 없다니까.

'그러니까 모르는 거지.'

-이 족제비 같은 놈!

라스가 참고, 참던 분노를 터트렸다. 압도적인 냉기와 분노가 일어나며 온몸을 가시처럼 찔러 왔다.

찌이이잉!

영혼에 박힌 25의 분노도 함께 일어나 내부에서 육체와 영혼을 갉아먹기 시작했다.

'이, 이건 제법…….'

라온이 고개를 숙인 채 손을 부르르 떨었다.

-슬로스가 찾아왔을 때는 15의 분노가 네놈의 영혼에 제대로 녹아들지 않았다. 15중 10도 운용되지 못했지.

라스가 더 막대한 분노의 감정을 끌어 올리며 전신을 짓눌러 왔다.

-하지만 지금은 25의 분노가 완전히 깨어났다! 이대로 네놈의 육체를 먹어 치우겠노라!

'너도 착각이 심하네.'

이를 바짝 물며 만화공과 글래시아를 동시에 일으켰다.

용암 같은 열기를 품은 오러가 마나 회로를 질주하며 냉기를 녹이고, 글래시아의 얼음 장벽이 뇌리를 파고들어 오는 분노의 감정을 막아섰다.

그것만이 아니다.

슬로스의 기파와 라스의 방해를 견디며 상승한 영혼의 격이 솟구치는 분노의 감정을 오히려 짓눌러 버렸다.

-어, 어떻게…….

'생각 없이 네 분노를 받은 거 아니야.'

라온이 이마에서 흘러내리는 땀을 쓸어 올리며 미소를 지었다.

'네 분노를 받아들인 것 이상으로 내가 강해질 거라 확신했거든.'

라스에게 15의 분노를 받는다고 하더라도 충분히 버틸 자신이 있었기에 녀석에게 거래를 제안한 거다.

불의 고리와 만화공, 글래시아 덕분에 라스의 공격이 견딜 만한 수준으로 줄어들었다. 이 정도라면 얼마든지 버틸 수 있다.

-그럴 리가 없다!

라스는 포기하지 않고, 더 많은 기운을 쏟아부었지만, 라온 역시 그 이상의 오러와 격을 끌어 올려 정신과 육체를 보호했다.

쿠구구구!

인간과 마왕의 힘겨루기가 30분가량 계속되었을 때 라온의 눈앞으로 푸른 창이 올라왔다.

<분노>의 방해를 버텨 냈습니다.
민첩성 능력치가 1포인트 상승합니다.

방해를 견뎌 냈다는 메시지. 오늘로 두 번째였다.

'오늘 내 생일인가?'

-제에에에기랄!

라온이 삐진 라스를 보며 웃고 있을 때 숙소의 문이 열리고 도리안이 들어 왔다.

"어억!"

도리안은 멀끔한 라온을 보고 입을 떡 벌린 채 달려왔다.

"일어나셨군요!"

녀석은 침대에 손을 얹은 채 눈물을 글썽거렸다.

"몸은 괜찮으신 겁니까?"

"멀쩡해."

라온이 어깨를 돌리며 고개를 끄덕였다. 멀쩡한 정도가 아니라 최고의 상태였다.

"어후, 진짜 다행이에요."

"내가 얼마나 기절했지?"

"오늘로 사흘째였어요."

도리안이 한숨을 내쉬며 몸을 일으켰다.

"일단 좀 씻으셔야죠. 물도 마시고, 수프도 드세요!"

그 말을 하며 배 주머니에 손을 넣었다. 세숫대야와 물 그리고 수프가 든 그릇을 꺼내 원형 테이블에 올려놓았다.

"세숫대야를 왜 가지고 다녀? 수프는 또 거기서 왜 나오고…."

"언제 깨어나실지 몰라서요."

도리안은 헤헤 웃으며 대야에 세숫물을 담고, 수통에 있던 물을 컵에 부어 주었다.

"고맙다."

라온이 엷게 웃으며 테이블로 다가갔다. 자신 때문에 이런 물건들을 가지고 다녔다는 걸 알게 되니, 가슴 한쪽이 따스해졌다.

"전 사령관님께 보고하고 올게요!"

"어? 잠깐!"

뭘 이런 걸 보고하냐고 말리려고 했지만, 도리안은 이미 방 밖으로 사라진 상태였다.

"급하기는."

라온은 혀를 차고 세면을 끝냈다. 물로 입을 헹구고 각종 야채가 잘게 썰려 들어간 수프를 한 입 먹었다.

고소하면서도 깔끔한 맛이 일품이다. 중간중간 씹히는 채소의 식감도 살아 있어 먹는 재미도 있었다.

"이거 유아가 만든 거네."

제대로 된 레시피로 만든 수프다. 도리안이 아니라, 유아가 만들어서 가져온 것 같았다.

-맞느니라. 파인애플 소녀의 마음이 느껴지는 맛이로다.

삐졌던 라스가 어느새 다가와 입맛을 다시고 있었다. 참으로 쉬운 마왕이다.

-본왕의 시녀다운 솜씨로다. 무얼 하는 거냐. 더 먹지 않고.

"에휴…."

주절거리는 라스에게 고개를 저어 주고서 남은 수프를 떠먹었다.

배가 고프기도 했지만, 맛이 좋아 꿀떡꿀떡 잘 넘어갔다.

순식간에 그릇을 깨끗하게 비우고, 물을 마실 때쯤 다시 문이 열리고 도리안이 들어왔다.

"그새 다 드셨네요?"

도리안이 비워진 그릇과 컵을 보며 씩 웃었다.

"배가 고팠거든."

식충이 하나가 재촉하기도 했고.

라온은 라스를 보며 낮은 한숨을 내쉬었다. 계속 생각해 봤지만 라스는 미식가가 아니라 그냥 먹을 걸 좋아하는 대식가 같다.

"사령관님이 얼굴을 보고 싶다고 하셨는데, 가실 수 있겠어요?"

"부르시면 가야지."

하분 성주의 부름인데 어떻게 거절하겠는가.

'사정도 설명해야 하고.'

슬로스를 어떻게 돌려보냈는지 물어볼 게 뻔하기에 한 번은 부딪쳐야 할 일이다. 그 핑계에 대해선 미리 생각을 해 두었기 때문에 지금 가도 문제는 없었다.

-인간이란 원래 의심이 많은 동물이지. 녀석들이 어떻게 나올지 궁금하구나.

라스는 파국을 바라는 듯 배를 두드리며 히죽 웃었다.

'네가 바라는 일은 오지 않을 테니, 신경 꺼라.'

라온은 달라붙는 라스를 밀어내고 겉옷을 걸치고 일어섰다.

"가자."

"어? 라온 님!"

"일어나셨다!"

"라온 님! 몸은 괜찮으십니까?"

라온이 숙소를 나가자마자, 정찰병들이 다가와 상태를 물어온다. 젖어 드는 눈빛에 걱정이 가득 담겨 있었다.

"괜찮아. 다 회복했어."

"후우, 다행이네요."

"진짜 걱정했습니다."

웃으며 손을 젓자 정찰병들이 안도의 한숨을 내쉬었다.

정찰병만이 아니다. 사령부로 가는 동안 만나는 사람들 모두가 부담스러울 정도로 몸을 걱정해 주었다.

'시선이 좀 많이 달라졌는데.'

이전의 자신을 영웅으로 보았다면 지금은 말하기 좀 민망하지만 거의 신처럼 여기는 것 같았다.

거기다 원래 말을 놓았던 사람들이 갑자기 존댓말을 쓰기 시작했다.

'뭐지?'

목숨을 구해 줘서 고맙다는 건 이해하지만, 갑자기 존댓말을 쓰는 건 이상했다. 뭔가 다른 게 있는 것 같았다.

무슨 일일지를 생각하며 사령부 앞에 도착했을 때 한 단어가 들려왔다.

지그하르트.

여기서 들려서는 안 될 단어였다.

"도리안?"

"아, 예…."

도리안은 알고 있었던지 뒷머리를 긁적였다.

"저희 정체가 밝혀졌습니다. 사령관님이 직접 말씀하셨어요."

"역시 그런가."

사건의 스케일이 너무 커서 더 이상 용병 출신이라는 말로는 커버할 수 없었던 것 같다.

"그럼 다 아는 거야?"

"네. 그렇지만 걱정하실 필요는 없어요. 저희 입으로 정체를 밝힌 게 아니니까요."

"알고 있어. 다만…."

조금 씁쓸한 표정으로 고개를 저었다.

"사람들이 예전처럼 쉽게 다가오지 않을 거 같아서."

"그건 다른 이유 때문인데요."

"다른 이유?"

"아, 일단 올라가시죠."

도리안이 움찔거리다가 바로 앞에 있는 사령부를 가리켰다.

"알겠다."

라온은 고개를 끄덕이고 사령부 회의실로 올라갔다.

예상과 달리 회의실은 밀랜드나 테리안만이 아니라, 간부들로 꽉 차 있었다.

임무나, 경계를 서는 간부를 제외한 모두가 회의실에 모여 있는 것 같았다.

라온은 사람들의 얼굴을 쭉 살피고 안도의 한숨을 내쉬었다.

'전부 살아 있네.'

혹시라도 문제가 생겼을까 봐 걱정했지만, 다행히 크게 다친 사람은 없는 것 같았다.

-착한 척하지 마라.

라스가 차게 웃으며 머리 위에 내려앉았다.

-네가 저들을 구했다고 해도, 인간들은 마족과 연결 고리가 생겼을지도 모를 네 놈을 두려워할 것이다. 네 걱정이나 하는 것이 좋을 것이야.

'그럴지도.'

라온이 고개를 끄덕였다. 전생의 삶에서 만났던 인간들을 생각해 보면 충분히 가능한 일이다.

다만 라스는 큰 착각을 하고 있었다.

자신은 어떤 기대를 가지고 저들을 구한 게 아니라, 그저 살리고 싶었을 뿐이다. 기대하지 않았기에 딱히 실망할 것도 없었다.

"사령관님을 뵙습니다."

라온은 생각을 정리하고, 밀랜드에게 고개를 숙였다.

"깨어난 모습을 보니, 좋군. 거기 앉거라."

"예."

밀랜드의 손짓을 따라 중앙에 있는 의자에 앉았다.

"회복하는 데 오래 걸릴 줄 알았거늘. 또 강해져서 나타났구나."

밀랜드는 자신의 안색을 쭉 살피고 헛웃음을 흘렸다.

"많은 천재들이 수련을 위해 이곳을 찾았지만, 너처럼 빠르게 강해지는 녀석은 처음이다."

"운이 좋았습니다."

"운이 아니다. 그게 의지고, 실력이지. 조금 있으면 나조차 네 밑에 깔리겠어."

밀랜드는 헛소리하지 말라는 듯 손을 저었다. 다른 간부들도 미소를 지었다.

"확실히 회복한 걸 보니 말하기 편하겠군."

그가 상체를 테이블 쪽으로 들이밀었다.

"그 괴물을 어떻게 돌려보냈지?"

"음…."

라온은 티가 나지 않을 정도로 살짝 턱을 내렸다.

'올 게 왔군.'

무조건 나올 거라 생각한, 당연한 질문이었다. 물론 그에 대한 대답은 준비되어 있었다.

-어떤 핑계를 댈지 궁금하구나. 이 녀석들도 슬로스가 마족이라는 건 알고 있을 테니까.

라스는 재미있겠다며 키득거렸다.

"저는…."

"잠깐. 질문을 하기는 했지만 네가 대답할 필요는 없다."

생각해 두었던 핑계를 말하려 할 때 밀랜드가 손을 들어 올렸다.

"이곳에 있는 사람들은 그놈이 마족이라는 걸 다 알고 있다. 그것도 마왕급 괴물. 그놈을 돌려보내기 위해서 넌 거래를 했겠지."

"맞습니다."

예상대로 이들은 대략적인 사실을 알고 있었다.

"그 정도 마족이 원할 것이라면 영혼과 육체밖에 없을 것이다."

"음…?"

예상을 벗어난 밀랜드의 반응에 라온의 대답이 조금 늦어졌다.

"역시!"

"그렇게 되었군."

"라온…."

그 침묵이 정답이라고 생각했는지 밀랜드와 간부들이 입술을 꽉 깨물었다.

-이, 일이 이상하게 돌아가는 거 같은데….

라스는 불안한 듯 치켜올린 눈썹을 떨었다.

"너란 놈은 정말이지…."

"예? 그게 아니라, 저는… 어?"

라온이 뒤늦게 준비했던 핑계를 말하려 할 때 밀랜드가 벌떡 일어섰다. 그를 따라 간부들 모두가 몸을 일으켰다.

"고맙다! 라온!"

"고맙습니다!"

밀랜드와 간부들이 동시에 허리를 굽히고 머리를 숙였다.

"어…."

-억?

갑작스러운 정중한 인사에 라온과 라스가 눈을 부릅떴다.

"왜들 이러시는 건지…."

살려 줘서 고맙다는 건 알지만 인사가 조금 과한 느낌이었다. 거기다 자신은 아직 아무 말도 하지 않았다.

"이 이상 말하지 않아도 된다."

"그래. 마족과의 거래를 쉽게 입에 담을 수 없다는 것 정도는 알고 있어."

밀랜드와 테리안이 동시에 고개를 저었다.

"네 영혼과 육체를 걸고 그 마족과 거래를 했겠지."

-무슨 소리를 하는 것이냐! 이놈이 무슨 육체와 영혼을 걸이!

라스는 어처구니가 없다는 듯 입을 떡 벌렸다.

"우린 바보가 아니다. 너의 소중한 것이 그 마족에게 저당 잡혔다는 것을 알고 있다."

"맞습니다."

"저희가 기절해 있는 동안 라온 님이 홀로 어떤 고초를 겪으셨는지 전부 알게 되었습니다."

"라온 님….."

테리안의 말에 간부들 모두의 눈빛이 슬픔과 감동으로 차올랐다.

-이놈들 바보 맞는 거 같은데?

라스는 이상하게 돌아가는 상황에 콧잔등을 찡그렸다.

"하분 성을 구하기 위해서 네 영혼을 희생한 것에 경의를 표한다. 라온 지그하르트."

"평생 갚지 못할 은을 입었어."

"감사합니다. 라온 님!"

간부들은 슬픈 눈빛으로 주먹을 말아 쥐었다. 개중에는 눈물을 글썽이는 사람도 있었다.

-무슨 미친 소리를 하고 자빠졌느냐! 혼을 내어 준 건 이 사기꾼 놈이 아니라, 그 멍청한 잠탱이 놈이라고!

라스가 빽 소리를 지르며 밀랜드의 콩콩 머리를 두들겼다.

-마왕이 인간에게 등골을 뽑혔다고! 혼이 빨려 나간 건 이놈이 아니라, 본왕이랑, 그 멍청한 슬로스란 말이다!

들을 수도 없건만 라스는 괴성을 지르며 간부들의 머리 위를 맴돌았다.

"전장에는 이런 말이 있다. 검에는 검. 피에는 피 그리고 목숨에는 목숨."

밀랜드의 눈동자에 상서로운 광채가 어렸다.

"네가 우리를 구하기 위해서 네 혼과 육체를 마왕에게 내어 주었으니, 우리도 그에 합당한 걸 내놓아야겠지."

"물론입니다."

"당연히 그래야지요!"

간부들이 동의하는 듯 고개를 끄덕였다.

-끄어억! 답답해 뒤지겠도다! 이놈은 마왕에게 사기 쳐서 이득만 뽑아 먹은 놈이니라! 정신 차려라!

라스가 악을 지르고 난동을 피워도 라온에게 향하는 간부들의 예와 존경은 멎지 않았다.

-목구멍이 고구마로 꽉 막힌 느낌이다. 마, 말 한마디만 할 수 있다면 영혼의 일부가 사라져도 좋다! 제발! 한 마디만!

녀석은 손바닥으로 얼굴을 쭉 늘린 채 죽겠다고 비명을 질렀다.

밀랜드와 간부들이 테이블 앞으로 나와 라온을 정면으로 마주 보며 섰다.

쿠웅!

오른 주먹으로 심장이 있는 왼쪽 가슴을 두드리며 허리를 세웠다. 전장에서 보내는 최고의 경의와 찬사였다.

"우리가. 아니, 이 하분 성이 네 뒤를 받쳐 주겠다. 라온 지그하르트!"

"아…."

라온이 마른침을 삼켰다. 모두의 눈빛에 깃든 진중함에 등골 사이로 오싹한 소름이 돋아 올랐다.

-끄으윽….

반면 라스는 바람 빠진 풍선처럼 축 늘어져 고개를 절레절레 저었다.

-지랄 맞은 세상이로다. 죽자. 그래. 죽어야 이 꼴을 안 보지….

제147화

라온은 사람들의 시선을 마주하며 주먹을 움켜쥐었다. 조금의 흔들림도 없는 선명한 눈동자. 자신의 뒤에 서겠다는 이들의 말은 전부 진심이었다.

'말이 안 나오는군.'

이런 눈빛을 받으며 '사실 마왕을 등쳐 먹은 건 접니다'라는 말을 할 수 있을 리가 없었다.

-오늘은 왜 그 가벼운 주둥아리를 닫고 있는 것이냐! 제대로 말해라! 네놈이 마왕을 농락했다고!

라스는 빨리 말하라는 듯 자신의 어깨를 북처럼 내리쳤다.

그 말도 맞다. 저런 사람들이기에 어느 정도의 사실은 밝히고 싶었다.

"사실 저는….."

"말할 필요 없다니까."

라온이 천천히 입을 떼려 할 때 테리안이 손을 들어 올렸다.

"예?"

"마족과 거래한 내용을 입에 담으면 그 거래가 더 불리해진다는 건 유명하지. 그 이상은 말 안 해 줘도 돼. 우리 모두 알고 있으니까."

그는 다 이해한다는 듯 부드러운 미소를 지었다.

-허욱, 진짜 돌아 버리겠도다. 알지도 못하는 것들이 왜 더 나대는 것이냐!

라스가 테리안에게 다가가 딱따구리의 부리처럼 그의 머리를 두들겼다.

-마족과의 거래를 말하고 다닌다고 불리해진다는 법칙은 존재하지도 않고! 거래는 이놈이 이득을 보았단 말이다!

녀석은 미치겠다는 듯 가슴을 콩콩 두드렸다.

"그게 아니라, 제 말은…."

"말 안 해도 괜찮다니까요."

깍지 낀 손으로 머리를 감싸고 있던 울브스 용병단장 베토가 씩 웃었다.

"우리는 그날 어떤 일이 있다고 해도 당신의 뒤에 서기로 결정했어요. 아무 말씀 안 하셔도 됩니다."

-전부 머리에 구멍이 뚫린 게 분명하도다. 사고력이라는 것이 마요네즈가 된 게 확실해!

라스의 입에서 옅은 거품이 묻어나기 시작했다. 곧 다시 기절할 기세다.

"당신은 이곳의 사람이 아니지 않습니까."

라온이 베토를 보며 고개를 살짝 틀었다. 돈을 따라가는 용병단의 단장이 여기에 있다는 게 의문이었다.

"용병이라고 목숨 빚이 얼마나 무거운지 모르는 건 아니거든요. 그것도 빚이니까 더 확실하게 갖는 편이죠."

베토가 늑대가 새겨진 울브스 용병패를 쓸어내렸다.

"저만이 아니라, 용병들도 동의했습니다. 계속 쫓아다닐 수는 없겠지만. 당신을 위해 목숨을 걸 준비는 되어 있어요."

가벼움이 사라진 눈빛. 베토 역시 진심으로 자신의 뒤를 받쳐 주겠다고 말하고 있었다.

"용병만이 아니다. 검대와 기사단 그리고 병사들까지 모두 네 뒤에 서는 일에 동의했다. 그걸 위해 네 이름을 알렸지."

밀랜드가 양옆의 간부들을 차례로 둘러보며 미소 지었다.

'이래서였군.'

회의실에 오면서 보았던 사람들의 눈빛이 왜 달라졌는지 이제 알 수 있었다. 전부 자신을 따르겠다고 생각했기에 더 조심스럽게 대해 준 것이었다.

"저는 그리 대단한 사람이 아닙니다. 지그하르트의 직계도 아니고…."

"그것도 알고 있다. 직계는 아니지만 북패왕의 피를 진하게 이었지."

밀랜드가 상관없다는 듯 손을 저었다. 그의 옆에 선 사람들의 눈빛 역시 조금도 달라지지 않았다.

"당신도 그렇습니까?"

라온은 우측에 서 있던 설격대주 에드큄을 바라보았다.

"물론입니다. 무엇을 하든, 어디에 계시든 따르겠습니다."

에드큄이 한쪽 무릎을 꿇고, 주먹으로 바닥을 찍었다.

"전 라온 님 덕분에 목숨보다 중요한 것을 깨달았습니다. 따르게 해 주십시오!"

그는 다른 사람처럼 뒤를 받치거나 돕겠다가 아니라, 아예 따르겠다고 말했다.

"사실 이 녀석이 먼저다."

밀랜드가 앞으로 나와 에드퀼의 어깨를 잡았다.

"가장 먼저 널 따르겠다고 하면서 하분 성에서 추방해 달라고 하더군."

그는 어이가 없다는 듯 눈썹을 내렸다.

"음…."

라온이 다시 에드퀼의 눈을 보았다. 밀랜드나 다른 간부보다 더 진중한 빛이 깃들어 있다. 이자는 진짜였다.

-저 재수 없던 놈이 먼저 따르겠다고 했다고? 하아, 이제 모르겠도다. 모르겠어.

라스는 다 포기했다고 말하며 낄낄거렸다. 정신 줄을 놓은 것 같았다.

"네가 마족과 계약했다는 이야기도 통제했어. 어디에도 퍼져 나가지 않을 테니 안심해."

라딘이 믿으라는 듯 가슴을 두드렸다. 정찰병들을 움직여 소문을 막은 것 같았다.

"하아…."

라온이 호흡을 고르며 허리를 폈다. 회의실에 있는 모두의 생각과 감정이 가슴에 와닿아 심장이 몽글몽글해진 기분이었다.

"감사합니다."

일이 이렇게 된 이상 받아들일 수밖에 없다. 라온은 믿음의 시선을 보내는 사람들에게 고개를 숙였다.

"앞으로 잘 부탁드리겠습니다."

"네가 지그하르트의 가주가 되길 원하든, 혹은 평범한 검사의 삶을 살든 우리는 항상 네 뒤에 서겠다."

밀랜드가 드물게도 큼지막한 미소를 지었다.

"그럼 사령관님께 첫 번째 부탁을 드려도 되겠습니까?"

"부탁? 나에게?"

"예전부터 꼭 부탁드리고 싶은 게 있었습니다."

"말해 봐라."

그는 무엇이든 괜찮다는 듯 고개를 끄덕였다.

"4개월 뒤. 저와 대련을 해 주실 수 있겠습니까?"

이곳에서 얻을 수 있는 마지막 기연을 놓치고 싶지 않았다.

"그거야 어렵지 않지. 그런데 4개월이면 되겠나?"

"예. 그 정도라면…."

라온의 눈동자에 붉은 투지가 비쳤다.

"꼴사납게 지진 않을 겁니다."

죽 한 그릇으로는 배가 차지 않았기에 라온과 도리안은 회의장을 나와서 서리의 가지로 향했다.

"어? 라온 님!"

문을 열고 들어가자, 테이블을 닦고 있던 유아가 허겁지겁 달려왔다.

"괜찮으신 거예요?"

"그래."

오늘 수없이 들은 질문이지만 유아에게 들으니 미소가 절로 지어졌다.

"정말 다행이네요."

유아가 토끼 귀 같은 양 갈래 머리를 찰랑이며 코를 훌쩍였다.

"유아가 계속 찾아와서 음식이랑 간식을 주고 갔거든요. 아까 드신 죽도 유아가 만든 거예요."

도리안이 대견하다는 듯 유아의 머리를 쓰다듬었다.

"역시 그랬나."

예상대로 그 맛 좋은 죽은 유아의 솜씨였던 모양이다.

"그런데 간식은 없었잖아."

"커흠, 그건 제가 배가 고파서…."

도리안이 민망한 듯 헛기침을 하며 고개를 돌렸다.

"하여튼."

라온은 피식 웃으며 테이블에 앉았다.

"지금 주문돼?"

"물론이죠. 할아버지도 일어나셨거든요. 할아버지!"

유아가 주방을 향해 소리를 지르자, 얼굴빛이 많이 좋아진 점장이 황급하게 뛰어나왔다.

"오셨군요!"

그는 머리에 쓰고 있던 두건을 벗고, 정중하게 고개를 숙였다.

"지난번엔 제정신이 아니라, 제대로 인사도 못 드렸습니다. 구해 주셔서 감사합니다."

"저도요. 할아버지랑 절 구해 주셔서 고마워요."

유아도 점장을 따라 직각으로 몸을 굽혔다.

"이러실 필요 없어요."

라온은 고개를 저으며 점장과 유아를 일으켰다. 이런 대우를 받으려고 두 사람을 구한 게 아니었기에 민망하기만 할 뿐이었다.

"라온 님의 응급조치가 빨라서 살 수 있었다는 말을 들었습니다. 정말 어떻게 이 은혜를 갚아야 할지…."

"건강하신 걸로 족합니다."

부드럽게 웃으며 고개를 저었다.

"아, 이럴 때가 아니지."

점장은 본인의 이마를 툭 치고서 메뉴판을 테이블에 내려놓았다.

"뭐든 시키십시오."

"할아버지가 라온 님은 평생 무료라고 하셨어요!"

"어? 나는?"

도리안이 손가락으로 본인을 가리켰다.

"도리안 님은 돈 내셔야죠!"

유아가 허리에 손을 척 올리고 턱을 들었다.

"와, 벌써 사람 차별하는 거야? 내가 팔아 준 게 얼만데!"

"헤헤헤!"

도리안과 유아 그리고 점장 모두가 웃음을 터트렸다.

-다 좋은데, 일단 주문부터 하자. 본왕은 일단 애플 미트 파이이니라.

라스는 팔찌 위로 올라오며 눈동자를 대굴 굴렸다.

"음, 그럼…."

라온은 라스가 원하는 대로 애플 미트 파이와 스튜, 오리 구이, 치즈피자를 주문했다.

"조금만 기다려 주십시오. 최선을 다해서 만들어 오겠습니다!"

15분 뒤 그 어느 때보다 정성이 담긴 음식들이 테이블 위로 쫙 깔렸다. 향도 좋았지만, 양도 평소보다 훨씬 많았다.

-오늘은 특히 때깔이 죽이는구나. 빨리 무기를 들어라.

라스가 말하는 무기는 스푼과 포크, 나이프다. 먹을 때 가장 진지해지는 마왕이라니, 참으로 같잖았다.

-무얼 기다리고 있는 것이냐! 음식이 식느니라!

라온은 라스의 침샘이 폭발하는 소리를 들으며 스푼을 들었다.

'귀찮은 마왕이야.'

오랜만에 제대로 된 밥을 먹어서인지 평소보다 음식 맛이 좋았다. 라스만이 아니라, 라온도 만족하여 미소가 지어질 정도였다.

"잘 먹었습니다."

"라온 님."

라온이 계산을 하고 돌아가려 할 때 점장이 손을 들어 올렸다.

"전에 유아에 대해 하실 말씀이 있다고 하셨는데, 그게 뭔지 알 수 있겠습니까?"

"음….."

언제 말해야 하나 타이밍을 재고 있었는데, 차라리 잘되었다.

"유아를 납치하러 온 놈들이 누구인지는 아시죠?"

"에덴이지 않습니까. 그 이유까지는 확실히 모르지만…."

"에덴이 유아를 노린 이유는 간단합니다."

라온은 점장의 옆에서 손을 떠는 유아를 보며 말을 이었다.

"이 아이에게 세이렌의 가면을 씌우려고 했기 때문입니다."

"세이렌의 가면?"

"세이렌은 반인반어의 인어형 몬스터로 노래와 악기를 연주해서 인간들을 홀리는 능력을 가지고 있습니다."

"노래와 악기? 설마!"

그 의미를 알아차린 듯 점장이 눈을 부릅떴다.

"검만 휘두르는 저도 알 정도로 유아는 음악에 재능이 있습니다. 에덴은 그 재능을 노리고 유아를 세이렌으로 만들려고 했던 거죠."

"아…."

말할수록 점장의 표정이 굳어져 갔다.

"유아가 하분 성에 있는 한 여러 방법을 동원하여 계속 이 아이를 노릴 겁니다. 놈들은 제정신이 아니니까요."

"그, 그렇군요."

점장이 천천히 고개를 돌려 유아를 바라보았다. 지금 보니 그도 어느 정도는 예상했던 것 같다.

"에덴의 방식이 점점 거칠어질 테니, 이번처럼 유아만이 아니라, 다른 사람들도 휘말릴 가능성이 있습니다. 그래서 제가 가문으로 돌아갈 때 함께 가자는 말씀을 드리려고 했습니다."

"저희를 지그하르트에 말입니까?"

"예. 두 사람을 떼어 놓을 수는 없으니까요."

라온이 바로 고개를 끄덕였다. 오마의 대척점에 있는 지그하르트이니, 사정을 설명한다면 분명 받아들여 줄 것이다.

"음, 라온 님."

점장이 카운터를 지그시 누르며 이쪽을 보았다.

"이런 질문이 이상하게 보일 수도 있지만, 왜 저희에게 잘해 주시는지 알 수 있겠습니까?"

"그건…."

점장의 질문에 라온의 눈빛이 과거로 돌아갔다.

제대로 기억도 나지 않는 어린 시절에 납치당해 원하지 않던 사냥개이자, 암살자로 평생을 살아갔다.

침투, 살인, 강탈, 절도, 정보 조작 등 하고 싶었던 일은 하나도 없이 머리에서 울리는 데루스의 지시만을 완수했다.

만약 유아가 세이렌의 가면을 쓴다면 그녀는 전생의 자신보다 더 지독한 일을 겪게 될 것이다. 평생 손에서 피가 마를 날이 없을 게 분명하다.

그 지옥을 직접 겪었기 때문에 요리와 노래를 좋아하는 평범한 어린아이의 손에 다른 사람의 피를 묻게 하고 싶지 않았다.

그저 그뿐이었다.

"그렇게 해야 하기 때문입니다."

라온은 그 마음을 숨기고 조금은 어색하게 웃었다.

"그렇군요."

점장은 그 대답이 오히려 마음에 들었는지 선한 미소를 지으며 유아를 바라보았다.

"저기 라온 님!"

유아가 질문이 있다는 듯 손을 위로 치켜올렸다.

"응?"

"저도 라온 님처럼 강해질 수 있나요? 할아버지를 지키고, 나쁜 놈들을 혼내 줄 수 있을까요?"

"아…."

생각지도 못한 물음에 라온이 눈을 부릅떴다.

'잘못 생각했어….'

그저 유아를 데리고 가서 보호할 생각만 했지만, 이 아이는 스스로 강해지길 원했다.

하나뿐인 가족이 괴물에게 먹혔던 무서운 상황을 잊고 앞으로 나아가려는 것 같았다.

-저 아이의 재능은 진짜이니라. 검술과는 다른 방식으로라도 풀어 주면 강해질 수 있겠지.

라스의 말대로다. 재능이 있고, 스스로 싸우기를 원한다면 그 길을 제시해 주는 것도 옳은 방법이었다. 리메르가 보여 주었던 것처럼.

"물론이지! 나도 지그하르트에 들어가기 전에는 겁쟁이였어!"

자신이 말을 하기 전에 도리안이 치고 나왔다.

"아직도 겁쟁이지만."

라온이 피식 웃으며 도리안의 어깨에 손을 얹었다.

"거, 겁쟁이라뇨! 수전증이 조금 있을 뿐이에요!"

-겁쟁이 중에 아주 상겁쟁이지.

라스가 쯧쯧 혀를 찼다.

"네 힘으로 너와 할아버지를 지키고 싶은 거지?"

라온은 허리를 숙여 유아와 눈을 마주쳤다.

"네!"

"네가 원한다면 할 수 있을 거야."

"그럼 갈게요!"

유아가 상큼하게 웃으며 작은 주먹을 쥐었다.

"본인이 간다고 하니, 이젠 말릴 수 없겠군요. 라온 님이라면 무슨 말씀을 하셔도 믿을 수 있을 것 같습니다. 잘 부탁드리겠습니다."

"이러실 필요 없습니다."

점장이 절을 하듯이 무릎을 꿇고 고개를 숙이려 했다. 라온이 다급하게 막아섰다.

"그런데 유아를 보내겠다는 건…."

"전 가지 않습니다."

"네?"

"할아버지!"

유아가 냉큼 다가와 점장의 소매를 붙잡았다.

"무, 무슨 소리를 하는 거야! 같이 가야지!"

"난 평생 여기에서 살았다. 가긴 어딜 간단 말이냐."

"나도 여기서 계속 살았잖아!"

"나까지 떠난다면 이 주점은 그대로 끝난다. 난 어차피 살날도 얼마 남지 않았어. 네가 행복하게 살아가기만 하면 충분하다."

점장은 이미 마음을 굳혔는지 옅게 웃었다.

"그럼 나도 안 가!"

"안 가긴 무얼 안 간단 말이냐. 매일 춥다고, 좁다고 불평해 댔으면서."

"아무리 좋아도 할아버지가 없으면 안 가!"

조손은 서로의 옷을 부여잡고 점점 목소리를 높였다.

"가자."

라온은 싸우는 두 사람을 두고, 주점을 나왔다.

"저대로 놔둬도 돼요?"

"그래."

아직 큰 소리가 오가는 서리의 가지를 돌아보고서 고개를 끄덕였다.

"저건 저 둘이 결정할 문제니까."

라온은 저녁이 조금 지난 시간에 숙소로 들어와 옷을 갈아입었다. 밤늦게까지 수련하는 평소와는 정반대의 모습이었다.

-네놈이 드디어 미쳤나 보구나.

라스가 팔찌 위로 머리를 빼꼼 내밀고 피식 웃었다.

'그게 아니야.'

라온은 침대에 누우며 고개를 저었다.

-뭐?

'잠만 자도 능력치가 오르는 <나태>의 효과가 어느 정도인지 알아봐야 하니까.'

이번에 얻은 <나태>의 효과는 잠을 자면서도 강해지는 능력이다.

'어느 정도의 능력치가 오르는지 알아야 4개월 후에 사령관님이랑 싸울 계획을 짤 수 있거든.'

마스터와 대련을 할 수 있는 천고의 기회를 멍청하게 보낼 수는 없다.

최고의 상태에 최상의 컨디션으로 부딪쳐야 하니, 얻은 능력을 확실하게 파악해야 했다.

'어디 보자고. 자면서 얼마나 강해질 수 있을지.'

라온은 들뜬 미소를 짓고서 이불을 덮었다.

제148화

라온은 새벽이 되자마자 눈을 떴다. 항상 일어나던 시간이다 보니, 더 자고 말 것도 없이 저절로 정신이 들었다.

다만 평소와 다른 점이 하나 있었다. 눈앞의 메시지.

> <나태>의 효과로 모든 능력치가 미량 상승했습니다.

능력치가 올랐다는 기분 좋은 메시지가 떠 있었다.

'확실히 느껴져.'

감각이 높아졌기 때문일까. 적은 양이지만 육체 능력이 올라간 게 느껴졌다.

전력을 다해서 수련할 때와 비교하여 그리 큰 차이가 나지 않는 양의 육체 능력이 올라갔다.

당연히 1포인트가 아니라 소수점 아래지만, 자면서 이 정도 능력치가 올랐다는 게 믿기지 않았다.

'괜히 마왕이 된 게 아니었네.'

라스에게 슬로스가 마왕이 된 이유를 들었을 때 어떻게 그런 일이 있을 수 있나 했는데, 바로 이 능력 때문이었다. 잠만 자도 강해지는 특성이라니 어이가 없었다.

'거기다….'

라온이 몸을 일으킨 후 어깨와 발목을 가볍게 돌렸다.

'몸도 가벼워.'

조금의 피로도 없이 몸이 깃털처럼 가뿐했다. 내용에는 없었지만, 나태에는 잠을 푹 잘 수 있는 능력도 있는 것 같다.

뿌득.

라스는 그 모든 게 마음에 들지 않는지 팔찌에서 튀어나오자마자 이를 갈았다.

-그 모자란 잠탱이 놈! 힘을 너무 많이 넘겨줬잖아!

'이게?'

-그럼 아니겠느냐. 네가 수련하는 것에 비하면 적다고 해도 느낌이 올 정도로 능력치가 올랐지 않느냐!

라스는 슬로스가 미친 게 분명하다며 연달아 욕을 날렸다.

-가뜩이나 괴물처럼 성장하는 놈에게 이런 미친 능력을 주다니, 나중에 마계에서 보면 정말 평생 잘 수 없게 만들어 주겠노라.

'음….'

라온이 입맛을 다셨다.

'생각해 보니, 둘 다 조금 불쌍하네.'

라스는 전부 보고 있으면서 농락을 당했고, 슬로스는 아무것도 모른 채 속아 넘어갔다. 두 마왕에게 약간이지만 안쓰러운 마음이 들었다.

-부, 불쌍? 네놈이 저질러 놓고 어떻게 불쌍하다는 말이 나오는 것이냐! 이 악귀 같은 놈아!

'악귀라….'

마족의 왕에게 몇 번이나 악귀 소리를 듣는 인간은 처음이라는 생각에 미소가 지어졌다.

'그래도 이 능력이 완벽하진 않아.'

-설마 단점이 있는 것이냐?

단점이 있다는 말에 라스의 눈이 동그랗게 변했다.

'그래. 조금 더 자고 싶다는 욕망이 생겨.'

나태의 효과 때문일까. 평소와 달리 침대에서 일어나기 싫다는 감정이 스멀스멀 피어났다.

-음? 넌 바로 일어났지 않느냐.

'나야 정신력이 강하잖아. 의미 없지.'

-그럼 너에겐 아무 소용 없다는 소리잖아! 또 본왕을 놀리다니!

라스는 속았다고 생각했는지 입술을 깨물며 냉기의 바람을 일으켰다.

'진정 좀 해. 일어나자마자 능력치 주려고?'

-우욱!

라스는 이상한 신음을 흘리고서 우뚝 멈췄다. 화가 나도 능력치를 넘겨주기는 싫은 모양이다.

15장 377

"아."

라온이 피식 웃다가 손목에 걸린 검은 꽃팔찌에 시선을 주었다.

'이 팔찌에 슬로스의 영혼이 들어 있다고 했지?'

-보, 본왕이 언제 그런 말을 했다는 것이냐!

'너 어제 내가 슬로스의 영혼을 가져갔다고 말했잖아. 그게 이거 아니야?'

-어…?

라스가 어벙하게 입을 벌렸다. 이 녀석을 오랫동안 보았지만 이렇게 멍청한 표정은 처음이다.

-그, 그랬던가? 아닐 텐데?

필사적으로 고개를 돌리고 표정을 감추려 들었지만, 소용없다. 거짓말을 못하니 어설프게 말을 돌리는 것도 한몫했다.

'맞네. 뭔지는 몰라도 슬로스의 혼이 깃든 물건이야.'

-크으으, 눈치는 더럽게 빨라 가지고!

라스가 주먹을 말아 쥐며 고개를 돌렸다. 살벌한 눈빛으로 자신을 노려보았다.

-그 망할 놈이 네 야비함이 마음에 들었는지 혼이 깃든 물건을 주고 갔다! 머저리 같은 녀석!

'역시.'

라온은 두 개의 꽃팔찌를 흔들며 고개를 끄덕였다.

'네 말을 잘 들어야 한다니까.'

라스는 단순하게 능력치만 주는 게 아니라, 입으로도 여러 가지 힌트와 정보를 뿌린다. 죽어서도 쉼터가 되어 주는 나무 밑동이 생각났다.

'그래서 이건 무슨 능력인데?'

-모른다.

'뭐?'

-그건 정말 모른다. 슬로스가 아니라, 녀석의 혼 일부가 깃들었기 때문에 너의 행동에 따라 훗날 그 능력이 정해질 것이다. 그리고….

'그리고?'

-흥! 그 이상은 직접 알아봐라!

라스는 콧방귀를 끼고 몸을 돌렸다. 표정을 보니 한동안 입을 열지 않을 것 같았다.

'그것만으로 충분해.'

라온이 만족스러운 미소를 지었다. 슬로스의 혼이 깃들었다면 범상치 않을 물건이 될 테니, 차분하게 기다리면 그만이다.

-하나만 충고하지.

라스가 다시 뒤를 돌았다. 푸른 눈에서 살벌한 기세가 풀풀 풍겨 나왔다.

-네놈이 만약 오만이나, 질투, 탐욕과 마주쳤다면 절대 살아남지 못했을 것이다. 색욕을 만났다면 뼈조차 거둘 수 없었을 것이고, 탐식과 같은 자리에 있었다면 그대로 먹혔….

'탐식은 너 아니야?'

-좀 들어!

녀석은 진지한 모습을 얼마 유지하지 못하고 다시 짜증이 차오른 눈빛으로 돌아갔다.

-어쨌든 멍청한 나태를 만난 걸 네 평생의 행운으로 기억해라.

내 평생의 행운은 라스라는 호구를 만난 거라고 말하고 싶었지만, 난리를 부릴

거 같아 간신히 참았다.

-다시는 이번 같은 기회가 없을 것이다.

'흐음….'

라온은 허공에 둥둥 뜬 라스를 보며 입맛을 다셨다.

어제 힘을 모두 써서 작아진 라스를 보고 있자니, 이상하게도, 정말 이상하게도 마왕들의 이름에서 호구의 기운이 느껴졌다.

'오히려.'

빨리 만나 보고 싶은데?

라온은 짧은 기간 동안 급격하게 올라간 능력치에 몸을 적응시키기 위해 연무장으로 나갔다.

가볍게 몸을 푼 뒤 수직으로 검을 내리쳤다. 섬뜩한 파공음과 함께 떨어진 칼날이 바닥에 선명한 검흔을 새겨 냈다.

오러를 운용하지 않았음에도 저절로 피어나는 검풍. 근력과 민첩성 그리고 적절한 감각이 조화된 위력이었다.

터엉!

진각을 밟으며 검을 중단에 세웠다. 지평선을 따라 뻗어 나가는 연성검술의 부드러운 흐름. 물결치는 검격이 차갑게 가라앉은 새벽의 어둠을 갈랐다.

라온이 발목을 살짝 돌린 순간 검세가 급격하게 변했다. 잔잔하면서 끝없이 흐르는 강이 대해의 파도처럼 굽이쳤다.

광아검. 굶주린 맹수처럼 사나운 검격이 허공을 짓이기며 붉은 상흔을 새겨 낸다.

막강한 힘의 파동에 연무장 바닥은 거미줄처럼 갈라졌고, 서늘했던 공기는 여름처럼 달아올랐다.

"후우."

라온이 차오른 숨을 내쉬며 검을 내렸다.

"생각 이상인데?"

상승한 능력치의 힘은 예상을 벗어나 있었다. 아무래도 강해진 육체 능력을 완벽하게 통제하기 위해서는 꽤 많은 시간이 필요할 것 같았다.

"그래도 성장할 길이 보인다는 건 좋네."

전생에서는 강해진다는 길이 보이지 않았다. 홀로 어둠을 걷는 듯한 느낌이었지만 지금은 달랐다. 시간이 많이 걸릴 것 같아도 그만큼 성장할 길이 보이기에 심장이 두방망이질 쳤다.

"그걸 써 볼까."

라온이 다시 검을 들어 올리고, 만화공을 전력으로 운용했다. 그의 어깨 위로 피어난 열기가 만년설이 차오른 대지를 용암처럼 들끓게 만들었다.

고오오오오!

설원을 닮은 칼날 위로 뱀의 혓바닥처럼 새빨간 불꽃이 타오른다. 검날 전체를 덮고도 남은 불꽃이 허공에서 춤추며 용과 같은 형상을 그려 냈다.

용의 뿔이 두 개가 되었을 때 라온이 땅을 박차고 검을 내질렀다.

쿠오오오!

그날 연무장의 중심에서 용의 울음소리가 터져 나왔다.

지그하르트 가주전.

"가주님!"

리메르가 거대한 문을 부서질 정도로 거칠게 열고서 알현실에 들어왔다.

"저놈. 어디 가둬 둘 수 없나?"

글렌이 경쾌하게 걸어오는 리메르를 보며 인상을 찌푸렸다.

"가둬 놓으면 땅굴을 파서 나올 분입니다."

로엔은 부드럽게 웃으며 고개를 저었다.

"가주님! 이거 보셨어요?"

리메르는 시원해 보이는 미소를 그리며 손에 있는 편지를 흔들었다.

"그건…."

편지의 밀랍 부분을 확인한 글렌이 눈매를 좁혔다.

"하분 성에서 온 보고서가 왜 네 손에 있지?"

"보고하러 가져오는 걸 슬쩍했죠."

자랑이라도 되는 것처럼 리메르가 껄껄 웃었다.

"미친놈이로다."

그 스승에 그 제자라고. 라스가 항상 라온에게 하는 말을 글렌이 리메르에게 하고 있었다.

"로엔. 저놈을 당장 동굴에 처박아라. 바닥과 천장에 철판을 깔고, 절대 꺼내 주지 말도록."

"허억! 왜, 왜 이러십니까."

리메르가 고개를 빠르게 저으며 편지를 흔들었다.

"가주님께 라온의 소식을 전하기 위해서 최대한 빨리 달려온 건데 그렇게 나오시면 섭섭합니다!"

"내가 아니라, 네가 알고 싶어서겠지."

"뭐, 그것도 있긴 하죠. 보고를 받을 때마다 놀라게 되니, 기다려질 수밖에 없잖아요."

다른 수련생들도 각자 정해진 위치에서 뛰어난 활약을 보였지만, 라온의 실적을 따라올 사람은 아무도 없었다.

보고만 듣고 있어도 라온과 다른 수련생들의 격차가 더 크게 벌어졌다는 걸 알 수 있었다.

"그럼 뜯어 보겠습니다."

"잠깐."

글렌이 손가락을 까딱였다. 리메르의 손에 잡혀 있던 편지가 부드럽게 떠올라 그의 손아귀에 들어갔다.

"펴, 편지를 뺏으려고 무형기까지 운용하십니까?"

"……."

리메르가 어처구니가 없다는 듯 헛웃음을 흘렸지만, 글렌은 아예 쳐다보지도 않고 봉투를 뜯었다.

"손주 활약상을 먼저 보려고, 절대의 무학을 사용하다니…."

방금 사용한 건 단순한 오러의 발현이 아니라, 지고의 경지에 올라야 사용할 수 있는 무형기다. 그 절대의 무학을 고작 편지 뺏는 데 사용할 줄은 생각도 못 했다.

"음…."

편지를 쭉쭉 읽어 내려가는 글렌의 입꼬리가 바다에 뜬 낚싯바늘처럼 흔들렸다.

"무, 무슨 내용이길래 저러시는 거죠?"

"잘 모르겠습니다. 저렇게 좋아하시는 건 저도 오랜만에 봅니다."

글렌의 표정 변화는 그리 크지 않았지만, 두 사람은 그가 굉장히 기뻐하고 있다는 걸 알 수 있었다.

"음, 별일 아니로군."

글렌은 사소한 일이라고 중얼거리며 편지를 던졌다. 날아간 편지는 너무도 자연스럽게 리메르의 발 앞에 떨어졌다. 흡사 빨리 보라고 말하는 것처럼.

"으음…."

"일단 보죠."

리메르와 로엔은 고개를 끄덕이고 동시에 편지를 보았다.

그 작은 종이에는 라온이 다시 한번 하분 성을 구해 내서 이곳의 영웅이 되었고, 하분 성의 모두가 라온의 힘이 되어 주기로 결정했다고 적혀 있었다.

"허억!"

"와아…."

두 사람은 편지에서 눈을 떼지 못한 채 탄성을 터트렸다.

"이 녀석 진짜 물건인데요?"

리메르가 입을 떡 벌린 채 글렌의 앞에 섰다.

"모두를 구한 거야 그렇다 치겠는데, 그 깐깐한 밀랜드 영감까지 라온의 뒤에 서겠다는 건 보통 일이 아니에요! 진짜 업적이라구요!"

"그리 특별한 일은 아니다."

호들갑을 떠는 리메르와 달리 글렌은 담담하게 고개를 저었다. 하지만 움찔거리는 입꼬리를 숨기지는 못했다.

"특별한 일이 아니라니요!"

리메르가 표정을 굳히며 말을 이었다.

"하분 성은 무인들의 대지. 의리는 단단하고, 신념은 굳건하며, 무력은 출중하죠. 그런 사람들의 마음을 얻은 건 앞으로 라온에게 큰 힘이 되어 줄 겁니다."

"저 역시 동의합니다. 하분 성은 드높은 명예를 가진 곳. 라온 님이 어디에서 무엇을 하든 도우러 와 줄 사람들입니다."

"그거야 지나 봐야 아는 일이지."

퉁명스러운 말과 달리 글렌의 입매는 끊임없이 출렁거렸다. 생각지도 못한 보고에 웃음을 참을 수 없는 것 같았다.

"에이, 그만 좀 참고 시원하게 웃으세요."

리메르가 자신의 입꼬리를 쭉 늘렸다.

"손자 소식 가장 먼저 알고 싶어서 무형기를 쓰고, 올라가는 입꼬리를 감추려고 억지로 근육에 힘을 왜 주는 겁니까? 진심의 1할만 보여 줘도 라온이 '할아부시!'라고 하면서 안길 텐데, 정말이지 깐깐하기로는 지그하르트에서 역대급… 으헉!"

말을 하던 리메르가 비명을 지르며 몸을 던졌다.

콰아앙!

그가 서 있던 바닥이 시꺼멓게 그을리며 주저앉았다.

"뇌, 뇌결? 진짜 죽이려고 이래요?"

리메르가 바닥을 보며 마른침을 꼴깍 삼켰다.

"그것도 나쁘지 않지."

글렌이 천천히 몸을 일으켰다. 리메르의 정곡이 조금 창피했던지 그의 볼이 살짝 상기되어 있었다.

"자, 잠시만요. 제 제자이자, 가주님의 손주가 큰일을 이룬 이런 경삿날에 누가 죽으면 재수가 없…."

"제물이 생기는 것도 나쁘지 않지."

"제, 제물? 나?"

글렌의 길쭉한 손가락에서 세상을 불태울 듯한 뇌광이 번쩍였다. 그 빛이 뻗어 나가려 할 때 리메르가 이를 악물고 손을 모았다.

"이대로 뒈질 수는 없지! 검계현신!"

그 웅장한 목소리에 글렌이 잠시 멈칫한 순간 리메르가 땅을 박차고 알현실을 문을 열었다.

"이거 소문내면 안 되는 거 아시죠? 나중에 다시 올게요! 저는 이만… 어?"

허세를 부리고 도망치려던 리메르가 눈을 부릅떴다. 땅에 발이 닿지 않는다. 어느새 글렌의 오러에 잡혀 몸이 떠오른 상태였다.

"지, 지그하르트 역사상 가장 훌륭하신 가주님. 한 번만 용서를…."

"로엔. 땅 좀 파 놓아라."

리메르가 파리처럼 손을 싹싹 비볐지만, 글렌의 시선은 더 차갑게 가라앉았다.

"오늘이 저 까불이 놈의 제삿날이니까."

"으아아아악!"

지그하르트 알현실에서 샛노란 벼락이 내리꽂혔다.

라온은 지루하다는 느낌이 들 정도로 천천히 숨을 내쉬며 눈을 떴다. 정심함과 진중함이 어우러진 붉은 눈동자가 깊게 가라앉아 있었다.

'완벽하군.'

4개월 동안 점차 강해지는 육체에 적응을 끝냈고, 새로 익힌 무학들의 성취도 끌어 올렸다. 목표했던 대로 4달 만에 최고의 몸 상태가 만들어졌다.

'맛깔나게 싸울 수 있겠어.'

밀랜드를 이길 수는 없겠지만 추하게 지지는 않을 것 같았다.

라온이 마음을 정리하고 몸을 일으켰을 때 숙소 문이 열리고 도리안이 들어왔다.

"도련님. 시간이에요!"

그는 걱정과 기대가 어린 눈빛으로 마른침을 삼켰다.

"사령관님은 벌써 나오셔서 기다리고 계세요."

"알겠어."

오늘이 바로 4개월 전에 약속했던 사령관 밀랜드와의 대련이 이뤄지는 날이다.

하분 성에서 얻을 수 있는 마지막 기연을 최고의 몸 상태에서 시작할 수 있어서 다행이었다.

"가자."

라온은 벽에 걸어 둔 검을 챙겨서 숙소를 나왔다.

"라온 님! 이기세요!"

"떠나기 전에 사령관님은 꺾고 가셔야죠!"

"믿고 있겠습니다!"

병사들의 응원과 환호에 고개를 끄덕여 주고 연무장으로 들어갔다. 연무장 외곽은 기사와 검사, 병사들로 꽉꽉 차 발 디딜 틈도 없었다.

"준비는 끝났느냐."

연무장 중앙에 서 있던 밀랜드가 담백한 시선을 보냈다.

"기다려 주신 덕분에 만전입니다."

라온이 미소를 지으며 고개를 숙였다.

"다행이구나. 지루하지는 않겠어."

밀랜드가 입고 있던 두꺼운 코트를 던졌다. 무거운 진각을 밟으며 검병에 손을 얹었다.

"그럼 시간 끌 필요 없겠지. 오라."

춘풍처럼 부드러운 기세가 한순간에 폭풍이 된 듯 막강한 기파로 변한다. 수십 년간 전장에 서며 쌓아 올린 밀랜드의 오러가 전신을 짓누르기 시작했다.

고오오오!

라온은 떨리는 손을 부여잡고 불의 고리를 공명시켰다. 영혼의 격을 끌어 올리며 만화공을 일으켰다.

쿠웅!

바닥이 무너질 정도의 힘으로 땅을 박차고 밀랜드의 공간으로 뛰어들었다. 시작은 광아검. 미친 야수의 송곳니가 벼락처럼 떨어졌다.

콰아아앙!

속도, 위력, 방향 모두 나무랄 것이 없는 검격이었지만, 밀랜드는 가볍게 검을 드는 것만으로 광아검의 이빨을 꺾어 버렸다.

공격이 완벽하게 막혔지만 라온의 눈빛은 변하지 않았다. 광아검은 적의 빈틈을 파고드는 감각검. 지금부터가 시작이었다.

쩌정! 쩌저정!

라온과 밀랜드의 손에서 펼쳐지는 은빛 광채가 수없이 맞부딪쳤다.

막강한 충격파가 얼어붙은 땅을 깨부수고, 사나운 파동이 공간을 격하고 터져 나갔지만 밀랜드는 조금도 밀려나지 않았다. 그야말로 철인의 위상이었다.

"힘과 속도는 좋지만 날카롭지 못하군. 그게 다인가?"

밀랜드의 음성이 서늘하게 가라앉았다. 하늘 위에서 땅을 내려다보는 시선이다.

"그럴 리가 있겠습니까."

라온의 눈동자에 적색 불꽃이 스친다. 검극에 어린 꽃봉오리가 별빛처럼 만개했다.

"지금부터가 시작입니다."

제149화

 라온이 진각을 밟았다. 발목에서부터 솟구친 기운을 허리와 손목으로 연결시켰다. 칼날에 깃든 불꽃이 나선으로 비틀어지며 밀랜드의 가슴을 노렸다.
 "이제야 좀 재미있겠구나."
 밀랜드가 이를 드러내며 손목을 휘돌렸다. 북방의 바람처럼 거친 파동이 대지를 갈랐다.
 콰아아아앙!
 막대한 힘을 담은 검격이 서로 격돌하며 산이 무너지는 듯한 굉음이 울렸다.
 "힘 하나는 마스터급이로구나."
 밀랜드의 기파가 강해진다. 수비하려고 검을 든 게 아니라 공격을 하다 막힌 것처럼 압박이 거세졌다.
 "힘만이 아닐 겁니다."

라온은 점점 강해지는 밀랜드의 검격을 버텨 내며 미소를 지었다. 강화된 근력과 민첩성을 최대한으로 발휘하여 밀랜드의 압력을 버텨 냈다.

캬앙!

목을 향해 쏟아지는 묵직한 검격을 흘려 낸 뒤 앞으로 나아갔다.

밀랜드의 검술은 전검. 몬스터와 평생을 싸우며, 전장에서 쌓아 올린 검술이기 때문에 파천의 위력을 지녔지만, 동작이 크다. 그 틈을 노려야 했다.

"잔재주는 소용없다."

밀랜드는 만화공의 오러 자체를 갈라 버리겠다는 듯 검날 위에 더 막대한 기운을 응집시켰다. 은빛 칼날 위로 짙은 검사(劍絲)가 일어섰다.

'저건…'

모여드는 기파에 등골이 오싹해진다. 마스터의 전유물인 강기는 아니지만, 그에 못지않은 기운이 그 안에 압축되어 있었다. 저 검격을 맞는다면 강철조차 남아나지 않을 것 같았다.

"죽지 말거라."

밀랜드가 대지를 뭉개며 보법을 밟았다. 빠르지는 않지만, 마치 들소 떼가 몰려오는 것처럼 공간을 장악하며 다가와 피할 공간이 많지 않았다.

'어떻게 할까.'

저런 오러에는 맞서는 게 아니다. 도망친 후 빈틈을 노리는 게 옳은 일이시만 라온은 물러서지 않았다.

'피하면 이곳에 선 보람이 없지.'

무거운 전검을 사용하는 밀랜드와 제대로 맞부딪칠 흔치 않은 기회다. 이닌 기연을 놓쳐서는 안 된다.

쿠구구구구!

어마어마한 기운이 실린 검이 머리를 향해 떨어져 내리는 순간 라온이 네 개의 불의 고리를 공명시켰다. 느려지는 시야 속에서 밀랜드의 힘의 흐름을 읽어 냈다.

"흐읍!"

살짝 드러난 밀랜드의 허리를 향해 검을 내질렀다. 광아검의 구결이 깃든 칼날이 사납게 이를 드러냈다.

"어딜."

밀랜드는 이 급박한 상황에서도 당황하지 않았다. 허리의 빈틈을 순식간에 지우고, 완벽한 자세로 압박을 가해 왔다.

'역시.'

마스터의 경지에 오른 순간 사고력과 순발력, 육체 능력이 기하급수적으로 상승한다. 한참 전에 마스터가 된 그가 이런 공격에 허를 찔릴 일이 없었다.

'그렇기에….'

라온의 눈빛이 섬뜩하게 번쩍였다.

'미끼를 던졌지.'

검이 밀랜드의 막강한 기운과 마주치려는 순간 검날에 어린 오러를 비틀었다.

키이이잉!

쇳덩이가 찌그러지는 듯한 소리와 함께 밀랜드가 쏟아 낸 검격의 궤도가 꺾여 나간다. 광아검의 초식 중 하나인 윤결. 본래는 적의 몸에 회전하는 오러를 박는 검술이지만, 지금은 완벽한 방어 초식이 되어 주었다.

라온은 밀랜드의 검이 튕겨 나간 틈을 놓치지 않고, 검을 내질렀다. 아직 회전력이 채 사그라지지 않은 칼날이 밀랜드의 가슴을 향해 쏘아졌다.

"제법이구나!"

밀랜드가 씩 웃으며 왼손에 오러를 집중시켰다. 푸른 오러가 원형으로 압축되어 칼날을 튕겨 냈다.

이 찰나의 순간에 저런 임기응변이라니, 역시나 평생을 전장에서 살아온 무인다웠다.

쿠구구구!

밀랜드의 손목이 반원을 그리자, 검이 하늘을 찌를 듯 솟구쳤다. 그대로 떨어지는 칼날에 전장의 무게가 실린다. 막대한 압력에 피부가 찢겨 나갈 것 같았다.

"아직 시작도 안 했습니다!"

라온이 비슷한 미소를 지으며 쏟아지는 칼날을 향해 나아갔다.

'물러나면 오히려 당해.'

전검은 도망치거나, 물러날수록 압박을 가해 오는 검술이다. 힘으로 맞서지는 않더라도 결코 물러나서는 안 된다.

강대한 힘이 깃든 칼날이 진동하여 집중 상태에 들어갔는데도 그 흐름을 읽기가 쉽지 않았다.

이럴 때 필요한 것은 바로 예측이다. 지금까지 뒤에서 봐 왔던 밀랜드의 움직임을 머리에 그리며 검을 사선으로 휘둘렀다.

콰아아앙!

밀랜드의 검격이 최고의 화력을 발휘하기 직전에 막아섰다. 경험이 주효했던 것인지 방향이 얼추 맞아떨어졌다.

뼈를 으깨는 듯한 위력을 비껴 내며 **왼쪽의 팔꿈치**로 밀랜드의 멍치를 후려쳤다.

"기습에도 능하군. 너야말로 전장이 어울리는구나."

그는 알고 있었다는 듯 왼쪽 손등으로 팔꿈치 타격을 차단했다. 역시나 쉽지 않은 상대. 그렇기에 웃음이 나왔다.

"즐겁나?"

"흥이 오르긴 합니다."

라온이 옅은 미소를 지었다. 그 웃음에 따라 검날 위에서 춤추던 불길이 꽃송이처럼 휘날렸다.

하나하나가 검기급 위력. 밀랜드도 쉽사리 상대하지 못하고, 오러를 운용해 중간에서 폭발시켰다.

퍼어어엉!

연무장 바닥이 들썩이며 불꽃과 오러가 뒤섞인 모래 폭풍이 일어났다. 라온과 밀랜드는 약속이라도 한 듯 그 안으로 파고들어 검격을 쏟아부었다.

쿠구구구구!

솟구치는 회색 먼지 속에서 적광과 청광이 끝없이 맞부딪쳤다.

테리안이 마른침을 꿀꺽 삼켰다.

"…미쳤군."

라온이 경지에 비해 강한 무력을 가지고 있다는 건 알고 있었지만, 아버지와 저 정도로 맞설 수 있을 줄은 생각도 못 했다.

'무력 수위 자체는 나와 비슷할 텐데.'

익스퍼트 상급에서 최상급. 그 위치에 있는 게 분명한데, 라온은 자신과는 차원이 다른 강함을 선보였다. 솔직히 말해서 육체 능력은 아버지보다 라온이 앞서는 것 같았다.

"어떻게 저럴 수가 있지?"

지그하르트의 피를 이었다고 해도 상식을 벗어난 강함이다. 부럽다는 생각조차 들지 않았다.

"실력도 빨리 늘어나는데, 그 질도 다르긴 하네요."

격이 다른 전투에 베토가 입을 떡 벌렸다.

"처음 이곳에 왔을 때는 나보다 아래였을 텐데, 어떻게 저렇게 강해질 수 있지? 어이가 없네."

그는 기이하다며 고개를 절레절레 저었다. 수많은 강자와 천재들을 보고 다닌 용병단장에게도 라온은 신비 그 자체인 듯싶었다.

"물러서지 않기 때문입니다."

뒤에서 나지막한 목소리가 들려왔다. 언젠가부터 라온의 등만을 바라보던 에드퀼이다.

"물러서지 않는다?"

"저분은 몬스터 앞에서도, 강자 앞에서도, 자연의 호름 앞에서도 물러서지 않습니다. 죽을 위기에서도 앞으로 발을 뻗습니다."

그는 밀랜드와 접전을 벌이는 라온을 보며 입술을 깨물었다. 전율이 인다는 듯 주먹을 꽉 말아 쥐었다.

"어떤 상황에서도 검을 휘두르는 강건함이 저분을 더 강하게 만들고 있는 겁니다."

"확실히…."

테리안이 천천히 고개를 끄덕였다. 맞는 말이다. 지금까지 라온은 어떤 상황에서도 물러서지 않았다.

이제 17살이 되어 가는 어린 녀석이 저런 당당함을 가지는 건 저 무력 이상으로 신기한 일이었다.

"아무래도 우리가 저 아이의 뒤에 서기로 정한 건 최고의 선택일지도 모르겠군."

잔잔하지만, 힘이 있는 그의 말에 주변에 있던 간부들이 말없이 고개를 끄덕였다.

쩌어어어엉!

하늘이 깨지는 듯한 굉음이 울리며 모래 폭풍이 터져 나갔다.

라온은 뒤로 거칠게 밀려났지만, 밀랜드는 거의 물러서지 않은 채 그 자리에 그대로 서 있었다.

쯧.

라온이 짧게 혀를 찼다. 육체 능력도, 오러도 크게 밀리지 않지만, 밀랜드의 지속력과 굳건함은 따라갈 수가 없었다.

"이상하다고 생각하는 게냐."

밀랜드가 검을 휘돌리며 빙긋 웃었다.

"이전에도 느꼈지만, 정말 지치질 않으시는군요."

그는 전장에서 검강과 검기를 연속으로 사용하고서도 지친 모습을 보이지 않았었다. 오러의 양보다도, 경지의 차이인 것 같았다.

"이것의 차이다."

밀랜드가 본인의 복부보다 살짝 윗부분을 가리켰다.

"중단전. 마스터 경지에 오르면 중단이 개방되고, 적은 양의 오러로 더 크고 단단한 기운을 운용할 수 있지."

"중단전…."

"넌 익스퍼트 이상의 무력을 발휘할 수 있지만, 아직 마스터에 닿지는 못했어. 소모전이라면 날 이길 수 없다."

중단전의 개념에 대해서는 알고 있었지만, 실제 그 효용을 목격한 건 처음이다. 자신도 모르게 미소가 지어졌다.

"왜 웃는 거지?"

"나아갈 길이 보였으니까요."

중단전의 능력을 보자, 마스터에 닿고 싶은 마음이 더 커졌다. 능력치가 있는 자신이라면 저 중단의 능력을 더 폭발적으로 이용할 자신이 있었다.

"재밌군."

밀랜드가 담백한 눈빛을 받했다. 다만 그의 검에서는 그 눈동자와는 전혀 다른 사나운 기세가 어렸다.

"네 전력을 보여라."

라우이 고개를 끄덕이고 검을 세웠다. 붉이 고리를 깨질 듯이 공명시키며 글레시아를 퍼뜨렸다.

쿠구구구!

단전에 남은 만화공의 기운을 모조리 끌어 올렸다.

핏빛 불꽃이 검과 육체를 휘감으며 신비로운 형태를 그린다.

검으로 만들어 낸 어금니부터 등으로 이어지는 뿔까지. 마치 용의 머리와도 같은 모습. 어마어마한 오러가 일으키는 파동에 연무장이 뒤틀렸다.

"그 검술의 이름은 뭐지?"

밀랜드가 빛이 어린 검을 들어 올리며 물었다.

"염룡결입니다."

라온이 어깨 위로 검을 세우고, 왼손을 앞으로 내뻗었다. 용이 입을 다물고, 먹잇감을 노리는 듯한 모양새였다.

"재밌군. 이 검의 이름은 설룡참. 천년 전 스터린산 정상에 살았다는 빙룡을 베었다는 검이다."

밀랜드의 검에 섬뜩할 정도의 예기가 어린다. 시야가 일그러져 보일 정도의 기운이 검날 위로 응집되었다.

"오라. 네 용이 이길지. 내 검이 이길지 그 끝을 보자."

그가 손짓하자마자, 라온이 다리를 뒤로 뺐다. 극한으로 압축시킨 오러를 폭발시키며 땅을 박찼다.

고오오오!

공간을 불태우는 오러의 칼날이 수직으로 떨어져 내린다. 견디지 못하면 그대로 몸을 반으로 갈라 버릴 기세다.

라온의 눈동자에 붉은 섬광이 일었다. 검극에 끌어모은 오러를 한순간에 터트렸다. 적룡이 화염의 숨결을 뿜어내는 듯 불꽃과 함께 검이 나아갔다.

쩌저저저적!

푸른빛과 붉은빛이 명멸하고, 오러의 폭풍이 하늘까지 치솟았다. 쇳덩이가 깨지는 듯한 소리와 함께 폭풍이 가라앉고 연무장의 전경이 드러났다.

마법 폭격을 맞은 듯 폐허가 된 바닥 위로 라온과 밀랜드가 서 있었다.

밀랜드의 검에는 눈부실 정도로 완벽하게 유형화된 오러가 어려 있었지만, 라온의 검은 반으로 부러져 칼날이 땅에 박혀 있었다.

"제가 졌습니다."

라온은 부러진 검날을 조심스럽게 들어 올렸다.

"가르침을 내려 주셔서 감사합니다."

담담한 표정으로 고개를 꾸벅였다.

"우와아아아아아!"

"사령관님이 이겼다!"

"당연한 일이잖아. 뭘 그렇게 좋아해!"

"사령관님!"

"라온 님! 잘하셨어요!"

"거의 맞먹었잖아요!"

"라온! 라온! 라온!"

병사들은 승자를 향해 환호를 보내고 패자를 위로했다.

다만 승자인 밀랜드는 인상을 찌푸리고 있었고, 패자인 라온은 미소를 짓고 있었다.

흡사 승패가 뒤바뀐 듯한 모습이었다.

"나 참."

밀랜드는 검에 어린 섬광 같은 오러를 흩뜨려 버리며 헛웃음을 흘렸다.

"강기까지 사용하게 만들 줄은 몰랐다."

마스터에 오르는 순간 초인의 육체와 판단력, 오러를 가지게 된다.

강기를 사용하지 않아도 충분히 가르침을 내릴 수 있다고 생각했지만 오산이었다. 강기를 쓰지 않았다면 마지막 그 검술에 먹혔을 것이다.

"대체 무얼 노리기에 그렇게 빨리 강해지는 것이냐."

"해야 할 일이 좀 많아서요."

라온은 부러진 검을 보며 옅은 미소를 지었다. 이곳에 온 덕분에 불가능할 정도로 빠른 성장을 이뤄 냈다. 그 성장의 밑바탕이 된 건 전부 그놈 덕분이다.

데루스 로베르트.

'난 아직 잊지 않았다.'

네놈의 목을 벨 때까지 난 멈추지 않아.

다른 이들이 볼 수 없는 붉은 눈동자 깊은 곳에서 분노의 열기가 피어났다.

지그하르트 가주전과는 다른 결의 화려함을 지닌 로베르트 가주전.

데루스 로베르트는 웅장하다는 표현이 가장 잘 어울리는 높은 천장의 집무실에 앉아 수석 집사의 보고를 듣고 있었다.

"…그 외에 몇 가지 특이 사항이 있지만, 전체 보고는 이것으로 끝입니다."

"특이 사항?"

데루스가 부드러운 눈매로 고개를 살짝 틀었다.

"딱히 중요한 내용은 아닙니다. 지금 북방 이곳저곳에서 어린 검사들이 활약하는 중인데, 지그하르트 검사들이 수련을 위해 나왔다고 판단됩니다."

"실전에 노출시켜 검사들의 실력을 끌어올리려나 보군."

"효과는 확실합니다. 하분 성을 구해 냈다는 어린 검귀 라온부터…"

"라온?"

라온이라는 이름이 나오자마자 데루스의 눈빛이 급변했다. 봄바람처럼 선선했던 분위기가 빙굴에 들어온 것처럼 서늘하게 가라앉았다.

"그, 그 라온이 아닙니다. 금발적안. 글렌 지그하르트의 피를 이은 게 확실시되는 어린 녀석입니다."

"아, 그렇겠지."

데루스가 피식 웃으며 손등을 보았다. 아직도 사라지지 않은 검흔에서 핏방울 하나가 뚝 떨어졌다.

"지워지지 않는 상처에 좀 짜증이 나서."

그는 상처에서 흘러나온 핏물을 닦으며 인상을 찌푸렸다.

"하분 성이라면 에덴의 습격을 막았다는 어린 검사가 그 라온이라는 녀석이겠군."

기분이 나빠진 듯 데루스의 음성에 짙은 짜증이 묻어났다.

"스쳐 지나가듯 말씀드렸는데 기억하고 계셨군요."

집사가 고개를 끄덕였다.

"그 아이가 맞습니다. 다만 소문은 과장되기 마련이니 신경 쓰실 필요 없습니다."

"소문은 과장되기도 하지만 때로는 축소되기도 하지."

"예?"

"계획대로 된다면 결국 지그하르트와도 부딪치게 될 거다. 그 아이만이 아니라, 지그하르트 전체의 정보를 갱신하는 것도 나쁘지 않겠어."

데루스가 깔끔한 턱을 쓸어내렸다. 라온의 목을 벨 때처럼 일말의 감정도 담기지 않은 눈빛으로 책상을 두드렸다.

"그림자들을 북쪽으로 보내라. 지그하르트의 모든 정보를 가져오도록."

라온이 침대 아래에 세워 둔 배낭을 어깨에 걸쳤다.

숙소를 나가려다 말고 뒤를 돌아서 방을 쭉 둘러보았다. 고작 1년하고도 1개월을 산 작은 방이지만 몇 년 동안 살았던 것처럼 떠나기 아쉬웠다.

-촌스럽게 추억에 젖지 말고 빨리 나가라.

'마왕은 분위기 파악도 못 하는군.'

작지만, 안락했던 숙소를 눈에 담고, 밖으로 나갔다.

"그거 제가 가져갈게요."

입구에서 기다리고 있던 도리안이 손을 흔들었다. 녀석은 자기가 들겠다며 배낭을 배 주머니에 넣어 버렸다.

"저도 준비됐어요."

도리안 뒤에서 흰색 털옷을 입은 유아가 나왔다. 모자를 뒤집어쓴 모습이 꼭 흰

토끼 같았다.

"짐은 다 챙겼어?"

"네. 도리안 님이 가져가셨어요."

유아는 도리안을 가리키며 헤헤 웃었다.

'밝아졌군.'

결국 유아는 떠나고, 점장은 남기로 결정됐다. 미리 마음을 다졌기 때문인지 슬픈 모습은 보이지 않았다.

"가자."

라온은 유아의 어깨를 두드리고, 숙소를 나섰다. 검사와 기사 그리고 병사들이 양옆에 도열하여 성문까지 길이 생겨 있었다.

"조심히 가세요!"

"우리 잊지 마시구요!"

"평생 잊지 않겠습니다!"

"도움이 필요하면 언제라도 말씀하세요!"

걸음을 뗄 때마다 등을 대고 싸운 전우들이 작별 인사를 건넸다. 라온은 그 말 하나하나를 소중하게 간직하며 성문으로 향했다.

처음 보았을 때 굳건하게 닫혀 있던 성문은 활짝 열려 있었고, 그 앞에는 밀랜드와 테리안을 비롯한 간부들이 줄을 지어 서 있었다.

테리안과 카불은 웃었고, 라딘을 비롯한 정찰대장들은 쓸쓸한 표정을 지었으며, 밀랜드와 에드퀼은 차분한 눈빛을 발했다.

"가 보겠습니다."

"조심히 가거라."

라온과 밀랜드의 대화는 그것으로 충분했다. 몇 달 전 나누었던 검과 검의 대화가 아직 마음에 남았으니까.

간부들에게 차례로 인사를 건네고, 마지막 에드퀼의 차례가 되었다.

"제 뒤에 서는 정도가 아니라, 따르고 싶다는 마음은 아직 그대로입니까?"

"물론입니다."

에드퀼이 조금의 망설임도 없이 고개를 끄덕였다.

"그럼 강해지십시오."

라온이 흔들리지 않는 에드퀼의 눈을 보며 말을 이었다.

"저는 할 일이 많습니다. 저와 함께 걷고 싶으시다면 이곳에서 누구보다 강해지십시오. 검과 정신 모두."

"알겠습니다."

에드퀼이 이전과는 격이 다른 기파를 뿜어냈다. 질문도, 의문도 없이 대답하는 모습이 믿음직스러웠다.

"항상 기억하거라. 우리가. 하분 성이 네 뒤에 있다는 걸."

"예."

담백하지만 힘이 어려 있는 밀랜드의 말을 들으며 모두와 눈을 마주쳤다.

"그동안 고마웠습니다."

라온이 하분 성 그 자체인 사람들을 보며 미소를 지었다.

"다시 볼 때까지 건강하시길."

그 말을 마지막으로 몸을 돌렸다. 점장을 보고 눈물을 글썽이는 유아의 어깨를 잡고 무운을 빌듯이 활짝 열린 성문을 나섰다.

"잘 가세요!"

"라온 님! 무운을 빌겠습니다!"

"라온 잘 가라! 고마운 건 우리였어!"

"유아야 조심해라!"

성문이 닫히는 소리와 함께 사람들의 환호성이 들려왔다.

"할아버지. 잘 있어요!"

"나중에 또 봐요!"

인사하는 유아나 도리안과 달리 라온은 뒤를 돌아보지 않았다. 언젠가 다시 볼 그날을 기대하며 앞으로 나아갔다.

병사들의 목소리가 들리지 않을 때쯤 하분 성에 올 때 고생했던, 끝없는 언덕이 나타났다.

"유아야. 여기에선 업혀서….”

"그러실 필요 없습니다!"

유아를 업고 움직이려고 할 때 도리안이 콧소리를 내며 앞으로 나왔다. 배 주머니에 손을 깊게 넣은 뒤 나무로 된 썰매를 꺼냈다. 세 사람이 타도 남을 정도로 큰 썰매였다.

-저, 저게 뭐야. 저런 게 왜 주머니에 있어!

귀찮다며 조용히 있던 라스가 헛바람을 뱉었다.

"썰매?"

"이게 왜 있어?"

라온과 유아가 썰매를 보며 입을 떡 벌렸다.

"네? 이런 곳에 다니려면 썰매 정도는 필수죠."

도리안은 왜 그런 걸 묻느냐는 듯 고개를 갸웃거렸다.

"고급 썰매라 속도도 조절할 수 있어요. 타세요."

겁 많은 녀석이 왜 썰매를 가지고 다니나 했는데, 속도 조절도 되나 보다.

"와아아!"

유아는 재밌겠다며 손을 올린 채 방방 뛰었다.

'이쯤 되면 내가 이상한 건가?'

라온은 어깨를 으쓱이며 유아를 데리고, 썰매에 앉았다.

"그럼 출발합니다."

도리안의 경쾌한 목소리를 들으며 고개를 끄덕였다.

이제 떠날 시간이었다.

제150화

지그하르트 5 연무장.

1년간 텅 비어 있던 피와 땀의 모래판은 복귀한 수련생들로 인해 다시 북적이기 시작했다.

해가 지나 17살이 된 수련생들의 키는 한 뼘 이상 자라났고, 외모는 성숙해졌으며, 서 있는 자세에서 자신감과 자부심이 넘쳐흘렀다.

그중 백미는 눈빛. 스스로 이뤄 낸 성취와 쌓아 올린 업적이 거울이 되어 이전과는 격이 다른 기세를 뿜어냈다.

다만 1년간의 생존 시험을 통과하고, 교관들의 인정까지 받아 검사의 자격이 확정된 수련생들의 안색은 그리 밝지 않았다. 무언가 마음에 들지 않는 일이 있다는 듯 얼굴을 찌푸리고 있었다.

특히 버렌, 루난, 마르타의 표정은 다른 수련생들보다 더 구겨진 상태였다.

"이 자식. 어디 가서 뭘 하길래 지금까지 안 오는 거야!"

건장한 남성보다도 체격이 좋아진 버렌은 가뜩이나 내려간 눈썹이 눈과 맞붙을 정도로 이마를 찡그리고 있었다.

"대체 뭔 짓을 하느라, 졸업식 전날까지 코빼기도 안 보이는 거냐고!"

그는 초조한 듯 손톱을 깨물며 연무장을 끊임없이 돌았다.

"라온…."

설원 같은 은빛 머리카락을 뒤로 묶은 루난은 청명한 하늘을 멍하니 올려보며 라온의 이름을 중얼거렸다. 너무 작아서 바로 옆에 있어도 들리지 않았지만, 그래서 더 무서웠다.

"라온 왜 안 와. 라온 어디 있어. 같이 아이스크림 먹어야지…."

품에 구슬 아이스크림 통을 든 채 맹하게 연무장 이곳저곳을 돌아다니는 모습을 보고 있으면 오싹한 소름이 돋았다.

"흥. 조금 강해졌다고 까불다가 얻어터져서 못 오는 걸지도 모르지."

흑단 같은 머리카락과 하얀 피부가 선명하게 대조되어 이제 완연한 여인의 향기를 풍기는 마르타가 코웃음을 쳤다. 다만 본인이 말하고서도 무언가가 불안한지 눈동자를 도르륵 굴린다.

"안 오면 차라리 잘됐어. 그 쪼그마한 녀석 대신에 내가 대표로 나가면 되니까."

비웃듯이 입꼬리를 말아 올렸지만, 이것도 억지인지 입매가 가늘게 떨렸다.

"이 답답한 자식. 대체 왜 안 오는 거야."

그녀는 아무도 모르게 중얼거리며 주먹을 꽉 말아 쥐었다.

"라온은 와."

루난이 어색하게 웃는 마르타에게 다가가 입을 삐쭉 내밀었다. 맹했던 눈빛에 믿음이 깃들었다.

"뭐?"

"라온은 온다고."

"올 거라면 진작 왔겠지. 이미 늦었어."

마르타가 턱을 모로 틀었다. 그녀도 말이 씨가 되는 게 무서운지 그 이상 심한 말은 하지 않았다.

"진 게 쪽팔려서 어딘가에 처박혀 있을걸."

"안 졌어! 곧 와!"

"안 와!"

"와!"

"안 와!"

"와!"

은발과 흑발. 서로 대비되는 머리 색의 루난과 마르타가 마주 보며 으르렁대자, 두 사람의 주변으로 암녹색 스파크가 터지기 시작했다.

연무장에 있는 수련생들은 두 사람을 말릴 생각을 하지 않았다. 저런 대립이 거의 한 달째 계속되고 있었으니까.

"라온이랑 도리안은 왜 안 오는 거지?"

"정말 오다가 사고라도 난 거 아니야?"

"에덴을 만났다든가…."

"재수 없는 소리 하지 마."

수련생들은 수련하거나, 대화하면서 끊임없이 라온을 생각했다.

처음 이 자리에 모여 그를 비웃을 때와는 천지 차이로 달라진 모습. 1년이 지났어도 그들은 자신들의 목숨을 구해 준 라온을 진심을 따르고 있었다.

"콰아앙!"

모두가 수련에 집중하지 못하고 어설프게 검을 휘두를 때 연무장 문이 부서질 듯 열리고, 불꽃 같은 머리를 휘날리는 리메르가 들어왔다. 이전보다 더 여유로워진 바람을 일으키며 수련생들의 앞에 섰다.

"왜 다들 눈이 풀려 있냐? 잠 못 잤어?"

리메르는 특유의 가벼운 눈빛으로 수련생들을 쭉 둘러보았다.

"교관님. 문은 발로 여는 게 아닙니다."

"응. 내 거야."

그는 인상을 찌푸린 버렌을 향해 손가락을 흔들었다.

"크으윽….'

틀린 말은 아니라, 버렌은 이를 갈 뿐 아무 말도 하지 못했다. 1년이 지나도 두 사람의 관계는 변하지 않았다.

"바로 내일이 졸업식이야. 가문의 높은 녀석들이 전부 나와서 너희를 볼 텐데, 그런 멍청한 모습을 보일 거냐? 다들 정신 좀 차려."

리메르는 집중하지 못하는 수련생들을 보며 쯧쯧 혀를 찼다.

"라온이 안 와요."

어깨를 축 내린 루난이 손에 쥔 구슬 아이스크림 상자를 보며 한숨을 푹 내쉬었다.

"말씀대로 내일이 졸업식인데 라온 그놈 대체 어디서 뭘 하는 겁니까! 정말 납치라도 당한 거 아닙니까?"

버렌은 단상을 물어뜯을 것처럼 다가와 인상을 구겼다. 푸른 눈동자에 걱정이 가득 담겼다.

"안 오면 마는 거지. 뭘 그리 찾는 거야! 없어서 편한데."

마르타가 팔짱을 끼며 차게 웃었다. 겨드랑이에 숨긴 손이 바르르 떨렸다.

"하아, 한심하네."

리메르가 고개를 절레절레 저었다.

"너희는 라온이랑 몇 년을 같이 살아 놓고 아직도 걔를 모르냐. 그 녀석이 어디 가서 얻어맞거나 납치를 당할 거 같아?"

"라온이 강하다고 해도 우리 수준에서 강한 것이지 않습니까! 아니, 딱히 걱정하는 건 아니니까. 그렇게 볼 필요 없습니다. 그저 동기로서 라온과 도리안을…."

버렌은 라온을 생각한다는 것 자체가 민망한지 얼굴을 붉혔다.

"또래 중에서 강하다라…."

리메르는 능글맞은 웃음을 지으며 어깨를 으쓱였다.

"어? 뭔가 아는 표정인데?"

"교관님! 라온 어디 있는지 아시죠?"

"그 녀석 왜 안 오는 거예요!"

"도리안도 같이 있는 거죠!"

"교관님!"

수련생들이 사탕을 본 개미 떼처럼 리메르에게 달려들었다. 그 가운데에는 아이스크림 상자를 든 루난이 있었다. 거의 리메르의 멱살을 쥘 기세였다.

"내가 라온이랑 도리안이 어디에 있는지 어떻게 알겠냐. 다만 그 녀석들은 분명 멀쩡하게 돌아올 테니까."

리메르가 슬쩍 웃으며 손을 저었다.

"너희는 마음 놓고 내일 졸업식이나 준비해."

그는 담담한 눈빛으로 수련생들을 진정시킨 후 다시 연무장을 나갔다.

"저 말이 맞긴 해."

"라온은 머리도 잘 돌아가잖아. 별일 없을 거야."

"도리안은 뭔 일이 있어도 숨어 있을 테고."

"그래. 사정이 있겠지."

"저런 말을 하니까. 교관님도 좀 멋있어 보이네."

수련생들은 리메르의 말이 옳다고 생각하며 다시 수련을 시작했다. 1년간의 생존 시험은 헛된 게 아니었는지 집중을 시작하자 예리한 기세가 연무장 전체에서 치솟았다.

❊❊❊❊❊

"도와줘요! 로엔 님!"

리메르는 울상을 지은 채로 북망산 중턱에 있는 로엔의 소매를 붙잡았다.

"라온이랑 도리안은 대체 왜 안 오는 겁니까! 어디 박혀 있는 거예요! 내일이 졸업식인데!"

그는 연무장에서 보였던 덤덤한 태도와 달리 조급함을 가득 담은 눈으로 로엔의 어깨를 흔들었다.

"천검대가 지키고 있어서 비연회에 들어가지도 못해요! 천장에도 가시를 박아 놨더라구요!"

"가시…."

"그 녀석이 제일 늦게 떠났다고 해도 한 달 전에는 도착했어야 했는데, 대체 왜 안 오는 건지 모르겠어요!"

"후우."

로엔은 매달리는 리메르를 보며 옅은 한숨을 내쉬었다. 그는 몇 달 전 비연회 사무실 천장을 뚫고 들어가 라온의 정보를 빼냈다가 글렌에게 죽기 직전까지 얻어터졌다. 그날 이후로 비연회에는 천검대 검사들이 상주하기 시작했다.

"리메르 님 때문에 제게도 라온 도련님의 정보가 들어오지 않습니다."

"예? 아직도요?"

"네. 가주님께서는 라온 님의 정보를 특급보다 더 위로 치고 계십니다."

"어휴, 그렇게 소중한 손자면 좀 앞에서 챙기지. 무슨 스토커도 아니고 맨날 뒤에서만 보고 있냐고."

리메르가 툴툴거리며 바닥에 있는 돌을 걷어찼.

글렌은 라온이 아기였을 때도, 만화공을 익힐 때도 항상 옆에 있었으면서 티를 내지 않고 관심 없는 척했다. 늙으면 고집만 세진다더니, 정말 쇠심줄 같은 고집이다.

"저도 그 말씀에는 동의합니다."

로엔이 씁쓸한 표정으로 고개를 끄덕였다. 그 역시 리메르처럼 글렌과 라온, 실비아가 가족처럼 지내기를 바라고 있었다.

"다행히 정보 하나는 있습니다."

"정보요?"

"예. 라온 님이 돌아오신다는 보고가 들어온 후 일주일 뒤에 천검대 검사들이 하분 성 방향으로 움직였습니다."

"어, 그건!"

"예. 라온 도련님과 에덴에게 위협을 받았다는 그 여아를 보호하기 위한 조치겠죠. 그 이후에 가주님이나 천검대에 다른 움직임이 없는 걸 보면 별문제는 없다는 뜻일 겁니다."

"오호!"

가라앉았던 리메르의 표정이 마법등을 켠 듯 한순간에 밝아졌다.

"그럼 제대로 알아봐야겠네요."

"예?"

"아직 확실하지 않으니까. 가주님을 좀 떠보죠."

"자, 잠시만요! 그랬다간…."

"에이, 괜찮아요. 설마 죽이기야 하겠어요? 먼저 갑니다!"

로엔이 말리기 전에 리메르가 히죽 웃으며 몸을 일으켰다, 바람의 기운을 운용한 채 가주전으로 달려 내려갔다.

어느새 가주전의 입구에 도착한 리메르가 히죽이며 안으로 들어갔다.

"으음…."

로엔이 낮은 신음을 흘렸다. 가주전으로 들어간 붉은 머리 엘프의 미래가 머릿속으로 그려졌다.

잠시 후 예상대로 가주전이 들썩이고, 안쪽에서 천둥소리가 들려왔다.

로엔은 리메르의 명복을 빌며 눈을 감았다.

지그하르트 별관.

라온이 떠난 이후에도 밝음이 남아 있던 그 따스한 공간은 겨울바람을 직격으로 맞은 듯한 서늘함이 깊게 박혀 있었다.

"하아…."

"대체 왜 안 오시는 거지?"

"다른 분들은 다 돌아왔는데…."

"라온 도련님…."

화단을 정리하던 시녀들은 땅이 꺼질 것처럼 한숨을 푹푹 내쉬었다. 5 연무장 수련생 중 홀로 돌아오지 않은 라온 때문에 별관의 분위기는 초상집 그 자체였다.

"한숨 그만 쉬고, 빨리 끝내자."

가라앉은 시녀들의 목소리와 달리 평온한 음성이 찬 공기를 누그러뜨린다.

"얼마 안 남았잖아."

실비아다. 풍성한 금발을 왼쪽 어깨로 내린 그녀가 정원 가위로 화단을 손질하면서 옅게 웃었다.

"마님…."

"죄, 죄송해요."

시녀들은 미소 짓는 실비아를 보며 입술을 꾹 깨물었다. 지금 누구보다도 힘든 사람이 가장 밝은 모습을 보이니 더 눈물이 나올 것 같았다.

"마, 맞아. 도, 도련님은 곧 오실 테니까. 너무 걱정하지 마."

헬렌이 실비아의 옆에 쪼그려 앉으며 고개를 저었다. 그녀는 실비아와 다르게 얼굴빛이 푸르딩딩하여 감정을 숨기지 못하고 있었다.

"라온이 약속했잖아. 건강하게 돌아오겠다고. 우린 그 아이가 돌아왔을 때 편히

쉴 수 있게 이 자리에서 기다리면 돼."

실비아는 시녀들과 한 명씩 눈을 마주치며 미소를 지었다.

"아, 네!"

"알겠습니다!"

"저, 전 식사 준비를 할게요!"

시녀들은 감격한 표정으로 각자 할 일을 찾아 움직이기 시작했다.

'대단하네.'

시녀들의 끝에 서 있던 주디엘은 실비아를 보며 눈매를 좁혔다.

'잠도 못 잘 정도로 힘들 텐데.'

다른 시녀들도 라온을 소중히 여기지만, 실비아만큼은 아니다. 하나밖에 없는 아들의 소식이 끊어졌는데, 동요하지 않고 오히려 시녀들을 다독이다니 대단한 사람이었다.

'사실 걱정할 필요 없긴 하지만.'

라온은 지금까지 만났던 사람 중 가장 무서운 기질을 가진 인간이다. 그보다 무력이 강한 사람은 여럿 있었지만, 그보다 냉철하고 두려운 사람은 한 명도 없었다.

"빨리 끝내고 저녁 먹으러 가…음?"

실비아가 화단 정리를 마무리하려고 할 때 본관 방향에서 키가 큰 남자가 다가왔다. 붉은 머리에 뾰족한 귀. 5 연무장의 수석 교관 리메르였다.

"리메르 님?"

다만 조금 이상한 점이 있었다. 빨간 머리카락이 탄 것처럼 검게 그을렸고, 눈은 시꺼멓게 멍들었으며, 콧구멍에는 붉게 물든 천을 끼고 있었다.

"괘, 괜찮으세요?"

실비아가 입을 뻐끔거리며 리메르에게 다가갔다.

"아아, 괜찮아."

"안 괜찮아 보이는데…."

"별일 아니라니까. 오다가 고집 세고 성질 더러운 황소를 좀 만나서."

리메르는 별일 아니라는 듯 손을 흔들었다.

"황소…."

몬스터도 아니고, 대체 무슨 소를 만났기에 저런 꼴이 되었는지 궁금해졌다.

"사실 별건 아니고."

리메르는 뒤통수를 긁적이며 입맛을 쩝 다셨다.

"라온 말이야. 너무 걱정하지 않아도 돼."

"네? 라, 라온 소식이 들어온 거예요?"

"어디 다치거나 하진 않았거든. 졸업식은 좀 늦을 수도 있겠지만, 곧 돌아올 거야."

"아…."

리메르의 다정한 음성에 실비아의 손에서 가위가 떨어졌다. 참고 참던 감정이 폭발한 듯 그녀의 다리가 휘청였다.

"네 아들이자, 내 제자는 잘 오고 있으니까. 마음 놓고 기다리라고."

그는 실비아의 어깨를 두드리며 웃었다.

"그럼 간다."

"저녁 식사라도 하시고…."

"아, 큰 도박판이 열려서."

리메르는 히죽 웃으며 등을 돌렸다. '아, 드럽게 아프게 때리네.'라고 중얼거리면서 터벅터벅 걸어갔다.

실비아는 양손을 꼭 모은 채 리메르를 향해 고개를 숙였다.

다음 날.

성문과 별 다를 바 없는 크기의 대연무장의 문이 활짝 열렸다. 평소 대연무장에 들어오기 힘든 평검사와 사무관들이 외곽에 놓인 의자에 차례로 앉았다.

리메르 덕분에 조금은 밝아진 실비아와 헬렌, 별관의 시녀들도 구석에 자리를 잡고 앉았다. 무언가를 바라듯 손을 꼭 모은 채 연무장의 입구를 바라보았다.

태양이 하늘의 중심에 서기 직전.

화려한 예복을 입은 5 연무장의 수련생들이 차례로 입장해 연무장 중심에 열을 맞춰 섰다. 아직 앳된 얼굴이지만, 은은하게 피어나는 기세는 정규 검사에게도 전혀 밀리지 않았다.

"젠장…."

"아직도 안 온다고?"

"평소엔 그렇게 시간을 잘 지키던 놈이…."

"라온, 도리안. 빨리 좀 와."

그들의 눈빛에는 긴장 이상의 걱정이 어려 있었고, 누군가를 기다리듯이 끊임없이 뒤를 힐끔거렸다.

시간이 지나며 임시로 만들어 놓은 관중석이 점점 차기 시작한다. 평소 얼굴을 보기 힘든 대주나, 단주급 간부들 그리고 직계와 봉신가의 가주들까지 각자 정해진 자리에 앉았다.

"으아암."

리메르는 입이 찢어질 것처럼 하품하며 수련생들 옆에 서 있었다. 졸업식이고 뭐고 그는 평소 모습 그대로였다.

연무장에 모인 사람들이 흥분, 기대, 긴장, 걱정이 드러나는 눈빛으로 수련생들을 바라보고 있을 때 문 앞에 서 있던 검사들이 들고 있던 깃대로 땅을 내리찍었다.

쿠우우웅!

검사들은 묵직한 울림으로 사람들의 시선을 모은 뒤 깃발을 양옆으로 펼쳤다.

"북방의 진정한 주인. 글렌 지그하르트 가주께서 입장하십니다!"

"가주님을 뵙습니다!"

그 웅혼한 외침에 연무장에 있는 검사들이 일어서서 무릎을 꿇었다.

빛바랜 금발을 뒤로 넘기고, 검붉은 코트를 두른 글렌 지그하르트가 연무장을 가로지른다.

초월에 닿은 무신이 피워 내는 압도적인 위엄에 사람들은 고개를 들어 올린다는 생각도 못 하고 식은땀을 흘렸다.

고오오오!

그가 단상의 옥좌에 앉을 때까지 연무장에 있는 모두는 숨을 쉬어야 한다는 것도 잊고 그저 이 시간이 빨리 지나가기만을 바랐다.

"모두 일어서라."

"예!"

일어서라는 말에 약속한 듯 모두가 동시에 일어섰다. 이것 역시 스스로 생각한 것이 아니다. 글렌이 만들어 낸 위압에 몸이 저절로 움직인 것이다.

"수석 교관. 시작해라."

"가주님. 아직 두 명이 오지 않았습니다. 조금만 더 기다려 주실 수는….''

"정확한 복귀 기간을 정하지 않았다고 해도 졸업식이 2월에 열리는 건 모를 리가 없지. 지금까지 안 왔다면 실격이다."

"그렇지만 라온은 수석이고 도리안은… 읍! 알겠습니다."

리메르가 조금 더 시간을 끌고 싶어서 손가락을 비볐지만, 글렌의 서늘한 눈빛에 바로 뒤를 돌았다. 바로 어제 얻어터져서 반항할 수가 없었다.

"그럼 지금부터 제5 연무장의 졸업식을 진행하겠습니다. 총원 43명. 현재 인원 41명. 열외 2명으로 지금 있는 41명은… 음?"

그가 먼저 현재 인원에 대해 말할 때였다. 닫히기 시작한 대연무장의 아치형 문 사이로 낮은 발걸음 소리가 들려왔다.

뚜벅.

수많은 사람이 빚어내는 소음에 들리지 않아야 하건만 발소리는 너무도 선명하게 모두의 귓가를 파고들었다.

그 소리는 글렌 지그하르트처럼 위엄 있었고, 리메르 같은 경쾌함을 일으켰으며, 밀랜드의 묵직함이 깃들어 있었다.

청각을 집중시키는 발걸음 소리가 가까워질수록 연무장에 있는 모두의 시선이 뒤로 돌아갔다.

문을 넘어오는 검은 구두. 화려한 예복 이상의 고귀함을 두른 사내의 모습이 드러난다. 햇볕을 받은 금발은 찬란한 빛을 발했고, 가라앉은 붉은 눈은 모든 시선을 빨아들이는 듯했다.

이젠 절세라고 불러도 과언이 아닌 미모로 연무장을 훑어 내리는 그의 입가에 호선이 피어났다.

"이런 환영식은 필요 없는데."

라온 지그하르트. 그 누구보다 눈부신 성장을 이뤄 낸 그가 지그하르트의 심장으로 돌아왔다.

제151화

라온이 대연무장 문을 손으로 잡았다. 닫히려던 거대한 문이 그의 손아귀에 붙잡혀 옴짝달싹 못 한 채 멈췄다.

"다, 당신은…."

"라온 지그하르트!"

문 앞의 검사들은 자신의 얼굴을 보고 눈을 휘둥그레 뜬 채 깃대를 치웠다.

"라온!"

"도련님!"

"라온 도련님!"

가장 먼저 들려온 목소리는 좌측 외곽에서였다. 실비아와 헬렌 그리고 시녀들이 빨개진 눈으로 손을 마구 흔들고 있었다. 그쪽을 마주 보며 싱긋 웃어 주었다.

"너 이 자식 왜 이렇게 늦게… 커헉!"

"라온!"

"야! 인마!"

본인도 모르게 함박웃음을 지은 버렌을 밀쳐 내고, 루난과 마르타가 달려왔다.

"라온!"

"너 지금까지 어디서 뭘 한 거야! 왜 이제야 오는 거냐고!"

루난과 마르타는 드물게도 똑같이 인상을 구긴 채 자신의 소매와 멱살을 움켜쥐었다.

"라온. 너무 늦었어!"

"아, 아쉽네. 안 죽고 살아 있었다니."

루난은 소매를 잡고 보라색 눈동자를 빛냈고, 마르타는 멱살을 쥐고 있던 손을 놓고 민망한 듯 고개를 돌렸다.

-아이스크림 소녀와 소고기 소녀 둘은 그대로구나. 안심했도다.

라스는 루난과 마르타를 보며 만족스럽게 고개를 끄덕였다.

-다만 저 눈깔 녀석과 귀때기는 아직 살아 있군. 아쉬운 일이니라.

반면 버렌과 리메르를 보고는 쯧쯧 혀를 찼다. 정말이지 언행을 예측할 수가 없는 녀석이다.

"라온!"

"이제야 왔구나!"

"기다리고 있었어!"

"너무 늦었잖아!"

수련생들도 자리에서 벗어나 언무장 문으로 달려갔디. 순식간에 라온의 앞이 사람들로 가득 찼다.

"마지막에 등장하다니, 네가 무슨 주인공이라도 되는 거냐?"

리메르가 피식 웃으며 다가왔다. 귀찮은 표정이지만, 미소에는 반가움이 담겨 있었다. 여전한 사람이다.

"왔으면 빨리 올라와라. 다들 기다리고 있으니까."

"아직 안 온 녀석이 있어서요."

라온은 고개를 젓고, 문에서 손을 떼지 않았다.

"안 온 친구?"

"누가 또 있어?"

"다 온 거 아니야?"

잠시 후 없어 보이는 탁한 숨소리를 흘리며 유아를 업은 도리안이 대연무장의 문을 넘었다.

"가, 갑자기 혼자 뛰어가시면 어떻게 해요!"

도리안은 끙 소리를 내며 유아를 내려놓았다.

"내가 먼저 가지 않았으면 문이 닫혔을 거야."

라온은 그제야 문에서 손을 뗐다. 한 사람의 힘에 막혀 있던 거대한 철문이 자존심이 상한 것처럼 웅장한 소리를 내며 닫혔다.

"으음…."

"저걸 그냥 힘으로 막은 건가…."

문지기 역할을 하던 검사들은 그 모습을 보고 마른침을 삼켰다.

"졸업식을 시작하면 되돌릴 방법이 없잖아."

라온이 피식 웃으며 손을 털었다. 조금만 늦게 도착했다면 졸업식이 시작되어 참여할 방법이 없었을 거다. 도리안과 유아를 놔두고 먼저 와서 문을 잡은 건 적절한 선택이었다.

"아, 도, 도리안!"

"도리안이 있었구나."

"그, 그러네. 도리안이 있었네."

리메르와 수련생들은 도리안을 보고 어색하게 웃었다. 그들 모두 라온의 화려한 등장에 빠져 도리안이라는 존재를 아예 잊고 있었다.

"'도리안이 있었구나?' 그 말은 좀 많이 섭섭한데…."

도리안이 서글픈 눈빛으로 고개를 푹 숙였다.

"신경 쓰지 말고, 먼저 올라가."

라온은 도리안의 어깨를 툭 치고서 유아와 눈을 마주쳤다.

"유아야. 저기 저 사람들 보이지?"

"예쁜 옷을 입은 언니들이요?"

"그래. 저기 가서 기다리고 있어."

"네!"

유아는 고개를 끄덕이고 실비아와 헬렌이 있는 자리로 달려갔다.

"흐음…."

리메르는 달려가는 유아에게서 시선을 돌려 다시 라온을 보았다.

"수확은 있었나?"

"네."

"좋군. 주인공도 왔으니, 시작하자. 전부 자리로 돌아가."

라온의 자신감 넘치는 대답을 들은 리메르가 히죽 웃었다.

"예!"

"알겠습니다!"

안색이 밝아진 수련생들이 고개를 끄덕이고 빠르게 원래의 자리로 향했다.

"주인공들이라고 해 줘요…."

도리안은 어깨를 축 늘어뜨린 채 맨 끝자리로 향했다.

"아, 미안. 그리고 라온은 너는 가장 앞에서…."

"멈춰라."

리메르가 안 미안한 표정으로 라온의 위치를 말해 주려고 할 때 직계들이 앉아 있던 중앙 단상에서 카룬 지그하르트가 일어섰다. 막강한 기세를 피워 내며 글렌의 옆으로 다가갔다.

"가주님. 다른 수련생들은 한 달 전에 졸업 자격을 증명했지만, 라온은 이제야 가문에 도착했습니다. 자격을 증명하지 못했으니 함께 졸업시켜선 안 된다고 생각합니다."

"그 말도 틀리진 않군."

글렌이 무감정한 눈으로 고개를 끄덕이자, 카룬이 단상 앞으로 나왔다.

"너희 둘은 교관들에게 졸업 자격을 얻지 못했다. 졸업식에 설 자격이 없으니 내려가라."

그의 냉정한 목소리가 연무장에 울렸다.

"이, 있습니다! 하분 성주의 편지가 여기에…."

"그게 아니다."

도리안이 배 주머니에서 밀랜드의 편지를 꺼내려 할 때 카룬이 손을 들어 올렸다.

"너희가 1년 동안 무엇을 했는지, 어떻게 지냈는지를 교관에게 보고하고 그걸 바탕으로 시험의 합격 여부를 가려야 하거늘. 이제 도착했으니, 그 자격이 없다는 말이다. 설마 여기 있는 모두를 기다리게 하며 자격 증명을 하겠다는 건 아니겠지?"

"아…."

도리안이 배 주머니에 손을 넣은 채 고개를 푹 숙였고, 라온은 덤덤한 눈으로 카룬을 바라보았다. 방해가 맞지만, 그의 말이 틀린 건 아니었다.

"오래 기다릴 필요 없어."

리메르가 미소를 유지한 채 앞으로 끼어들었다.

"리메르…."

"검사는 검으로 말하는 법. 그것 외에 다른 게 필요한가?"

그가 허리춤의 검을 뽑았다. 찰나의 순간에 솟구치는 강대한 기파. 폭풍이 응집된 듯한 녹색 오러가 은빛 칼날을 진하게 휘감았다.

고오오오!

리메르는 극한의 예기를 담은 검으로 라온을 겨누었다.

"말은 필요 없겠지?"

"물론입니다."

라온이 고개를 끄덕이자, 리메르가 그 자리에서 사라졌다. 바람을 타고 나아가 검을 내리친다. 사위에서 모여든 바람의 칼날이 공간을 찢어발겼다.

언젠가 보았던 검. 이곳을 떠나기 전 그에게 패배할 때 보여 주었던 바로 그 검술이었다. 한층 더 강화된 오러로 자신의 약점을 사정없이 노려 왔다.

시험. 이건 그가 내리는 시험이다. 1년 동안 얼마나 성장했는지 보여 달라는 의미의 공격이었나.

'실망시킬 수는 없지.'

리메르의 칼날이 가슴에 닿기 직전 라온의 손이 움직였다. 검집에서 벼락처럼 치솟은 붉은 칼날이 바람의 틈을 비집고 들어가 역으로 리메르의 허리를 노렸다.

쩌어어엉!

의지를 담은 두 칼날이 맞부딪치자 녹광과 적광이 폭발하며 연무장 중심에서 열풍이 터져 나왔다.

찌지지직!

검날의 비틀림 사이에서 일어난 샛노란 스파크를 거울삼아 라온과 리메르가 옅은 미소를 지었다.

후우우웅!

응집된 기운이 폭발하기 직전 라온과 리메르는 약속이라도 한 듯 손을 뻗어 그 강대한 오러의 폭풍을 하늘로 날려 보냈다.

콰아아아앙!

연무장 상공에서 폭발한 오러들은 졸업을 축하하는 폭죽처럼 화려한 빛을 뿜어냈다.

"전에는 제대로 보지도 못하더니, 완전히 달라져서 왔구나."

리메르는 아직 떨리는 검을 휘돌리며 씩 웃었다. 만족스러움이 넘쳐흐르는 듯한 눈빛이다.

-달라지기는 무슨, 똥폼 잡는 것만 늘었지.

라스는 라온이 주목을 받는 게 마음에 들지 않는 듯 콧등을 찡그렸다.

"허어…."

"저, 저 검격을 막았다고? 아직 수련생인 녀석이?"

"리메르가 봐준 건가?"

"눈깔은 폼으로 달고 다니냐? 힘 조절이야 했겠지만, 수련생이 받아 낼 검격이 아니었다고."

"미쳤어. 17살에 저 무력이라니…."

눈앞에서 라온과 리메르의 격돌을 지켜본 검사들은 당황한 표정으로 혀를 내둘렀다.

"5 연무장의 수석 교관으로서 네 성장을 인정한다. 생존 시험 합격이다. 라온 지그하르트."

"감사합니다."

라온은 글렌 그리고 리메르에게 차례로 고개를 숙였다.

"직접 보셨는데, 할 말이라도 있으십니까? 중무전주?"

"끄으윽…."

카룬 지그하르트 역시 라온이 펼쳐 낸 검격의 위력을 눈앞에서 보았기에 할 말을 찾지 못하고 이를 갈며 제자리로 돌아갔다.

"뭐야. 더 강해져서 왔잖아."

"아오! 괜히 걱정해 줬네."

"근데 교관님 검을 어떻게 막은 거야?"

"진짜 미쳤다…."

라온과 리메르의 격돌을 피부로 느낀 수련생들은 안에 벌레가 들어가도 모를 정도로 입을 떡 벌렸다.

"역시…."

"라온!"

"저 망할 녀석…."

버렌은 그럴 줄 알았다는 듯 주먹을 움켜쥐었고, 루난은 오랜만에 코를 흥흥거렸으며, 마르타는 흥거운 것처럼 입매를 말아 올렸다.

"가주님. 시작해도 되겠습니까?"

"…라온에 대한 질문은 이후에 하도록 하지. 시작하라."

글렌은 관심이 없는 것처럼 조금의 표정 변화도 없이 고개를 끄덕였다.

"수석 수련생. 라온은 앞으로."

"예!"

라온은 당당한 걸음으로 수련생들의 앞에 서서 글렌을 올려다보았다.

"5 연무장 총원 43명, 현재원 43명. 열외 무! 지금부터 5 연무장 수련생의 졸업식을 시작하겠습니다!"

리메르는 열외 무를 특히 강조하면서 졸업식의 시작을 알렸다. 수련생 모두가 허리를 쭉 펴고 자신감이 깃든 눈빛을 발했다.

딱 한 사람을 제외하고.

"이거 맞아? 난 시험도 안 봤는데. 이거 맞냐고."

도리안은 앞과 옆의 수련생들을 힐끔거리며 손가락을 비볐다. 시험을 안 본 건 좋지만 존재감이 아예 사라진 것 같아서 가슴이 아렸다.

"나 너무 무시당하는 거 아니야?"

졸업식이 끝난 후 라온은 실비아와 만나기도 전에 가주전 알현실로 불려 왔다.

글렌 지그하르트는 연무장에 있을 때와 마찬가지로 옥좌에 앉아 공허한 눈빛으로 세상을 굽어보고 있었다.

'역시 대단해. 얼마나 강한지 느껴지질 않아.'

성장하면 할수록 글렌이라는 산이 얼마나 높은지 조금씩 보이게 된다. 슬로스라는 초월적 존재를 마주하고 왔음에도 그의 한계가 느껴지지 않았다. 이 남자라면 그 슬로스도 이길 수 있을 것만 같았다.

-그래 봐야 본왕의 아래이니라. 전에도 한번 말했지만, 본왕이 본체의 힘을 가져온다면 수만 합으로 이길 수 있다.

'전에는 수천 합 아니었어?'

-그건…. 네, 네놈이 본왕의 힘을 훔쳐 갔기 때문 아니더냐!

'그 정도는 별거 아니라며.'

-…….

'라스?'

라스는 대답 없이 자는 것처럼 팔찌로 쏙 기어들어 가서 아무 말도 하지 않았다.

'하여튼.'

헛웃음이 나오려는 걸 참으며 글렌의 앞에 섰다.

"가주님을 뵙습니다!"

라온은 옆에서 떨고 있는 유아의 손을 꼭 잡아 준 채 고개를 숙였다.

"가, 가주님을 뵙습니다!"

도리안이 한 박자 늦게 인사를 했지만, 글렌은 별 신경 쓰지 않고 손을 저어 일어나라 지시했다.

"너희들이 이곳을 떠난 이후로 일어났던 일을 모두 보고해라."

"꽤 길어질 텐데, 괜찮으십니까?"

"상관없다. 네가 1년간 무엇을 했는지를 듣고, 졸업 여부를 가려야 하니까."

"알겠습니다. 그럼 저희가 먼저 들렀던 카멜룬부터 말씀드리겠습니다. 저희는 그곳에 가서…."

라온은 한 발 앞으로 나와서 지금까지 있었던 일을 모두 설명했다. 물론 도둑질이나, 슬로스를 만난 건 제외하고 몇 가지 사건들을 적절하게 수정했다.

"…마지막으로 밀랜드 성주와 대련을 하고 난 뒤 다시 가문으로 돌아왔습니다."

"성주와의 대련은 어떻게 됐지?"

"제가 패했습니다."

"패한 건 알고 있다. 네 녀석이 그를 꺾기엔 100년은 이르니까. 성주는 강기를 썼나?"

"예. 마지막에 사용했습니다."

"흐음!"

"허어…."

리메르는 만족스럽다는 듯 입맛을 다셨고, 로엔은 감탄한 것처럼 탄성을 흘렸다.

"……."

글렌은 평소와 다를 바 없는 눈빛으로 자신을 지그시 바라만 보았다. 판단을 내리겠다더니 큰 관심이 없는 표정이었다.

"에덴에서 노렸다는 게 그 아이인가?"

"으윽."

글렌의 시선이 처음으로 유아에게 향했다. 그 압박감에 유아의 손에서 심한 떨림이 일었다.

"그렇습니다. 세이렌의 가면을 씌우겠다고 하면서 두 번이나 노린 걸 보면 꽤 집착하고 있는 것 같습니다."

"세이렌이라…."

글렌이 저절로 피어나는 기세와 위엄을 가라앉혔다.

"네 이름이 무엇이냐."

"아…."

말하기 편해진 유아가 라온의 손을 꾹 잡은 채 천천히 입을 뗐다.

"유, 유아예요! 아, 유아입니다!"

"음."

본인도 모르게 크게 터진 유아의 목소리에 글렌이 로엔에게 고개를 돌렸다.

"확실히 있군요."

로엔이 떨리는 눈동자로 고개를 끄덕였다.

"목소리 자체에 영기가 끼어 있습니다. 우연한 기회에 상단전이 열린 게 아닐지…."

"아니, 처음부터 열린 상태로 태어났다. 극히 드문 재능이야. 에덴에서 노렸다는 이유를 알겠어."

글렌은 평범한 사람처럼 기세를 이예 지워 버리고, 유아와 눈을 마주쳤다. 그의 붉은 눈은 이 찰나의 순간에 유아의 모든 것을 살핀 듯 선명하게 빛났다.

"그 아이를 어떻게 할 생각이지?"

"별관에서 함께 지낼 생각입니다. 그리고…."

라온은 눈을 내리감았다가 뜨며 말을 이었다.

"스스로 강해지길 원하니 검을 가르칠 생각입니다."

"검이 아니다."

글렌은 단호하게 고개를 저었다.

"그 아이가 걸어야 할 길은 검이 아니라, 소리다."

그가 턱짓하자, 우측에 있던 로엔이 앞으로 나왔다.

"앞으로 로엔에게 소리를 사용하는 법을 배우도록."

"자, 잠시만요! 로엔 님은…."

로엔은 분명 좋은 사람이지만, 글렌의 뒤에 섰던 암살자가 분명하다. 유아에게 암살 기술을 가르칠 수는 없었다.

"로엔은 소리에 대해 일가견이 있다. 네가 생각하는 일은 없을 테니, 걱정하지 말도록."

글렌은 생각을 모두 읽은 것처럼 고개를 저었다.

"소리…."

로엔은 근접 거리에서도 소리를 완벽하게 죽일 줄 아는 무인이다. 소리를 없앨 줄 아니, 반대로 소리를 낼 줄도 아는 것 같았다.

"앞으로 잘 부탁드리겠습니다."

로엔은 걱정하지 말라는 듯 유아와 라온을 향해 부드럽게 웃었다.

"아, 네!"

유아는 글렌보다는 훨씬 부드러운 인상의 로엔이 편했는지 빠르게 고개를 꾸벅였다.

"그럼 마지막 질문을 하지. 왜 이렇게 늦은 것이냐."

"특별한 일은 아닙니다."

라온은 옆에서 어쩔 줄 모르는 도리안과 유아를 보며 말을 이었다.

"과일과 몇 가지 물품 보충을 위해 도시에 들렀다가 왔습니다."

유아는 실비아에게 맛 좋은 요리를 대접하고 싶다며 몇 가지 음식 재료를 사 가길 원했고, 도리안은 주머니에 과일과 몇몇 물품을 보충하고 싶다고 해서 도시에 들렀다가 왔다.

"과, 과일?"

"물품 보충?"

리메르와 로엔은 이유를 듣자마자 어이가 없다는 듯 얼빠진 표정이 되었다.

"과일을 사느라 늦었다니, 한심하기 짝이 없군. 그 스승에 그 제자야."

글렌은 리메르를 보며 인상을 찌푸렸다. 네가 저렇게 가르쳤냐고 묻는 듯한 차가운 눈빛이다.

"가주님! 그런 말씀은 받아들이기 어렵습니다! 제자의 욕은 참을 수 있지만, 제 욕은 참지 못합니다!"

리메르가 취소하라는 듯 고개를 맹렬하게 흔들었다.

"…미친놈이로다."

─…여전히 미친놈이로다.

글렌과 라스는 통한 것처럼 똑같은 말을 뱉었다.

"저 둘은 그렇다 치고, 너도 과일을 사느라 시간을 낭비했느냐?"

"저는 그동안 생각을 비웠습니다."

"생각을 비워?"

"예."

라온이 느릿하게 눈을 내리감았다.

"밀랜드 성주와 대련을 끝낸 이후. 아니, 만화공이 한 단계 올라간 이후부터 뇌리에 심상이 떠올랐습니다. 검술, 보법, 연공법. 제가 강해질 수 있는 여러 미래가 그려지더군요."

"그래서 넌 무엇을 했지?"

그 말에 글렌의 눈빛이 처음으로 번쩍였다. 흥분한 듯 옥좌에서 천천히 몸을 일으켰다.

"지나가는 심상들을 냇물처럼 그저 지켜만 보았습니다."

"왜지? 그 영감들을 잡으면 더 강해질 거라는 욕심이 일었을 텐데."

"맞습니다. 하지만 지금의 제가 넘보기에 너무 큰 것들이었습니다. 어설프게 파고들었다면 거기에 매몰되어 나아가지 못할 것 같았습니다."

"그래서 지켜만 보았다?"

"예. 언젠가는 그것이 제힘이 될 거라고 생각하며 저 둘과 마지막 수련생 생활을 즐겼습니다."

라온이 담담하게 고개를 끄덕였다.

'그게 정답이었어.'

대련 이후엔 다른 생각을 하지 못할 정도로 머릿속에서 높은 경지에 오른 미래의 자신만이 끊임없이 떠올랐다.

그 심상을 붙잡기만 하면 마스터에 오르는 것도, 데루스에게 복수하는 것도 금방 할 수 있다는 생각이 들 정도로 강력한 이미지였지만, 그건 정상적인 성장이 아니었다.

그렇기에 놓았다.

떠도는 구름처럼 혹은 흘러가는 바람처럼 강해진 미래의 심상을 놓아 버리자 오히려 마음이 편해지고 무학의 성취가 상승했다.

"그렇군."

글렌이 다시 몸을 의자에 파묻었다. 대답이 마음에 드는 것 같기도 했고, 아닌 것 같기도 했다.

"강해질수록 더 많은 것을 생각하게 된다. 육체 단련, 오러 연공, 권법, 검술, 보법, 대련 그리고 심상까지."

그는 자신과 같은 붉은 눈으로 허공을 올려다보았다.

"더 많은 것을 볼수록 더 먼 곳을 향할수록 꼭 잡아야 하는 걸 놓치게 되는 경우가 많지. 그런 의미에서 이번에 네 선택은 옳았다."

"예?"

"먼 곳을 보다가 돌부리에 걸려 넘어지고, 가까운 곳을 살피다가 방향이 어긋나게 되지. 중간의 위치에서 네가 할 수 있는 것부터 차근차근 나아가도록 해라."

"아, 예."

글렌에게서 옳았다는 말이 나올 줄은 상상도 못 했기에 순간 소름이 돋아 올랐다.

"오?"

"음!"

리네르와 로엔도 의외였넌지 입을 떡 벌렸다.

"다만 그 아이나, 너는 이미 에덴에 노출된 상태다. 제대로 변장했다고 해도 조심했어야 한다."

"저희가 변장을 한 건 어떻게 아셨습니까?"

라온이 고개를 갸웃거렸다. 변장한 건 맞지만 그걸 글렌이 어떻게 알았는지 모르겠다.

"…네 녀석이 바보가 아니니, 당연히 변장했으리라 생각했다."

글렌은 잠시간의 침묵 후 평소보다 조금 톤이 올라간 목소리로 입을 뗐다.

"그렇습니까."

라온은 그러려니 하며 고개를 끄덕였다.

"바보짓을 하느라 늦었는 줄 알았는데, 길을 잡았다면 감안해 줄 만하지. 네 졸업을 인정한다. 라온 지그하르트."

"감사합니다."

"저, 저기!"

글렌이 빨리 가라는 듯 손을 내젓고, 라온이 고개를 숙이며 물러나려 할 때 도리안이 손을 들었다.

"저는… 윽!"

시험도 안 보고, 아무것도 안 물어봤다고 말하려 했지만, 글렌의 시선을 받자 머리가 텅 비어 버렸다.

부스럭.

도리안은 버릇처럼 배 주머니에 손을 넣어 이번에 사 온 과자를 꺼냈다.

"과, 과자 좀 드실래요?"

"가주님도 어쩔 수 없는 할아버지인 모양이네요."

리메르는 도리안이 주고 간 과자를 씹으며 히죽 웃었다.

"손주의 활약상을 직접 듣고 싶어서 다 알고 있는 이야기를 1시간 넘게 들으시다니, 저는 그런 내리사랑은 못 할 것 같습니다."

"시끄럽다."

"거기다 이번에는 실수도 하셨잖아요. 말을 잘못해서 천검대와 비연회의 보고를 받고 있었다는 걸 라온에게 들킬 뻔… 윽! 죄, 죄송!"

글렌의 눈동자가 새빨갛게 빛나는 걸 본 리메르가 폭소를 멈추고 물러섰다. 바로 어제 죽을 정도로 얻어맞아서 아직 반항할 용기가 없었다.

"라온 님의 기척은 더 줄어드셨더군요. 이젠 고수라고 해도 라온 님이 무학을 익히고 있다는 걸 알아차리기 힘들 것 같습니다."

로엔이 신기하다며 헛바람을 흘렸다.

"처음부터 기척을 숨기는 데 능한 녀석이었으니까요. 지금은 저도 라온의 수준을 정확하게 파악하기 힘듭니다. 익스퍼트 상급을 넘어선 건 확실한데…."

리메르도 과자를 씹으며 그 말에 동의했다.

"아까 들었지 않느냐. 머릿속으로 영감이 떠오르고 있다고. 그 아이는 이미 벽 앞에 서 있다."

"벼, 벽이라면…"

"설마 마스터를 말씀하시는 겁니까?"

로엔이 눈을 부릅뜨고, 리메르가 과자 봉지를 떨어뜨렸다.

"그 아이는 이미 익스퍼트 최상급에 이르러 있다. 거기다 미스디에 이르는 가장 빠른 길에 올라탔지."

익스퍼트 상급에서 최상급에 오르면 머릿속으로 자신의 미래가 파노라마처럼 펼쳐진다.

지금으로서는 이룰 수 없는 높은 심상의 경지에 매몰되면 평생 마스터에 오르지 못할 수도 있고, 그렇다고 아예 무시하면 마스터에 이르는 길이 멀어진다.

그저 지나가는 물처럼 흘려보내는 게 가장 좋은 방법인데, 라온은 누구의 도움도 없이 자유로운 시간을 보내며 그걸 이뤄 냈다. 역시나 보통 녀석이 아니다.

라온의 진짜 강점은 빠르게 성장하는 무력이 아니라, 정신의 굳건함과 냉정함인 것 같았다.

"대륙십이성이라는 아이들이 마스터에 오른 나이가 20대 중반. 하지만 라온은 그 나이대의 나보다도 한 줄 위의 성취를 보이고 있다. 아무래도…."

글렌의 붉은 눈동자에 기대의 불꽃이 번쩍였다.

"얼마 지나지 않아 대륙 역사상 최연소 마스터가 탄생할 것 같구나."

1부 마침.

환생한 암살자는
검술 천재

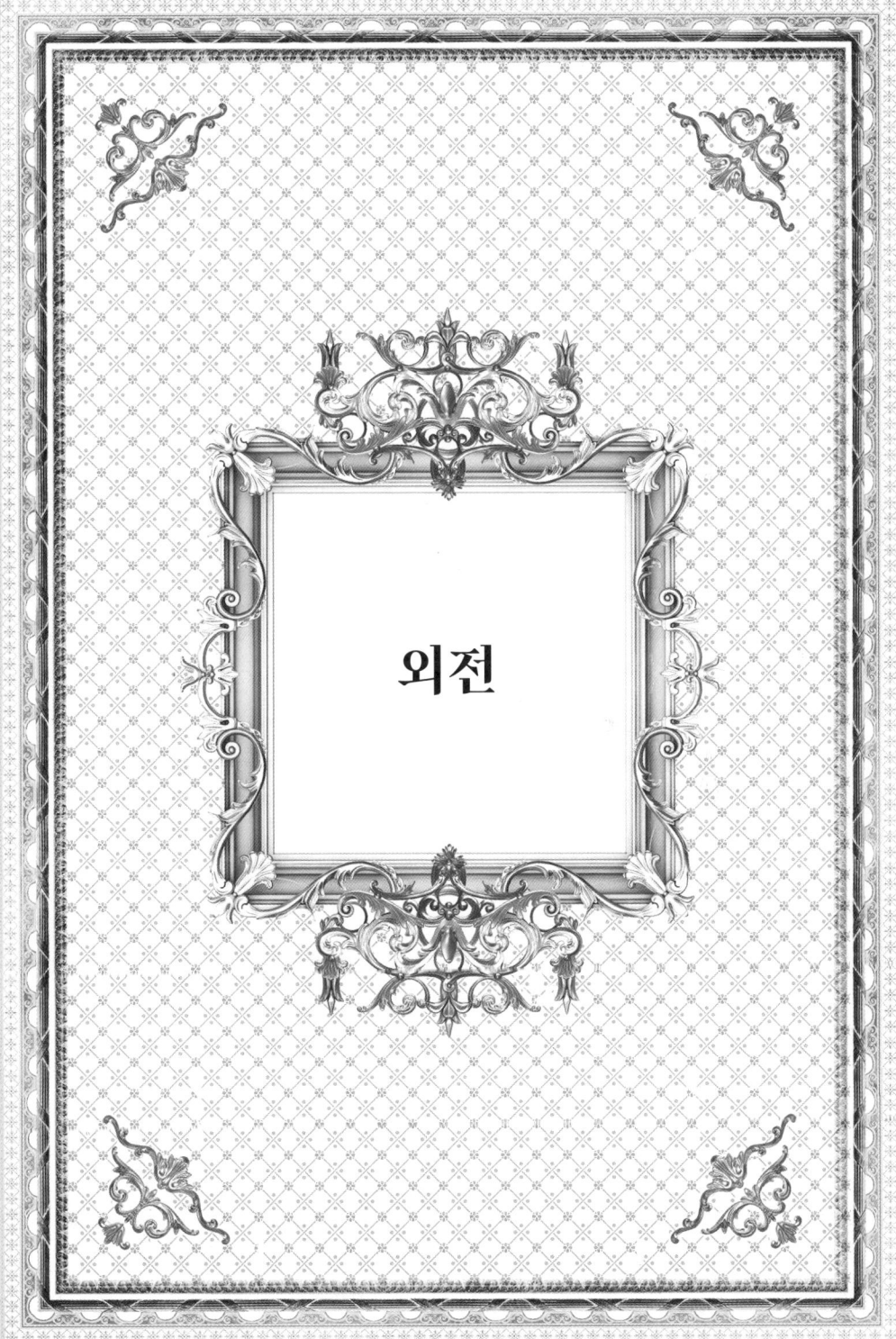

외전 - 동녘 (1)

암살자가 이름을 남기는 경우는 세 가지다.

첫 번째는 완벽한 암살에 경악한 사람들이 두려움에 떨며 살왕이나, 귀살 같은 이명을 만들어 주는 것.

두 번째는 멍청한 암살자가 자결도 하지 못한 채 사로잡혀 본명을 말하게 되는 경우.

그리고 마지막은….

나처럼 주인에게 목줄이 잡혀서 억지로 이름을 알리게 되는 경우다.

"라온 님. 그분께서 기다리고 계십니다."

나는 내 이름을 부르는 수하에게 고개를 끄덕이고서 바위 아래에 뚫린 검은 구덩이 속으로 들어갔다.

라온.

그림자라는 뜻으로 지금의 내 이름이자, 로베르트 가문이 지배하는 남부 지역에 악명을 떨친 암살자의 이명이다.

나는 어둑한 계단을 내려가며 속으로 가느다란 한숨을 내쉬었다.

익숙해질 때도 됐건만, 언제나 지옥으로 걸어 들어가는 기분이야.

이 원형 계단 아래에는 암살자를 육성하기 위한 훈련장이 존재한다.

나 역시 기억도 나지 않는 어린 시절에 이곳으로 잡혀 와 지옥과도 같은 시험을 거쳤고, 지금도 이 아래에서는 수많은 아이들이 암살자가 되는 훈련을 받으며 죽어 가고 있었다.

이 지하는 내 과거와 현재가 공존하는 무저갱이라고 해도 과언이 아니었다.

"으아아악!"

"끄아아아아!"

공동에 내려오자마자, 아직 여물지도 않은 아이들의 비명이 들려왔다.

"……"

나는 그 무엇도 보지도 듣지도 못한 사람처럼 담담한 눈빛으로 훈련장 안쪽으로 들어갔다.

맨정신으로 버티는 게 쉽지가 않아.

본래의 나는 '주인'이라고 부르는 이에게 세뇌를 당해서 사람을 죽이는 것도, 내가 암살자로 살아가는 것에도 아무런 의심을 가지지 않았다.

사람이 먹고 자는 것처럼 그저 당연한 일이라고만 생각했다.

하지만 임무에 나가서 죽을 위기에 처했을 때 얻은 기연 덕분에 주인의 세뇌에서 벗어날 수 있었다.

이제 도망칠 준비는 거의 끝났어.

세뇌가 풀렸을 때는 이미 주인의 곁으로 돌아온 뒤였기에 숨을 죽인 채 이 지옥을 떠날 준비를 했다.

물론 그동안 나를 써먹은 값을 받아 낼 선물도 챙겨 두었다.

나는 훈련장 전체를 내려다볼 수 있는 탑을 오르며 눈동자에 힘을 뺐다. 세뇌를 당했을 때와 같은 감정 없는 눈빛을 유지하며 검게 말라붙은 문을 열었다.

스으윽.

독 내성 훈련, 고문 훈련, 세뇌 그리고 고사리 같은 손으로도 사람을 죽일 수 있는 암살 훈련까지. 그 모든 현장이 보이는 창가 앞에 자신의 주인이 앉아 있었다.

데루스 로베르트.

육황의 한 축인 로베르트 가문의 가주이자, 남방의 주인. 천검성이라는 이명으로 세상에 빛을 펼치는 초월자 데루스 로베르트는 이 어둑한 지하 공동에서 암살자를 육성하는 악마였다.

"부르셨습니까."

나는 창밖을 지그시 굽어보고 있는 데루스의 뒤로 다가가 고개를 숙였다.

"임무를 끝낸 지 얼마 지나지도 않았는데, 또 부르게 되어 미안하구나."

데루스가 미세하게 고개를 돌려서 나를 바라보았다.

역겹다.

데루스는 나를 비롯한 모든 암살사들 세뇌하여 명령을 들을 수밖에 없는 도구로 만들어 놓고, 사람을 대하는 척을 하고 있었다.

나도 세뇌에 걸려 있을 때는 데루스가 정말 좋은 사람이라고 여겼다. 그를 위해서라면 목숨도 바칠 수 있다고 생각했다.

하지만 꿈에서 깨어나니, 내 목에는 폭탄 목걸이가 걸려 있었고, 그 목줄을 잡고 있던 놈은 구제도 안 되는 쓰레기일 뿐이었다.

"아닙니다."

나는 역겨움에 울렁거리는 속을 참아 내며 데루스에게 무릎을 꿇었다.

"언제라도 불러만 주십시오."

세뇌를 당한 상태였을 때나 했을 법한 말을 읊으며 고개까지 숙였다.

"그리 말해 주니, 고맙구나."

데루스는 나를 의심하지 않는 듯 담담하게 고개를 끄덕였다.

"라온. 에필란 영지를 알고 있나?"

그는 물음과는 달리 당연히 에필란 영지를 알고 있다는 전제하에 이야기를 시작했다.

"그 영지 아래에 괜찮은 마나석들이 묻혀 있다고 하더구나."

"최상급 마나석입니까?"

데루스가 움직일 정도라면 보통 마나석은 아닐 것이기에 최상급이냐고 물어보며 시선을 들어 올렸다.

"정확하다. 영지 중심에서부터 해안가까지 최상급 마나석이 묻혀 있다고 하더군. 과거에 꽤 큰 전쟁이 일어났던 모양이야."

그가 손가락으로 의자의 팔걸이를 툭툭 쳤다.

"아직은 밝혀지지 않았지만, 곧 에필란 가주도 알게 되겠지."

데루스가 부드러운 미소를 그리며 고개를 주억거렸다.

에필란 영지에도 세작을 심어 둔 건가?

에필란 영지에서 일어나는 일을 가주보다도 빠르게 파악하다니, 어처구니없는 괴물이었다.

"에필란 가주를 최대한 빨리 치워 주었으면 좋겠구나. 언제나처럼 방법은 너에게 맡기도록 하마."

빠르게 치워라.

저 말은 에필란 가주를 죽이고, 마나석이 묻혀 있는 땅을 통째로 먹을 방법을 알아서 만들라는 뜻이었다. 단순한 암살 임무가 아니다.

"알겠습니다."

나는 머리를 굴리며 고개를 숙였다.

"그럼 고생하도록."

데루스는 그 말을 끝으로 아이들이 죽어 나가는 훈련장으로 시선을 돌렸다.

나는 소리 없이 일어나서 데루스에게 등을 보이지 않은 채 뒷걸음으로 피 냄새가 흐르는 듯한 방을 나섰다.

으아아아악!

끄으으으….

공동을 빠져나갈 때까지도 여전히 아이들의 비명이 들려온다. 나는 뒤를 돌아보지 않은 채 손아귀에 힘을 주었다.

미안하다. 지금의 나는 너희를 구할 힘도, 용기도 없어.

입 밖으로 뱉을 수 없는 말이 영혼 속에 가라앉는다.

나는 내 과거처럼 꺼뭇한 계단을 올라가며 눈을 질끈 내리감았다.

나는 데루스에게 임무를 받은 후 수하들을 데리고, 에필란 영지로 향했다.

"각자 정보를 모으도록."

내가 직접 키운 수하들은 암살, 정보 수집, 위장 등 모든 분야에서 최고의 실력을 지니고 있기에 그들에게 중요한 역할을 맡기고 에필란 가문의 저택을 바라보았다.

에필란은 역사에 이름을 남기고 있는 위엄 있는 가문 중 하나지만, 저들이 쌓아 올린 모든 것은 조만간 데루스 로베르트의 손아귀에 들어가게 될 것이다.

속이 갑갑하군. 그냥 일이나 하는 게 낫겠어.

이전이라면 수하들에게 정보 수집을 맡기고 가만히 있었겠지만, 죄 없는 사람을 죽여야 한다는 죄책감 때문인지 가슴이 답답해서 직접 움직이고 싶었다.

나는 짧게 숨을 내쉬고서 작은 주점에 들어가 에필란 가주에 대해 물었다.

"우리 가주님? 딱 보이지 않아?"

수염을 정리하지 않은 주인장이 자줏빛 술을 말아 주며 씩 웃었다.

"가뭄이 올 때는 창고를 열어 곡물을 풀어 주시고, 세금을 반으로 줄여 주는 경우도 자주 있는 일이지. 주민만을 생각하는 아주 드문 귀족이라고!"

그는 그 외에도 축제를 열어서 사람들의 배를 채워 주는 경우도 많다며 입맛을 다셨다.

"애들 교육에도 신경을 써 준다네. 대륙 이곳저곳에서 살아 봤지만, 저런 분은 처음이야."

옆자리에서 술을 마시던 노인이 취기에 빨개진 손가락을 까딱였다.

"가문에만 박혀 있는 가짜 귀족 놈들과 다르게 매주 밖으로 나오셔서 직접 주민들을 만나서 어려운 일을 들어주시는 경우도 많지. 나도 이번에 도움을 받았다고."

뒤 테이블에 있는 젊은 여성도 한쪽 눈을 깜빡이며 술잔을 흔들었다.

"우리 같은 용병도 먹고살기 편해. 일거리도 깨끗하고, 돈도 짭짤하거든."

수염이 덥수룩한 용병이 본인의 두툼한 배를 두드렸다.

"저 말처럼 병사와 용병들을 풀어서 영지 주변의 몬스터도 정리해 주시지. 땅을 빌려주는 경우는 너무 많아서 셀 수가 없네."

주인장은 에필란 가주의 칭찬을 더 하고 싶은 듯 용병의 말을 이어 갔다.

"이번에 영지를 개발하는 것도 우리에게 더 넓은 공간을 만들어 주기 위해서라고 하더군. 그분 같은 귀족은 또 없을 거야."

그는 완벽한 귀족이라고 해도 과언이 아니라며 엄지손가락을 치켜들었다.

"자네. 못 보던 얼굴인 것이, 어쩌다가 여기까지 흘러온 것 같은데…."

주인장이 변장한 내 얼굴을 위아래로 살피며 고개를 끄덕였다.

"이곳에 자리를 잡으면 좋은 여자랑 결혼해서 아들딸 하나씩 낳고 행복하게 살 수 있을 걸세! 내 장담하지!"

그는 떠돌이에게 추천하는 땅이라며 시원하게 웃었다.

내 정체에 대해 의심 자체를 하지 않는 것을 보니, 정말 좋은 곳이라는 생각이 들었다.

좋은 여자와 결혼해서 아들과 딸이라….

나는 씁쓸하게 웃으며 고개를 저었다.

내게 그런 기회는 없겠지.

일단 나부터 좋은 인간이 아니고, 데루스에게서 벗어난다고 해도 평생 놈의 손길을 피해 다니느라 도망자 신세가 될 것이다.

그런 내게 좋은 여자와 결혼해서 자식을 낳는 미래는 존재하시 않있다.

"생각해 보겠습니다."

나는 테이블에 술값을 내려놓고, 주점을 나왔다.

그 뒤로 행색을 바꿔서 다른 주점이나 식당에도 가 보았지만, 모두 에필란 영지가 정대하면서도 따스한 곳이라는 말만 돌아왔다.

사람을 소중히 여기는 가주라….

그래서 어쩌라고.

나는 내 이름도 기억하지 못하는 어린 시절에 데루스에게 납치당해 평생을 암살자로 살아왔다.

이제야 간신히 도망칠 기회가 다가왔는데, 그 계획을 타인 때문에 무너뜨릴 수는 없었다.

아무리 착하고, 선행을 많이 했다고 해도 내가 더 중요해. 데루스처럼 속이 썩어 있는 놈일 수도 있잖아.

데루스 로베르트는 천검성이라는 이명을 지니고 있다. 하늘이 내려 준 검의 성인이라는 뜻으로, 그가 저 이름을 얻은 이유에는 세상에 펼쳤던 수많은 선행을 기리기 위한 것도 있다.

육황 중에서도 가장 많은 선행을 베푼 데루스 로베르트가 뒤에서는 아이들을 납치해서 암살자로 키우고 있었으니, 에필란 가주도 그렇지 않다는 보장이 없었다.

나는 심장을 찌르는 듯한 감정의 통증을 무시하고, 에필란 영주의 모습을 관찰했다.

솔직히 말하면 지금 이 자리에서 도망치고 싶다.

하지만 옆에 붙어 있는 수하들은 내 편이 아니라, 데루스의 감시자나 다름없다.

이대로 도망친다면 놈들은 이 대륙 끝까지 추적하여 내 목을 잘라 갈 것이다.

나는 뇌리를 흔드는 혼란스러운 감정과 생각을 내리누르고, 다시 에필란 가주와 그의 영지를 살폈다.

다만 에필란 가주를 보면 볼수록 가슴에서 전해지는 통증이 강해졌다.

일주일 동안 수하들과 함께 에필란 가주의 삶을 파악했다.

슬하에는 아들 하나, 부인은 사별했고, 저택 내부에 상주하는 기사는 없었다.

체계적인 일정을 따라 생활하며, 비일상적인 행동은 단 한 번도 보여 주지 않았다.

나는 결론을 내렸다. 너무도 죽이기 쉬운 상대라고.

지금 당장 저택으로 들어가서 에필란 가주의 목을 따고 걸어 나와도 누구에게도 들키지 않을 자신이 있었다.

다만 에필란 가주를 죽이는 것만으로는 임무를 완수할 수가 없다. 이 땅을 데루스 로베르트가 집어삼킬 방법을 찾아야 했다.

오랜만에 전염병으로 할까.

그림자에서 개발한 독 중에는 전염병과 비슷한 증상을 만들어 낼 수 있는 물건들도 있다.

우물에 독을 풀어서 모두를 중독시키고, 가주를 전염병으로 위장하여 죽인 다음 데루스가 찾아와서 이 영지를 구원하게 만드는 시나리오가 좋을 것 같았다.

"…그렇게 가도록 하지."

나는 수하들을 모아서 구상한 계획을 설명해 주었다.

"에필란 가주의 죽음은 처참해야 하니, 내가 직접 하겠다."

수하들에게 맡길 수도 있었겠지만, 나는 직접 암살에 나서겠다고 말하며 손끝에 힘을 주었다.

에필란 가주가 수하들의 손에 고통스럽게 죽는 것보다 내가 직접 편하게 보내주고 싶었다.

설사 그게 나의 오만이라고 하더라도.

나는 수하들을 보낸 후 힘을 주고 있던 손을 펼쳤다. 티끌 하나 없이 깨끗했지만, 그 안쪽에서는 지워지지 않는 혈향이 피어나는 것 같았다.

이제 얼마 남지 않았어.

나는 영혼 속에서 들려오는 울림을 무시하며 어금니를 깨물었다.

이틀 뒤 달이 없는 밤.

나는 미리 지정한 암습 경로를 통해 에필란 가문의 담벼락을 넘었다.

부유한 영지임에도 본관 건물은 저택 한 채가 전부였다. 외곽에서 경비를 서는 기사들을 가볍게 피한 후 내부로 들어갔다.

목요일이니, 2층 서재에 있겠지.

에필란 가주는 목요일 밤에는 항상 2층 서재에 머물며 남은 업무를 끝내고, 책을 읽는다. 방해받는 것을 싫어하기에 따로 경호를 서는 사람도 없으니, 지금이 그를 죽일 수 있는 가장 좋은 기회였다.

빨리 끝내고 돌아가자.

나는 일부러 에필란 가주에 대해 떠올리지 않고, 데루스에게서 벗어날 생각만을 하며 소리 없이 서재 안으로 들어갔다.

오래된 서재에서는 낡은 책 냄새와 함께 따스한 열기가 피어나고 있었다.

에필란 가주는….

소파에 있군.

그는 때가 탄 책상이 아니라, 책장 사이에 있는 소파에 앉아서 책을 읽고 있었다.

나는 기척을 완벽하게 죽인 후 소파의 뒤로 돌아가 독을 바른 바늘을 들어 올렸다.

바늘을 세워서 에필란 가주의 목을 찌르려고 할 때 그의 품에 안겨 동화책을 읽고 있던 아이와 눈이 마주쳤다.

"아…."

나는 남부 최고의 암살자답지 않게 소리를 냈고, 아이와 꼭 닮은 에필란 가주와 눈동자를 마주하게 되었다.

외전 - 동녘 (2)

"……."

에필란 가주는 본인의 목에 바늘이 닿아 있는 것을 알아차렸음에도 먼저 아이를 향해 손을 뻗었다.

"트린. 잠시 눈을 감고 있거라."

그는 안고 있던 아이의 눈을 손으로 가리고서 목을 가볍게 두드렸다.

"아…."

그러자 트린이라 불린 아이가 낮은 신음을 흘리며 몸을 축 늘어뜨렸다.

"이 아이는 당신을 보지도 못했소."

에필란 가주가 아이를 소파 옆에 눕히며 떨리는 고개를 들어 올렸다.

"나는 죽여도 좋으니, 이 아이만큼은 살려 주시오."

그는 제발 부탁한다며 본인이 직접 목을 움직여 바늘에 찔리려고 했다. 예상하지 못한 상황에 나도 모르게 살짝 손을 뺐다.

 젠장….

 에필란 가주의 선행에 대해서 생각하지 않으려다가 서재 안의 숨소리도 확인하지 않고, 진입한 게 실책이었다.

 너무 감정적이었어.

 스스로의 멍청함에 헛웃음이 흘러나왔다.

 찌익.

 나는 절실한 눈빛을 한 에필란 가주를 보며 입술을 씹었다.

 죽여야 해. 이 남자만이 아니라, 아이까지. 모두!

 이미 들킨 이상 목격자를 살려 준다는 건 암살자에게 있을 수 없는 일이다. 무조건 죽여야 했다.

 '우리 가주님? 딱 보이지 않아?'

 '가뭄이 올 때는 창고를 열어 곡물을 풀어 주시고, 세금을 반으로 줄여 주는 경우도 자주 있는 일이지. 주민만을 생각하는 아주 드문 귀족이라고!'

 '애들 교육에도 신경을 써 준다네. 대륙 이곳저곳에서 살아 봤지만, 저런 분은 처음이야.'

 '가문에만 박혀 있는 가짜 귀족 놈들과 다르게 매주 밖으로 나오셔서 직접 주민들을 만나서 어려운 일을 들어주시는 경우도 많지. 나도 이번에 도움을 받았다고.'

 '우리 같은 용병도 먹고살기 편해. 일거리도 깨끗하고, 돈도 짭짤하거든.'

 '저 말처럼 병사와 용병들을 풀어서 영지 주변의 몬스터도 정리해 주시지. 땅을 빌려주는 경우는 너무 많아서 셀 수가 없네.'

 바늘을 쥐고 있는 손에 힘을 주려고 하니, 정보 수집을 하는 동안 에필란 가주에 대해 들었던 이야기들이 떠올랐다.

아니, 분명 악당이야. 데루스 같은 놈이라고!

에필란 가주도 데루스와 똑같은 악인이라고 스스로를 세뇌하며 손아귀에 힘을 주었지만, 바늘을 찔러 넣을 수가 없었다.

지금 이 남자가 데루스와는 다르다는 것을 알게 되었으니까.

데루스는 본인 외에는 모든 것을 이용할 수 있는 물건으로 여긴다. 그건 설령 아끼는 수하나, 직접 낳은 자식이라고 해도 다르지 않았다.

만약 이 자가 데루스 같은 인간이었다면 내가 목에 바늘을 가져다 댄 순간 안고 있던 아이를 미끼로 던져 버리고, 뒤로 몸을 피했을 것이다. 놈을 계속 봐 왔기에 확신할 수 있었다.

하지만 에필란 가주는 아이를 던지는 게 아니라 바로 재운 후, 본인의 목을 내밀며 제발 아이만 살려 달라고 애원했다.

데루스 로베르트 같은 협잡꾼들이라면 절대 하지 않을 일이었다.

그래도….

죽여야 해.

이번 임무에 실패하면 나는 도망도 치지 못한 채 폐기될 수도 있었다. 자유를 위해서라도 무조건 에필란 가주와 아이를 죽여야 했다.

"제발 부탁합니다."

에필란 가주는 두 손을 모은 채 고개를 숙였다.

나는 머리를 숙이는 에필란 가주를 보며 아주 작은 기억의 편린을 보았다.

세뇌를 당해서 전부 잊어버렸던 과거 속에서 두 사람이 나를 소중하게 안아 주는 감각이 떠오른다.

착각일지도 모르겠지만, 그 따스함은 지금도 내 영혼 속에 남아 있는 것 같았다.

피익.

나는 입술을 깨물다가 다른 바늘을 꺼내서 에필란 가주의 목에 박아 넣었다.

"으윽!"

에필란 가주는 바늘이 박힌 목을 부여잡은 채 소파 위에 쓰러졌다.

"부탁이오. 나는 어떻게 죽어도 좋으니, 그 아이만큼은…."

그는 숨을 깊게 몰아쉬며 점점 감기는 눈꺼풀을 떨었다.

"안 죽으니까. 일어나."

나는 고개를 저은 후 아이의 목에도 바늘을 살짝 찔렀다.

"어…?"

에필란 가주는 몸이 멀쩡하게 움직이는 것을 확인하고서 눈을 동그랗게 떴다.

"지금 바로 발동하는 독이 아니니까. 걱정 말고 일어나라고."

즉사는 아니지만, 위험한 독이라고 말하며 책장에 꽂혀 있는 책들을 바닥에 뿌렸다.

"이곳을 빠져나갈 수 있는 비밀 통로는 어디에 있지?"

나는 서재의 벽들을 살피며 눈매를 좁혔다.

"이, 이곳에 있습니다."

에필란 가주가 손가락을 들어서 비밀 통로로 이어지는 벽을 가리켰다.

"어디로 이어지지?"

나는 품에서 아공간 주머니를 꺼내며 턱을 까딱였다.

"여, 영지 뒤편 바닷가에 있는 해안 동굴과 연결되어 있습니다…."

에필란 가주는 내 심경의 변화를 느낀 듯 머뭇거림 없이 바로 답을 꺼냈다.

"혹시 이곳에 숨겨 둔 보물이나, 무학서 같은 게 있나? 외부에 알려지지 않을 것일수록 좋다."

나는 계속 책을 바닥에 던지며 에필란 가주를 바라보았다.

"이, 있기는 합니다."

에필란 가주가 고개를 끄덕이고는 서재 안쪽의 금고에서 몇 가지 아티팩트와 무학서를 꺼내 왔다.

"이 정도면 충분해."

나는 그중에서 가장 귀한 아티팩트와 무학서 하나를 챙긴 후 나머지는 에필란 가주에게 돌려주었다.

"아이를 업도록."

빨리 아이를 챙기라고 말하며 떨어진 책들에 불을 질렀다.

"지, 지금 무얼 하는 겁니까?"

에필란 가주는 이해가 안 된다는 듯 눈을 동그랗게 떴다.

"너희의 죽음을 위장해야 해."

나는 아공간 주머니에서 사람과 고블린 시체를 한 구씩 꺼냈다.

"예?"

에필란 가주는 이해가 안 된다는 듯 눈을 부릅떴다.

"아이는 살려 달라며."

나는 빨리 도망칠 준비를 하라고 말하며 고개를 까딱였다.

"아, 알겠습니다."

에필란 가주가 마른침을 삼키고서 바로 아이를 안았다.

"비밀 통로를 열고, 밖으로 나가."

"하지만….."

"해안 동굴에서 기다리고 있으면 해독제를 가지고 찾아가겠다."

"그, 그걸 어떻게 믿습니까?"

에필란 가주는 나를 의심하듯 입술을 깨물었다. 본인의 목숨이 아니라, 아이 때문인 것 같았다.

"어차피 네게 선택권은 없잖아?"

나는 빨리 움직이라고 말하며 손을 저었다.

"…알겠습니다. 다만 약속을 지키지 않는다면, 나는 죽어서라도 당신을 찾아갈 겁니다."

에필란 가주는 그 말을 남기고 서재의 벽을 일정한 순서에 따라 연달아 눌렀다. 그러자 벽이 열리고, 아래로 내려갈 수 있는 검은 통로가 열렸다.

"동굴 끝에서 기다리고 있겠습니다."

그는 나를 끝까지 쳐다보다가 비밀 통로로 내려갔다.

트윽.

나는 에필란 가주가 내려간 문을 닫은 후 그곳이 열렸던 흔적을 지웠다.

이제 제대로 불을 질러 볼까.

기름을 뿌리면 훗날 조사에서 인위적인 화재라는 게 티가 날 테니, 화력을 높일 수 있는 염료초를 뿌렸다.

화아아아아악!

염료초를 뿌리자, 서재 전체로 불길이 퍼지며 시체들의 피부와 살이 순식간에 타 버리고, 뼈가 드러나기 시작했다.

고블린의 시체는 아이와 비슷하지만, 곳곳의 형태가 다르기에 책장으로 뼈를 부쉬서 티가 나지 않도록 만들었다.

이제 곧 오겠군.

나는 은신술을 운용하여 기척을 감춘 후 문 뒤에 숨었다.

쿠우우웅!

서재의 문이 부서질 듯 열리고, 기사들이 서재 안으로 들어왔다.

"가주님!"

"무, 무슨 불이!"

기사들은 오러를 운용해도 견디기 힘든 열기에 경악하며 눈동자를 떨었다.

"어서 불을 꺼라!"

"물을 가져와!"

기사들이 불을 끄기 위해서 오러를 뿜어냈지만, 이미 불은 이 서재만이 아니라, 다른 곳으로도 퍼지며 저택 전체를 태우기 시작했다.

염료초는 데루스가 암살 후 빠르게 흔적을 지우기 위해서 만든 물건이다. 염료초를 대량으로 뿌렸으니, 기사들의 힘으로도 불길을 잡을 수 없을 것이다.

나는 기사들이 당황하는 사이에 열린 문을 통해 밖으로 나갔다. 저택은 이미 혼란의 도가니에 빠져 비명을 지르며 밖으로 도망치는 이들로 가득했다. 다행히 죽는 사람은 아무도 없었다.

나는 불타는 저택을 벗어나 외부에서 대기하고 있는 수하들에게 돌아갔다.

"왜 불을 지르신 겁니까?"

근처로 다가온 수하들이 고개를 갸웃거렸다.

"정해진 계획대로 움직이는 게 가장 좋았을 텐데요?"

그들은 이해가 안 된다는 듯 눈매를 찌푸렸다. 세뇌에 당했음에도 본인이 할 수 있는 최대한의 합리적인 판단을 할 수 있는 것이 데루스가 가한 정신 조작의 무서움이었다.

"이 물건 때문이다."

나는 수하들의 앞에 에필란 가주에게 받았던 아티팩트와 상승의 무학서를 꺼냈다.

"에필란 가주가 책상 위에 꺼내 놓은 것들인데, 이것들을 그분께 진상하고 싶었다. 다만 물건이 사라지면 불필요한 의심을 받을 테니, 저택을 불태워야만 했다. 거기다…."

이유를 말하며 저택을 돌아보았다.

"그분이 이 땅을 얻으려면 이 정도로 자극적인 것도 나쁘지 않을 것 같았다. 사람들은 미신을 잘 믿으니까."

나는 미리 생각해 두었던 말을 꺼내며 고개를 끄덕였다. 이미 마을에 전염병으로 여겨질 독을 풀었기에 딱히 이상한 이야기는 아니었다.

"그렇군요."

"이해됐습니다."

수하들은 다 알겠다는 듯 고개를 끄덕였다.

"너희는 외부에서 대기하도록. 나는 마지막으로 문제가 없는지 살핀 후 나가겠다."

나는 뒷정리를 하고 돌아가겠다고 말하며 손을 저었다.

"예."

수하들은 고개를 끄덕이고서 각자의 자리에서 사라졌다.

나는 수하들을 피해서 에필란 가주가 말한 해안 동굴로 향했다.

"으음…."

에필란 가주는 빛 하나 들어오지 않는 동굴 끝에서 아들을 소중하게 끌어안고 있었다.

"하아아."

나는 길게 한숨을 내쉰 후 에필란 가주의 앞에 털썩 주저앉았다.

"지금부터 내가 하는 말을 잘 듣도록."

"아, 알겠습니다."

에필란 가주는 무엇이든 따르겠다는 듯 고개를 끄덕였다.

"내가 떠난 이후에 바로 집으로 돌아가고 싶겠지만, 그러면 너도 죽고 나도 죽는다."

나는 손가락을 들어서 스스로의 목을 가르는 제스처를 취했다.

"그것도 누구보다도 잔인하게."

서늘한 살의를 피워 내며 고개를 저었다.

"으음…."

에필란 가주는 긴장한 듯 입술을 질겅질겅 씹었다.

"누가 나를 보냈는지 궁금하겠지?"

"그, 그건…."

그는 말은 하지 못했지만, 떨리는 눈빛으로 대답을 대신했다.

"그렇다면 이곳에서 일주일 동안 나오지 마."

"예?"

당황하는 에필란 가주에게 손을 저었다.

"지금부터 네 영지에는 전염병이 돌 테고, 얼마 지나지 않아서 그걸 구원해 줄 사람이 올 거다. 그가 나를 이곳에 보낸 놈이지."

나는 밝은 빛 속에 어둠을 감추고 있는 데루스 로베르트를 떠올리며 비웃음을 흘렸다.

"그 사람이 누구인지 알게 되면 너도 느끼게 될 거야. 반항해선 안 되고, 도망쳐야 한다는 것을."

데루스 로베르트의 이름을 말해도 믿지 않을 테니, 직접 보고 느끼라고 말하며 고개를 까딱였다.

"으음…."

에필란 가주는 벌써부터 음습한 기운을 느낀 듯 어깨를 떨었다.

"아, 알겠습니다. 일주일 후에 에필란을 떠나 다른 영지에서 이곳의 소식을 듣겠습니다."

그는 내 말을 듣겠다고 말하며 고개를 끄덕였다.

"좋아."

나는 품에서 일주일 동안 먹을 수 있는 분량의 식량과 빨간 액체가 들어 있는 작은 유리병을 꺼냈다.

"이건 해독제다. 지금은 약효가 없으니, 일주일 후에 먹도록."

사실 내가 에필란 가주와 아이를 찌른 바늘에는 아무런 독도 들어 있지 않았다.

이 해독제 역시 색깔만 다른 물이었지만, 그를 확실히 이곳에 남기기 위해서는 어쩔 수 없었다.

"그럼."

나는 턱을 까딱이고서 등을 돌렸다.

"자, 잠시만!"

에필란 영주가 다급하게 손을 들어 올렸다.

"저를 살려 주면 당신은 괜찮으신 겁니까?"

그는 내가 걱정된다는 듯 턱을 떨었다.

"지금 너를 죽이러 온 사람을 걱정해 주는 거야?"

어처구니가 없어서 헛웃음이 나왔다. 주점과 식당에서 들었던 에필란 가주의 소문은 그를 반도 표현하지 못한 것 같았다.

"……."

나는 말없이 등을 돌렸다. 그대로 나가려다가 발을 멈추고 다시 에필란 가주를 돌아보았다.

"나도 하나만 묻지."

에필란 가주가 지금도 소중하게 안고 있는 그의 아들을 보며 턱을 까딱였다.

"왜 네가 죽더라도 아들은 살리고 싶었던 거지? 사람은 자기 자신이 가장 소중하잖아."

나는 머리보다는 감정이 이해했던 그 순간에 대해 질문했다.

"맞습니다. 사람은 누구나 자기 자신이 가장 소중하죠."

에필란 가주가 머뭇거림 없이 고개를 끄덕였다.

"하지만 가끔은 목숨보다도 소중한 게 생깁니다. 저도 이 녀석이 태어나고 나서야 알게 되었습니다."

그는 그 말을 하며 품에 안은 아들의 머리를 부드럽게 쓰다듬었다.

"부모들은 다 당신 같은가?"

"아닌 사람도 있겠지만, 대부분은 그럴 겁니다."

에필란 가주는 본인만 그런 게 아닐 거라며 고개를 끄덕였다.

"그렇군…."

나는 눈을 내리감은 채 에필란 가주를 보며 떠올랐던 누군가의 따스한 품을 되새겼다.

아마도 내 아버지와 어머니겠지.

공허한 손짓으로 두 사람의 온기를 그리며 천천히 눈을 떴다.

"고맙군."

나는 찰나지만 부모님의 품을 떠올리게 만들어 준 에필란 가주에게 고맙다는 말을 남겼다.

"다시 말하지만, 일주일 후에 이곳을 떠나라. 그게 내가 해 줄 수 있는 마지막 조언이다."

"잠시만요!"

나는 에필란 가주를 돌아보지 않고, 동굴을 떠났다.

불길에 휩싸인 에필란 가문과 등 뒤에서 밀려오는 시원한 파도 소리를 들으며 옅은 미소를 그렸다.

"살아남는다면 찾아보고 싶군."

내 부모님이 어떤 사람인지.

나는 로베르트 가문으로 돌아와 데루스에게 임무를 완수했다고 보고한 후, 에필

란 가문에서 가져온 아티팩트와 무학서를 바쳤다.

 데루스는 뜻밖의 수확에 흡족한 듯, 두 물건을 받아 들고는 수고했다는 말을 해 주었다.

 나는 감격한 척 고개를 숙인 뒤 낮의 역할인 정원사로 돌아가서 이 땅을 떠날 준비를 갖췄다.

 내 최초의 기억은 지옥 같은 훈련장에서 시작되었기에 바깥세상에 대한 불안함도 있었고, 과연 떠나는 게 맞는 것인지 확신도 하지 못했다.

 하지만 에필란 가주와의 만남이 내게 용기를 주었다. 나는 이 악귀의 땅에서 도망치기로 결심했다.

 데루스는 그사이에 에필란 영지를 찾아가 전염병을 치료하고, 주인을 잃은 영지를 받아들이며 구원자 행세를 했다.

 그 지랄 맞은 연기를 비웃으며 도망칠 준비를 마무리하던 새벽, 데루스에게 호출이 왔다.

 다만 이번에는 공동이 아니라, 내가 직접 다듬은 로베르트 가문의 제4 정원으로의 호출이었다.

 또 일인가.

 떠날 준비를 하는 것을 들키지도 않았고, 에필란 가주는 나와의 약속을 지키고 다시 영지에 나타나지 않았다. 그렇다면 새로운 임무밖에는 없었다.

 생각보다 빠르군.

 아니, 오히려 잘됐어.

 데루스와 그림자에게서 도망칠 준비를 끝냈다. 임무를 받고 출타한 곳에서 도망치면 되겠다고 생각하며 정원으로 들어가서 꽃을 바라보고 있는 데루스의 뒤편에 섰다.

"부르셨습니까."

평소처럼 감정이 사라진 인형과 같은 어조로 인사를 하며 무릎을 꿇었다.

"그래."

데루스가 평소보다 온화한 음성을 흘리며 등을 돌렸다.

화아아아아.

그의 입꼬리가 부드럽게 올라가자, 화사하게 피어난 꽃들이 두려움에 고개를 숙이고, 구름 속에서도 찬란한 빛을 발하던 달이 숨을 죽인 채 가라앉았다.

그 순간 나는 느꼈다.

내가 오늘 죽는다는 것을.

외전 완결.

환생한 암살자는 검술 천재 V

초판 1쇄 인쇄 2025년 03월 10일
초판 1쇄 발행 2025년 04월 10일

글 글개미

펴낸곳 (주)다온크리에이티브
편집, 표지 디자인 (주)다온크리에이티브
내지 디자인, 인쇄, 제작 손봄(주)
출판 등록 번호 251002014000248
출판 등록일 2014년 09월 11일

출판 (주)다온크리에이티브
주소 서울특별시 강남구 선릉로 119길 5, (논현동 플랜에이빌딩)
전화 02-515-4208
E-mail biz@daoncreative.com

도서 유통 손봄(주)
전화 070-7708-7050
E-mail books@sonbom.co.kr

ⓒ 글개미 / 다온크리에이티브 All rights reserved

ISBN 979-11-7300-313-4 (04810)
     979-11-7300-308-0 (04810) SET

※ 파본은 구입하신 서점에서 교환하여 드립니다.
※ 이 책은 (주)다온크리에이티브와 저작자의 계약에 의해 출판된 것이므로 무단 전재 및 유포, 공유를 금합니다.